王安 著

北京联合出版公司
Beijing United Publishing Co.,Ltd.

图书在版编目（CIP）数据

小生活 / 王安著. -- 北京 : 北京联合出版公司,
2025. 6. -- ISBN 978-7-5596-8240-6

Ⅰ. I247.5

中国国家版本馆CIP数据核字第2025S9P058号

小生活

作　　者：王　安
出 品 人：赵红仕
责任编辑：徐　鹏
特约编辑：许晨露

北京联合出版公司出版
（北京市西城区德外大街83号楼9层　100088）
联合读创（北京）文化传媒有限公司发行
北京飞达印刷有限责任公司印刷　新华书店经销
字数 367千字　710毫米×1000毫米　1/16　25.5印张
2025年6月第1版　2025年6月第1次印刷
ISBN 978-7-5596-8240-6
定价：58.00元

目录

第一章

虚惊一场

“我从业九年，跑过三年龙套，演过无数角色……”

舞台上，一个西装笔挺的男人正握着“最佳男主角”的奖杯向台下深情致辞，“有媒体称我是‘千年男配’，我很感谢合作过的导演、制片方愿意给我出演一个又一个配角的机会，才能让我等到今天。我是演员陈——”

突然，灯光全暗，一个场工冲过来抢西装男手上的奖杯，西装男一改之前的沉稳模样，紧紧拽着奖杯不肯放手。场工力大无比，西装男也毫不示弱，最后二人紧紧扭打在一起，直到从台上滚了下来……

“嗷！”

一个男人从床上摔了下来，顿时清醒了七八分。这是一张白净冷峻的脸。原来……是一场梦。他一撩头发，人可摔，发型不可乱！

这个男人揉了一下眼睛，看了看床，床上空空如也。他微微皱眉，环顾四周，拿起一张便条：“老公，有早会，先走啦，爱你。”

深冬的上海。

一辆红色轿车从浦东过江隧道的浦东区出口飞驰而出。

这辆轿车停在红绿灯前时，透过玻璃窗可以隐约看见驾驶座上是一个戴墨镜的女人，她一手握方向盘，一手撩动秀发，反光镜照出她耳垂上的名牌耳环。绿灯亮了，女人抬眼换挡，轿车驰骋而去，既快又稳。

隔着两条马路就能看到M集团高耸入云的大厦。M集团是全国建筑装饰行业的百强企业，而上海分公司位于陆家嘴的M大厦是它的标志性建筑。

红色轿车连着两个转弯开入M大厦的地下车库，女人熟悉地找到停车位，一把倒车入库，然后挪动身体，拎着一个名牌帆布包缓慢下车。刚关上车门，余光瞟过反光镜，她看到把手上的污渍，立马拿出纸巾，擦拭干净后才转身走进电梯厅。

她按下27层的按钮。

“叮！”

女人摘下墨镜，走出电梯，即将开启她新一天的战斗模式。

街道两旁的梧桐枝叶稀疏，肆意透着冬日暖阳。

男人戴着耳机一路沿街小跑，随后进了小区，又进了楼栋。

他打开门。这是一个有情调又不失温暖的家。餐边柜上摆着一台咖啡机和一个桌上柜，柜子里放满了各式各样的杯子，有奥地利的水晶杯、威尼斯的对杯、英国皇室的咖啡杯碟等。另一边的墙上挂满了这个家的男女主人在各地旅游的照片——两人爬过雪山，看过草原，共度节日，同享美食……最新挂上去的是一张女主人挺着大肚子的孕照，看来这个家庭即将迎来新成员。

男人又给自己加了四组力量训练。只见他在阳台上双手握紧哑铃，弯举发力、还原，就这样重复着向上推举的动作，最后放下哑铃，调整呼吸，走入浴室。

他一边淋浴，一边回想着早上那个梦，现实中的“最佳男主角”对他而言是如此可望而不可即。

花洒停，他跨出浴室，望着镜中的自己，叹了一口气：“明明这么帅。”

搞头发，出门！

男人拿着一杯咖啡走进一间工业风的办公室，他的经纪人立马迎上来："我说，老陈，朱制片的饭局，你到底去不去？"

这个急吼吼说话的经纪人叫Sam，在娱乐圈里混了十几年，但如今手下只剩眼前这位艺人。而这位陈姓男艺人还是个不喜交际、不喜应酬的主儿，逼近三十岁依旧不温不火。

男艺人坐到沙发上，喝了一口咖啡，望着窗外，露出侧颜，睫毛微微颤动。

见其不出声，经纪人更为着急："你你你……就你这样子，要不是认识这么多年，我都懒得搭理你。"

低沉的声音终于响起："除了我，你还能搭理谁？"

"想当年我出门可是左拥右簇，谁见了不叫一句'Sam哥'……"

一个落魄经纪人和一个千年不红男配开启日常嫌弃模式。

"聊剧本，去；吃饭，不去。"

"祖宗啊，吃着吃着不就开始聊剧本了嘛。"

男艺人回头："上次你也这么说。"

Sam看着这双眼睛，有些心虚："现在艺人哪有不应酬的，你还当在学校那会儿呢，人人都围着你转？老陈，你都快三十啦！你看看你那些同班同学，不是天天走红毯就是拿奖拿到手发软。我看你的演技也不比他们差！"说着，Sam用两个手指把男艺人的衣领拎起来。这身高，这体形，不红真是天理难容！"

"你最近又闷头健身了，对吧？"Sam捏捏他的二头肌，"真是浪费了这身材和长相。"

男艺人胳膊一甩："只要是好角色，不管大小我都接。"

"老陈，你能不能不要这么'佛系'啊？你还记不记得，毕业那会儿就因为你这倔脾气，硬生生跑了三年龙套。咱们好不容易熬到演男二号，你就再努把力啊！只要一部剧红了，明星效应一出来，后面拍拍广告、走走秀……对吧？你也让我这个经纪人感受下被人追着约的感觉嘛。”

男艺人淡淡道：“我是演员，不是明星。”

Sam一愣，他想到经纪公司老板在六年前把这小子带给他时说的话：“是个好苗子，但这小子性格太硬，得磨一磨。”

“这都磨了多久了……”Sam自言自语。

“你说什么？”

“我说，你不是明星还每次不吹头就不肯出门，闷骚！”

男艺人内心翻白眼——保持帅气和职业无关。

“走了。”

“别啊，朱制片的饭局，你还没说去不去呢。”

Sam正想拉回男艺人，突然他的手机收到连续不断的信息轰炸。他一边看手机，一边狂呼：“老陈，老陈，你快看——”

男艺人见经纪人的表情从惊讶到惊喜，又从惊喜到错愕，再从错愕到狂喜，一脸茫然。

“老陈，我刚说什么来着，被人追的感觉来了！”Sam欣喜若狂，拍着自家艺人的肩膀激动不已，“你演的肖杨火啦！你看你的微博粉丝翻了一倍！”

男艺人打击道：“本来就没多少。”他顺势打开手机，发现微博的私信变成了99+。

原来，正在播出的小成本网剧《今生最好的时光》成了市场黑马，Sam手中这位唯一的艺人在里面出演男二号，市场反应居然不亚于男一号，粉丝还为他组了不少“CP粉”。经纪人狂喜：“我就说不会看错人。老陈，你终于翻红了！”

翻红？老子靠的是实力。一旁的男艺人内心澎湃，但依旧摆着一张死鱼脸。

闷骚也是一种气质。

M集团27层。

宽阔敞亮的开放式工作区域井然有序，工位上坐着装扮时尚的男男女女。工作区的另一侧是全透明的落地窗，可以看到陆家嘴的全景。

今日的天空像一幅刚收笔的油画，堆着大朵大朵的白云。冬日难得有这样的好天气，适合出去享受早午餐。

工作区两个女同事正在低声八卦最近的娱乐新闻。

“你有没有看《今生最好的时光》？”

“看了啊。肖杨太帅了。”

“真的！最近很多人‘粉’他，我还去查了一下他之前拍的戏，原来之前那个《旧回忆》里面也有他。”

“是吗？他本名叫什么来着？”

“好像叫……陈可……”

两人轻声交谈间，突然其中一人急促道：“嘘！她来了。”

刹那间，整个工作区和谐的氛围被打破，只见一个身材高挑的女人从先前交头接耳的两位女员工工位旁疾步走过，她一撩头发便露出了那对名牌耳环，虽然没穿高跟鞋，却难掩女王般的架势。这个女人一边看文件，一边反手叉腰责问身边的助手。

“刚刚会上的事情，我不希望发生第二次，3D打印和BIM（建筑信息模型）技术是我们的核心，为什么和晨西集团的合同里完全没有提到，而且样品出来还差这么多？”

“合同是法务那边过的，我……”助手唯唯诺诺道，“我一会儿就去查清楚。”

“不是一会儿，是现在！立刻！马上！”女人语气强硬，又显着急，“Cindy，虽然只是意向合同，但是再小的条款也要看清楚，何况是这么大的漏洞，你这样办事我怎么安心走——”

女人话没说完，身后飘来一个台湾口音。

“李总监，火气不要这么大嘛，小心身体。”说话的是M集团上海分公司的营销部总监David Lin——一个四十岁不到的台湾人，他穿着一双油亮的尖头皮鞋晃荡着走来。

女人优雅地转身，露出身前的超大孕肚，看这肚子大小，即将临盆！

此人姓李名燃，做事雷厉风行，只讲“结果”，不讲“如果”，是业内的风云人物，生意场上与人谈判，不管男女，一概通吃。

李燃在M集团上海分公司干了七年，三年前已经是市场部总监，由于业绩一路飙升，原本有风声说要升她做副总经理，没想到关键时候她怀孕了，如今David是她最积极的竞争对手。

“林总监有何指教？”

“哪敢，哪敢。我是看你挺着这么大个肚子还天天来上班，真心佩服李总监的敬业啊。”David阴阳怪气的语调叫李燃烦躁，她懒得搭理，转身欲走，不料被旁边急急走过的一个实习生撞上，只听她“啊”了一声，双手护住肚子，紧紧皱眉。

一旁的Cindy慌了：“李总，您还好吧，怎么样怎么样，有没有撞到？”

李燃护着肚子，连大气都不敢喘：“不就在你面前撞的——”这“吗”字还没说出口，她的脸色就不对了，瞬间煞白，额头渗出冷汗。

“是不是要生了？”旁边一个员工探出头来。

这一问，惊动了整个开放办公区的人，大家都围过来问这问那。一阵忙乱间，只听见David在叫：“不是我，我没有撞她哦。”

李燃咬牙：“赖不到你头上，快闭嘴吧你。”

“120！ 120！ 谁打120……赶紧去医院！”

一阵慌乱中，李燃听到有人要打120，赶紧憋着一口气问：“去医院？现在？！我的车还在下面，我要把车先开回去。”

Cindy急道：“李总，都什么时候了，您怎么还想着车啊？现在怕是油门都踩不下去啊。”

David还不忘调侃一句：“都说李总监比男人还爱车，那也得看看时候的哟。”

“不行不行，现在不能开车的，赶紧去医院，可别早产了啊！”一个有经验的女员工叫道。

众人议论纷纷，听到“早产”，李燃也慌了，急忙找手机……

工业风办公室。

“老陈，你说这是不是三十年河东三十年河西？你这个角色本来是咱们公司那个‘小鲜肉’的，结果人家还看不上，落到你这里，现在居然爆红咧！”

经纪人Sam正沉浸在自家艺人翻红的喜悦中，男艺人的手机突然响了。Sam激动道：“你看，你看，这么快就有导演找上来了。”

男艺人侧身接听：“老婆……”

手机里传来低低的求助声：“老公……你快来我公司，帮我把车开回去。”

原来这个男艺人就是李燃的老公，也是最近翻红的演员——陈可。

陈可和李燃同龄，从小就是学霸、校草，上高中时他随父母移居澳大利亚，读完高中又回国内参加高考，考大学的难度可见一斑，但他的专业课成绩是报考上海S学院的考生中的前三名，只可惜最后文化课成绩差了两分，结果这家伙硬是在家人反对的情况下在上海边打工边复读，第二年以综合排名第一的成绩被S学院录取。

当年的陈可虽然也是一张冷冷的脸，但比如今多几分秀气，虽然他一贯走低调路线，但谁叫人家长得好看又爱运动，即使在遍布帅哥的S学院也很突出，加上专业优秀，是妥妥的校园“男神”。

陈可和李燃虽然不是一个大学的，但经常串门。两人从大学开始恋爱，由于一个是“男神”，一个是“校花”，各自还招了不少烂桃花。不管怎样，两人可谓爱情长跑的典范，如今是他们结婚的第三年，因为支持李燃的事业，所以两人约定三年内不要孩子，没想到刚过三年，一次意外就怀上了。

电话中得知老婆可能要早产，陈可紧张到手心冒汗："我马上到！"可他刚想挂电话，手机那头又在喊："别忘了车……"

陈可皱眉，都什么时候了还想着车！

"怎么啦？李燃要生啦？"Sam追在后面问，陈可早已疾步离开。Sam一拍脑袋："坏了，之前有没有公开过这小子已婚的消息啊？"

陈可急匆匆赶到医院，眉头紧锁，四处寻人。

"这里！这里！"李燃叫着老公，托着大肚缓缓走来。

大冬天的，陈可跑得一头细汗，看到老婆才放下心来，赶紧上前搀扶。

Cindy盯着陈可看了老半天，愣在一旁，说话都变得磕巴了："您……您是李总的老公？"见陈可点头，她木讷地递上手中的一沓单子，"这些……要家属签字的……"

"麻烦你了。"陈可接过单子。

Cindy稍微恢复了理智，解释道："急诊科的医生说李总不是早产，但这个月份不可大意，需要留院观察一晚。"

李燃回应道："谢谢你Cindy，放心吧，我没事了。你赶紧回公司改合同，有事随时和我联系。"

Cindy应声，和李燃道别，走时还不忘低语道："您老公比电视上还帅。"说完微笑着离开。

"她怎么了？"

陈可掏出一个口罩戴上："你老公最近红了。"

李燃听得云里雾里，话还没问出口，一个洪亮的中年妇女的声音就从走廊另一头飘来。

"囡囡！"

一个穿着驼色大衣，围着羊绒围巾，拎着黑色漆皮小包，烫着一头大波浪，涂着口红的时髦中年阿姨迈着小碎步急急走来。

“你怎么还惊动太后啦？”李燃小声问。

“以为你要生了。”陈可轻声回道。

“囡囡啊，哪能了啦？不好大意的哦，有没有流血，羊水没破吧？”说话的正是李燃的妈妈，人称“琴姐”，一个可爱的略显富态的中年“时髦精”。

“妈，妈，你小声点，我没事，虚惊一场。”

“陈可啊，叫你老婆不要上班了呀！”琴姐越说越激动，转向女儿：“这么大肚子，你能太平点在家弗啦？”

陈可安抚道：“妈，您先别着急。”

李燃赶紧补充：“是啊，医生都说没事了呀。”

琴姐叹了口气，道：“被你吓‘死’了，呸呸呸，不好说这个字的。”

陈可到底不放心，追问老婆：“现在感觉怎么样？”

“都挺好的，今天就是个小意外，医生检查过，都说没事啦。”李燃对陈可笑笑，刚得意两句，突然捧着肚子又“啊”了一下，搞得陈可和琴姐紧张万分。

“没事，没事，小家伙踢我呢。”

琴姐叹一口气，掏出手机：“我得问问你爸爸到哪儿了。”

李燃赶紧说道：“李总日理万机，您就别折腾他了，再说今天这就是个乌龙事件。”

“侬小宁瞎讲什么，有什么比宝贝女儿还重要的。”琴姐继续拨电话，“再说了，你爸爸要来接我的呀。”

“是是是，您最珍贵。”李燃已经习惯了这老两口秀恩爱。

等陈可办好住院手续，李总也到了，一行人正准备陪李燃入住病房，才被告知床位实在紧张，今天李燃只能在检查室的移动床位上睡一晚。

这时候琴姐忍不住了：“这里怎么能住人啊，晚上要是有人来检查，还要开灯的呀，不是睡觉也睡不好啦？再说这个门外面就是护士台，一直有呼叫声音的呀！”

李燃看着陈可：“老公，要不你去问问护士小姐姐还有空床位不？”

“护士小姐姐？”

“你不是红了吗？说不定能走个后门。”

陈可压了压口罩：“好像也没红到这个程度。”

护士听到声音过来：“真的没办法，现在急诊的都这样，医院的床位实在有限，都给待产和生完的了，孕妇只能在这里对付一晚上。还有这个心率监测仪，不能脱下来，明天看指标正常的话，就可以办出院了，指标不好的话，还得继续住院观察。”

琴姐还想说什么，被李燃拉住。

“谢谢你啊，护士。”

“妈，您放心，我在。”陈可说。

“对啊，有陈可在。”李燃一笑，转身对爸爸说：“您带我妈先回去吧，明天没什么事就出院了，有事会给你们打电话的。”说完，她还对着李总眨眨眼。

“是啊。”李总这脑子转得快，“我们先回去，也好让女儿赶紧休息。”

好说歹说，总算是把琴姐送出了医院，陈可看着不到5平方米的检查室里一半空间堆满了设备，但是在李燃的病床直角方向还有一张移动病床。

“老公，你睡这个床，我们还可以挨着呢！”

“这里还要来急诊病人的，”门口的护士探头进来，“家属陪睡的，去一楼借躺椅睡过道。”

此时，陈可正巧取下口罩，小护士看得眼睛直眨巴，变了语气：“肖……杨？”

陈可浅浅一笑，肖杨是他演过的角色。

小护士面部表情发生了微妙变化，语气也变得温柔：“要是没人的话，你可以睡。”随即转身出门，笑开了花。

“看吧，明星效应出来了。”李燃语气有些许醋意，转头看见陈可已经在整理床单了，“老公，你快和我说说你怎么突然就红了呀，是不是——”李燃话没说完就打了一个喷嚏。

“鼻炎又犯了？”陈可立马停手。

“没事，可能有点毛絮。”李燃揉揉鼻子，“反正就一个晚上，我们宝宝肯定争气的，你还是回去吧，明早再来接我。”

陈可转身出门，李燃着急地喊道：“你还真走啊？”

“下楼给你买洗漱用品。”陈可一笑，唇红齿白，“这种时候我们可是战友。”

目送着老公下楼，李燃傻笑：“背影都这么帅，早该红了！”

洗漱回来，李燃不禁一愣。

陈可正在用小滚筒除尘器清理床单，毛衣袖子挽起一截，手臂在床上有规律地来回摆动，微微晃动的刘海儿下翘着长长的睫毛。他把床单的边边角角都清理得一尘不染。

李燃惊叹道：“老公，这玩意儿，你也随身带啊？”

“车里的。”

果然是个不折不扣的“洁癖精”，陈可在大学铺床单就是这个样子，比女生还仔细。不过这会儿工夫，李燃的鼻子倒是舒服了不少。

不久，两人睡下，觉得这小小的空间还挺温馨。李燃躺在床上，看着天花板，想着睡在旁边移动病床上的老公，再摸摸自己的大肚子，觉得一切都好不真实，自己居然要当妈妈了，真的要当妈妈了吗？李燃偷笑，太神奇了。

时针指向11点，正当夫妻二人昏昏欲睡之时，外面一会儿传来一阵呼叫声，一会儿传来一阵护士疾步走路的声音，此起彼伏，两人被折腾得睡意全无。看来琴姐的担心不无道理，这一宿有点难熬。

慢慢地，时间过了12点，李燃刚要睡着，一阵啼哭又把两人惊醒。是对面走廊房间里传来的新生儿的哭声，他哭两分钟停一分钟，就这样断断续续持续了一个小时。

“睡着了吗？”李燃小声问。

“没有，你呢？”陈可从躺椅上半仰起头。

“我也没有，老公，不是每个宝宝都这样的吧？”

“我们的肯定是天使宝宝。”陈可说得自己都有点底气不足。

迷迷糊糊间，就在两人再度要睡着时，进来一个急诊的大龄孕妇。陈可眯着眼起身，第一件事就是看老婆，只见李燃顶着一头乱发坐了起来，一脸“生无可恋”的表情。

大龄孕妇的声音很洪亮，说她见红了，医生非要她住院。这个孕妇还挺健谈，身手也还算矫健，可是移动床位上没有被子，现在是深冬，有暖气也不够使。陈可见孕妇自己一个人来，便主动帮她去护士台询问。

李燃问：“您老公呢？”

“回去安顿大宝了，我们不是上海人，亲戚住得远，估计要多等一会儿了。医生说二胎生得快，怎么都不肯让我回去。哪有这么多讲究，痛几下娃就出来了。这下好了，啥都没带，大宝还一个人在家呢。”

大龄孕妇把生娃说得像母鸡下蛋，李燃听得眼睛直眨巴。

陈可回来：“护士一会儿送被子过来。”

大龄孕妇：“谢谢你啊。”

这时走廊对面的宝宝又哭了，只听见护士来回的脚步声。李燃问大龄孕妇：“这宝宝是不是不舒服啊，怎么一直在哭？”

“这有什么。”大龄孕妇见怪不怪，“运气不好的，生出来前两年天天都这样。”

“前两年？！”李燃和陈可异口同声。

“那可不，小娃娃啥都不会，只会哭。我家老大小时候只能抱着睡，一放下就哭，一哭就吐，把俺的胳膊都抱出腱鞘炎了。”

“那你还生第二个？”李燃问。

“老大是闺女，想着再生个带把儿的。”这妈妈说得自己也乐了。

李燃露出惊叹的表情，随即连连讨教顺产经验。

“很晚了，睡吧。”陈可打断老婆，将她安顿躺下，盖好被子，“睡不着也眯一会儿。”

大龄孕妇在一旁看着，摸摸自己的胳膊，怕是起了一身鸡皮疙瘩，不禁自己给自己盖上被子。

就这样，狭小的检查室回荡着走廊对面宝宝洪亮的哭声，断断续续一直到天明。

第二章
十五年前的夏天

终于熬到太阳升起。

李燃焦急地等着护士来查指标。还好，一切正常，总算可以顺利出院。

陈可顶着两个黑眼圈，带着老婆回家。这一晚上真够折腾的，护士台的呼叫机、李燃身上的监测仪、凌晨3点过来的病友老公……时不时发出噪声，这一晚上两人身心俱疲，好不容易折腾完，回到家时已是中午。

陈可开门，扶着老婆进来。

刚进家门，这位准妈妈就打了一个喷嚏，怕是昨晚检查室的门总被进来出去的人开关，让她吹着了风。

“你快躺床上去。”陈可着急，“现在不能吃药，我给你榨橙汁。”

“没事，我多喝点水就行了，你也快坐会儿。”李燃心疼老公，“我昨天还眯着一会儿，我看你是一整晚都没怎么睡。”说着，她挠挠头发，“还是不行，我得先去洗个澡。”

李燃洗完澡出来，突然想起什么事，赶紧拨通手机：“妈，我已经到家了哦……没事，没事，指标都正常了，您别来了……是啊，昨天都没怎么睡。行，我知道了，一会儿就休息了，您和我爸说下哈，有事会叫你们的。好嘞，挂了。”

李燃一口气说完，坐上餐椅，顺手接过陈可递来的橙汁，对面的老公已经换好了一身干净的衣服，真是神速。

“我一会儿要去趟公司。”陈可在李燃对面切柠檬，“柠檬膏可以预防感冒，不过得熬几个小时，还要翻面，得有人守着，”陈可把切得薄厚不一的柠檬片有规律地放进小锅里，再撒上冰糖，“放着，等我回来再熬。”

“你快去，这次可得好好把握机会，再拍几部爆款，我就在家当少奶奶了。”

陈可笑笑，他还不了解自己老婆吗，让她乖乖待在家不搞事业比太阳打西边出来还难。

“还得把你的‘小红’开回来。”

李燃笑：“你不说，我差点给忘了。”

“你能有点分寸吗？”陈可抬头看着老婆，“它都快排我前面了。”

李燃顿时放松了表情：“还以为你说什么呢，车子的醋你也吃啊？还记得大学那会儿你就老爱说‘你能有点分寸吗’。”

陈可挑眉：“当时你很得意吧？”

这一问，让两人回忆起了大学时光。

九年前。

陈可来到李燃就读的高校，坐在树荫下的长椅上等她。这儿是他们的“老地方”。

一个女生陪着另外一个打扮精致的女生走到陈可面前。

“你好，陈可……”女生有点羞涩，陪同的女生推推她，像在给她鼓劲儿。女生拿出一个精致的蛋糕盒子：“过两天是你生日，这个蛋糕送给你。”

“我不吃甜食。”

“这是我亲手做的。”

不等陈可回答，一个风风火火的女孩儿从旁边蹿出，决绝地回道：“他不是不吃甜食，而是不吃你做的甜食，因为他已经有喜欢的人了。

你的手艺这么好，就不要浪费在他身上了。”说话的正是李燃。

两个女生被气跑了。

李燃转头对陈可说：“不用谢，谁让我大你三个月呢，姐姐一定会替你摆平这些无聊事的。”

“你能有点分寸吗？”

“哟，不高兴啦？是，人家姑娘多细心呢，知道你每周二会来我们学校，把蛋糕都提前准备好了。”

“你已经不是第一次了。”陈可起身，步步逼近李燃，“你说我已经有喜欢的人了，是谁？”

…………

李燃打破回忆：“说起来那姑娘还真是痴情，到毕业还喜欢你。不过谁让我从小就是你老大呢，替你挡桃花都是分内的事儿。”

陈可笑而不语，想着就不拆穿她那些小九九了。

“行了，你快走吧，早去早回。”李燃催促着老公。

“你要向公司请产假，不能再去上班了。”陈可口吻严肃。

“什么？”

“本来这个月份就该在家里待产了，八个月了，还自己开车上下班？妈说得对，就是太惯着你了。”

李燃刚要开口反驳，陈可立马接上：“这件事没有讨价还价的余地，现在你的身体最重要，再来这么一下，我心脏可受不了。”

李燃看着老公两个深深的黑眼圈，又低头看看自己的肚子：“行吧，一会儿我就去和人事请假。”

“那就对了。”陈可低头亲了老婆一口，“你乖乖在家休息，我很快就回来。”说着，他拿起外套就往门口走。

“有好的剧本可别错过哦，拜拜！”

陈可回眸，随即关上家门。

“这下女粉丝肯定多了……”李燃瘪瘪嘴，她摸摸自己的肚子，“宝贝，你可真是我们家的小福星，爸爸这么优秀，我知道他早晚会红的。”

李燃喝完橙汁，躺到沙发上，拿出手机向人事请产假。想了想，她又发消息给Cindy询问合同情况。果然，她还是操心的命。

陈可回到办公室。经纪人Sam正焦急地等着他。

“大明星，你可回来了！你不知道这二十四小时我收到了多少剧本，很多还是大男主的角色。你说，这行业也太现实了吧，之前我们一年收到的剧本还没这一天的多。”Sam说着把厚厚的几摞剧本放到陈可面前，“我昨天通宵删了一轮，这几个我觉得还不错，你看看。”

陈可看着几摞剧本，欲言又止。

Sam像是突然反应过来，问：“对了，你老婆怎么样？”

“还好，在医院观察了一晚。”陈可变了下坐姿，“Sam，我暂时先不考虑接戏——”

陈可话还没说完，Sam就跳了起来：“什么？！老陈，你在开玩笑吧？你出道多少年了，好不容易等来这个机会，你想什么呢？”

“李燃下个月就要生了，我不能这时候离开。”

Sam仰天长叹：“我知道你们感情好，可是生孩子，你一个大男人又帮不上忙。”

“等过半年再说吧。”

“半年？！”Sam的情绪加倍激动，“别说半年，你这戏还有两周就播完了，别的戏再一起来，就没我们什么事儿了。我恨不得明天就把你塞进剧组，你还和我说‘半年’？半年黄花菜都凉了，咱们得有新戏接上才能保持热度啊！”

“你先别着急。”

Sam说的这些，陈可何尝不知，虽说他平常很“佛系”，但哪个当演员的不想红。陈可一直把演员作为自己最尊重的职业，也梦想有一天能得到专业上的认可，但家庭一直是他人生中极为珍视的一部分，此次突然翻红恰逢老婆临产，真是叫他无比纠结。

见陈可犹豫，Sam又打出了感情牌：“老陈，我们这么多年互相不离不弃，你也得为我想想，是不？好不容易有这么个机会，你也让我在圈里风光两天嘛。”Sam还想说什么，被陈可一句话堵住了。

“上海剧组。”

“上……上海剧组？有，你看这个。”Sam拿起一个剧本给陈可，“这个班底也不错，还是个大男主的角色。”

陈可翻着剧本问：“什么时候开机？”

“下个月。”Sam见陈可皱眉，马上又说，“时间正好，这个剧才拍两个月。正好李燃生完，你进剧组。月子里有月嫂，你也没处使劲儿，等月嫂走了，你也回家了，不是正好嘛。”

陈可听着，感觉好像有点道理，真不愧是第一次当爹，被人一忽悠就上套。

“那就这个戏啦！”Sam生怕陈可反悔，立马把整套剧本塞给他，“你回去好好看剧本，我马上和制片人联系，进剧组前还有个广告……对了对了，还得给你物色一个新助理，事儿可多了……”

Sam畅想着两人的远大前程，陈可在一旁充耳不闻，翻了几页剧本便拿起走人。Sam又急吼吼在后面关照道：“对了，最近的采访别提你结婚那事儿啊！”

陈可回头，眼神似利剑，Sam一下就屄了：“不是让你隐瞒，是没人问，咱就不主动提嘛。”

四十八小时过后。

李燃在家除了吃吃喝喝就是“躺平”，没事就强迫自己认真数胎动，不然就是上网添置宝宝用品。琴姐好不容易逮到李燃在家，天天来给她炖各种补品。

“妈，医生都说了，怀孕后期体重长得最快，再这样吃下去，我要顺不出来了。”

“呸呸呸！说的什么话。我生你的时候一顿能吃一只鸡，看你现在吃饭就像小鸡啄米。我们那时候是没条件，现在给你们多补补，还嫌这嫌那，你不表扬我就算了，爱吃不吃！”

“啊哟！我说一句，您能回篇小作文，咱不至于哈。我吃还不行吗？”李燃一边吃一边说，“其实你不用天天往这儿跑，陈可每天都帮我准备的。”

虽然陈可的厨艺一般，但也比琴姐时不时找来一个偏方做的“黑暗料理”安全。

“陈可是我从小看着长大的，我能不知道嘛。不是妈说你，结婚后都是陈可在照顾你，你这回当妈了，也该成熟点了，知道吗？”

“你嫉妒我啊？”

“这孩子怎么说话的……你说陈可吧，也奇怪，当年怎么说回来就回来了，读完国外高中，回来高考多难啊！还白白浪费了一年，又得复读，多可惜啊！”

“他要不是考文化课的时候发高烧，肯定第一年就能录取。陈可就是天才，专业成绩又好、人又帅，你不知道大学里有多少女生喜欢他。”

“我怎么会不知道，初中的时候就有女生给他写情书，还被你嘲笑，你忘啦？”

这一问唤起了李燃的记忆，那是十五年前的夏天……

上海老式里弄里，三五成群的小孩儿在嬉戏，旁边的阿姨爷叔有的在洗菜，有的在晾衣服。

一个十几岁的小男孩儿独自走着，突然从他后面跑过来一个同龄小女孩儿。

“陈可，你刚上初中就收到女生的情书，羞羞。”说话的正是和陈可同校的李燃。

“你怎么知道？”陈可面无表情。

“学校好多人都知道，而且不止一个人给你送，是吧？”李燃有点看八卦的意思，“你除了长得好看，也没其他优点嘛。怎么有人鼻子这么挺啊！”李燃在陈可脸上比画，露出了手上的伤痕。

“你的手怎么了？”

“下课的时候被人撞了一下，不小心蹭到墙壁了。”李燃不以为然，依旧八卦着陈可的情书。

“以后我等你一起回家。”

“好啊，反正我们就住隔壁，以后再有人给你送情书我就替你挡了，谁让姐姐比你大三个月呢！”李燃一副大姐大的模样。

“谁？谁收到情书？”另一个小男孩儿从旁边蹿出，他也是住在陈可隔壁的邻居。

“韩天一，怎么又是你？”李燃好像有点烦他。

“我找我兄弟，关你什么事？”

“欠揍！”

李燃一路追打韩天一，陈可在后面也加快了脚步，三个小伙伴奔跑着，消失在弄堂拐角处。

…………

“好像是有这么回事。”李燃笑道，“他从小就像小老头儿，平常都没有表情，谁想到还有那么多女生喜欢他。”

“又帅又有才……”琴姐看看自己的女儿，“他怎么会看上你？”

“你女儿天姿国色好不好？”说着，李燃突然打了一个嗝，在家几天感觉裤子都紧了，她嘟囔着，“还有小半个月就生了，要不要再买裤子啊？”

“当然要买咯。”琴姐激动，“你别看后面就半个月哦，小孩儿长得很快的，你天天要去楼下散步，裤子一定要舒服的哦，囡囡。”

“知道长得快还塞给我这么多东西。”琴姐刚要张嘴回撑就被李燃打住了，“我知道，我知道，都是为了我好，吃就对了！”

李燃吞下最后一个鸽子蛋，挪了挪身子，慢慢到旁边的称上去称体重。还好还好，118斤，看来只胖了肚子。李燃给自己的目标是到生孩子前体重涨幅不超过20斤，还有2斤的余额。

琴姐凑过来：“你怎么回事啊，都快生了分量也不上去，真的要气死人哦。你妈妈我以前身材不要太好哦，穿旗袍，腰是腰、腿是腿的，都是因为生了你，现在都回不去了。”

“你这也嫉妒你女儿啊，大不了等我生完了，这些孕妇裤都送给你，我看尺寸也差不多。”李燃偷笑。

“你这小孩儿，还是去上班太平点。”

“您倒提醒我了。”说着，李燃打开微信。

M集团公共区域，Cindy正在和同事Lisa聊口红色号，突然收到了李燃的微信。

“又是你们那个李总监啊，她不是已经请产假了嘛，怎么还天天要你汇报工作啊？”

Cindy叹一口气，道：“要不是因为那天的乌龙事件，我们李总非得上到生不可。”

“也太强悍了吧。听说她之前开过好几个助手，你算是留在公司最久的一个了。”

“我从实习就开始跟着李总了。她看着强势，但都是对事不对人。上次汇报工作，我复印错了文件，还是李总帮我解的围。我们李总虽然工作节奏很快，但跟着她也能学到很多东西。这个楼盘，她花了很多心思，担心产假结束前就会启动。”

“哦，那是得上心，这公司惦记这项目的人太多了……”

“两位美女在聊什么呀？”David从旁边经过，像是专门来套近乎的，目测今天他这个背头得用了半瓶发蜡。

“在说林总今天的发型太帅了。”Lisa给了Cindy一个看油腻男的眼神，拿起杯子起身去茶水间，“林总慢聊。”

David顺手摸了一下自己的背头，自信心顿时爆棚。回过神来，他将一个礼品袋放到Cindy桌上：“客户送的，我一个大男人也用不了，看你一直加班，就当是替你们李总慰问你啦。”David说完潇洒转身，又不由自主地摸了一下自己油亮的背头，最后不忘回头补上一句，“你工作快满一年了吧？”

Cindy愣了一下，她大学实习就在这里，毕业后继续跟着李燃，算算日子，一年的正式合同也快到期了，David此言有何意？她打开袋子，是一整套大品牌口红，价值好几千元。

此时李燃的微信消息又来了，Cindy匆忙将袋子放到脚边，回复消息……

落日时分。

“我回来了。”陈可进家门，换鞋、挂外套，却不见老婆的身影。

“我在这里。”李燃气呼呼地挺着大肚子从卧室里出来，“我今天一定要投诉到底。”

“怎么啦？”

“都是这个快递！”李燃一边给陈可看手机，一边气愤道，“这个快递到上海三天了，就是不给我送。”

“什么东西，这么着急？”

“孕妇裤，再不来我都要生啦！”说着，李燃又拨通了快递小哥的电话，“喂，陈师傅啊，你刚刚干吗挂我电话，我的快递今天到底能不能送到啊？”

只听快递小哥在电话那头喊：“积压的件实在是太多了，好几个地方都已经停运了，我们这里人手也不够啊，你不着急的话再等等行不行？”

“不行！”李燃语气坚定，“我的东西很重要，非常重要，今天一定要帮我送到，不然我投诉你。”

“你东西有这么着急吗？”快递小哥也急了，“我一天接十几个电话都是催件的，上次一个女的也说急急急，搞了半天就是件衣服。行，我一会儿就帮你送来。我倒要看看你什么东西这么着急。”快递小哥也真是被逼急了，说话很冲。

挂了电话，李燃有点蒙：“老公……”

“我听见了。”

“他知道了是裤子会不会报复我啊？”李燃一秒变𡚸。

“你别瞎想。”陈可调了一杯柠檬膏给李燃，“最近他们快递爆仓，估计催的人太多了，一会儿来了我去开门。”

李燃接过杯子喝了一口，像是在给自己压惊。

“叮咚。”门铃响。

“这么快？”李燃赶紧乖乖坐到沙发上。陈可去开门，只见一个壮汉拿着一个小包裹说：“501，快递。”

陈可接过包裹道谢。

快递小哥语气较刚才平和了一些，但还是忍不住追问：“什么东西啊，这么着急？”

“我老婆的孕妇裤，快生了。”

陈可说得坦然，快递小哥反倒释然了，他往里一张望，沙发上坐着个人，但看不到脸，只见到个大肚子挺在外面。“嘿，我当什么呢。”快递小哥说着就快速往楼下跑。

陈可在后面喊：“辛苦啊，兄弟。”

快递小哥摆摆手，赶着送下一单去了。

陈可关门，回头看见李燃正对着他竖大拇指。

第三章

居然错过了第一眼

预产期一周倒计时。

李燃在家里无聊至极，天天掰着手指头算日子。她坐在餐桌旁刷微信，之前在街道上课时加入的妈妈群里正聊得热火朝天。李燃先前一直埋头工作，对这个群基本是屏蔽的，现在天天闲在家里，便时不时进去“潜水”看看。

蔡蔡Yan：“姐妹们，我今天羊水70了，不及格，估计要被关进去了。”

静静o：“我是血压高，已经被关进来了，而且还睡走廊……”

可爱熊猫猫：“那我104也要被关吗？”

蔡蔡Yan：“不少于80就没问题。”

静静o：“有的80多，医生也说少。”

FANG星：“39周还要内检的，害怕……”

可爱熊猫猫：“内检还好，有些条件不好的还要塞个球……”

豆丁：“我吃过黄体酮，好像生的时候要手剥胎盘……”

无问西东：“姐妹们，我37周多还没入盆咋办？”

…………

“还好我入盆了。”李燃一边自言自语，一边打哆嗦，感觉看消息就像在看恐怖片，瑟瑟发抖，“不行了，再看下去都不敢生了。”

“那就别看了。”陈可在餐桌对面削水果。

李燃说着不看，但手指还在不停滑动。

可爱熊猫猫："你们产检，老公都陪吗？"

FANG星："不陪啊。"

蔡蔡Yan："老公'一百年'上班。"

静静o："我们家的，一到产检就要上班去了……"

豆丁："我之前都是婆婆陪的。"

李燃看着对面削苹果的陈可："老公，好像每次产检都是你陪我去的。"

"不是'好像'。"

"还会有老公不陪老婆产检的吗？"

"忙吧。"

"你也很忙啊！借口，都是借口。你看妈妈群里好多老公都不陪的。"

"知道我珍贵了吧？"

李燃嘟囔道："这不是应该的嘛，孩子又不是妈妈一个人的。"说着，她往群里也发了一条消息："我每次产检都是老公陪着去的。"

她刚发完，群里就噼里啪啦被"别人家的老公""这样的老公请给我来一打"此类的话刷屏。李燃有点嘚瑟，但后面马上也有妈妈发了"我老公也是""我老公也陪我去的"这样的话，女人们爱攀比的心可是从未停止过。

陈可浅浅一笑，自己这个老婆有时候还真像个长不大的孩子。他把削好的苹果递给李燃，问："去医院要带的东西都准备好了吗？"

李燃接过苹果："你是说待产包吧？都差不多了。吸管杯、产褥垫、睡衣、棉柔巾、宝宝的抱被、小袜子、新生儿尿布……"

陈可惊讶："这么多东西？"

"当然！生孩子欸，不信你生个试试。"看着一旁愣愣的老公，李燃笑着起身进卧室，"我还是再去检查一遍比较放心。"

不一会儿，李燃拿着个大包从卧室里出来："东西都在这儿了，万一有特殊情况，这待产包你一定要记得拿哦。"说着，她把包往沙发上一放，“老公，再陪我出去走两圈，你老婆一定要顺产。”可是她话音未落就听见外面雨水滴滴答答敲打玻璃窗的声音。

“这怎么下雨啦？”李燃有点失落。

“还走吗？”陈可问。

“走！一天也不能落下，现在是最后的冲刺阶段。”

“那走楼梯吧。”

“行！”

陈可陪着李燃走楼梯。走廊上，他拉着老婆的手，被她调皮地甩开。李燃故意很慢很慢地走，还用慢动作摆臂。陈可一把拉过她的手腕钩住：“只要挽着我，随便你怎么走都行。”

李燃笑了。

两人讨论着宝宝的小名，俨然是一对即将迎接新生命的甜蜜夫妻。

陈可：“快元宵节了，叫‘小汤圆’怎么样？”

“你才被人一口一个呢。”李燃嫌弃这个名字，“你孩子搞不好以后也是个名人，小名也得有范儿。”

“为什么是儿子，不是女儿？”

“才不会呢，女儿就要和我争宠了，肯定是儿子。”

“不管是儿子还是女儿，都影响不了你。”

李燃笑了，走了几级台阶，突然问：“老公，你觉得‘想想’怎么样？想念的想。”

陈可笑：“那以后再来一个女儿就叫‘念念’。”

“想得美，要生你自己生……”李燃一边走楼梯一边喘气，不知不觉已经走到了9楼。突然，她觉得身体不对劲儿。

“老……公……”这一声叫得比蚊子声还细，她伸手想抓陈可，差一点点就抓到了，但前面的“怨种”老公还在自顾自地往上爬。李燃瞬间表情狰狞，抱着肚子蹲下……

陈可走到10楼拐角突然兴奋地叫道："我想到了，小名就叫——"这时，他猛地回头才发现老婆不见了，再定睛一看，自己老婆瘫靠在下一层的楼梯拐角处，于是赶紧往下跑。

"你怎么啦？"陈可蹲下，一脸紧张。

李燃一头冷汗，紧锁眉头，嘴巴一直在动，陈可瞬间会意："你先别骂我，肚子痛还是哪里不舒服？"

李燃好不容易蹦出一个字——"水"。

"要喝水？你撑着点，我回去拿。"陈可起身就要往楼下跑，结果被李燃一把揪住。李燃恨得牙痒痒，手指指下面。陈可一看，老婆的裤子湿了一小片，他竟也慌了。

"水……老婆，你……羊水破了？"

李燃对眼前这个傻老公点点头，做了一个打电话的手势，虚弱地说："120。"

陈可感觉此生第一回如此慌张，他赶紧掏出手机拨通电话，又连忙走出楼梯间，去按电梯，想先把老婆扶回家。没想到电梯一直没反应。此时陈可让自己先冷静下来。对，防止羊水流得过多要先平躺。于是他迅速赶回李燃身边，托着李燃的后背，让她先慢慢半平躺。

"咚咚咚。"楼上传来脚步声。

快递小哥从楼上跑了下来，大冬天跑得一头汗。他见陈可在狂按电梯，随口说了一句："你们楼的电梯坏了，我从17楼跑下来的——啊哟！"他瞥见瘫在一旁的李燃，吓了一跳："这咋的啦？"

"羊水破了，要生了。"陈可还在拼命按电梯。

"赶紧送医院呢。"

"已经打120了。"

"你别按了，电梯真坏了。"

陈可停手，突然想到了什么，对李燃说："我去拿待产包。"还不忘嘱咐旁边的快递小哥："兄弟，帮忙看一下。"

说着，陈可像开足了马力，往楼下冲去，留下李燃和快递小哥两人。

此刻的李燃真是尴尬到不行，她懊悔至极，心里把陈可骂了一万遍。

快递小哥也有点不自然，最后蹦出一句："俺不动你啊。"

陈可真是豁出命地跑，不一会儿就赶了回来，额头上冒出一串串汗珠。他看着老婆难受的样子，再看看坏了的电梯，心急如焚。

"不能再等了，我抱你下去。"

"啊？！"李燃和快递小哥异口同声道。

陈可背着大包，再来抱李燃就有点重心不稳。

"兄弟，搭把手啊。"陈可对快递小哥叫道，"我抬身子，你抬脚。"

"啊？！"李燃和快递小哥又是异口同声。

"兄弟，注意，得平一点。"

"你媳妇可够重的啊。"

"她以前不这样。"

快递小哥一边抬着李燃一边看着陈可："大哥，你眼熟啊。那个……那个……李一凡？"

"老片子了，最近火的是'肖杨'。"

"对对对，大明星啊！"快递小哥一下来了精神，"还真是你，上次我就觉得你脸熟，你那个电视剧，我女朋友老喜欢了，你帮我签个名啊。"

陈可一边走楼梯一边冒汗，挤出一句："下次送你签名照。"

"你这么忙，下回不知道什么时候能碰上了，就今天呗。"

陈可掂一掂手上的老婆："今天有点……不方便……"

李燃觉得自己正处在大型"社死"现场，心里恨得牙痒痒："你们两个闭嘴……啊哟，好痛……"

"大姐，你别说话，动来动去的，不好搬啊。"快递小哥当是在搬货呢。

李燃悔得肠子都青了，下雨天就是老天爷要人太平点，没事走什么楼梯啊，丢脸丢到太平洋了。

陈可和快递小哥把李燃搬下楼时，已经看到120的灯在闪烁了。

“这儿！这儿！”快递小哥叫着。

陈可脸上的汗珠大颗大颗往下滴。

从救护车下来的两个医护人员赶紧拿担架过来，陈可喘着气清晰叙述：“产妇十五分钟前羊水破了，有腹痛，神志清醒。”

“赶紧上车，孕妇羊水破了，耽误不得。”医护人员经验老到、动作麻利，一下就把李燃抬上了车。

陈可也迅速陪同上车，不忘回头重重拍了一下快递小哥的胳膊：“兄弟，谢了。”

120开启警示灯，一路飞驰。

“记得我的签名照！”快递小哥在后面追喊。

到了医院，李燃已经感觉到宫缩。一开始，她还能忍，到后面就抓着床杆浑身发抖。陈可见老婆这么痛苦，脸上虽然保持冷静，但抿嘴的动作已经透露了他内心的焦急。

“我去和医生申请剖腹产。”

“不行……”李燃摇头，“我要自己生，我就不信了……”

“你别说话了，保存体力。”

“啊——嗯——”李燃终于知道了宫缩的威力。

陈可看着老婆难受的样子却又帮不上忙，只好去求助医生。

病房对面，值班医生办公室。

“医生，我是李燃的家属，孕妇什么时候可以进产房？”

“刚送来的那个，是吧？前面检查过了，还早着呢。”医生低着头，习惯性地回复着。

“都这样了还早？”

“头胎吧？”

“是啊。”

“这才刚开始。”

“刚开始？”陈可听到这话明显开始急了，“那打无痛行不行？”

医生终于抬头：“没到指标，而且羊水破了上无痛也得谨慎。”

“直接剖呢？”

“剖腹产也是有指标的，产妇现在的情况，还是建议顺产。”

陈可急了：“这也不行，那也不行，你们有没有点同情心啊？”

“这位家属，你冷静点，男方也要保存体力哦。”

陈可一愣，男方保存体力，什么意思？与医生交谈无果，陈可无奈只能先回产房，此时的李燃好像比先前好一点了。

“老婆，感觉怎么样？”

“我想吃炸鸡……”李燃痛得一阵又一阵，也奇怪现在怎么还能满脑子都是鸡翅和汉堡。

陈可又是一愣，马上下单！

晚上，李燃就这样痛一阵好一阵，到后半夜宫缩加剧，她已经痛到怀疑人生。陈可看老婆这样终是绷不住了。

“还是剖吧，你这样硬撑不行。”

“不剖。”李燃呼吸两口气继续道，“我天天走一万步就是为了顺产，坚决要顺！要顺！”

看着李燃痛苦的样子，陈可焦心不已。

“一个就够了……”

“你闭嘴。”

男方的态度叫人感动，可惜这时候，再动听的情话都会被嫌弃。

夜间，护士又来检查过几次，但李燃的宫口依然连两指都没开到，如果让她形容此时的感受，应该就像有辆坦克在她身上来回碾压。

第二天一大早，医生来查房，测出来宝宝胎心不稳，而且距离羊膜破裂已经超过十个小时，胎儿这样长时间在妈妈肚子里很可能会缺氧。

医生解释道："现在情况就是这样，如果家属同意，可以采取剖腹产。"

"我可以……"李燃挤出最后一个字，"顺。"

"现在是要看宝宝的情况，我们不能冒任何风险。"医生说着，旁边胎心监测仪的数据开始不好了，"立马准备手术，家属准备签字。"

顿时，气氛紧张。

"剖——"李燃不等陈可说话已经喊了出来。

经历了一个晚上的煎熬，此时的李燃已经到了崩溃边缘，她好像用尽最后一丝气力喊出这个字，如释重负。

住院医生拿了一堆文件给陈可。陈可皱眉看着这堆要签字的文件，听医生说着各种可能发生的情况，感觉一个个字符悬浮在空中，脑袋嗡嗡直响。最终，陈可落笔，一阵签字一阵忙乱，然后看着老婆被推进了手术室。

手术室的门关上，陈可突然想起什么："糟了。"

琴姐在家里煲汤，李总正准备出门去公司。

"老头子，你慢点，先来帮我试试这个汤，一会儿我给燃燃送去。"

"你煲的汤还用试啊，那就是五星级餐厅的水平。"李总笑眯眯地走过来。几十年了，他对老婆除了夸还是夸。

"那是的喽，不然你能一辈子吃我做的菜啊。"琴姐撒娇，虽然她的手艺很一般，但李总每次都能把她夸上天。琴姐正笑着，手机就响了。

"喂，陈可啊，正好我刚刚煲好汤——什么？"琴姐夸张地叫出来，"好好好，我们马上过来。"

李总赶紧凑过来："怎么啦？"

"要生啦，要生啦！赶紧赶紧，我们去医院。"琴姐越说越激动，突然画风一变，“你……你……你拿好汤先去开车，我换身衣服就来！”

“什么时候了还换衣服啊！”

“要换的呀，重要时刻呀！”

“行行行，那你快点啊，我楼下等你。”

同一时间，手术室内。

李燃被两个护士抬上手术台，这个房间冷气超强，这让李燃对宫缩的痛感注意力转移了一些。护士要求李燃将身体弯成虾的形状，完全没有经验的李燃有些紧张，但此刻只能乖乖听从护士的指令。

麻醉师进来了，一边和护士聊着周末去哪儿玩，一边给李燃上麻药。突然，李燃感觉背后一阵凉意。瞬间，要命的疼痛感消失了，李燃感叹这是人类最伟大的发明。此时，主刀医生过来了。

“这里有感觉吗？这里呢？”麻醉师点点李燃的肚子和腿。

“没有。哦，不，腿还有感觉。”

“再加点剂量。”主刀医生说。

“现在呢？”麻醉师问。

“没有了。”李燃感觉整个后背到大腿都凉凉的。

“好，准备开始。”

手术室外走廊上。

“爸，妈，这里！”陈可看到琴姐和李总，赶紧向他们招手。直到琴姐到了跟前，一夜未眠的陈可立马来了精神。

琴姐今天绝对是隆重打扮，再加上这艳丽的口红，颇有几分港姐比赛台下评委的架势。李总悄悄和陈可说：“你岳母今天劲儿使大了。”陈可会意地一笑。

这话被琴姐听到了，她立马反驳：“你们懂什么，宝宝出来见到第一个人一定要面相好的呀，这样宝宝才会越长越漂亮，晓得吧？”陈可和李总听着连连称道。

“进去多久啦？”琴姐张望。

“半小时了，昨天晚上羊水破了，医生担心宝宝有危险，现在采取剖腹产。”

“昨天晚上就破啦？”琴姐一脸惊讶。

“是，昨晚120送过来的。”

“还惊动了120啊！”琴姐激动了，“这么大的事，你怎么不和我们说的啦？”

李总立马出来给女婿解围：“陈可是怕和上次一样乌龙，不想你白跑一趟。”

“啊哟，你看看你，都累成这样了，早饭也没吃吧？”琴姐看着满脸胡楂的女婿也很心疼，“燃燃没这么快出来的，我们守在这里，你赶紧下去吃点早饭，后面还有的忙咧。”

陈可犹豫片刻，道：“那我很快回来。”

楼下小超市。

陈可随便买了个包子，刚要走，无意中透过冰柜门反光隐约看到了自己的胡楂，他突然想到琴姐的话——宝宝要看面相好的人才会长得漂亮。

“你好，有没有刮胡刀？一次性的也可以。”

“你看看那里，没有就是断货了。”收银员指指货架。

陈可一边把半个包子塞进嘴里，一边迅速在架子上搜索……没找到刮胡刀，却看到一瓶发型啫喱。

“埋单！”

手术室内响起一阵洪亮的婴儿啼哭声。

李燃急忙问：“是十个手指十个脚趾吗？”

没有人回答她。片刻后，护士把清理后的婴儿抱到她面前，急促地把婴儿的脸和她的脸对贴了一下，然后托着婴儿的屁股问李燃："男孩儿还是女孩儿？"

"看不清楚啊，是……男孩儿？"李燃一下子反应不过来。

"看清楚了，是男孩儿哦。"护士笑着把婴儿抱了出去。

李燃松一口气，舒心一笑。

男厕所内。

大冬天的，陈可也不管三七二十一，直接把头放在水龙头下冲，然后拿出啫喱把头发乱抓一通，还自言自语道："宝宝第一眼看到的肯定是爸爸。"他对着镜子嘴角上扬，然后以百米冲刺的速度赶回去。

陈可快到手术室时，看到走廊那头一个护士抱出个孩子，琴姐和李总立马凑上前。他看到这一幕，再度急速冲刺，可就差那么一秒钟的时间，宝宝就被护士抱走了。

"男孩儿！男孩儿！"琴姐揪着李总的胳膊激动道，"是我们的外孙。"

"孩子已经出来啦？！"陈可刹住车，一脸惊恐。

"我先看到的，我第一个看到的！"李总兴奋道，"好小一个，我还偷偷拍了照。"

"您第一个看到的？"陈可看着李总炫耀的照片，心里满是不甘和嫉妒。

"就是呀，老头子抢在我前面了。"琴姐也是一脸不乐意。

"燃燃呢？"陈可赶紧问。

"对了对了，护士说妈妈已经被推回病房了，一会儿宝宝也回病房——唉，你头发怎么啦？"琴姐看着陈可百米冲刺后半耷拉的发型，不明所以道。

"爸，妈，你们等电梯，我先赶回病房。"陈可从未如此激动。他狂奔上楼，要在第一时间见到自己的老婆和孩子。

第四章

黄金初乳，老娘的血

陈可一口气跑到VIP病房。这间VIP病房是他特意为老婆订的。经过上次在检查室的一宿，陈可亲身体会到舒适的环境对产妇生娃来说有多重要。

病床上的李燃身上挂着好几根监测仪器的线，陈可眼里透露出几分心疼。他坐到床边，轻轻握住李燃的手：“老婆，你辛苦了，感觉怎么样？”

“总算‘卸货’了，是儿子。”李燃的声音很轻很柔，“医生给我看屁股，问我是男孩儿还是女孩儿，我一时都没反应过来。”她想笑，又担心自己的伤口。

陈可抚着老婆的秀发：“是儿子，以后我们两个保护你。”

李燃的一滴泪顺着脸庞滑下，陈可轻轻拭去老婆的泪珠，亲吻她的额头。

这时，琴姐、李总和推着婴儿车的护士一起进来了。

“囡囡。”琴姐上前，“感觉怎么样啊？阿弥陀佛，菩萨保佑，母子平安。正好妈妈带了汤来，煲了一上午的哦。”说着要去盛汤。

陈可起身：“妈，我看书上说，刚生完孩子要吃清淡的。”

“书上都乱讲的，清淡的怎么补身体？这个，我比你懂的呀，我们以前生完都要喝老母鸡汤的。”

护士一边给李燃调整仪器一边说：“阿姨，产妇刚开完刀，现在身体很虚弱，补不进的，荤汤也不利于开奶。先吃流食，医院都有菜单的。而且，要六个小时以后才能吃。”

“哦哟，怎么现在生小孩儿和我们以前不一样啦，那我这一上午都白忙活啦。”

“怎么会呢？”李总道，“不是还有陈可嘛，他也要补一补的呀。”

“行行，说不过你们。”琴姐笑盈盈地过去看宝宝。现在什么都破坏不了她的好心情。

小家伙在小推车上睡得正香。

琴姐问：“对了，宝宝小名，你们取好了吗？”

“‘想想’，想念的想。”陈可脱口而出，与老婆会心一笑。

“好好，我们的想想将来一定是个有福气的人。”李总激动，“以后和外公一样做生意。”

大家一阵欢喜。突然，琴姐又问：“哦，对了，月嫂，你们联系了吗？”

陈可回道：“月嫂现在在的一户人家还得两天，说结束了就过来。”

琴姐又一激动：“还有！”

“你又怎么啦？”李总问。

“得赶紧给亲家报喜啊。”

李燃看向陈可：“快给爸妈打电话。”

陈可拨通了远在澳大利亚的父母的视频电话，给他们看刚出生的孙子。

琴姐接过手机，兴奋地和亲家交流，说宝宝的鼻子像陈可，嘴巴像李燃。全家都沉浸在新生命降临的喜悦中。只有陈可一直守在老婆床边，帮她捏小腿。李燃的麻药劲儿未过，感觉自己的腿就像两条假肢，又麻又重。

不久，主治医生带着几个护士和见习医生进来。他查看完伤口，突然在李燃完全没有防备的情况下朝她的肚子猛按下去。这一下下去，只听到李燃一声惨叫，然后主治医生接二连三地按……

“啊——啊——啊——啊——”

李燃每叫一声，陈可的心都要颤抖一下，天知道李燃心里飙了多少句脏话。

“看好手势这样按，这是为了排除子宫内的积血，有利于子宫恢复，家属要一直帮她按。另外，注意导尿管，有感觉了松一下。”主治医生嘱咐完就去下一间病房了。

李燃两眼直直地看着琴姐。

“你别这么看我。”琴姐一脸为难，她用手指戳了一下李燃的小肚子，被女儿嫌弃力道太轻，结果用力重重一按，自己叫得比李燃还大声。

旁边飘来低沉的声音：“我来。”

陈可换下丈母娘。他一手下去，只见李燃抓着床单直接飙泪。陈可不忍直视，只能一手抓着老婆的手，一手有规律地帮她按肚子。几下之后，陈可深深皱眉，对于老婆的疼痛感同身受——李燃的手指甲早已把他的手掌深深地刻出五道血印子。

太阳下山后，琴姐和李总被劝回家了。陈可晚上睡在小沙发上，这在产房实属VIP配置。

可是，新手爸妈把产后第一个晚上想简单了。

李燃本来以为生完孩子就能踏实睡一觉，可她不知道剖腹产后身上戴的那些监测仪——量血压、测心跳的——都得陪着她过夜。李燃只觉得这个十分钟响一次，那个半小时震一次，一只手还带着止痛泵，下身插着导尿管，还有那剖腹产的伤口，整个身体就像被绑架了一样……

旁边的小家伙还在哭哭停停。他们忘了，没有月嫂，谁照顾娃呢？

李燃动弹不得，当然任务就落到陈可身上，天知道第一天当爸爸的人有多蒙。

“想想怎么一直哭呢？”李燃在床上干着急。

“我不知道啊。”陈可一脸茫然，“会不会是饿了？”

“上课时老师说宝宝第一天基本不用吃，会排胎便，你快看看。”

陈可拉开纸尿裤一看。果然！

“黑黑绿绿的——是屉屉？”

“应该就是胎便了。”

“怎么弄？”陈可一下愣住了。

“你问我？”李燃也不知道自己在说什么，她躺在床上无计可施，只能求助护士。

陈可一边安抚哭闹的想想，一边在慌乱中按铃。

“怎么了？”护士进来后问。

“宝宝拉屉屉了，还擦不掉……”陈可从没想过自己会说出这样的话。

“这已经拉了很久了，都干了。”护士熟练地擦拭，又利索地给宝宝换上新生儿尿布，“你们要多观察，一会儿还要让宝宝多吸奶。”

李燃惊讶：“没有……奶啊……”

“就是没有才要多吸。”

“哦……”李燃看看自己平坦的胸口，尴尬地一笑。

护士走后，陈可抱起想想，温柔地说道：“爸爸疏忽了，下次你拉屉屉前提示我一下，好不好？”

想想在爸爸怀中渐渐入睡。陈可打了个哈欠，把想想放入小床，自己回小沙发上躺下，可是没闭眼半小时，身旁又传来了想想的哭声。陈可一下惊醒：我是谁？我在哪儿？

“老公，宝宝又哭了。”李燃被浑身的机器折腾得根本没入睡。

“是不是饿了？”

陈可把想想抱到李燃身上，可小家伙怎么都不会吸奶，李燃又不太能大动，两人一个更比一个急。

李燃：“还是叫护士吧。”

真是奇了怪了，护士一来，把小家伙身子一挪、头一摆，姿势就对了，显得李燃和陈可像两个白痴。

就这样，一整个夜晚，两人在此起彼伏的监测仪响声和宝宝间歇的啼哭声以及半小时起床一次的节奏中迎来了日出。

新手父母与人类幼崽的第一个二十四小时亲密相处就在一片混乱中结束，加上前一晚上的折腾，李燃和陈可这两天加起来睡了不到四个小时，而他们不知道的是，今后还有无数个这样的夜晚等着他们。

天渐渐亮起，琴姐和李总早早地来了。正巧医生来查房，叮嘱道："恢复得还不错，一会儿拔了导尿管要尽快下床，防止粘连。"

此刻，医生的话就像圣旨，再不情愿也不能违抗。

经过昨日一战，李燃已经觉得自己身披铠甲，下个床，小事一桩。

可现实往往比预想的要残酷，李燃仅挪动了上半身汗水就湿透了整个后背。天知道剖腹产后第一次下床有多痛苦！她紧紧咬牙坚持，直到脚趾落地。

陈可见她一言不发，但眼泪一大颗一大颗地往下掉，自己却什么力都出不了。他紧张又心疼，只能让老婆把身体往自己身上靠，减轻一些压力。

李燃从抬头到双脚落地这一套动作用了整整八分钟，每挪动一步都像极其精细的慢动作，每个动作间隙还要不停地喘气和擦汗。好不容易双脚落地，她感觉自己的脚就像被钉在了地上，根本无法挪动，也本能地排斥挪动。

陈可一直鼓励老婆："第一步是最难的，踏出第一步后面就好了。"

李燃想回答却一个字也说不出来，只是边落泪边点头，看来她的铠甲还不够硬。

"我们囡囡这次吃苦头了。"琴姐在旁边偷偷抹眼泪，李总也是心疼得不行。

终于，李燃挪动了一步、两步、三步……陈可撑着她走出了病房，终于取得阶段性胜利！但是，每挪动一步，李燃就感到腹部被乱绞一样痛。陈可陪她走出病房一小段，李燃就满头的汗，陈可实在于心不忍：“我们往回走吧，休息一会儿再出来。”

“不。”李燃语气无力却异常坚定，“扶我去前面。”

陈可知道这时候老婆没力气多说话，只能顺着她再往前走……两人走到走廊尽头的拐角，一个体重秤静静地戳在那儿，李燃终于露出了一丝笑容。

陈可傻眼：“你要称体重？”

“没错。”李燃试了几下都无法抬腿，“快扶我上去。”

陈可无奈，用尽力气将老婆扶上称。

李燃的心随着指针一直来回晃动。她心想，孩子都生了，应该回到孕前体重了吧？

指针静止，那一刻，李燃脸上的表情凝固了，一个远超她心理预期的数字出现在圆盘上，只见她两行泪默默流下……

李燃郁闷至极，陈可扶着她龟速回到病房。

护士正在给宝宝检查身体。

“宝宝的体温有点低，妈妈躺到床上去，让宝宝趴在妈妈胸口看体温能不能升上来。”

护士缓慢地把宝宝放到李燃的胸口，让宝宝和妈妈的肌肤贴在一起。

过了一会儿，护士摇摇头：“妈妈的身体不够热，爸爸来。”

陈可顿时眼睛发光，激动道：“给我。”

“把上衣解了。”

陈可腼腆地一笑，随即乖乖听从护士的指令解开上衣，小心翼翼地接过小家伙，把他贴在自己的胸前。这是他和想想的第一次亲密接触。小家伙闭着眼睛，嘴角上扬，嘴唇和陈可的嘴形一模一样，未来也会是个演员吗？洁癖……就免了吧。

李燃躺在床上看着这一幕，内心无比感慨。

宝贝，谢谢你选择我们做你的爸妈，接下来的日子就请多多指教吧。

四天三晚的住院体验终于结束。

经历了宫缩、顺转剖、压肚子、下床等一系列的必经和非必经过程，李燃深深感叹女人当妈怎么能简简单单就用“伟大”这么一个词来形容，简直是梁山好汉，眼前华山一条路，被逼着往前走，并且只能一条道走到黑，因为根本无路可退。此刻的她虽然已经成为妈妈，但似乎对儿子还没什么感觉。而对陈可来说，想想的降临无疑是他生命中的转折点，除了李燃，世界上又多了一个他最亲近的人。

琴姐抱着襁褓中的想想，陈可扶着李燃，李总戴着墨镜俨然一副护送的老大模样，一行人浩浩荡荡地回家。

月嫂已经在家门口等候。这位王阿姨特别厉害，据她自己说，带过的娃快有百来个了，经验十分丰富。之前李燃也纠结过是否要去月子中心，但这个王阿姨说，如果她不能帮李燃开出奶，娃所有的奶粉钱都由她出。李燃想，能说这话的必定不是凡人，况且住家里怎么都比在月子中心自在。

“王阿姨，是吧？”琴姐这时候要发挥特长了，“这次要辛苦你了哦。月子对女人顶顶重要了，缺什么你就和我说，要买什么菜也都告诉我，这两个月就把这里当自己家哦。”

“好的好的，奶奶真年轻欸。”

“哈哈哈哈，哪里啦，我是外婆，哈哈哈。”

一阵寒暄过后，王阿姨进屋洗手换衣服，接手宝宝后就开始了在李燃家的月嫂倒计时生活。

李燃一进屋就被琴姐一路“护送”到卧室，不给洗澡，不给洗头，连牙都不让刷。李燃想，这才第三天，就先忍着吧。她拿出手机发了一条朋友圈：“已于2.19顺利产下小子一枚，母子平安，多谢大家关心，目前安心坐月子中！”发完朋友圈，她便准备躺下休息，不料被王阿姨叫住了。

回家的第一关就是开奶！

“我×！”

王阿姨一下手，李燃全身的汗毛都竖起来了。琴姐第一次听见女儿飙脏话，在一旁惊呆了，再看看女儿好像被上刑的表情，更是不忍直视道：“看不得，看不得，我还是去看宝宝。”然后捂着眼睛逃出了房间。

“王阿姨，这怎么比压肚子还痛啊？”李燃在生娃前把顺产、剖腹产的各种情况都了解了一遍，唯独没有研究喂奶这件事，开奶简直是非人类的“刑罚”！

“生完第二天就应该开奶的，不过现在也不迟，小家伙在医院里肯定喝不够，是不是给加的奶粉？”

“是啊，各种折腾，宝宝也喝不来我的奶。”

“条件这么好，怎么能让宝宝喝奶粉呢？”

“阿姨，我是A哎，这还条件好？”

“不看这个的……”王阿姨一边说一边用手法给李燃开奶，忙得她自己也是一头的汗。

李燃抓着床单，隔着布都把手掌给戳出血印子了。就这样持续了二十分钟，储奶瓶里攒了10毫升的母乳。

“怎么这个颜色？”李燃惊呼，“这奶能给宝宝喝吗？”她疑惑地看着眼前这黄了吧唧的液体。

“这就是黄金初乳。”王阿姨说，“越黄就越有营养，你看人家喂了一两年的，像清水的，不如这种有营养了。”

李燃拿起奶瓶：“黄金初乳……”她顿时觉得自己浑身上下都闪耀着伟大的母性光辉。

王阿姨给想想喂上了奶，小家伙一脸满足，李燃对着他白了一眼——这可是老娘的血啊。

折腾了一天，琴姐和李总被劝回家。李燃坐月子要静养，陈可特意安排王阿姨和想想一个房间，以为这样可以让老婆美美地睡整觉。他不知道还有喂奶这件事，对妈妈来说，“卸了货”只是刚开头而已。

亲自喂奶的妈妈更辛苦，但都说这样不仅可以增进母子关系，还可以帮宝宝建立正常的菌群，提高免疫力。当妈的最听不得这种话，于是李燃开始了每两小时喂一次奶的作息。

白天还好，晚上李燃的睡眠本来就浅，她喂完奶辗转反侧，刚要睡着，王阿姨又抱着想想进来。但是想想太小，喝不了多少奶，喂完后，王阿姨还要用吸奶器帮李燃把奶吸干净。这吸奶器的声音一升一降，李燃还怕吵醒了老公，回头一看，真是白操了天大的心——陈可正背对她打呼噜。

让你粉丝都来看看！

李燃望着身后睡熟的老公，即使他平日里再体贴入微，都无法抵消她此刻内心的不平衡。李燃紧紧握拳、抬手，想把陈可揍醒，忽地又泄气地放下——谁让粮仓在她这儿呢。

吸完奶后，王阿姨给李燃煮了酒酿水潽蛋，李燃一边吃一边看着窗外的月亮，回头看时钟，凌晨3点，还有半小时想想又要来喝奶了，还睡吗？她问自己。

陈可趁着还没进剧组，想多体验一下当爸爸的感觉，于是和王阿姨讨教带娃经。

他一脸期待地说：“给我抱抱。”

王阿姨把想想传给陈可，笑道：“宝爸长这么帅，会抱娃吗？”

陈可小心翼翼地接过想想：“长得帅，学得快。”

王阿姨笑得开心，不料这个亲儿子却一点不给他爹面子，一到陈可手上就开始哭，给他奶瓶也不喝，怎么哄都不行。陈可急得直冒汗，最后只得把想想还给王阿姨，尴尬道："您辛苦了。"

卧室内。

陈可坐在床边帮老婆按肩捶背。

"老公，你觉得我现在漂亮吗？"

陈可愣了一下，说："蛮慈祥的。"看着四天没洗头的老婆，这是他最婉转的赞美。

李燃默默翻了个白眼。

陈可觉得老婆喂奶太辛苦，于是一边给她按肩，一边提议换奶粉："这样你身体会吃不消的，晚上也睡不好。"

"你怎么知道我晚上睡不好？你打呼噜都打到天上去了。"

"老婆，你说得太有画面感了，从今晚开始，你起来时我也起来。"

"你起来干吗？你有奶吗？"

"我也想帮忙，可惜硬件条件不允许啊，还是换奶粉吧，现在奶粉营养也不错，这就是这小子的命。"

"有你这么说亲儿子的吗？不换！"李燃坚定道，"王阿姨都说我条件好了，换什么奶粉？再说了，人家能喂，怎么我就不行了？"

"我怕你睡眠不足月子坐不好。"

说到坐月子，李燃也开始感叹："人家都说坐月子是养身体的，我怎么觉得不是这么回事呢？"

陈可刚想开口，门铃就响了。李燃在卧室内就听到琴姐喜庆的声音，原来是亲戚来看宝宝了。

才刚回家几天就得待客。李燃心有不悦。她平日里是个讲究生活品质的人，出门讲究仪表，会客讲究礼仪，如今这不洗澡、不刷牙，还蓬头垢面的样子就要见"外人"，她真是千百个不乐意。虽然过来的七大姑八大姨都是自家的亲戚，这些长辈女眷早已默认坐月子的女人都一样，但李燃自己心里过不去这道坎。

“快快，”李燃指挥陈可，“帮我把门关起来。”

不料陈可刚起身走到卧室门口，琴姐就推门进来了，还向亲戚们介绍：“燃燃在这里。啊哟，这次我们燃燃吃苦头了，顺转剖，那个下地走路痛的哦，我是看都不敢看的。”

亲戚们一个个进来，对着李燃一顿寒暄。

大姑：“燃燃辛苦了哦。”

二姑：“我们看到宝宝了，和你长得一模一样。”

大姨：“燃燃要好好休息哦，女人坐月子最重要了。”

大姑：“燃燃，看不出哦，你奶蛮多的嘛。”

李燃躺在床上一直点头陪笑，她只觉得自己像个被人围观的奶牛，整个脑袋嗡嗡作响。还是陈可机灵，称老婆要喂奶了，想把一众亲戚请出卧室。

不料大姑开始窃喜：“肖杨，你要多关心关心我们燃燃哦。”

陈可笑着点头，总觉得哪里不对。

琴姐：“肖杨是我们陈可戏里的名字呀。”

大姑：“对对，回头让你女婿给我两张签名照哦。”

不料一个亲戚开了头，其他几个连连发声都说要签名，还要合照。

“没问题！我们去客厅。”陈可连连答应，伺机把亲戚们都请出卧室，还不忘给老婆一个眼神：你老公可都是为了你啊！

李燃眨了下眼，心领神会——陈演员辛苦了。

“接客”的一天终于结束，李燃刚想松一口气，哪知这才是开始。后面接连几天，都有不同的亲戚过来祝贺，琴姐每天都打扮得漂漂亮亮的过来，客套地寒暄、端茶送水，都快成了这个家里最有风情的半个专职接待的主人了。

这一天天的，李燃感觉她来到了一个从未体验过的生活空间，而且被绳子紧紧捆绑着，动弹不得。亲戚们来的时间不是李燃在喂奶的时候，就是刚喂完奶想要休息的时候。不知是否是激素作怪，李燃变得异常焦虑，动不动还会默默掉两滴泪，把陈可弄得不知所措。

琴姐进屋来看女儿，床上的李燃正在抽泣。

“啊哟，囡囡啊，月子里不好哭的呀，眼睛要坏掉的。”

“那你还叫这么多人来？”

“都是亲戚呀，人家要来，我又不能拦着不让人家来。”

“陈可还要看剧本，你带一堆人来，他怎么看啊？”

琴姐立马看向女婿，陈可倒吸一口冷气：“我没事……”

琴姐看向女儿，说：“他没事。”

“他没事，我有事！我晚上已经没的睡了，白天也睡不着，你还带这么多人来，你说，我怎么办？”

“他们走了你就睡呀，宝宝睡，你也睡呀。”

“你当我身上有开关啊，说睡就睡，说醒就醒。”

“那我们以前都是这样的呀……”琴姐也觉得自己委屈。

陈可赶紧上前打圆场：“妈，燃燃现在比较激动，您别放心上。”

琴姐叹一口气，道：“行，行，我出去了，省得让人讨厌……”

陈可在卧室安慰老婆：“别哭了，哭了伤眼睛。”

李燃抽泣：“我还要看合同呢。”

陈可：“看。”

李燃：“看什么看！眼睛都要瞎掉了，不看。”

陈可：“不看。”

陈可看着老婆的样子，说话都变得战战兢兢的。她以前是多么干脆的一个人，现在动不动就林妹妹上身，难道这就是传说中的产后激素失衡？

“老公，我就想安安静静地躺着，”李燃控制不住地抽泣，“能不能别再来人了……”

陈可吞吞吐吐道：“有个事，我忘记和你说了……我爸妈他们说要过来看看孙子。”

“什么时候啊？”李燃有气无力。

“这会儿飞机应该落地了吧？”

“……”

第五章

娃的事，谁说了算？

“叮咚。”

“我来，我来。”琴姐热情地去开门，果然是陈可的爸爸妈妈推着行李到了。

陈可的妈妈乔姨穿着很有派头，戴着一副大牌墨镜，遮住了半张脸，十足的明星相。她摘下墨镜，脸上是精致的妆容，气质十足，陈可的五官果然都靠遗传。

琴姐内心一慌——输了呀！但气势还是要有的。她赶紧整整自己的发型，热情地打招呼：“小乔，哦，不，亲家母，好久不见呀！”

琴姐和乔姨是多年的老邻居。两人在老房子时就喜欢比，每天烧什么菜要比，穿衣服要比，一前一后生孩子也要比，只是没想到最后成了亲家。

“怎么不叫陈可去接你们啦？快快，外套给我。”

“不想给你们添麻烦，你们一定忙坏喽。”乔姨一把握住琴姐的手，颇有几分探测内力的意思，“你辛苦咯。”

“哈哈哈哈哈。”琴姐标志性的笑声响起，“哪里啦，开心的呀。”

陈可也出来迎接自己的父母。

乔姨拍拍他的脸：“儿子，胖了嘛，赶紧带我们去看孙子。”

一听这话，琴姐脸上出现了一个难解的表情——还是亲孙子最重要。

“先看李燃，妈妈最辛苦了。”陈可爸爸说。

“这里。”陈可领着父母先到主卧。

陈可爸爸站在靠近卧室门的地方，乔姨坐到李燃床边握住她的手。

“燃燃，这次吃苦头了哦，小家伙真会折腾人，长大了要他好好孝顺你。”

“妈，你们还特地飞过来，路上很辛苦的。”

“不辛苦，亲孙子，总归要来看的呀。”乔姨咽了下口水，“哦，我给你带了很多澳大利亚的补品，月子一定要坐好的哦。”说着又拍拍陈可：“一定要把老婆照顾好，知道吧？”

“知道了，妈。”陈可和李燃对视一眼，心领神会。

“去看看您孙子吧。”陈可领着爸妈去次卧。琴姐对李燃哑语比画了一下，一扭腰也跟着过去了。

李燃摆摆手，去吧，能清静会儿就成。

次卧里，王阿姨和宝宝正在睡觉。

“宝宝不和妈妈一起睡吗？晚上也这样？”乔姨似乎颇有微词。

陈可解释道：“这个月嫂是熟人介绍的，特别有经验。宝宝晚上和月嫂睡，这样燃燃我们两个都能睡得好一点。”

“晚上丢给月嫂，你们放心啊？”乔姨脸上有点不开心了。

“小乔，一开始我也不放心的。”琴姐跟过来说道，“不过他们小两口在房间装了摄像头，这个月嫂晚上对宝宝很细心的。你不要看不和妈妈睡一个房间哦，想想晚上得喝三四次奶，她一会儿进去一次，一会儿进去一次，我们燃燃晚上基本没的睡的。”上海丈母娘话中有话的本事“一只鼎”（非常厉害）。

乔姨笑道：“最辛苦的就是妈妈了，我们都是过来人呀。我说到我们澳大利亚那边去生，我也好出出力，这小子不肯呀，非得在上海扎根。”

“上海好呀！”琴姐说，“上海有我，你们放心的哦？”

“怎么不放心啦，以前老房子就数你最会带小孩儿了。还有，这个月子一定要坐好的，月嫂多用两个月，这个钱，我们出。”

“亲家母客气了，那我们就不客气咯。”琴姐多爽快的人，从来不假客气，“快去客厅坐吧，宝宝过会儿也要醒了。”

这两个妈妈一来一往就像唱双簧，陈可推诿说要进屋看李燃，立马逃离现场。

客厅里，两对亲家坐在沙发上聊家常。陈可父母的亲戚都在国外，陈可初中毕业后，一家三口就移居澳大利亚，一晃十多年过去了。陈可在高中毕业后理应在当地申请大学，不料他自作主张回国参加高考。说到这个，乔姨就气不打一处来。

“你说这孩子，说风就是雨的。在澳大利亚我就奇怪，怎么学校里的课上完还老看国内高中的书，原来早就想着要回国高考。”乔姨喝一口茶继续，“你说，学表演，国内哪有国外好。”

“国内也蛮好的呀。”琴姐喃喃道。

乔姨继续道：“关键是这小子连招呼都不打，一意孤行，你说我气不气？为这还和我冷战了好一阵，我本来想着他第一年没考上总能回来了吧，结果和我说要复读，我一气就关了他的信用卡。没想到这小子硬是自己边打工边复读，就是要留在上海，把我给气的呀。”

琴姐诧异了：“这么严重啊！我还奇怪咧，你们怎么放心他一个人回来，原来这小子这么有性格啊，不过也说明他有毅力的哦。”

“什么性格啊。”乔姨坐直了身体，“后来我才知道他复读的时候老去李燃的大学自习，后来进大学了还每周都要跨区去‘报到’，雷打不动的哦。”

琴姐眨巴着眼睛，心想，陈可复读的时候，燃燃不是在读大一嘛，这孩子怎么都瞒着他们。不过，此刻这位丈母娘才恍然大悟，原来陈可是为了自己的女儿回来的，不管怎样，架子还是要端一端的。她润了润嗓子：“是哇？我都不知道这个事情呀，他们两个小时候就打打闹闹，谁知道长大了会谈朋友，还结婚咧。”

“是的呀，那你说结了婚不去澳大利亚也就算了，三年都不要孩子，我问他为什么，这小子就说他不想。二人世界也不可能过一辈子的呀，你说，是吧？”

虽然平时琴姐也没少催，但这时候她必须显得自己大度：“小两口有自己规划的，我们做长辈的支持就好了。”琴姐把小表情憋回去，喝了口茶乘胜追击，“我们燃燃在大学里被很多人追的，不过我们家这个傻姑娘也就看中陈可一个。”

“我们陈可在澳大利亚也被一群女孩子盯着的……”

“我们燃燃从小就是班花……”

“我们陈可……”

“缘分。缘分。”陈可爸爸见话风不对，立马打断。李总也来调节气氛。两个爸爸互看一眼——心里有数。

房间里的李燃一直听着外面的对话，她笑盈盈地看着陈可：“每次问你怎么突然就回来高考了，你总是回避，原来你早就惦记我啦，你好早熟哦。”

陈可还未开口，又听见外面李总的声音响起：“谁说不是呢，这都是两个孩子的缘分。陈可出国的时候，我们燃燃在家哭了好久，那个伤心哦，原本两个孩子感情就好——”李总还没说完，就被琴姐用胳膊肘一撞。

房间里的陈可听完，刮了下李燃的鼻子：“哭了多久啊？”

李燃憋红了脸。

九年前，师大校园内。

“你已经不是第一次这么说了。”陈可站起来，他步步逼近李燃，“你说我已经有喜欢的人了，是谁？”

“我……我怎么知道？”李燃想逃走，反被陈可一手挡住，“初中你就喜欢帮我挡桃花，为什么？”

“姐姐大你——”

“认真说。”

李燃被陈可冷峻的眼神直勾勾地看着，心里有点慌，她一双水汪汪的眼睛睁得很大，眼神飘着，像在求救。

“桃花都被你吓走了，”陈可凑近李燃，“你要负责到底。”

李燃闻此一惊，抬眼碰到陈可的睫毛，她大气不敢喘，却听到了陈可的呼吸声。李燃弱弱问了一句：“怎么负责？”

嘴上这么说，但她心里笑开了花。她忍不住嘴角上扬，谁知此时陈可突然退后，像没事人一样问：“我今天过生日，你送我什么礼物？”

调戏我？姐姐是被你耍着玩的人吗？李燃嫣然一笑：“负责到底。”说着上前亲了一下陈可的唇，蜻蜓点水，接着得意地一笑，而后逃之夭夭。

客厅里，双方父亲还在闲聊。说到女人坐月子，乔姨建议李燃多下床走动。琴姐觉得，我们中国人坐月子就是要躺在床上，不能洗澡，吃饭也要端到床上，不能受一点凉，哪儿哪儿都马虎不得。

“我们那里只要生完孩子，医生就让你喝冰水的，说是对子宫恢复有好处。这个我觉得要看个人体质的，不过……”乔姨笑笑，“现在都什么年代了，不洗澡不刷牙好像有点夸张哦。”

“不管什么年代，传统都不能变的呀。”琴姐什么时候认过输。

“传统管传统……”

眼看着两个妈妈又要戗起来，王阿姨抱着想想出来了：“宝宝醒了——”

这一下四个老人同时激动了，四个花白的脑袋齐刷刷地转头看向后方，又同时起身去看宝宝，好不热闹。

乔姨冲在最前头，看着小小软软的孙子，眉开眼笑道："几十年没见过这么小的孩子了。"她想抱又不敢抱。

这王阿姨也是护得紧，自己抱着不撒手。

乔姨突然惊呼："这怎么还穿着袜子呀？"

琴姐呆住了："怎么，你们那里小孩儿都不穿袜子啊？"

"医生都建议不穿的，小孩子的脚有自己调节温度的能力，你让他光着，以后体质会很好的。来来来——"说着，乔姨就要出手去扒想想的袜子。

"不好这样的，宝宝袜子不好脱的，脚着凉，寒气要入体的。"琴姐着急过去护住宝宝，也不知道是不是吓到想想了，小家伙一下就哭了起来。

卧室内，李燃和陈可越听越觉得不对劲。

"要打起来了，你快出去看看。"李燃把老公推出去，自己坐在床上探头看着外面的情况。

"妈——"陈可及时赶到，拦在两位妈妈中间，抱过想想，"不哭哦！你看谁来啦，爷爷奶奶来看你啦。"

陈可抱着儿子，一直在用眼神暗示他：这回你一定得给你爹面子，不能哭哦。

"哇——"

陈可放弃了：儿子，咱俩也太没默契了。

王阿姨出来解围："到点了，宝宝怕是饿了。"

"对对。"陈可如释重负，赶紧把想想抱进李燃房间，乔姨也跟着进去了。

李燃抱着想想觉得怪怪的，难道要在这么多人面前喂奶吗？她迟迟没有动作，假装没有听到想想的哭声。

"燃燃，你怎么不喂奶啊？"乔姨问。

陈可看出端倪，解释道：“妈，燃燃不习惯……”

“什么不习惯？”乔姨一时没反应过来，她看看李燃，突然明白了，“哦哦，我出去。”她说是出去，但脸上不乐意了——把我这个奶奶都当外人了。

太阳下山后，陈可询问父母的意见，是住家里还是住酒店。乔姨觉得来自己儿子家还去外面住酒店实在是太见外了，可是陈可爸爸说李燃坐月子肯定有很多不方便的地方，所以最后还是决定出去住就近的酒店。

“亲家母，不好意思啊，今天都来不及给你们接风，明天我过来亲自下厨给你们补上。”琴姐笑道。

双方亲家寒暄后，陈可送父母去酒店。待琴姐老两口也走后，家里终于恢复了难得的平静。

李总在开车，琴姐坐在副驾驶座。

“你说这小乔，只是出去几年又不是生在那里的，她儿子是明星，她又不是，还戴个墨镜，还一直‘我们澳大利亚’，好像澳大利亚是她开的。什么都要和国外比，还不穿袜子呢，要冻坏我们宝宝啊。”

“你别这么说，她到底是陈可的妈妈。你没听到啊，陈可就是为了我们女儿才回来的，就冲这一点，我也放心把燃燃交给他。”

“陈可，我是喜欢的呀，你看看结婚这么久他都没让燃燃洗过一个碗，我怎么没这么好的福气？”

“你看你，又说到哪儿去了。”

“我不管，明天我就要烧一桌好菜给她看看。以前她就喜欢和我比，我买带鱼，明天她也要买带鱼；我夏天做条真丝裙子，她隔天就去买料子。她出国这么久，我就不信厨艺还能比当年，得让她好好尝尝我地道的上海菜。”

“吃不消你们，一把年纪了还要比。”

李总不禁摇头，听着副驾驶座上的老婆一路唠叨。

陈可洗完澡回到房间，看到李燃在发呆。陈可抱住她，他了解自己的老婆，她是多么骄傲的一个人，但在特殊时期无奈得改变很多习惯。哺乳期妈妈的不易，他都看在眼里却又无能为力，很是心疼。

“老公，其实我就想安安静静地坐月子，除了你和王阿姨，我谁都不想见。”

“早知道这样，应该去月子中心的。”

“早知道喂奶是这样的，我应该早点给自己做心理建设。”李燃想到明天家里又是一堆人就头痛，“老公，爸妈住酒店还好吧？”

“没问题的，你放心吧，赶紧睡，一会儿想想又要来了。”

李燃苦笑，是啊，这个小家伙喝奶前和你急，喝完奶就对你笑。只知道吃喝拉撒，说的就是人类幼崽吧。没办法，谁让他是自己亲生的呢。

李燃睡下，陈可轻轻关上门，进了书房。

陈可灌了一大口黑咖啡，翻开厚厚的剧本。新剧开机在即，真叫人头疼。

陈演员认真地在剧本上做着笔记。

窗外的光线渐渐亮起。

翌日。

大清早，琴姐采购了大包小包的食材就往女儿家赶，一进门，她直接钻进厨房忙活，关着厨房门也能听到里面洗菜哗啦啦、锅碗瓢盆丁零当啷的声音。

李燃刚睡下不久就被吵醒了，她无奈地起身，进了厨房，看着亲妈，忍不住问：“您搞这么多菜，要烧满汉全席啊？”

“要给你婆婆接风呀，派头要有的呀。”

“妈，不用麻烦的。”陈可也出来了，“昨天我带他们在宾馆吃过了，也算接过风了。”

“唉，这怎么能一样呢？你爸妈这么远过来，我们要懂道理的呀。”

“那您在家整完带过来行不行，我这刚睡着的……”李燃怨气连连。

“没办法呀，很多菜都要现场搞的呀。”

“陈可通宵看剧本，你这样，我们都没法休息了。”

“哎哟哟，怎么看通宵啦，身体要坏掉的呀。快，你去睡觉，你也去，这里不用你们操心的哦。”琴姐边说边推着女儿女婿出厨房。

两人回到房间，像两个游魂般瘫倒在床上。

“叮咚——”

半小时后，门铃又响了。是陈可的爸妈来了。

陈可耷拉着眼出来：“爸、妈，早。”

“还早啊？”乔姨看见在厨房忙碌的琴姐，不禁责怪儿子，“这亲家母一个人在忙啊，你也不知道搭把手，我明天再早点过来。”说着，乔姨就脱下外套，卷起袖管，冲进厨房：“亲家母，我来帮忙——”

陈可心想，完了完了，非世界大战不可。

卧室里的李燃听到外面又是说话声，又是锅子铲子丁零当啷的声音，真是一个头两个大。这两天奶又少了，想想连着两顿都没喝饱，小家伙在旁边急得直哭，王阿姨只好用上了奶粉。李燃心里着急，又觉得脑袋昏昏沉沉的。陈可看她脸红通通的，帮她量了体温，一看竟然有38.2℃。王阿姨有经验，说李燃是因为堵奶，发烧了。

“怎么会堵奶的啦？”琴姐进来，“发烧了怎么办，要去医院吗？”

“要吃药吗？”乔姨也紧张了，“吃药就不能喂奶了哦。”

琴姐急了：“再不能喂奶，药也要吃的呀！”

“我不是这个意思呀。”

“我知道你什么意思的。”

“那你倒说说我什么意思？”

…………

一屋子的人被两个妈妈突如其来的干架阵势吓到了，陈可刚想开口劝架，却被口袋里的手机不断打扰。他掏出一看，是Sam连发的三条微信：“记得看剧本！”“记得看剧本！”“记得看剧本！重要的事情说三遍！”

陈可把手机一关，心道，看个鬼。

眼前的场景真是乱成一锅粥。两个妈妈在不停对峙，两个爸爸在不停劝架，王阿姨在不停解释堵奶的情况，她怀里的想想又哭个不停，房间里充斥着聒噪的吵闹声。这些声音在李燃耳边持续不断地嗡嗡作响，她终于忍不住要爆发，但是她发现自己完全没有力气，发着烧，声音软塌塌的，无法突破自己的喉咙，一切最终化成委屈的泪水，一行行地往下流。旁边人越是劝，她越是无力，一个字也说不出口，虽然一屋子人都在，她却感觉只有自己在孤独地流泪。

陈可看不下去了，他受不了老婆这副模样，生个孩子，老婆的命都快没了。

“行了！”

陈可爆发式的两字终于让一众人冷静下来，他缓和情绪，把四位长辈劝出卧室，还叮嘱王阿姨这几顿都给想想喝奶粉。

卧室里只留下夫妻二人。

陈可拧了条毛巾给老婆物理降温。

李燃看着陈可，一脸崇拜：“老公，你好帅哦。”

陈可依旧面无表情，擦着李燃的额头幽幽回应道：“你老公是有演技的人。”

物理降温只是第一步，发烧的根本原因还是堵奶。幸亏王阿姨经验丰富，在想想睡后一直给李燃做通奶按摩。就在李燃忍受“酷刑”时，她的手机收到一条微信，是闺密杨嘉儿发来的。

杨嘉儿："亲爱的，身体怎么样？明天我来看干儿子哦。"

李燃："别，姐姐状态不佳，等出了月子你再来。"

李燃刚发送完微信就忍不住惨叫一声，难掩通乳的痛苦，这场面简直比顺转剖还惨烈。

Old Fashion Bar（老派酒吧）。

一个高挑的女子穿着一袭黑色长裙，丰满的身材显露无遗。她正在发信息，突然对面的男子开口了。

"亲爱的，我们认识三个月了。"

"是吗？这么久了？"女子依旧低头看手机。

"是的，所以……请嫁给我吧。"男子突然掏出一枚钻戒。

女人停住了手上的动作，把手机放到一边，缓缓抬头问道："你为什么要和我结婚？"

"因为我爱你啊，亲爱的，而且我们都老大不小了，是时候结婚生子了。"

听到"结婚生子"这四个字，女人很伤脑筋："谈个恋爱搞这么认真干吗？"

"谈恋爱不就是奔着结婚去的吗？我妈说了，结婚后和她一起住，以后有了小孩儿，她还可以帮我们照顾。我妈连婚礼场地都看好了，还有婚纱，我妈认识人可以打折……"

"你妈还挺会帮你安排的。"

男子笑道："所以你不用操心，只要安心做你的新娘子就可以了。"

女子打断："等等……我有说要嫁给你吗？我没有结婚的打算啊。"

"那你为什么和我谈恋爱？"男子委屈极了。

"谈恋爱和结婚是两码事，OK？"

男子惊讶道："你一个女人怎么能说出赤裸裸的渣男理论？"

女人叹一口气，道："我不想骗你，就算我今天和你结婚，那也是要离婚的，然后分走你一半财产，你愿意这样吗？”

“你在开玩笑吗，你……你从来就没想过要和我结婚吗？”

女人摇头，表情无辜，却回答得十分干脆。

男子突然恼怒：“你是在玩我吗？你这个渣女！”他失控地将面前杯子里的水泼向女人。

看着恼羞成怒离去的男子，女人轻轻擦拭着身上的水渍，还不忘调侃自己：“这剧情也太狗血了。”

此时，一个陌生男子拿着酒杯走来：“‘妈宝男’可碰不得，我请你喝一杯。”

杨嘉儿抬头看了一眼，随即点上一根烟：“‘普信男’，姐姐更没兴趣。”

陌生男子尴尬地走开。杨嘉儿拿起手机，界面正是李燃的回复。

刚刚被“妈宝男”认为对感情儿戏的这个女人正是李燃大学同寝室的闺密杨嘉儿——一个身材火辣、性子大大咧咧的山东姑娘，飒爽的不婚主义者。她提倡自由，不想为结婚生娃而活，秉持“活好自己的人生才是最重要的”信念，一直以“不以结婚为前提”谈恋爱。

就在刚刚，她重新恢复单身。

第六章

凌晨的隔空对话

天蒙蒙亮。

陈可睁开眼，伸手摸身边老婆的额头，还好，退烧了。

“感觉怎么样？”

李燃迷迷糊糊道：“想想呢？”——这就是当妈的本能。

“想想挺好的，你放心，他习惯用奶瓶了，我们儿子是个天使宝宝。”

“老公，你说，我是不是产后抑郁了？”李燃慢慢起身，说着说着又默默流下两行泪，“我想洗澡，我想洗头，我就想安静会儿……”

“我知道，你别多想，你已经做得很好了，都会好的。”陈可安慰老婆，但再这样下去他也快折腾不动了，“老婆，再过几天我就要进剧组了，你这样我也不放心。我在想，要不先把我爸妈劝回澳大利亚，这样人少一点，你心情也能放松些。”

李燃听到老公说这番话，觉得自己简直上辈子烧了高香，嫁了这么好的男人，她心里暗爽，嘴上却说：“爸妈才来就劝回去，不太好吧？”

“那就不劝了，让他们待到想想一百天。”

“啊——”李燃一改刚才软趴趴的模样，一下子蹦了起来。

陈可笑：“老婆，你放心，我可以保证你绝对没有抑郁。”

“讨厌！”

“放心吧，我去和爸妈沟通，现在你最大，他们一定会体谅的。”

“你说……不会以后我儿子也这么对我吧？”

这回轮到陈可翻白眼了，反正怎么着他都里外不是人。

果然，陈可到了酒店也是热脸贴冷屁股。

“什么？你让我们回去？”乔姨激动得跳了起来。

“是暂时回去，等想想一百天你们再过来，那时候李燃也出月子了，想想也大一点了，到时候你们过来多住一阵子好不好？来回费用我全包。”

“要你全包！就你这点出息，你别忘了，我也是怀胎十月生的你。”

陈可怎么哄乔姨都不成，只得向老爸求助。陈父也希望家庭和睦，劝说道：“回去也好，孙子，我们也见到了，这月嫂也不错，我们也就放心了，本来也没准备长住不是？再说，你那些澳大利亚的小姐妹还等你回去打麻将呢。”

“是啊。”陈可赶紧接话，“我妈美美地打麻将不比在这儿天天冲奶换尿布强啊！”

乔姨生气：“这些还轮不到我！”

陈父继续加码：“你忘了下周的活动啦？你这个副会长不能不到呀。”

陈可疑惑：“什么副会长？”

陈父：“你妈现在可是我们那边华侨联合会的副会长。”

陈可：“妈，你可以啊！我就说嘛，乔姐肯定是干大事的呀。”

“你今天倒是话多！别给你妈灌迷魂汤……”

陈可好说歹说，再加上陈父的助攻，终于让乔姨答应回澳大利亚。

送走二老，陈可也和琴姐商量，得让李燃把月子坐好，后面的“会客”活动一律取消。

“行行，包在我身上，再有人来，我都挡掉。”琴姐到底心疼自己女儿，也怕她真抑郁了，“王阿姨，我很放心的。等你去拍戏后，我就做做后勤工作，买买菜、跑跑腿，保证在家降低分贝。”

陈可对这个丈母娘真是哭笑不得，但只有把家里安顿好，他才能安心进剧组。说着话，Sam的电话就来了。

咖啡馆里。Sam已经喝空了两杯咖啡，见陈可走来，激动万分。

“大明星，还是这么帅啊！你干吗呢？玩失踪啊？短信不回，电话不接，出什么事啦？来，帮你点了美式。”

陈可坐定，低沉地回应道：“什么事不能电话说？”

“没两天就要进剧组了，我得看到你完好无缺才放心啊。”

陈可真后悔当初被这个人忽悠，还说什么“月子里有月嫂，男人在也没用”，真是脑子进水了才会听这种连婚都不想结的人说的生娃的大道理。想到这里，他默默喝了一口咖啡。

“老陈，剧本看得怎么样啦？过两天进剧组，你都准备好了吗？那个女一号之前的戏，你有没有看过啊？你虽然资历比她深，可人家是当红小花，这回是走运才轮到咱们，你可得知己知彼啊。你有没有听到我说话啊？”Sam见陈可毫无互动的迹象，凑到他面前取下墨镜，被两个深深的黑眼圈惊到了，“老陈，你怎么啦？”

陈可嫌弃地把Sam的脸往旁边一推，重新戴上墨镜：“你这么多问题，让我回答哪一个？”

“你怎么啦？气色这么差，心情不好？哦，我知道了，你喜欢女儿，是不是？结果是个儿子，你失落了。”

陈可愤愤道：“你知道生孩子有多辛苦吗？”

Sam眨着一对小眼睛：“你知道？”

陈可被问傻眼了，最终无奈地叹了一口气，说：“说了你也不懂，走了。”

Sam望着陈可离去的背影生气，撇撇嘴：“当爹了还这么酷，给谁看啊！我也很忙的！”

几日后。

李燃抱着想想在窗口和陈可挥手道别。

陈可穿着一件挺括的长大衣，围着出门前李燃亲手为他系上的围巾。他特意戴上墨镜，今日是为了掩饰不舍的表情。

Sam把行李箱搬上车，和楼上的李燃挥手道别。

目送保姆车离去，李燃看向怀中的想想：“妈妈已经开始想爸爸了，你呢？”真是温馨不过三秒，李燃只觉得手上一热——好小子，又拉屎了。

“王阿姨——”

不知不觉，陈可已经进剧组一周了，李燃在家依旧做着吃饭、睡觉、喂奶这几件事。虽然她已经渐渐适应了当妈这件事，但她确实低估了哺乳期这场拉锯战！虽然顺转剖很痛苦，但那也就是几天的事，喂奶可是少则几个月、多则一两年的长期作战啊！在没有做足准备的母乳喂养过程中，李燃这才体会到看遍夜晚1点到5点的月亮是一种什么体验。

刚喂完奶的李燃望向窗外的夜空，心想，陈演员看的也是同一个月亮吧。

李燃发出一条微信。

午夜。

剧组宾馆的套房内，陈可和导演、女一号等几位主创正在围读剧本。女一号是当红小花赵朵，搭档过好几位小鲜肉。对陈可这位百年不火、刚有蹿红苗头的大叔，赵朵并未将其放在眼中，虽然她一口一个“陈老师”，私下却在导演那儿多次提出修改剧本的想法。

陈可对自己的专业能力很自负，赵朵提出合理的建议，他自然同意，但对她刻意为之的加戏也不免反驳。导演不愿得罪演员，对谁提的意见都说“好”，这让陈可很是头疼。

剧组的人熬夜是常态，一屋子人讨论剧本已经四个小时，第二天一早还要开工，于是在导演调侃自己年纪大了熬不动后，大家便各自回房，结束了剧组一天的生活。

陈可回到房间，才留意到老婆一小时前发来的信息。进剧组这两天他都在适应和协调，加上李燃的休息时间不固定，两人的通话时间变得少之又少，信息也是一个人发出后，另一个人过很久才回复。

每当看到李燃的微信，想到家里的老婆儿子，陈可就觉得剧组的那些糟心事都不值一提。

一组凌晨的隔空对话。

1：39“一切都好，想你。”

2：42“一切都好，爱你。”

日子就在李燃每天三小时一次的喂奶和陈可不分昼夜的拍戏中流逝。不知不觉，想想已经满月，李燃被琴姐逼着在家躺了一个月，终于能借着儿子打疫苗的机会出去放风。

想想第一次打疫苗，家里尤为重视。陈可在剧组，李燃本想自己带宝宝去，琴姐知道后毅然制止了。

“你这小身板，刚一个月就想自己出门啊？”

“不是还有王阿姨嘛。”

“阿姨管宝宝，谁管你啊？还是叫你爸爸开车送我们去吧。”

“要不要这么隆重啊，几步路就到了。”

“听我的没错。”

拗不过琴姐，最后还是李总开车送李燃一行去社区。

社区里打疫苗的宝宝已经排了长队，李燃在家躺了一个月，果然第一次出门走几步脚就打飘，别说排队了，站着都冒虚汗，果真是“知女莫若母”。李燃只能回到李总的车上靠着，不知道自己怎么生个娃就变成林妹妹了。

“爸爸，我好弱哦。”即使李燃工作时再要强，在李总面前也始终是个小女孩儿。

“没事的，还有两个人就排到了，你妈能搞定。”

“爸爸，我小时候你们也这样照顾我吗？”

“你小时候可没有想想乖，而且那时候哪有月嫂啊，都是你妈弄你。”

“我妈这样的还是主力军？”

“怎么？不是把你养得很好嘛，平时别老和你妈顶嘴，知道吗？”

“哦……”李燃挽着爸爸的胳膊。“养儿方知父母恩”，这话真是一点没错。

“出来了，出来了。”李总指着社区门口喊。

李燃下车接上琴姐和想想。

琴姐一边上车一边说：“打好了。我们宝宝太优秀了，一点没哭。对了，燃燃，医生说疫苗有五联、四联，我也搞不清楚，说什么五联宝宝可以少打几针，还有13价，你和陈可去研究研究，现在小孩子的事情好复杂哦。”

李总：“陈可在剧组，不要让他分心了。”

琴姐立马说：“对对，刚刚医生说了五联很紧张的，明天我就来帮你们排队。”

李燃：“明天我来排队吧。”

王阿姨：“使不得，宝宝下次打疫苗至少得隔两周。”

养娃这件事，和业绩无关。

三月的清晨依旧冷得很。

天蒙蒙亮，一辆保姆车停在拐角处，一个头戴贝雷帽、脸上戴着大墨镜、裹着超长羽绒服的男人从车上下来。

社区拐角处，一群老头儿老太太在排队等开门，有的还提着小板凳，这群人都是为了五联疫苗早早来排队的。男人走到队伍末端，不一会儿身后又排上了几个人。这个高大的男人在一群老头儿老太太中显得有点突兀。他正是拍完夜戏赶过来的陈可。

陈可回想前一天他激动地给老婆打电话，说女主角因为去拍广告要临时离组，他也顺势请了假，第二天可以回家休息一天半。不料李燃在激动之余还让他一早直接到社区卫生站排队。老婆的话不能不听，而且陈可本来就觉得自己对家里的照顾不够，这时候老婆说什么他做什么就对了。

其实陈可连五联疫苗是什么东西都还没搞明白，只知道这个疫苗对宝宝好又紧缺，正巧社区到货了，李燃就让他一大早来排队。

陈可哈欠连连，前面的爷爷奶奶精神百倍，聊得正起劲。

“侬也这么早啊。”

“一定要早的呀，我孙子打完第一针就说没货了，很着急啊，知道有了，我一定要来排队的呀。”

“是的哦，我们第一针还没打到呢，今天不知道排得到不。”

老人们聊着天，时间好像也过得快一点。陈可戳在一群老头儿老太太中间尤为显眼。一个奶奶问他：“小伙子，你们家孩子多大了？”

“哦，我们还不到两个月。”

“你们家老人怎么不来排队呢？你们小年轻都要上班的呀。”

陈可一愣，心想，孩子不是我们自己的嘛，怎么被这些老人说得反而成了家里长辈的责任了？最可怕的就是畸形观念的蔓延，这让已经成为父母的人继续理所当然地享受着父母辈的无私奉献。

结婚是因为两个人相爱，而生子是因为两个相爱的人愿意并且已经做好了共同承担家庭责任的准备，如果把这份责任转嫁给他人，哪怕是自己的至亲，也未免有违初衷。自己奔波于工作，找老人帮衬尚在情理之中，但这不是理所当然的，如果连老人自己都觉得就该如此，甚至被周遭影响，觉得不出力就是自己的错，那这个社会的巨婴只会越来越多。

为人父母何其不易，这条学习之路对陈可和李燃而言刚开始，虽将经历万般考验，但也将是一段极其珍贵的夫妻携手成长的道路。

太阳升起，正在排队的老人的老伴们陆续推着宝宝来打针了。陈可看见远处王阿姨陪着李燃也推着想想过来了，他想冲过去紧紧抱住多日未见的老婆，却又担心早早赶来辛苦排队的位子不保，半个身子着急要脱离队伍，理性又将他狠狠拉回。陈可只能以眼示人，他取下墨镜，眼神跟随，满眼爱意，一直看着老婆走到自己跟前。

李燃看到老公，也是激动不已，眼泪在眼眶中打转。两人刚想拥抱就听见门卫开始叫了。

“登记！登记！”

李燃拿着疫苗本，越过陈可就往里冲。

想想五联疫苗的第一针就在一阵慌乱中结束了。李燃拿着疫苗本兴奋地出来。

“终于打到了，老公，你辛苦了！”

“不辛苦。但是老婆……你知道有个地方叫私立医院吗？”

“怎么啦？”

“打五联不用排队。”

“你怎么不早说……”

“我以为你在考验我……”

第二天陈可就要回剧组，晚上他全程都守着老婆，看她一直在揉太阳穴，便问道：“又头痛了？”

李燃轻轻地点头，她一直有偏头痛的毛病。

“我去帮你拿药。”

“不。”

李燃拉住老公，原来她怕吃了药耽误喂奶。陈可说不过老婆，只能帮她按虎口，再取出冰袋敷额头。

此时，王阿姨走到卧室门口，准备把想想抱进来：“宝宝有点打嗝，给我们喝口奶压一下。”

李燃正要勉强起身，却被陈可一句话打回去：“头痛，不喂，抱走。”

李燃顿时感觉自己小鸟依人了，眼前的老公犹如闪着金光般伟岸。王阿姨愣在门外，一时语塞。想想像听懂了一样，脸上出现了一个嫌弃的表情，王阿姨只好把他抱出去喂了一点温水。

小子，在你妈面前，你只能排第二。

日子就这样一天天过去，陈可在剧组夜以继日地拍戏，而李燃终于等到了出双月子。

她无意间回头，看到想想正在对着她笑。

原来，这就是当妈的感觉。

第七章

月嫂离开后鸡飞狗跳

“恭喜老婆出月子。”

李燃收到了陈可发来的微信。可看着眼前拿着包裹要走的王阿姨，她实在开心不起来，试图挽留。

“阿姨，真的不能再留一段时间吗？”

“宝宝妈妈，你们对我很好的，但是真的不行了。本来你们家我就做二十六天的，现在都两个月了，下一家的宝妈昨天已经进医院了，估计今天就要生，那个单子我早就答应了，不好反悔的。”

王阿姨说得在情在理，李燃也不好再多说什么，刚开门准备送月嫂出门，只见琴姐提着两包行李兴冲冲地进来了。

琴姐张大嘴巴道：“阿姨要走啊！”这个惊讶的表情真是太刻意了，连李燃都看不下去。

“王阿姨，你把我们宝宝和妈妈都照顾得很好的，这次真的谢谢你了！我帮你叫了车，我送你下去哦。”

琴姐把行李往地上一放，招呼着李燃回屋去看宝宝，自己欢欢喜喜地把王阿姨送走了。

李燃虽然觉得无奈却只能接受现实，她原本想再找一个育儿嫂，但琴姐坚决反对。原因是，月子里想想只认月嫂，琴姐总觉得想想不和她亲，好不容易月嫂走了，她能发挥了，怎么能再来一个外人跟她抢。李燃拗不过亲妈，又想到爸爸说过她小时候家里都是琴姐一人操持，如今她对喂奶这件事已驾轻就熟，虽然还得喂夜奶，但她慢慢习惯了这种作息，便同意先不找育儿嫂。

琴姐送走了王阿姨，大舒一口气。她抱着想想，一脸春风得意，几乎满脸都写着“这下宝宝要和外婆最亲了”。

李燃笑着问道：“准备住多久啊？”

琴姐慷慨激昂道：“宝宝需要，我就一直住下去。”

“大话别说得这么早。”

琴姐正得意，才不和女儿计较：“外面太阳好的嘞，你要不要出去走一走？”

李燃看向窗外，还真是，趁着好天气出去走一走，也不枉这人间最美四月天。

琴姐收拾好东西，抱着想想在客厅左等右等，许久都不见女儿出来，便在卧室门口叫：“燃燃，衣服换好了吗？”

还是不见动静。于是琴姐抱着想想推门进去，被眼前的一幕惊呆了：“囡囡……侬组撒（你干什么）啊？”

只见大床上铺满了衣服和裤子，李燃站在穿衣镜前表情呆滞，一声不吭。

“怎么啦？”琴姐一边拍着怀中的想想，一边紧张地看着女儿。

“穿不上了……”李燃缓缓吐出几个字。

琴姐看女儿拎着牛仔裤的裤头，这才恍然大悟，原来她把所有裤子都拿出来试了一遍，看样子这些孕前的裤子给了她重重一击。

“啊哟，你才生完两个月呀，我当时生完你一年了，腰头还和怀孕时候一样呢。”琴姐试图安慰女儿。

但李燃毫无反应。

琴姐继续道：“你穿了两个月睡衣，一下子换牛仔裤肯定不习惯的。而且你看，就差一点就能扣上了，你吸口气试试！”

李燃看看亲妈，自己猛地吸一口气，但来来回回两三次还是不行，哪儿哪儿都可以，就是这腰带扣怎么都扣不上。

李燃默默念道："真的穿不上了。"她怀孕前可是一流的好身材，产后虽然体重增了不少，但已经算恢复得很快。只是女人对自己的身材样貌尤其在意，脸上多一条细纹都能发现，何况是穿不上同一条裤子，像李燃这种对自己有要求的女人，此刻的心理斗争尤为激烈。

琴姐以为女儿会哭，但是她没有。李燃沮丧是因为她觉得她曾经的骄傲、优势、前半辈子的努力好像一夜之间消失了，任何东西都无法抵消这种失落对她的打击。

产后体形焦虑对女人来说就像是一种自信心的瓦解。有些人麻醉自己，选择接受，有些人已无心体形管理，还有些人被迫接受现实，但无论是哪一种情况，都让女性在这个阶段无比脆弱，身边人给予再多安慰也无济于事，还得靠自己强大的内心来化解。

想想在琴姐怀里睡得正酣。李燃看着儿子，努了努嘴，道："都怪他。"

"是，都怪他。"琴姐应和着，"你就穿孕妇裤，我们就在楼下走走，没人看见的。"

李燃假意生想想的气，不料想想突然醒了，对着她咯咯地笑出了声。李燃突然明白了一个好简单的道理：有得到就会有失去。此刻这份甜蜜的负担是拥有完美身材都无法比拟的，想想是上天给她和陈可最好的礼物。所以，接受现实吧，心灵的恢复需要时间，肚子上赘肉的消失也是如此。

纠结过后，李燃穿着怀孕时的孕妇裤和琴姐一起下楼"遛娃"。

楼下的玉兰花开得特别好，今天的蓝天白云和李燃以为要早产那天一样，如今的她已经拥有全新的身份，正在经历前所未有的育儿生活。李燃看着推车里撅着光屁股晒太阳的想想，忍不住笑，他肉嘟嘟的小屁股好像个桃子。她抬头看着天空中缓缓飘动的白云，若有所思。

公司的事一度离她很远，但终须面对，她给Cindy发了一个消息。

M集团27层工作区。

Cindy正在给大家派发李燃产子的喜蛋礼盒，David从她身边经过。

“口红的颜色很衬你啊。”

“林总，”Cindy一愣，拿起一盒给David，“李总生了个儿子……”

“替我恭喜她啊，”David眼珠子一转，“你老板不会很快就要回来上班吧？”

“我……不大清楚……”Cindy不想卷入人事斗争，但她作为一个新职员往往身不由己。

小区花坛边。

琴姐：“囡囡，这么好的天气多晒晒太阳，组撒（干吗）老看手机呀？”

李燃笑着收起手机。突然，她看到想想屁股下的隔尿垫慢慢溢出了黄色液体……

“妈，他是不是拉屎了？”

“什么拉屎了？”琴姐还在奇怪，看到隔尿垫，吓了一跳，她立马翻包——阳伞、纸巾都带了，就是没有带尿布。

一时间，琴姐和李燃手忙脚乱，慌乱间把想想推回了家。

王阿姨在的时候，琴姐看她帮想想换尿布很是方便，手一托，尿布一拽，三两下就把这件事搞定了，可一轮到她自己好像全乱套了。

两小时前，琴姐还在庆幸月嫂走了，该轮到自己发挥了，但此刻看着哭闹不止的想想，还有随口问“中午吃什么”的女儿，她顿时觉得头大，此情此景简直是大型打脸现场。

琴姐仰天长叹：“这才是第一天呢……”

没过几日，这位外婆就撑不住了，对着李燃一通抱怨："我们以前没出月子就什么都自己干，你怎么连换尿布都不会的啦？"

李燃一脸委屈："不是你叫我月子里什么都不要动的吗？"

"那现在出月子了呀，你也要学着怎么当妈呀！"

"那也要给我适应过程的呀！我是剖腹产，连喂奶都是躺着的，月子里就没怎么抱过他……"李燃看着一团糟的家也是急了，"您乐意帮忙就帮，不帮我就再找阿姨。"

"你看你说的什么话！你不会带孩子，结婚这么久连饭都不会烧！"

李燃知道自己这个妈当得弱，但被自己亲妈数落也不甘心："不会做饭怎么啦，我老公都没说我——"

说曹操曹操到，陈可的电话正好来了。

这部电视剧签约时，陈可要求尽量缩短拍摄期限，所以整个剧组的工作节奏非常快。李燃知道老公在剧组很辛苦，不希望他分心，于是稳住情绪，接通电话。谁知她刚听到陈可的声音就绷不住了。

"老公……"

琴姐在一旁傻眼了，心想："这音调，这语气，哪像刚和我吵过架，活脱脱一个受了委屈的小怨妇。完了完了，这下我变成坏人了。"

果不其然，电话那头的陈可听到老婆的声音带着哭腔，心乱，皱眉。但为了稳定老婆的情绪，他依旧保持镇定，一番安慰后，李燃渐渐释怀。

这时琴姐才在旁边大声叫道："陈可，我没欺负你老婆哦。"

母女俩哪有隔夜仇，李燃听自己妈这么一说，反被逗笑了，她把电话给琴姐："你女婿有话和你说。"

琴姐接过电话："喂，陈可啊，你都好吗？你放心拍戏哦，家里妈妈都能搞定的——什么？！"

李燃被琴姐突然的激动吓了一跳。原来陈可在电话里说他还有一周就杀青，可以回家了。琴姐听到这个消息，长叹一口气，脸上乐开了花，和女婿连说了三遍"你放心"。想到还有一周就能解放，她简直比中了彩票还开心。

剧组。

陈可正在房车里休息。他刚挂电话，一旁的Sam又开始八卦：“怎么生个孩子这么多事？老陈，你现在好歹算偶像派，别被这些鸡毛蒜皮的事耽误了。”

陈可不予理会，直言道：“这戏杀青后我要休息一段时间。”

“休息多久？之前看的那个剧本你不是说还不错吗？就等最后签约了。”

“片方提的导演不行，女演员也没定，那项目不一定靠谱。”

“那再多看几个本子吧。”

“好的剧本，你先过一遍。不过，近期开机的就不考虑了。”

“行吧，行吧，反正逼你也没用，多接几个广告就是了。”Sam的算盘早就打好了，拍广告时间短、费用高，省事不少。忽地，他眼珠骨碌一转，问：“你没和李燃提赵朵吧？”

“什么意思？”

“你装什么傻，剧组有人看到她从你房间出来。”

“她来讨论剧本。”

Sam打量着陈可，又故作正经地说道：“对！万一传到李燃耳朵里就说你们是在讨论剧本。”

陈可露出一脸嫌弃的表情，刚想说什么，场务就来敲车门了，称灯光、摄影都已就位，只等男主角下场。

一周时间很快过去。陈可杀青回到家，第一个等待他的就是来自老婆的超级无敌大拥抱。

琴姐见到女婿简直就像看到了救星，更是热烈欢迎，没招呼两句便从卧室拿出两个大包，准备告辞。

李燃诧异：“妈，你要走啊，什么时候整理的行李？”

琴姐窃喜道：“你们小夫妻这么久没见了，不好打扰你们夫妻团聚呀。而且我这么久没回去，你爸爸要想我的呀。”

“这才几天工夫……”李燃嘟囔着。

陈可心照不宣。这么爱打扮的琴姐，被困在家里天天带娃烧饭，能撑到他回来已经是极限。

送走琴姐，陈可进屋看想想。

小家伙正在睡觉，肉嘟嘟的小脸蛋上，长长的睫毛微微颤动。

“想儿子了吧？”

“更想你。”

陈可刚想凑上前就被李燃喝住：“从外面回来，还不快去洗澡！”

陈可从浴室出来，抱住老婆，看看小床里的儿子，说道：“一时半会儿醒不了……”

李燃笑了。

两人亲亲抱抱正腻歪，小床上的想想醒了。小家伙眯着眼睛，表情严肃，一点没有迎接亲爹的激动。

“拉屎了。”李燃说道。

果然，“知子莫若母”。

“我来，我来！”陈可激动道。

这位男明星一回来就和丈母娘一样过度自信。

王阿姨在的时候，陈可看她换过几次尿布，印象中就几个动作，做起来特别轻松。于是，他迫不及待地上场，实际操作的困难却狠狠给了他一巴掌。

陈可把想想抱到床上，撕开纸尿裤的粘扣，慢慢抽出。他正得意自己还记得这些步骤，不料想想小脸一憋，下面开始流出黄色液体，漫延到床单上，渐渐洇开……

“陈可！”

“这不能怪我，我怎么知道他这时候会拉屎……”

“你没垫隔尿垫！”

陈可恍然大悟。对哦，王阿姨把尿布抽走的同时还会在宝宝小屁股下面垫一张隔尿垫，就是怕在换尿布的过程中宝宝拉屎。

“现在垫还有用吗？……”陈可看着李燃，一脸无辜。

自此，男明星也在家开始了真正体验当爹的日子。

晚上到点该给想想洗澡了，就“谁洗”这个问题，李燃和陈可争论了老半天。王阿姨走后，李燃原本想自己上手，但想想的身体又小又软，让她给想想翻个身她都不敢，所以这些日子里，给想想洗澡的任务都归琴姐负责，虽然琴姐也会手忙脚乱，但她每天都能完成任务。

陈可被下午换尿布的意外挫败了，对老婆说：“你上。”

李燃为难：“还是你上。”

陈可深吸一口气，道：“行，我上。”

一切准备就绪，陈可试了试水温：“儿子，我们洗澡咯！”

他把想想放进浴盆里，给他的小肚子上盖了条毛巾，用水扑扑，感觉还不赖。

陈可得意道：“老婆，怎么样？一切尽在掌握。”

真是开心不过三秒，陈可正低头给儿子擦沐浴露，突然觉得有异样。原来，想想猝不及防地对着亲爹的脑袋撒了一泡尿，还咯咯咯地笑。

李燃一惊，你爹可最在意他的发型。

陈可一抹脸，道：“我儿力道真足！”

洗完澡，李燃清洗浴盆，陈可给想想做抚触。这可是最佳的亲子互动时间，亲爹不得把握机会？何况昨天杀青后，陈可还特意回房间看了好一会儿如何给宝宝按摩的视频，终于到了实际发挥的时候。

陈可搓热手掌，笨手笨脚地从想想的小脸蛋到小胳膊，再到小肚子和小腿，一步步仔细地给想想涂润肤乳，做排气操。原本王阿姨做的时候，想想都是一脸享受的表情，今天换亲爹来做，他却一直皱着眉头，好像亲爹的手法和力道都不到位。陈可自知动作生疏，但他绝对不允许儿子嫌弃自己。

“儿子，爸爸第一次这样，已经不错啦。做人要知足，知道吗？”

李燃在门口偷笑：“被儿子嫌弃了吧？”

“我们那是在交流感情。”陈可笑着把想想放回小床，一脸慈祥地看着小家伙：“按摩完毕！我们睡觉觉咯。”

五分钟过去了……

十分钟过去了……

十五分钟过去了……

床上这个小家伙一点睡意都没有。陈可慈祥的表情早已僵在脸上，他对李燃说：“我记得以前月嫂给想想洗完澡，放在床上，小家伙一会儿就自己睡着了。”

“你也说是以前。我妈刚接手的时候也是这样，晚上到点了他眼睛还睁得老大，眼珠一直在骨碌骨碌地转，我们猜他是在找王阿姨。这几天想想刚熟悉我妈，现在又换了你，估计又不习惯了。”

“原来是这样。那我抱他走一圈试试。”

李燃诧异：“要抱着睡啊？”

陈可这么久没回来，实在想多弥补一些，便说：“我先试试吧，也好久没抱他了。”

真是抵不过来自亲爹的爱。

陈可抱着想想从客厅走到主卧，又从主卧走到次卧，在家里来来回回走了好几圈，好话说尽，可小家伙在陈可怀里半小时了，还是不睡觉。直到他哈欠连连，实在撑不下去了，才耷拉下眼皮，而此时已是晚上10点半，陈可终于蹑手蹑脚地把睡着的想想放到了床上。

李燃叹了口气，道："比平时晚睡了整整两个小时。我刚刚还看到微信里有人说，宝宝亲密的人走的话，最好留件有她味道的衣服放在婴儿床里，这样宝宝才不会一下子缺失安全感。"

陈可拍着两只酸胀的手臂："还以为我们儿子是天使宝宝呢。"

"就怕养成他抱着睡的习惯，后面我们就苦了。"李燃递给陈可一套睡衣，"去把头上的尿冲了。"

陈可洗漱完出来，和老婆聊着拍戏的琐事，结果没说几句就困得不行。男明星也是需要吃饭睡觉的。

"老婆，快睡吧，今晚一定很好睡。"

陈可打着哈欠准备上床，李燃呆呆地看着他："你忘了晚上还要换尿布、喂夜奶、拍嗝呢！"

陈可瞬间呆若木鸡。

李燃又补了一句："这位爸爸，离下一次喂奶还有一个小时。"

陈可从未想过，带娃的夜晚是如此精彩，夜夜堪比剧组"大夜"。

每三小时起来一次，开灯、换尿布、温奶、喂奶、拍嗝、洗奶瓶，之后睡一个半小时，再起床重复同样的流程。运气不好时换尿布还会碰上娃拉屎且方向偏移，搞得衣服和床单上都是，那就是双倍的"精彩"。养育两个月大的人类幼崽，即使夫妻相互配合也几乎耗尽两个人的全部精力，看着睡得憨憨的幼崽，两人只能不停地默念"亲生的"。

想想从月嫂走后就渐渐从天使宝宝变成了白天和晚上都要抱着睡的恶魔宝宝。

陈可想到了手机网页上推送给他的一个产品广告——安抚椅。广告上的宣传语实在诱人——"安抚音乐""解放双手""哄娃神器"，这么优秀的产品，还不立马下单！

可是，他刚买回来不久，网上就出现很多安抚椅使用不当导致婴儿窒息的新闻，吓得陈可赶紧把想想抱起来，新手爸爸的神经真是不堪一击。

又是一个抱娃哄睡的夜晚。

"这样下去不行。"陈可看着自己和李燃都顶着两个大大的黑眼圈，下决心道，"老婆，晚上还是我陪想想睡一个房间，你单独睡另一个房间，这样起码能保证一个人睡得好。"

"这怎么行？你从剧组回来都没好好休息，会撑不住的。"

"没事，在剧组也经常熬夜，我习惯了。"

"那也不行，怎么能让你一个人承担呢？"

"不是一个人，晚上你还要起来喂奶，要先保证你的睡眠。"

"还是再找个阿姨吧。"

"先解决这几天。你放心，我没问题的，后面我们轮流来，不能一下全军覆没。"

"那行，后面换我。"

队友，辛苦了！

李燃独自回到主卧，关上门的一刹那，她感受到了久违的独处的快感。从生娃那天起，经历了六十多天的育儿生活，她没有一刻比此时此刻更放松。独处的空间在生娃后显得尤为珍贵，她从未想过让自己短暂放空竟是如此舒畅，简直是千金难买，此刻的李燃比签了大合同还要激动，还要爽。

躺在床上真是舍不得睡。李燃打开手机，刷到妈妈群，看到好多妈妈在吐槽生娃后的日子。这个群的宝宝都是差不多月龄的，所以妈妈们的共同话题特别多。李燃难得清闲，开始翻聊天记录，她发现群里什么样的家庭都有：老公在外地，老婆独自带娃的；和婆婆关系破裂，带娃回娘家的；老婆在喂奶，老公在一旁打游戏的……当然，也有像陈可一样乐意带娃的爸爸。

妈妈群就像一个展示民生百态的小世界，在这里，大家对着一群陌生人吐槽自己的生活，为现实解压。当然，妈妈们也互相打气、互相安慰，还会分享育儿的各种小妙招。同为新手妈妈，她们是最了解彼此生理和心理需求的人。

李燃感叹，原来大家都不容易，反观自己的老公，虽然带娃还有些笨手笨脚，但已经可以标榜为极品老公了，继续加油啊，队友！

傍晚。

“第四天了，再这样下去真的要天天抱着睡了。”陈可游魂似的抱着想想来回踱步，硬撑着熬了四个大夜，他的表情已经麻木。抱娃的感觉像是又回到了他健身苦练肱二头肌的日子，但哑铃可比这小子听话多了。

“现在不只是抱着睡的问题，想想有时候白天一睡就是四个小时，晚上却和你耗着。”李燃看到老公这么累，想想还一直哭，自己也快崩溃了。

“嘘——”突然，陈可让李燃不要说话，因为他怀里的想想有一段突然不哭了，但他走出几步后，想想又哭了。

陈可来回走了几次发现，原来是洗衣机滚筒的声音在起作用，想想只要听到这个声音就能安静，于是陈可在洗衣机旁站了几分钟，怀里的想想先是不哭不闹，后来居然慢慢睡着了。

陈可和李燃惊喜至极。

“只要他不哭，就算让我天天二十四小时洗衣服，我也乐意。”

“不用，我把滚筒的声音录下来，以后到点就放给这小子听。”

“老公，你太聪明、太优秀了！你绝对有带娃的潜力！”

谢天谢地，总算找到了让想想睡觉的方法。陈可和李燃庆幸他们又闯过了一关，带娃的等级又上升一格。

在带娃之路上，给男方多一些鼓励总是没错的，越鼓励，越卖力！

夫妻共同升级打怪，拥抱幸福美好生活。

第八章
“男人的嘴，骗人的鬼”，难道会有例外？

一大早，门铃响了。

伴随琴姐欢乐的音调，精彩的一天又开始了。

“我的小宝贝呢？”琴姐永远像一个开心果，回去睡几天美容觉，烫个头发，和姐妹们约个下午茶，就变回那个神采飞扬的中年“时髦精”了。

“您怎么来啦？”李燃独自在餐桌旁吃早餐。

“我怎么不能来啦，我来看我外孙呀！人呢？”

“在里面拉屉屉呢，这两天有点便秘。”

琴姐放下包，走到次卧。

陈可和丈母娘打了招呼，继续给想想做排气操。

“陈可啊，想想怎么啦？你看他小脸涨的。”

“可能吃了两顿奶粉有点上火，也可能是‘攒肚子’。”

看来这个新手爸爸做了不少功课。

“不行，要帮他把一下的呀。”

李燃听到了，不等陈可开口就在外面喊：“妈，都什么年代了，还把屎把尿的。你别乱动啊，听陈可的。”

“这孩子，怎么和你妈说话的？”琴姐走出来，点了一下李燃的脑袋，“有了老公，连妈都不要了，你小时候不都是我把的嘛。”

“啊哟，您轻点。”李燃抓住琴姐的手，“您看看您现在这手是擦屁股的手吗？您只要穿得美美的坐那儿，逗逗您外孙就行了。”

“你不要说哦，这个也很重要的，”琴姐正反端详着自己的手，“孩子从小就得看好看的东西，这样长大了才漂亮呀。”

次卧内，陈可还在给想想做排气操，不知是不是起了作用，想想先放了一个屁，随即拉出了屉屉。

“拉出来了！”陈可难得如此激动，他朝客厅招呼：“妈，我给想想换好尿布就把他抱过来。”

这个女婿真是没话说。琴姐又开始教育自己女儿：“你看看你，当妈的事都让你老公做完了。”

“那是我的福气，您就别嫉妒了。”

“你这孩子。”

陈可把想想交到琴姐手里。小家伙刚刚拉完屉屉，神清气爽，一个劲儿吐舌头。

卫生间内，陈可换好衣服，刮了胡子，捯饬好头发，片刻变回了标准的帅气型男，和半夜胡子拉碴、一手抱娃一手冲奶又哈欠连连的奶爸俨然两副模样。

琴姐看着帅气的女婿走来，眉开眼笑：“男明星，今天有通告啊？”

“有个广告的工作。”

“那不能迟到的，别让人家说你要大牌。你快去！我在家，你一百个放心。”琴姐一边说一边逗着外孙，不亦乐乎。虽然带娃的能力有限，但这位外婆乐观的精神值得大家学习。

陈可出门后，琴姐抱着想想，摸摸他的小屁屁，感觉不对劲儿。原来，陈可换尿布的时候把尿布两侧的固定条贴得歪歪扭扭、一高一低、一前一后，一点都不服帖。

琴姐脱下宝宝的裤子，惊叹道：“哦哟，这个穿法尿尿不得漏出来啊！”

李燃立马维护老公：“尿布不掉下来就行了，您别要求太高了。”

“哦哟，我话都不能说啦！我又没怪你老公咯，知道你们辛苦的。来，外婆帮你调整一下哦。”

陈可戴着墨镜，深深呼吸着室外的新鲜空气，感觉无比舒畅。怪不得人家说带过娃的人去上班就像放假，可惜自己刚和Sam表明近期不接戏，怎么都不能打自己脸。

广告摄影棚。

陈可正在为新代言的护肤品拍平面广告，Sam坐在导演监视器后面欣赏自家男艺人的无敌侧颜。

“陈老师的这个角度是最完美的，你看他皮肤多好，你们的产品找我们陈老师代言就对了！”Sam向一旁的金主吹捧自家艺人。

“我们老板就是看中了陈老师的气质，很符合我们品牌的调性。”

“气质！对对，高冷！论气质，我们陈老师绝对不会输。”Sam哈哈大笑。

不一会儿，品牌方招呼了一个女孩儿过来，和Sam说：“这就是我之前提过的搜鱼网的记者，她想给陈老师做个采访，主要是帮我们这款新的产品做推荐。”

“没问题。我之前已经和陈老师说过了，拍摄完咱们去休息室聊。”Sam又和女记者打招呼：“记者姐姐，提纲能不能给我看下呀？”

“当然可以。”女记者递过本子，在Sam看提纲的时候又问道，“陈老师有没有女朋友啊？”

Sam停顿一秒，立马回道：“怎么可能啊！”他拿着提纲笑着关照记者，“一会儿这两条私人问题就不要问了哦，今天主要讲品牌的使用体验和推荐吧。”

“明白，明白。”

琴姐正在厨房煲汤，看到李燃从卧室出来。

“燃燃，我这个汤，你要多喝两碗哦，可以追奶的。”琴姐看李燃去开门，问道，“谁啊，我怎么没听到门铃呀？”

“是嘉儿。她怕吵到想想，没按门铃。”李燃开门，正是她的闺密杨嘉儿来看干儿子。

“阿姨好！”杨嘉儿和琴姐打招呼。她身着一套运动装，戴着一顶鸭舌帽，元气十足，和旁边无精打采的新手妈妈大相径庭。

“嘉儿啊，好久没看到你了，又漂亮了！最近好吗，男朋友有了吗？”

“妈，你不要这么八卦好不好？”李燃拉着杨嘉儿就往卧室内走。

“你喝汤呀！”琴姐追在后面喊。

“一会儿再喝。”

两人来到次卧，想想在小床里睡得正酣。

“我干儿子睡觉的样子也这么可爱。”杨嘉儿给想想带来一只金镯子当出生礼。

“这么客气啊。”

“那必须啊！对了，你家男明星呢？”

“什么男明星，你也来凑热闹。”

“那可不！你家陈可现在可火了，地铁上都是他的广告。对了，你们还没公开已婚的消息吧？”

“公开？好像也没人问嘛……”

“姐姐，那是以前，现在哪个偶像不被刨根问底啊？”

李燃不知如何作答。之前陈可几乎没专访，现在呢？想想出生后，两人都一刻不得闲，自己也没好好关心过老公。

杨嘉儿见闺密一脸茫然，便岔开话题：“算了，先和我老实交代，月子里怎么不让我过来？”

李燃回过神来，感叹道：“别提了，你姐妹差点抑郁了……”

听完李燃在月子中发生的事，杨嘉儿着实庆幸自己没有生娃的打算。

“太恐怖了。那现在月嫂走了，都是你自己带吗？”

“我哪有这本事？月嫂刚走几天，是我妈来帮忙，现在陈可带得多。怪不得人家说有产后抑郁，以前还觉得说这话的人矫情，轮到自己才知道那是什么感觉。”

“那再找个阿姨呢？”

“一开始是我妈不让，她想表现表现。后来陈可回来了，本来是想再找一个月嫂的，但你知道，我和他都不喜欢家里有外人，虽然孩子是意外怀上的，但我们也说好了，生出来就是两个人共同的责任，谁都不能当甩手掌柜。不过，他现在是比以前忙了，得考虑再找一个。”

“你们家老陈还真是我见过的最顾家的男人，没想到他还能带娃。”

“他也被折腾得够呛。你不知道，这小子晚上不睡，我们俩十八般武艺都用上了，你绝对不能低估人类幼崽的杀伤力，我都开始自我怀疑了。”

“要不要这么夸张啊？”

“以后轮到你就知道了。”

“免了，我只喜欢恋爱的感觉。”

“话别说太早，别到时候来和我攀娃娃亲。”

“行了，看你这两个大眼袋，好好休息吧。我走了，过两天去北京出差，回来再来看你。”

李燃送杨嘉儿出门：“你什么时候回来啊？下个月要给想想办百日宴，赶得及吗？”

“干儿子百日宴，我飞也得飞回来啊。”

“那等定了地址发你。还有，叫你男朋友一起来。”

“哪个？”

杨嘉儿把李燃说得一愣一愣的：“什么哪个？那个老实巴交的，你还有几个？”

“分手啦。”

“什么情况——”

李燃还没说完，琴姐就端着汤过来了：“嘉儿这就走啦，你也来一碗吗？”

“妈，她不用。”李燃真受不了这个妈，人家又不喂奶。

“阿姨，再见。”杨嘉儿走前对着李燃眨眼：多谈几次恋爱有好处。

李燃傻眼，是得夸这姐妹清醒呢，还是劝她善良呢？可是她自己都好怀念谈恋爱的日子……

“祖宗，还要我端到你面前啊？”琴姐把汤递给李燃，“全部喝光哦，锅里还有。”

李燃坐到沙发上：“这里面什么东西啊，乌漆墨黑的，有没有用啊？”

“我托朋友问来的，土方，保证管用。”琴姐抱着睡醒的想想，一副模范外婆的模样。

“妈，你别老抱他，陈可好不容易把他睡觉习惯调好了，别又脱不了手。”

“我抱抱我外孙怎么啦？脱不了手，我就一直抱着好啦。”

“您才走几天呀，就忘了他怎么折腾您啦？而且我住在检查室的时候，有个二胎妈妈说，她抱娃都抱出腱鞘炎了。”

“行了，行了。你快把汤喝了，别再让我们宝宝便秘了。”

亲妈说这话真是不中听，但有什么办法呢？

“拼了。”李燃翻个白眼，一口气干了一大碗。

落日时分，摄影棚休息室。

陈可的采访正在收尾。

记者收起笔记本：“陈老师，那我们就到这里吧，感谢您抽空接受采访。对了，我也是您的粉丝哦。”

“谢谢你们的支持，你也辛苦了！”

“能不能私下问问您喜欢什么样的女生啊？”

“其实——”

陈可刚要开口，就被Sam打断：“记者姐姐辛苦啦！今天就到这里吧，陈老师后面还有通告，我们下次再约哦。”

Sam三两句话就打发走了记者，让陈可很是疑惑：“你是故意打断的？”

Sam憨笑：“你想多了，不是想让你早点回去嘛。”

“如果有记者问我的私人生活，我不想隐瞒。”

“知道，知道，等问了再说呗。”Sam递给陈可一杯咖啡，“拍了一天，累了吧？”

陈可心想，这比在家带娃轻松多了，这样的轻松多几次就更好了。于是他清了清喉咙，说道：“质量高的广告，可以多接几个。”

Sam心中一喜，这小子开窍了！

陈可回到家，和琴姐成功交接班次，进屋却不见李燃的身影。

“老婆，妈走了。”

“哦……我在卫生间……”

不一会儿，李燃捂着肚子出来。

“怎么啦？”

“好像是我妈炖的汤有问题，说是下奶的……不行，我还得进去。”李燃又冲回卫生间。

陈可进厨房翻看那锅汤，不禁皱眉。

李燃又捂着肚子从卫生间出来了：“我妈说是求的土方法，中药和什么乱七八糟的东西一起熬的。还是不靠谱，明天不能让她来了，不然还得逼我喝。”

“没事，我在家。”

“老公……”李燃纠结不已，她希望陈可在家，又觉得老公正处在事业上升期，怕耽误他。

“没事的。”陈可摸摸李燃的头，“你们比任何事都重要。”

大家都说“男人的嘴，骗人的鬼”，难道会有例外？李燃在感动之余又提到了育儿嫂：“还是再找一个吧，你出去拍广告、谈剧本也能安心。找一个不住家的，晚上我们还是自己带。”

“听你的。”

晚上，到想想睡觉的时间了，李燃跃跃欲试：“老公，你忙了一天，早点休息，我来抱儿子上床。”

李燃本想展示母性的光辉，谁知道这几天想想已经习惯了陈可身上的味道，妈妈一抱，他居然哭了。

什么情况？哪有儿子不和妈亲的？李燃不信，便把想想还给陈可。也怪了，陈可一抱，这小子立马就不哭了，还吐了吐舌头。李燃无法接受，儿子天天喝她的奶还不让她抱，她偏不信这个邪。李燃又抱过想想。想想一看换人了，嘴巴吧唧两下，表情又开始不对了，接着就哇哇大哭起来。陈可马上再次接手。

“老婆，不闹啊，先让想想睡了再说。”

“他有没有良心啊，亏我还为了他拉肚子！”李燃赌气跑去客厅。

陈可想追，再看看怀里这个小的，只得叹口气，道：“先把你搞定再说。”

生娃后的女人会变得不像自己，霸气的女强人也会因为小事情绪失控，这是受到激素波动的影响，也是十月怀胎的不易，新手妈妈需要亲人更多的理解和安慰。在带娃这条漫漫长路上，不经历风雨，娃又如何长大，妈妈们都想知道眼前这鸡飞狗跳的日子什么时候到头……可是啊，在人生中，这只是很小很小的一部分。

“想想睡了。”陈可出来安慰老婆。

“你说，他是我生的吗，这样对我？”

“老婆，你别这样，想想又不懂事。”

“他不懂事，你也不懂事吗？他现在什么都听你的，你去告诉他，他这样做很伤妈妈的心。”

“是，我告诉他，他这样是不对的。”

“那你去啊，现在就去！”

“不是，老婆，想想才两个月，而且他已经睡着了……”

“就是你！都怪你！”李燃越说越激动，把身边的东西都拿起来往陈可身上扔。

“激素！都怪激素！老婆你别激动，现在的你不是真正的你。”陈可抓住李燃的手，“来，跟着我，深呼吸，吸气，吐气……”

“去你的！”

翌日。

李燃把百日宴交给琴姐安排，在确认亲妈兴奋于找酒店、定布置后，她终于松了一口气，穿戴齐全，准备和陈可带着想想下楼晒太阳。

小家伙第一次出门时还很紧张，现在每次准备出门就异常兴奋，甚至晃悠着两个小手，乐此不疲。

李燃看着从房间出来的陈可，他换了一件浅蓝色的针织衫，把他的皮肤衬得尤为白净。李燃上下打量着老公，发现这小子还特意打理了头发，活脱脱一个精神小伙儿。

“你能不这样刺激人吗？”李燃白眼要翻到天上去了，“只是下楼遛个娃，要不要和我拉开这么大距离啊？”

陈可一脸无辜："你老公不是从小帅到大的嘛。那要不……我换一件？"

"算了，走吧。"李燃叹一口气，心想，自恋与职业无关。从前两个人出门是帅哥美女组合，现在……落差之大真叫人生气。算了，看在他带娃的分儿上，她忍了。

到了花园，陈可把想想从推车里抱出来，晒着太阳逗着娃，真是和谐的一家。

突然，一个小皮球滚到李燃脚边，接着跑过来一个三岁多的小男孩。

"仔仔——"

后面走来一个年轻妈妈，穿着一套运动服，扎着高高的马尾辫，胸前还背着一个小月龄宝宝，笑着过来说："不好意思，小孩子调皮。"

"没事的。"李燃笑道，"你家两个呀？"

"是呀，小的快两个月了。"

"那比我们家的还小呢。"

李燃和陈可看着这个妈妈，年轻貌美，居然都有二胎了。

仔仔蹿过来说："我妹妹是小宝宝。"

"你叫仔仔，是不是呀？"李燃弯腰摸摸仔仔的头。她起身，正好对上仔仔妈妈的脸。天哪！她还化了裸妆，连马尾都是精心拔高过的，再看看自己穿着孕妇裤，心理落差油然而生。

李燃问："你还没出月子吧？哦，我是说双月子。"

"二胎没这么讲究。"仔仔妈妈笑笑，"我生完一个月就'一带二'了。"

李燃发出由衷的赞叹，简直要拍手叫好。

"还好啦，仔仔从小就是我带的，带第二个也有经验了。"

"你是全职妈妈？"

"是啊，他爸爸比较忙，生了老二我就全职了。"

"好厉害。"

"你们爸爸也很厉害啊！"仔仔妈妈含蓄地笑道，"你老公和明星长得好像哦。”

李燃调皮道：“你是说那个演员陈可吗？”

“是啊，我最近在追剧。真的很像哎。”仔仔妈妈说着，忍不住多看了陈可了两眼，“不会吧……”

李燃看了一眼老公，点头，窃喜。

仔仔妈妈顿时表情大变，连带着夸张的肢体动作，对着陈可激动万分：“我每天放倒两个娃后最开心的事就是追你的剧！没想到你已经结婚了，还会抱娃！”

陈可面对热情的女粉丝，有一丝腼腆：“谢谢你的支持，我结婚三年了。”

仔仔妈妈喃喃道：“原来我和你在一个小区三年了……”

陈可和女粉丝各自抱着娃对话，场面十分搞笑。李燃看两人越聊越投机，赶紧插话：“谢谢你支持我老公。”

“不客气的。”仔仔妈妈眉眼间尽是笑意。

此时，仔仔来拉妈妈的衣角，嘴里念叨着想回家。迫于无奈，仔仔妈妈只能和陈可夫妇道别：“偶像，我们先走啦。很高兴认识你们，希望下次有机会一起遛娃。”

望着他们的身影，李燃摆出一个挑逗的表情，看着老公：“你现在很红嘛，经常碰到女粉丝哦。”

陈可低头浅笑，心想，傻老婆，吃醋了。他把想想放回推车，一手推车，一手拉住老婆的手说：“回家。”

一路上，李燃都在嘟囔着：“这个仔仔妈妈状态太好了，生了二胎还这么精力充沛。全职妈妈可不比上班轻松，要是你不在，我肯定搞不定想想，况且她还有两个，也太厉害了。”

“有时候，一个人带娃会更轻松哦。”陈可抿嘴一笑。

“什么意思？”李燃反应过来，“你说我是拖后腿的咯，讨厌。”

李燃不服气，陈可笑而不语，夫妻二人就这样一路走回了家，推车里的想想也慢慢闭上了他的眼睛。

到家后，陈可抱着想想拍了一会儿，见其打起小呼噜就准备把他放到小床上。每次放娃都是一次考验，陈可嘴里必须一直"嘘——"，同时双手慢慢地把想想放下，再慢慢脱手，最后能不能成功，就得看放上床的那一秒！

现实往往就喜欢和人对着干。陈可刚把想想放上床，就见他的眼睛微微一紧，小鼻子抽动两下，表情开始挣扎。陈可刚抽出一只手，小家伙就开始大哭。

完败！

陈可只能再次抱起想想，拍着哄着，等他睡着……再放下……抽出手……再哭……就这样陷入了儿子沾床就醒的死循环。

他看着天花板——救救孩子他爸吧！

陈可在卧室来回踱步，想想在他怀里睡得很沉。无意间，陈可留意到床上的海豚玩偶，他灵机一动，慢慢俯身，把想想放到床上，先抽出一只手把海豚玩偶靠在想想的身侧。果然，小家伙有了依靠，表情就不再紧张……陈可再以极慢的动作抽出另一只手……准备转身……就在此刻，他看到想想的睫毛动了一下！陈可心头一紧，双眼紧紧盯着想想的脸……还好还好，小家伙的表情慢慢放松下来。终于睡好了！陈可叹了一口气，窃喜之余蹑手蹑脚地走出了卧室。

客厅里，李燃拿出封存已久的瑜伽垫准备做瑜伽。

"我不能再被激素牵着鼻子走了，姐姐我从今天开始就要每天练瑜伽。"

"两年前你买瑜伽垫的时候也是这么说的。"陈可走过来说道。

"闭嘴。"李燃嘟起嘴，"这次是认真的。你看仔仔妈妈状态多好，我也要把精气神都搞回来。”

话没说完，门铃响了。陈可一紧张，冲上前一个箭步按下开门键，生怕把刚哄睡着的儿子吵醒，又立马转身进卧室查看。还好还好，小子睡得很沉。他这才松一口气。

原来是快递，李燃给自己新买的裤子到了，送件的还是那个快递小哥。李燃脑中又浮现出那日被他抬下楼的情景，尴尬不已。

陈可递上一盒喜蛋和一张签名照：“生了个儿子，那天多谢你。”

“恭喜！恭喜！”快递小哥拿到签名照激动不已，“这下我女朋友得崇拜我了。走了，下次再叫我啊。”

这话怎么听得这么别扭……快递小哥已经神速跑下楼，陈可和李燃面面相觑，哭笑不得。

关门后，陈可又进卧室去看想想。不料他刚走进卧室，就听到客厅里传来刺刺啦啦拆快递的声音。陈可皱起眉头，想出去阻止，却感觉背后一凉，回头一看，想想正半睁着眼睛对着他眨巴。陈可赶紧“嘘——”，可惜为时已晚，不一会儿，想想就睁大眼睛对着他笑……陈可的内心瞬间崩溃——客厅那谁还说她不是拖后腿的？

“好吧。”陈可叹一口气，认了命，把想想抱出卧室。

“咦？宝宝今天怎么这么早就醒了？”李燃正在比画新买的裤子，“老公，我去试一下，你看着宝宝哦。”

“哦……”陈可头上冒出冷汗——我可是有粉丝的男明星哎！

第九章
最美的情话

首都机场。

杨嘉儿正在排队点咖啡，前面的一对男女声音好熟悉。“妈宝男”？杨嘉儿一愣。

小女朋友挽着“妈宝男”的手撒娇，不知道吃什么才好。这才小半个月，“妈宝男”就另结新欢，杨嘉儿心想：“亏我分手时心里还有几分愧疚。”

五分钟过去，两个人还没点完单，后面陆续来人，排起了长队。杨嘉儿憋不住了：“麻烦能快一点吗？”

“妈宝男”回头，一看是杨嘉儿，先是一愣，而后便催促着他的小女朋友快快点单。

小女朋友不乐意了，还在那儿发嗲：“急什么啦，我还没想好呢。”

杨嘉儿翻了个白眼：“那能不能让后面的先点，你在旁边慢慢想？”

小女朋友刚要开口，又定睛看着杨嘉儿，把腰一扭：“哦，原来是前女友啊，我见过你的照片，修过的吧？”

杨嘉儿心里跑过一匹马——你拍照不修啊！

小女朋友还来劲了：“你是故意的吧，被人甩了心里不痛快。”

谁甩谁啊？杨嘉儿懒得和她废话：“你点不点？”

“我点不点，都轮不到你。你别是故意跟着我们吧，都已经是前女友了，还这么纠缠不清。”

“你八点档看多了吧。”

“阿姨，这么老派的词，怕人家不知道你吃嫩草啊？”

小女朋友的声音虽然嗲嗲的，但字字清晰，这番话不禁引得后面的人群一阵骚动。

杨嘉儿有点听不下去了，刚想回撑，对方就开始点单，杨嘉儿只能把气憋回去。随后她迅速点完单，只想尽快拿到咖啡后离开。

咖啡店员工：“67号，大杯拿铁好了——”

杨嘉儿拿到自己的咖啡。此时那个小女朋友故意起身，还扭腰撞了杨嘉儿一下，导致杨嘉儿手上的咖啡泼到了自己衣服上。她刚想骂人，抬头见那个小女朋友已经拉着“妈宝男”快步走远，只能把怒气往肚里吞。

机场走廊直角的另一边，一个穿着风衣的墨镜男一手拿着咖啡，一手拿着手机发语音：“哥们儿再出两个差就完事了，放心，百日宴我一定到，快发两张照片来给干爸爸看看。”

墨镜男说完，一个转弯，正巧与急急走来的杨嘉儿撞上，咖啡再一次洒在她的衣服上。

“什么日子啊？！”杨嘉儿脱口而出。

“不好意思，”墨镜男一愣，“我赔你干洗费吧。”

“你走路不长眼睛啊？”杨嘉儿明显是把刚刚憋着的火气都发了出来。

墨镜男也不乐意了：“明明是你撞的我，一件衣服而已，没必要这么横吧？”

杨嘉儿自知说得有些过火，但话已出口，而且又是对着一个陌生人，她懒得道歉，抖抖衣服自顾自走了。

两个人往相反的方向各自离开。墨镜男回头，只觉此人似曾相识。

凌晨的上海街道上，星星点点亮着灯。每盏灯下都有一个故事，每个故事都有一个不眠的理由。

李燃惊醒，打开灯，此刻是凌晨3点。

“糟了！”李燃脱口而出，想想该喝奶的时间已经过了一个小时。

自从陈可让她单独睡一个房间，她的睡眠质量节节攀升。相比坐月子期间神经紧绷又长期失眠的状态，她现在至少每觉都能睡到三个小时以上，这对亲自喂奶的妈妈来说简直是天大的恩赐。

李燃开门，发现厨房的小灯亮着。她去次卧看想想，小家伙睡得正酣，旁边的垃圾桶里有换下来的尿布。

“不会已经喝完奶了吧……”

一小时前。

陈可的闹钟响起，他惊醒，赶紧按掉，发现小床上的想想正在扭动。陈可俯身，想想正对着他吐舌头，把他的心都融化了。

“宝贝，是不是饿啦？我们喝奶奶啦。”

男人温柔起来真要命，特别是长得帅的。

三个月的想想每天晚上还要喝两次奶，分别是2点和5点。自从陈可单独陪想想睡，每天晚上到喂奶的时间点，他总是睡眼惺忪地起床，抱起娃去冰箱取奶，然后一边哄娃一边单手倒奶，再单手温奶，在温奶的几分钟内，还会帮想想换尿布。

小家伙躺在陈可的臂弯里，喝奶喝得可快了，不一会儿120毫升的奶就见底。陈可抱着想想拍嗝。运气好，十几秒就会成功；运气不好，陈可就会在客厅里来回走，他见到了上海凌晨的月亮，真是美极了。那一刻，他体会到了当妈妈的不易，更感叹应该给月嫂涨工资。他自嘲有戏不拍，吵着要回家带娃，但带娃可比拍戏难度高多了。虽然陈可对于带娃这件事并不娴熟，好几次温奶都温到发烫，睡眼蒙眬中也会忘记垫隔尿垫，但他一直在努力学习当爸爸，和娃一起成长。

李燃走进厨房，看见陈可正在洗奶瓶。他一米八的大个子，穿着睡衣弯着腰，刘海儿在脑门前晃荡，一边转动着奶瓶刷，一边打哈欠。

李燃从背后抱住他："老公，你辛苦了。"

陈可一惊："你怎么起来啦，把你吵醒了？"

"我现在睡觉，打雷也吵不醒我，是到点了我自己醒的。"说着，李燃突然觉得胸口一抽，"不行，不行，我得赶紧去吸奶。"

李燃跑回房，片刻后传出吸奶器卖力工作的声音。

李燃走出房间，看到陈可还在厨房忙碌。

"老公，你忙什么呢？"

陈可端着一碗酒酿水潽蛋出来。原来他刚刚是学着月嫂的样子，在凌晨给李燃做点心。

"陈演员，你这也太周到了吧。"李燃感动坏了，"又让我单独睡觉，又给我补身体，真应该给你颁一个神仙老公奖。"

"吃吧，已经不烫了。"

陈可嘴角弯起一个弧度，看来糖衣炮弹式的鼓励对男人十分适用。

李燃一边吃一边说："想想醒了，你怎么不叫我呀？"

"想让你多睡一会儿。"陈可摸了一下老婆的头，"想想今天很乖，他醒了我还没醒呢，起来看见他自己在吐舌头，等温奶的时候也不吵不闹。"

"老公，明天不要给我煮水潽蛋了，一会儿想想又要起来喝奶，你都没时间睡觉了。"

"没事，还能睡两个小时。"

"无以为报……"李燃眼角泛着泪光，她感觉自己上辈子一定拯救了银河系。

"傻瓜，我们可是患难与共的战友。"

李燃眨着眼睛："就像小时候一样？"

二十年前。

陈可一家刚搬到李燃家隔壁。

一个早晨，小学生李燃和往常一样在教室里上早自习。老师带进来一个陌生的小男孩儿——陈可。

“同学们，我们班级来了一个转校的新同学，大家欢迎！”

小朋友们都在下面拍手。

李燃一看，这不是前两天搬到他们家隔壁的那个冷面小子嘛。

老师说：“介绍一下你自己吧。”

“大家好，我叫陈可。”

就这样，陈可坐到李燃前面的那个位子上，两个邻居成了前后桌。

小时候的李燃特别爱打抱不平。前两天，她因为看不惯同年级一个小男孩儿欺负班级里的女同学而报告了老师，没想到这个小男孩儿有高年级的人撑腰，扬言让李燃小心点。

一天放学回家，李燃照旧在街边买了一串小吃，慢慢悠悠回家。她吃得正香，突然前面走出来几个高年级的人，挡住了她的去路。李燃想绕道走过去，却被带头的那个人推了一把，一下子倒退了好几步。李燃认识这个人，就是被那个小男孩儿叫“老大”的人。

“你胆子很大嘛，连我弟都敢惹。”

李燃心里害怕，但气势不能输，大声叫道：“你要干吗？”

“把钱都交出来。”

“没钱！”

“没钱还买串串？”

看着几个人逼近，李燃有点慌，但她给自己壮胆，大叫一声：“大哥，我在这儿！”

几个人先是一惊，又环顾四周，发现连个人影都没有，就开始大笑：“小姑娘还会使诈啊。”

完了，完了，被识破了。

正当几个人凶神恶煞地准备抢李燃书包时，又听见她大叫一声：“陈可——”

原来，陈可正巧从旁边走过，听到有人叫他，本能地回头。

李燃又补了一句：“兄弟们在后面吗？”还不忘对着他眨眼睛。

陈可还没反应过来，就被那个带头的大哥拎了过来：“小子，想英雄救美啊？”

陈可这才认出，这是隔壁的小姑娘，再看看这现场，也能猜出大概。

“放手。”陈可冷冷道。

“还装酷呢？”带头的把陈可一推，“给我打！”

千钧一发之际，众人后面传来一道声音：“兄弟来啦——”

来的是和李燃从小一起长大的邻居小男孩儿韩天一，比李燃小一岁，特别喜欢琴姐。他上来就是一个无影脚，惊得高年级的几个人一下子散开，一群人混战一通。李燃借机拉着陈可拔腿就跑……跑出十来米突然停住，回头一看，韩天一正一个人用书包打那几个高年级的。

“真是拖后腿的……”李燃叹了一口气，又跑回去，抓住韩天一的胳膊就往回跑。

那几个高年级的人追了上来，陈可手里抓着两把土，看到李燃和韩天一越过自己，便用力对着后面一群人撒去……

陈可拉着李燃再加上韩天一，三个小伙伴埋头苦跑，终于在拐了几道巷子后甩掉了那帮人。到了安全的地方，三个人才喘着粗气停下来。李燃看着对面两人，突然哈哈大笑。原来他们脸上都沾上了泥。李燃一撩头发，韩天一也对着她大笑，原来陈可拉她的手上都是泥，她这一撩，泥都上脸了。

“咱们现在可是过命的交情了。”韩天一兴奋道。

李燃不理他，却对着陈可两眼发光：“你真厉害，咱们现在可是一起干过架的战友了！”

“被迫的。”陈可心里有点激动，但脸上依旧是酷酷的表情。

三个人回到家时一身狼狈，分别被各自的妈妈带回去教育。

经过这一战，三个小伙伴经常结伴出行，陈可和韩天一也成了好兄弟。

…………

李燃喝着酒酿，对着眼前这个小时候就一起干过架的伙伴，很是得意：“小时候你就喜欢我吧？”

“你说的都对。”

李燃翻腾着调羹：“还记得小时候你、我还有韩天一三个人结盟，一晃眼我都当妈妈了。说到这个韩天一，也不知道他上哪儿了。”

“他给我发过消息，说百日宴一定到。”

“他怎么不给我发消息？”

“怕被你揍。”

“不要把我说得这么暴力好不好，明天开始我们就睡一个屋。”

“老婆，话题转得太快了吧？”

“就说要不要嘛。”

陈可突然叹了一口气，更像是如释重负：“那是不是可以不用温奶啦？”

“怎么啦？”

“你不知道，这个温奶器不是弄得太烫就是温度不够，好几次这小子都急了，他一急还要哭，我觉得还是得换个牌子。”

李燃低头笑，男人带娃，鼓励还得加倍啊！

翌日，清晨。

陈可打着哈欠做早餐。他被Sam强行推荐了一个超强班底的项目，约好了下午面聊，他想顺手把老婆的午餐也搞定。另一边，李燃正在给想想换尿布。每天早上两个人分头行事，并肩作战。

“老公，这是我的午饭吗？”李燃看着令人毫无食欲的饭，不想打击陈可，但还是忍不住想劝他，“其实你不用这么辛苦，我可以叫外卖的。”

“不好吃就明说。”

“不好吃。”

陈可摆弄着西蓝花，一脸严肃：“那也不许吃外卖。”

李燃撇撇嘴，小声嘟囔着：“等你走了，还管得了我？”

“你在家没事也可以学学做菜，想想再大点也要吃辅食——”

不等陈可说完，李燃就喊道：“老公做的菜最棒了！”让李燃去谈判可以，让她进厨房就算了。

“你自己在家没问题吧？”

“有时候一个人带娃会更轻松哦。”

陈可叹气，李燃这是把话给他还回来了。

“不逗你了，今天妈会来，说千挑万选了几个百日宴场地给我看看，你有特别喜欢的风格吗？”

“你决定就好。对了，上次说的育儿嫂怎么样了？”

李燃叹道：“不太好找，中介推荐的育儿嫂都是带大孩子的，两三个月的宝宝，很多人还在用月嫂呢。”

“那就再请个月嫂。”

“你钱多就给我，现在月嫂一个月的工资比我还高呢！”

“我钱本来就在你那儿。”

“别打岔！”

陈可笑：“那我再去接几部戏？”

李燃呵呵一笑：“你要这么容易折腰，咱家早就几套大别墅了。育儿嫂的事，你就别操心了，货比三家是我的强项。而且我们还有贷款，必须好好规划。”

陈可嘟囔：“你少买几个包就有了。”

李燃翻白眼："我婚也结了，娃也生了，就剩这个爱好了，别剥夺我的精神支柱！"

女人的爱好，男人别指手画脚。

Sam约了周制片和陈可见面。上次的项目果然如陈可所料，班底不行，连女主角也没敲定。这一次，Sam和陈可拍胸脯保证新项目多么优秀。陈可当然了解自己的经纪人夸张的性格，但想到外面自由的空气，他真是不舍拒绝。

出门透风，自由万岁。

周制片给陈可介绍项目情况。这是一个科幻片，是陈可之前没有拍过的类型，光是剧本就打磨了两年，项目班底也很扎实。陈可颇为心动。

陈可："周总，这次的题材确实很吸引人，但目前我只看了大纲。"

周制片："陈老师最近肯定接到了很多剧本。我们这个项目基础是很扎实的，而且这个片子是绝对的大男主戏，我们是很有诚意的。"

Sam："周总绝对有诚意！只怪我们陈老师档期太满，这不，好不容易空出时间和你们见面，我们也是很重视这个项目的。"

周制片："当然，当然。我们的导演也基本确定了，可以和陈老师透露下，就是前不久金鸡奖提名的朱导。"

Sam张大了嘴巴。这绝对是个重磅消息。他对着陈可使劲使眼色。

陈可怎么会不知道这个班底的分量，他犹豫了一下，问："你们预计的开机时间是？"

周制片："我们目前已经开始建组，预计一个月后正式开机。"

"一个月……"陈可在心中盘算时间。一个月后，李燃产假结束，他就进剧组，想想该怎么办？……如果能找到靠谱的育儿嫂，或许可以……陈可心中无比纠结。

"请给我一些时间再看下剧本，一定尽快给您答复。"

搞什么，这么好的机会还不立马答应？Sam内心一阵抓狂。

凌晨5点半的上海，一声啼哭，把李燃和陈可从梦境拉回现实。

李燃被惊醒，恍惚着一下坐起来，环顾四周——我是谁？我在哪儿？好吧，她已经当妈了，是旁边小床上的亲儿子在哭。

李燃刚想挣扎着起床，却见陈可已经起身，熟练地抱起想想往外走："你再睡会儿。"

李燃软绵绵道："都说为母则刚，我怎么只能躺着呢……"

"每个人擅长的领域不一样。"

"怎么听着不像夸我呢？"

男明星宠溺道："你继续睡，我来。"

陈可把门一关，李燃感觉自己听到了世界上最美的情话。

外面，天蒙蒙亮，一切都是初醒的样子。

陈可给想想温奶，把奶瓶往这小子嘴里一塞，世界立马太平了。想想躺在爸爸的怀里安静地喝奶，一脸享受的表情，十分钟就喝完了130毫升，胃口真好。

陈可拿起一块儿口水巾，甩到肩膀上，把想想的小脸往上面一靠，然后抵住他的小肚子，一只手托着他的屁股，另一只手掌弯曲着给他拍嗝。

来回走了几圈，而后陈可靠在沙发上闭起眼睛，手掌还在有规律地拍着。

何德何能，得此贤夫，想想奶爸，人类之光。

只是，那口水巾没甩准，想想的小嘴吐着泡泡，口水流在陈可的衣服上。

第十章
百日宴

踏过五月，是令人莫名微笑的六月。

陈可和李燃打算在百日宴前给想想剃胎毛，特意在网上买了成套的理发装备，两人就这么雷厉风行地干起来了。

到底是没经验，两人面对想想的小脑袋，都不敢下手。而想想听到理发器开动的嗡嗡声，开始摇头反抗。硬上是不行的，陈可决定先安抚想想的情绪，便抱着他走几圈，让他摸摸理发器。直到他熟悉了新东西，两人才准备再次开始。

陈可抱着想想，李燃战战兢兢地移动理发器。

“不行，不行。”李燃比想想还紧张，她只是理了一下，看到想想脑袋秃了一块儿就叫了起来。

陈可和想想都被她吓了一跳。

“我来。”

这次换李燃抱着想想，陈可动手。想想眨巴着小眼睛，搞不清楚状况，陈可第一刀下去也是颤颤悠悠的，但至少比李燃强，理了几下之后，他手上来了感觉，更大胆地对着想想的胎毛一阵剃。李燃见着也手痒了，于是两人互换着来。

一阵忙乱后，想想的第一次理发结束了。

李燃捡起想想的一小撮胎毛，仔细用细细的小红绳绑好，收到小荷叶包里，感叹道：“这可是我们亲手理的胎毛啊！”

陈可给想想洗完头，整体看了一遍，这才发现想想小脑袋上的头发长长短短的，远远看去白一块儿、黑一块儿。两人惊呆了。

“过几天百日宴怎么办？”

“戴帽子吧。”

阳光灿烂的日子，正适合陈想想人生中第一个大型会客现场——百日宴。

李燃身材恢复得很快，整个孕期长胖没超过20斤，不到三个月就基本回到了孕前体重。除了小肚子还需要漫长的时间来恢复，胳膊和腿都已经回到从前的样子，看不出她刚生完娃。对于一个不运动的人来说，恢复成这样已经很不错了。

经过时间的洗礼，想想的头发也长出了一点点。他头顶上有两个发旋，导致长出来的短短碎发就像两个小犄角，搞笑至极。

没关系，夫妻二人今天带了三顶帽子出门，必有一款适合他。

酒店休息室内，陈可和李燃穿着情侣装，不，加上睡篮里的想想，应该是三个人穿着亲子装才对。想想身着一件带领结的包臀衣，尤显俏皮可爱。

陈可的娱乐圈内好友不多，夫妻两人都不希望铺张，所以这次来的都是双方的亲戚和最要好的朋友，排面当然不比婚宴，但任何理由都阻止不了琴姐的发挥。

宴席上，琴姐是当之无愧的气氛担当，她穿着一袭中式改良旗袍，脖子上戴着一串抢眼的珍珠项链，热情招呼着每一位进场的客人。

酒店门口，杨嘉儿走来。

正当她踏上台阶时，一辆轿跑车在她旁边急速刹车，险些把她蹭到。从车上下来一个戴墨镜的男子，他好像对自己的驾驶技术十分自信，头发梳得老高，穿着一身名牌，行事夸张，把车钥匙往代客泊车处一扔就快步走了进去。

墨镜男与杨嘉儿擦身而过，除了让人感到不屑，杨嘉儿还觉得这个人很熟悉，仿佛在哪儿见过又想不起来。算了，还是先进去吧。

宴会厅门口，墨镜男对着琴姐吹口哨。

“谁啊？”琴姐有些愣神。

等那男子摘下墨镜，琴姐便笑得花枝乱颤：“天一啊！”

“琴姐——”墨镜男夸张地叫着，张开双臂给了琴姐一个大大的拥抱，“说！你是不是吃唐僧肉了，怎么又年轻了？”

“啊哈哈哈哈哈哈哈……”琴姐一甩手，“小鬼，没句正经的。是不是刚下飞机啊，太辛苦了，做事业也不要太拼哦。”

“放心，我有数。您的礼物在车里，最大！”韩天一把琴姐一阵夸。

一边的杨嘉儿看了，不禁在内心吐槽，这男人的嘴还真能生花。

琴姐看到杨嘉儿，立马喊道：“嘉儿，这里！”

杨嘉儿上前，琴姐热情地将两位互相介绍：“这是杨嘉儿，李燃大学最要好的闺密。这是韩天一，李燃和陈可从小一起玩到大的好朋友。”

原来墨镜男是李燃的老邻居。杨嘉儿听李燃提起过，他小时候还硬要做琴姐的干儿子，为此没少挨李燃的揍。后来他差不多是在陈可出国的同一时间搬离老房子的，因为他爸爸做生意暴富，他也成了别人口中的“富二代”。

韩天一打量着眼前这个女子。原来，她是李燃的同学。他记起那个夏天，他在师大见过这个女孩儿的侧颜。

“衣服干洗了吗？”

被韩天一这么一问，杨嘉儿才想起来，原来他就是那天在机场撞到自己的墨镜男，怪不得这么眼熟。其实韩天一刚下车就瞄到杨嘉儿了，对女人过目不忘也算一种本事。

“你们认识啊？”琴姐笑道，“你们小年轻最有共同语言了。快快，他们都在休息室，你们快去吧。”

韩天一和杨嘉儿同琴姐打了招呼，便往休息室走去。两人一路同行却互不搭理。

休息室内，陈可正与国外的父母在视频里道别。由于陈父腰上旧疾发作，无法出行，所以二老没有来孙子的百日宴，只得通过视频的方式看看头顶两个“犄角”的孙子。

李燃看到杨嘉儿与韩天一进来，惊讶道：“你们俩怎么一块儿来了？”

“我干儿子呢？”

“我干儿子呢？”

韩天一和杨嘉儿异口同声。两人对视，略有几分互嫌之意。

陈可挂了电话也过来了。

韩天一看到好兄弟，即刻上前拥抱：“你们俩升级得太快了，可怜我这个孤家寡人。”

“你什么时候又成孤家寡人了？”不等韩天一回答，李燃继续调侃，“你孤家寡人才不会祸害良家妇女。”

韩天一性格开朗，长得也帅，很受女孩儿欢迎，却一直没有定下心，不免让人觉得他是花花公子。

韩天一不敢反驳：“姑奶奶，您说什么就是什么。快让我看看干儿子。”

韩天一看到睡篮里正在睡觉的小家伙便激动万分：“我还是第一次看到这么小的宝宝，太可爱了！”

李燃：“可爱吧，要不你来帮我带两天？”

“不合适吧，”韩天一傻笑，“我这笨手笨脚的。”

“大尾巴狼。”李燃白他一眼。

韩天一向陈可求助：“你老婆说我。”

陈可："又不是第一次了。"

李燃："说正经的，你们快帮我想想哪儿有靠谱的育儿嫂，我们陈可都累坏了。"

韩天一笑道："姐姐，你这话怎么听着有点别扭。"

杨嘉儿补上一句："你指望她带娃？"

李燃："你们俩一唱一和够了啊，就知道问你们也是白问。"

"怎么可能。"韩天一嘚瑟道，"我上个客户就是人才中介的，他们行业内应该互通吧，我帮你去问，铁定找个靠谱的。"

"真的假的？！"李燃激动又半信半疑。

"你还真是和什么领域都挂钩啊。"杨嘉儿颇有几分嘲笑之意。

韩天一笑笑："你有需要也可以找我。"

杨嘉儿挑眉，心想："这家伙是在'开车'吗？姐姐也是久经沙场的老将，还怕了你不成？"

李燃："你们两个别贫了，还没告诉我你俩是怎么认识的呢。"

杨嘉儿不知如何开口，韩天一随口回了一句："意外的缘分。"

李燃："你和谁都有缘分！当初在大学的时候要介绍你们认识还死活不肯，现在倒有缘分了。嘉儿别理他。"

韩天一给了陈可一个眼神——"管管你老婆"，陈可回复——"能力有限"。

此时，琴姐进来："帅哥美女们，要准备开席了哦！"

宴席开场，陈可和李燃抱着想想出来。

此时，舞台的背景屏幕上放着从李燃进产房到想想出生再到现在的照片和视频，背景音乐是《You Are My Sunshine》，这是月子里李燃一直给想想唱的歌。

这个视频是陈可亲自做的，每张照片都代表着无比珍贵的回忆。不知不觉，想想已经出生一百天了，这个人类幼崽从出生到现在，让陈可和李燃不知经历了多少个第一次，相信往后一定还会有更多“难忘”的经历。

育儿之路漫漫，携手加油干吧。

李燃感动道：“老公，你什么时候做的视频？”

原来，陈可在独自起夜给想想喂奶的日子里，把儿子哄睡后熬夜做了这段视频，就是为了在百日宴给李燃一个惊喜。

此刻，他还不忘说一句：“老婆，你辛苦了。”

天哪，拍戏、带娃无缝连接，明明自己很辛苦，还把功劳给了老婆。学霸、男神、男明星，再多的称谓也抵不过他实实在在的付出。李燃觉得当年的学霸如今当起奶爸也令人格外着迷。

台下，杨嘉儿和韩天一两人在同一桌，面对台上的感人画面，连连拍手叫好。

“我这兄弟就是绝世好男人。”

“也就刚好够配我这姐妹吧。”

韩天一和杨嘉儿相视一笑，这抬杠还抬得有默契。

韩天一举起酒杯：“那天不好意思，正式介绍下自己，韩天一。”

“杨嘉儿。”

两人碰杯。

“我真是没想到，陈可有当奶爸的一天。你不知道他以前在学校有多酷。”

“知道。”杨嘉儿一笑，“陈可每周都来我们学校报到，人家都以为他是我们学校校草呢。”

“他和李燃也算青梅竹马，真叫人羡慕。”

“我听李燃说起过你，你应该不差羡慕对象吧？”

“这话怎么听起来怪怪的？”

杨嘉儿一笑：“敬你一杯。”

韩天一拿起酒杯，两人的对话也变得轻松起来。

“不过啊，我不像我兄弟，过不了婚后那种生活。你说，两个人天天在一块儿，哪有这么多话讲？”

“不依附另一半，活好自己的人生才是最重要的。”

“Bingo！”韩天一对杨嘉儿产生了好奇，“现在女生都这么独立吗？”

“你这可是典型的男性思维，”杨嘉儿独自喝了一口，“难道男女恋爱就一定要结婚生子吗？”

这话把韩天一给说激动了：“知音啊！你怎么会是李燃的闺密？”

“小心我传话给她。”

“哈哈哈哈哈……别，我可惹不起她。”

杨嘉儿微微一笑，耸了耸肩，拨弄长发，妩媚至极。她无意间挑眉看向韩天一,一瞬间好像激发了两个异性间的荷尔蒙，彼此似乎有了某种默契。

陈可和李燃抱着宝宝向每桌人敬酒，劳累程度真不亚于结婚。全场只有琴姐最乐在其中，春风得意，这种社交场面尽在琴姐掌握之中。

宴席终于结束，琴姐和李总招呼着离场的客人。想想是今天当仁不让的主角，但这小家伙大半时间都在睡觉。

忙的是大人，累的是大人，欢喜的也是大人。

人们常常把“这有什么好办的”“这饭有什么好吃的”挂在嘴边，可这些看似烦琐却又叫人不得不做的事，恰恰营造了生活中不可缺失的仪式感。

陈可和李燃回到家时已经累瘫。陈可把睡得正酣的小家伙抱上床，看他没醒才放松下来。

陈可走出卧室，看到老婆正瘫在沙发上看手机，表情严肃。

“怎么了？”

“我产前盯的那个晨西集团的项目要提前动工，有人坐不住了……”

“那个项目，你跟了很久，你怎么想？”

“不甘心。”

李燃确实不甘心，她之前大着肚子还坚持上班就是为了这个项目，如今她还在休产假，公司就传出风声说David要趁她不在接手这个项目。

“没事的，凭我和晨西关总的交情，这个项目别人拿不走。”

陈可看着老婆：“回去上班吧。”

李燃和陈可对视，小心翼翼地问：“你最近一有空就在看剧本，是上次出去谈的新项目吧？”

“是。科幻题材，上次是和制片人见面。”

“什么时候开机？”

“预计一个月以后。”

两人沉默了。

育儿嫂还没找到，如果李燃现在去上班，基本就是陈可单独带娃。就算她现在不去，一个月后两人也要面临一个上班、一个进剧组的情况。陈可是一个称职的爸爸，可他也有自己热爱的事业，现在的上升期是多年默默努力换来的，李燃不忍打断老公的事业，于是她做出决定：“反正我还在休产假，而且我还在喂奶——”

陈可打断老婆的话：“你去上班，家里有我。”

“老公……”

“这里永远是你的港湾，而工作是你的战场，我喜欢那个在战场上拼尽全力的李燃。”

“可你的戏怎么办？”

“他们的开机时间只是暂定，根据我的经验，现在没催我，多数是会延迟开机的。我先在家过渡一段时间，等育儿嫂来了，一切都会好的。”

“可是……想想还没有断奶。”

“这不是问题。‘妈妈’只是你其中一个身份，李燃是一个独立的个体，有选择和追求的权利。不管怎么样，我都支持你。”

这一句“支持”包含了太多，李燃的眼眶湿润了：“老公，谢谢你。这两天我先抓紧看育儿嫂再说。”

“多面试几个，肯定有合适的。这两天有空，陪你去买点衣服吧。”

“你也觉得我胖了是不是？以前的裤子都穿不上了，网上买的不是有色差就是板型不对，被你一说还真是，我都好久没逛商场了。”

“还有那家你最爱的泰国菜。”

李燃笑着依偎在陈可怀里——谢谢你给我的支持和爱护，今生有你，可喜可敬。

李燃产后第一次去商场，格外兴奋。她在家里打底妆、涂口红。客厅里的陈可早已准备就绪，在门口推着推车催促道：“老婆，再不走你来不及回来吸奶了。”

“来了——”李燃边扎头发边从卫生间出来，她算着时间，“过去二十分钟，逛逛三十分钟，吃饭一个小时，回来再二十分钟，赶得及。算了……还是把冻奶带上吧。”

“冰箱里只有40毫升了。”

“给他垫垫也好，说不定能撑到回来喂。”李燃急匆匆把冻奶放进背奶包，夹在两块沉沉的冰袋中间，往肩上一搭，“走吧。”

没想到，周末路上的车不比平时少，他们比预期多开了五分钟。商场地下车库居然排起了队，两人找车位又多了十分钟。李燃吐槽两个不用上班的人干吗大周末来凑热闹。她默默算着时间，觉得胸部有微微的涨意，不会吧？出门前刚喂过奶，一定是心理作用。李燃让自己放轻松，想着一会儿缩短逛街时间就行了。哺乳期的女性第一次出门，真是压力山大。

李燃的肚子还没瘦回去，她想买几条新裤子。天知道产后裤子有多难选，难得出来，她一口气试了好几家店的裤子，结果想想已经在推车里睡着。陈可不时地提醒老婆注意时间，最后李燃顾不得纠结，匆匆选了一条，结完账就准备去吃饭。可他们走到那家泰国餐厅门口才发现已经排起了长队。

陈可取了排号单出来：“至少等四十五分钟。”

“换！”李燃果断推着推车去找其他餐厅。此时只要能填饱肚子及时回家，口味和环境都可以退而求其次。

一家港式茶餐厅内。

陈可夫妻俩以最快的速度点完单，从出门到此刻终于能舒一口气。可刚上第一个菜，两人还没动筷，推车里的想想就醒了。

“你先吃。”陈可把想想抱出来。

小家伙迷迷糊糊地看着周围……过了一会儿清醒了，他开始哭。

“给我抱，你来吃。”李燃抱过想想：“妈妈带你出去走一圈，好不好？”

李燃把想想抱出去，陈可立马风卷残云般开始扒饭，这就是夫妻带娃出门的节奏。

“肖杨？你是陈可吗？”

陈可抬头，发现两个年轻姑娘站在他面前。不会是粉丝吧？此时，他余光瞥到自己嘴角的一颗饭粒……

“不好意思，你们认错人了。”

两个女生离去，只听见另一个低语：“我就说不是吧，怎么可能？”

陈可一闭眼——多年人设差点崩塌。

“不行，他还是一直哭。”李燃抱着想想回来了。

“可能是饿了。你吃，我给他喂奶。”陈可迅速回归奶爸角色，他从包里拿出一个大的容器：“服务员，麻烦帮我倒点40℃的热水。”

服务员走过来，尴尬道：“我们这里只有开水。”

“……那就麻烦帮我倒一半开水，再另外给我一杯冷水，谢谢！”

陈可一边哄着怀里大哭的想想，一边兑水：“儿子，再坚持一会儿，马上就好了。”

换对面的李燃大口扒饭：“马上好！”

“没事，你慢慢吃。”陈可来回换手哄着想想，终于等到奶温好。他将奶嘴往小子嘴里一塞，终于安心。只见想想的小嘴快速吸吮，奶瓶里的奶迅速变少，就那么一会儿40毫升奶就见底了。

陈可把奶嘴拔出的那一刻，想想崩溃了，这点量哪够这小子塞牙缝，只听他哇的一声开始撕心裂肺地哭……此时李燃只觉胸口紧紧一抽……糟了！之前着急出门，没贴防溢乳垫……只见她外衣渐渐溢出奶渍……

“母婴室在几楼？”李燃抱着想想就往外冲。

陈可在后面喊：“我买完单就去找你们！”

男明星一屁股坐下来。

人生就是如此精彩，意外层出不穷，无论是惊喜或惊吓，必须拥有一颗强大的心脏，才能在带娃的路上有备无患。

第十一章

工作了就要断奶吗?

奶油肌的底妆，睫毛根根分明，一支名牌口红正在唇上滑动。

李燃站在穿衣镜前，身着一件奶白色的长袖真丝衬衫，搭配三醋酸面料的西装外套，下身是一条黑色的烟管裤，职业又不失优雅。她为自己戴上一对复古的珍珠耳环，拨弄秀发，对着镜子微微一笑——姐回来了!

陈可双手搭上老婆的肩：“加油！”

李燃调皮地顶顶老公的脑袋：“谢谢你，一会儿你去见导演，我妈过来，没问题吧？”

“放心吧，小家伙还在睡觉，育儿嫂一会儿就来，有事我也能及时赶回来。”

“真得谢谢韩天一，这小子总算做了件靠谱的事。”

找育儿嫂真是看缘分，韩天一介绍的这位李阿姨干事利落，对娃也有耐心，而且想想看到她也不排斥，试用两天，陈可和李燃就决定用她。虽然李阿姨不住家，但她还会连带烧一顿晚饭，也让陈可和李燃有了私人空间，两人对这个育儿嫂颇为满意。

“所以你就放心去吧。来，我看看，”陈可把老婆转向自己，不断点头，“果然是人靠衣装。”

李燃扑哧笑出了声：“什么意思嘛。”

陈可在李燃额头上轻轻一吻：“出发吧。”

“你蹭掉我的粉底了啦。”

“……”

李燃拿着她的名牌皮包和背奶包一路往车库走去。想到工作，她就充满了斗志，又飒又酷，走路带风。

坐上车，李燃摸着方向盘，踌躇满志，这种感觉好像已经过去了一个世纪。

M集团。

电梯门打开，李燃嘴角弯起一个弧度，走进开放式工作区域。四个月前，她在这里上演的乌龙事件还历历在目，如今她的宝宝已经会咿呀啊呀地给她回应了。

李燃径直走向自己的办公室。其间，她不时地和熟悉的同事打招呼，同时她隐约听到背后有指指点点的声音。

“产假也不休完，这么要强啊……”

“本来人家就是女强人呀，说到项目连男人都抢不过她的……”

“这次不知道咯……”

“咦？怎么没有人提我老公的八卦？”李燃心里叨咕着。她在公司多年，但几乎不讲私事，她对这些闲言碎语倒无所谓，只怕家里有个男明星的事被曝光，看来Cindy的嘴还是挺严的。

李燃坐到自己的办公椅上，放下两个沉沉的包。她深呼吸，调整衣服，走出办公室，敲开了人事部的门。

“陈总监，我提前回来了。”李燃向人事部门总监报到。

“李总监啊，这么快就回来了。”今天人事总监的语气有点怪怪的，“怎么不多休一阵呢，别的女同事还有申请多休一年产假的呢。”

李燃笑笑：“陈总监是希望我再休一年吗？”

“没有没有，您是咱们公司的骨干，提前回来……对公司是好事。”陈总监推推眼镜，“您还在产假期，我们人事肯定要关心公司员工的身心状况的呀。”

“谢谢，我很好，您可以把我的产假提前取消了。”李燃回答得很干脆，“那就不打扰了。”

陈总监说李燃是“骨干”倒真不假，李燃在怀孕前已经是副总经理八九不离十的候选，而女性一旦在这个节骨眼怀孕，高层说不定会有其他想法。

女性产后回归职场，晚了会被说没事业心，早了又被说太急功近利，谁叫男人没这功能，但凡能做选择，也不必怀胎十月、宫缩、喂奶都是女人来了。

“李总，这是下午开会要用的资料。”Cindy把厚厚一沓文件递给李燃。

今天下午的会议非常重要，直接决定谁是晨西集团项目的负责人。虽然这个项目由李燃牵头，也一直是她跟进，但产假几个月过去，情况已经有所变化。这次晨西集团提前启动项目，公司的人似乎都在有意瞒着她，如果她继续不闻不问，等于将这个项目拱手让人。

李燃翻看资料，不禁皱眉：“更新了这么多内容，为什么不提前发给我？”

“哦……很多内容也是这两天刚刚更新的……”Cindy的声音越来越弱。

李燃看着她，清了清喉咙：“今天的会议很重要，谢谢你通知我。”

“我应该把资料提前给您的……”

“没事。你忘了我看资料的速度啦，好了，你去忙吧。”

Cindy退出了办公室。

李燃似有疑虑，但对她来说，目前重要的是全面了解项目的最新情况，下午的会议才有把握。

时间从10点30分一直转到12点30分。

李燃顾不得吃午饭，一直埋头翻阅资料，等想起来时，她只觉得胸上一抽。完了！胸部硬得像石头，她赶紧拿上背奶包去哺乳室。

“还好今天没忘戴防溢乳垫。”

李燃打开吸奶器，又听到了熟悉的声音。此刻她才想到，自己已经出门四个多小时了，想想还好吗？有没有乖乖喝奶？妈妈不在的第一天，宝宝会不会想她？

与此同时，想想正在家中号啕大哭。

早上陈可出门时，他还好好的，在琴姐怀里对着爸爸笑嘻嘻地吐舌头，好像在说拜拜。

此刻，琴姐正在和绝食的想想激烈斗争。今天是她和育儿嫂第一天合作带娃，就被搞得手足无措。

“这怎么办呀？”琴姐拿着奶瓶求助李阿姨，“都已经中午了，一口奶都不肯喝。”

“小家伙吃惯妈妈的奶了，不肯用奶瓶了……”

“我见他用过奶瓶的呀，怎么会这样啦？”琴姐急得乱转。

想想在一旁像小神仙一样，不让他喝奶他就不哭不闹，但只要奶瓶一放到嘴边他就紧闭小嘴、疯狂摇头，要是再强迫塞给他，他就哇哇大哭。

琴姐趁他张嘴哭的时候，把奶嘴塞了进去，没想到想想被奶呛了一下，又是咳嗽又是流鼻涕和眼泪，把琴姐吓坏了。

“祖宗啊，这个也是你妈妈的奶呀。外婆求求你了，不喝要饿坏的呀。”琴姐急出一头汗来，却还是搞不定这个小家伙，“不行，得给他妈打电话……”

李燃还在哺乳室吸奶，听到一旁的手机振动，但她发现自己根本没空手去接。一看是琴姐的电话，担心想想有事，她赶紧放下吸奶器，不料一着急就打翻了旁边刚刚吸出来的小半瓶奶，还洒在了裤子上，真是越忙越乱。

李燃赶紧清理裤子，还好房间里只有她一个人，不然真是丢脸。她的手机又振动了几下，屏幕上出现了一条十五分钟前未读取的微信。

李燃加快速度处理完手上的事，穿好衣服，整理好背奶包，她的裤子上依旧残留着奶渍，但她此刻顾不上了。

还好是黑裤子。李燃一边安慰自己，一边走出哺乳室。她一手提着背奶包，一手拿着手机回拨琴姐的电话。

“妈，怎么啦？”

电话那头，琴姐刚回应一下，就传来一阵想想折腾的动静，接着响起琴姐急促的声音：“囡囡啊，想想不肯用奶瓶呀，早上到现在一口奶不喝呀，急死人了，怎么办呀？”

“一口都没喝？”李燃既诧异又着急。

怎么不用奶瓶呢？亲妈一上班就绝食？谁也没给她打过这个预防针啊！

就在此时，李燃部门的小张突然跑来：“李总，会议提前开始，已经开了半个小时，您快进去吧。”

“什么？”李燃语气激动，又马上调整好，“我知道了。”她拿起电话：“妈，我现在脱不开身，你打电话给陈可，他会有办法的。先挂了啊。”

李燃憋着火气，加快脚步向会议室走去。她停在会议室门前，深吸一口气，随即推开了门……

私人会所内。

陈可对面是上次见面的周制片，旁边是这部戏的导演。

Sam激动地说：“有朱导在，这部戏一定能得奖！”

朱导：“这我可不敢当哦。周总班底搭得好，还找来陈老师这样有演技有颜值的男一号，我们一起努力嘛。”

陈可：“朱导多指教。”

朱导：“哪里哪里。”

周制片：“有二位在，我们这部戏一定大火！来，我们碰一个！”

Sam：“碰一个！碰一个！”

大家正要举杯，陈可的手机突然响了。他接听电话，对面传来琴姐带着哭腔的声音，话说得不清不楚，还夹杂着想想的哭闹声。

陈可放下杯子：“抱歉。有事，先告辞。”

一群人看着他疾步走出会所，满脸费解。什么情况？把大金主和大导演就这么晾下了。

Sam惶恐不安，直冒冷汗：“有急事，有急事。我来敬二位一杯！”只见他干了满满一杯酒，心里想着“喝死我算了”。

另一边，琴姐还在和想想斗智斗勇。

“祖宗啊，你这样我怎么向你爸妈交代啊？喝一小口好不好啊？”她一手抱着想想，一手拿着奶瓶，在和外孙讨价还价。

陈可开门进来了。

养育人类幼崽是家庭共同的责任，但必定会有一方做出更多的妥协和牺牲。陈可目睹老婆十月怀胎的辛苦，早已决定在育儿这条道路上尽己所能，如果女人可以为孩子无私付出，为什么男人不能为家庭做出牺牲呢？为了支持老婆，陈可早已想明白了这个道理。

琴姐听到声音，从房间里慌忙走出来。

“啊哟！陈可，你总算回来了。这小子一口奶都不肯喝呀……大半天，奶都浪费了两瓶，再不喝这瓶也要倒掉了呀。”

“妈，您别着急。”陈可抱过想想：“怎么啦，妈妈不在，你绝食啦？”

想想像听懂了一样，撇着小嘴，左看看右看看。陈可接过奶瓶试图喂他，刚靠近，想想又开始疯狂摇头表示抗议。

“你别作妖啊，上周我还用奶瓶喂过你呢。”

陈可把想想交给李阿姨，打开手机开始查资料。

“怎么样啦？”琴姐轻声问。

“妈，我出去一下。”

“哎……你去哪里啊？”

“马上回来。”

陈可跑到楼下的点心店。

“老板，来一个。”

“好嘞，您拿好。”

陈可拿着袋子，心生欢喜：“这下还治不了你这小子？”

陈可回到家，琴姐就好奇地过来问：“你去哪里啦？你买什么啦？”

“一会儿就好。”

陈可窃喜。他从袋子里拿出一个大白馒头，把馒头横向一切为二，又把中间挖空，大小正好把奶瓶的奶嘴塞进去。陈可一阵得意：这下还怕骗不了你小子。

此刻，想想正躺在李阿姨怀里，一副生无可恋的表情。

陈可拿着大白馒头奶瓶过来：“宝宝，我们喝奶奶咯……”

大白馒头把奶瓶后半截都遮住了，只见一个白白软软的家伙慢慢靠近，到了想想嘴边。果然，这次他没有排斥……

想想歪着脑袋嘬了几口，好像味道还不错。琴姐和陈可相视一笑，总算松了一口气。特别是陈可，觉得自己太牛了，晚上一定要向老婆炫耀一番。

可是，这小子又吃了两口，好像发现了什么，皱皱小眉头。不久，他脸上突然出现一个疑惑的表情，接着吐出奶嘴，他发现被骗了，哭得比之前更大声了。

妈妈的肤感是这么好模仿的吗？

这小子也太精了吧，不知道遗传了谁。

陈可又把馒头奶瓶塞过去时已经不管用了，想想疯狂摇着小脑袋，怎么也不肯张嘴，满脸都是嫌弃，陈可只好投降。

妈妈不在的第一天，奶瓶投喂完败。

会议室的门打开了，员工们从里面陆陆续续走出来。李燃走在最后，回忆着刚刚进入会议室的场景。

李燃推门进去："各位不好意思……"

会议室内，桌子两边的人都已经坐齐，李燃坐到Cindy旁边的空位上。

David开口道："Cindy，你没有通知李总监提早开会吗？"

一旁的Cindy低头不语。

李燃保持着自己的节奏，她拿起资料："我汇报下晨西集团项目的最新进展——"

"不用了。"David插话，"刚刚Cindy已经讲过了，就不用再辛苦李总监重复了。"

李燃收起资料："看来林总监对项目已经很熟悉了。"

坐在主位的是M集团上海分公司的总经理刘柯，他咳嗽了一下，道："先欢迎我们市场部的李总监归位。很不容易啊，产假还没休完就回到岗位。"

大家顺着刘柯的话拍起手来，但李燃觉得这句话后面的内容才是重点。

果然，刘柯继续道："李总监身体也很重要，这个项目就让David替你多分担一些——"

"我没有问题，这个项目一直是我跟进的，我和晨西的关总也是多年的合作伙伴，换人恐怕——”

“怎么是换人呢？李总监多虑了，让David帮你分担，你做他的顾问。”刘柯停顿了一下，“这是公司的项目，大家合力完成，把项目做好才是最重要的。”

刘柯重点说了“公司的项目”，也侧面提醒李燃这不是个人抢功的时候，主导权始终在公司。

李燃当然听得懂其中的意思，这种情况下多说无益，她只能先顺势应和。

“看来刘总都帮我安排好了，那就多谢领导体恤。”李燃看向David：“要辛苦林总监了。”

“哪里哪里，还要李总监多多提点。”会议桌对面的David一副小人得志的模样。李燃此刻唯有忍耐。

会议结束。刘柯表面上体恤下属，实则怀疑产后女性不能兼顾家庭和事业。最终，晨西集团的项目由David主导，李燃得一个顾问的名头，实则是个没有决策权的辅助角色。

李燃走出会议室，David笑着从她身边经过。

此刻李燃才明白，其实一切早已成定局，她不在的这几个月，公司已经重新洗牌，David也早已取代她，成为同事们心目中副总经理最热门的人选。所以，当她踏进公司那一刻起，就被认为是来抢项目的，在别人眼中，她反倒成了急功近利的那个人。

“Cindy，来我办公室。”

李燃回到办公室，Cindy跟随其后。

“为什么会议临时提前了？”

Cindy不知如何开口……她当然不知如何开口，因为正是她看到李燃进哺乳室的那一刻通知了David。

李燃继续问道："我不在的时候，会上说了什么？"

一小时前。

刘柯："人都到齐了吗？"

"除了李总监。"David积极回应。

"叫一下。"

"Cindy，你们李总监呢？"David故意问道。

"在……在哺乳室。"

"估计一时半会儿来不了。刘总，您看？"

"先开始吧。"

Cindy始终不言语，李燃已经猜到大概，她的行踪只有Cindy最清楚。但那条微信也是Cindy私下发给她的，还特意告知领导选择在今天召开这个重要会议。David怎么可能让Cindy通知她会议时间提前，但Cindy还是在会议开始之后通知了她，想必内心也经历了一番挣扎。

每个人都有自己的无奈吧，特别是职场新人。李燃想，如果她一手带起来的人以后能有一番作为，也不枉她这两年的栽培。

"你出去吧。"

"李总……"Cindy欲言又止。

"对了，把资料拷贝一份给营销部，做好对接工作。"

"林总监说要调我去他的部门……"Cindy支支吾吾，"让我去协助晨西的项目……"

李燃猜到几分，但没想到第一天上班就有这么大的变动。她从实习就带起来的人，也是整个公司里她最贴心的人，居然背叛了她……或许不能用背叛来形容，毕竟人在职场有太多的身不由己，而任何情况究其原因也都有其合理性。

李燃收拾好自己的心情，说："营销部也有很多东西可以学……"

“李总，我只是暂时过去帮忙——”

“Cindy，”李燃打断了她，“你是一个很努力的姑娘，不管在哪里都要加油。”

李燃开车回家的路上，玻璃窗前的落日有些刺眼，她翻下遮阳板，镜子里映出一张落寞的脸。

原本是打了鸡血般出门，此刻却要灰溜溜地回去。李燃的胸口就像被一块儿大石头压着，她握着方向盘，一路深呼吸。

她疲惫地打开家门，陈可迎了上来：“老婆，第一天上班怎么样？”

李燃没有说话，只轻声问了一句：“想想呢？”

“在睡觉，我让妈先回去了。”

李燃这才想起来，中午琴姐给她打电话说想想不肯喝奶，连忙问：“想想后来喝奶了吗？”

“30毫升。”

“一天一共30毫升？”李燃心头一酸。

陈可连忙安慰：“没事的，我查过了，很多宝宝都有这种情况，过几天适应了就好了。”

李燃不说话，从背奶包里拿出奶瓶，这才发现颜色不对，喃喃道：“忘记放冰箱了……只能倒掉了……”说着眼泪夺眶而出，大颗大颗地往下掉。

项目丢了，亲信走了，儿子又没照顾好。此刻，李燃的委屈倾泻而出，旁人再多安慰也无济于事。哺乳期妈妈回归职场面临着各种问题：背奶的辛苦、工作时间的调整、家庭与事业的平衡，每一样都是难以两全的抉择。

现实一如既往地残酷。

李阿姨把想想抱了出来：“宝宝醒了。”

想想看到妈妈，一下子激动起来。李燃赶紧擦掉眼泪，上前抱住宝宝：“妈妈回来了。”

李燃把想想抱进房间喂奶，陈可招呼李阿姨回家，空闲下来才想起看手机。果然，有十八个Sam的未接来电，还有无数条微信语音。

陈可打开语音，Sam高分贝的声音传来，劈头盖脸一通发飙。其实陈可不听也知道，留下那样的场面，他善后一定很为难。最后一条语音是五分钟前发来的：“老陈，这戏黄了。”

陈可疑惑，虽然他走得很不礼貌，但也不至于直接黄了。此时，Sam来电，陈可接听。

“大哥，你总算接电话了，家里没事吧？”

原本以为Sam会再次大发雷霆，但听到这句关心，陈可反而觉得抱歉：“解决了。你说项目黄了，是什么意思？”

“你走后，那个朱导态度一百八十度大转弯，说你这种说走就走的态度太不负责了，这种状态进剧组会耽误拍戏。他还说你上部戏和赵朵有绯闻，会影响这部戏的宣传。”

“什么乱七八糟的？”

“我后来一打听才知道，其实他一直想把自己的男演员塞进来，才找了这么多借口，在周总面前把你数落得一文不值，气死我了！”

“现在是什么情况？”

“合同你不是一直还没签嘛，周总手下的执行制片打电话给我了，客套了一番，说下次有机会再合作。合作个屁！我们才不稀罕呢！”

虽然是朱导早有预谋，但自己也给了别人可乘之机，陈可觉得抱歉：“兄弟，对不住了。”

“没事！我这边还有剧本，咱们再挑个比他们好的！而且我这儿还有一个综艺、两个广告……”

“综艺？”

陈可皱眉，他对自己的定位是演员，之前就拒绝过两档综艺录制，可他刚要说什么，Sam就开始打感情牌：“兄弟，这个综艺不能再推了。

现在开始看剧本，怎么都得两三个月才能进剧组，你不能啥都不干，把自个儿给冷下去啊。况且这个综艺是我好不容易‘刷脸’求来的，你就别让我自打脸了，行不？”

陈可抿了下嘴：“多久？”

“放心！我都帮你看好的，每次录制才两天，耽误不了你带娃。”

陈演员叹了一口气，道：“好吧。”

太阳下山，夕阳躲在云层后，透出橘红色的晚霞。

李燃喂完奶，抱着想想出来。小家伙一脸满足的表情，对着陈可吐舌头。李燃的情绪也平复了一些，她看着陈可若有所思的样子问：“老公，没事吧？”

“没事。”陈可搂着老婆，逗逗儿子，一家三口在窗前看着落日余晖。

李燃把头靠在老公的肩膀上。夕阳下，他们的背影是如此平凡却又珍贵。家才是最好的港湾，看着身边至亲的人，一切烦恼都会烟消云散。

夜幕降临，想想已经沉沉睡去，李燃在和老公讲述今天公司发生的事。

“你们刘总什么态度？”

“不相信我呗，不然也不会让David接手了，我们刘总的老婆就是全职在家带娃的，听说还是他强烈要求的。”

“看来你们刘总挺大男子主义。”

“何止！在他眼里，哺乳期妈妈在职场上就是废物。”

陈可安慰老婆：“项目并没有到失控的地步。我记得你和关总之前合作时还为他省过一笔不小的数目。生意人做熟不做生，让David去碰碰壁也好。”

李燃诧异道：“老公，怎么你一说，我反而觉得今天这档子事是好事呢？”李燃用手臂环住陈可的脖子，“以我老公的智商，不做生意真是太浪费了。”

陈可轻轻刮了一下李燃的鼻子：“一孕傻三年，我老婆要开始了吗？”

“你才傻呢！”李燃用头撞了他一下。

“好了，说真的，你上班还要背奶，这么辛苦，不如断了吧？”

“辛苦倒还好，”李燃叹了口气，“主要是不方便，我今天差点堵奶……”

“所以啊，你就不要硬撑了。”

李燃有点想妥协，但憋了一口气后还是坚决地说道：“不！坚决不放弃，为了宝宝，别的妈妈能做到的，我也一定行！”

可是啊，先照顾好自己才能更好地照顾别人。

第十二章

不羁的恋爱也是人生

日月星辰，斗转星移，生活始终在继续。

不知不觉过了立秋，却不见一丝凉意。

想想穿着包臀裤在床上扭动，小屁股一撅一撅的，一会儿就翻了个身。小家伙还老喜欢啃自己的手和脚，肉嘟嘟的小拳头卖力地往嘴里塞，像在表演杂技。

人类幼崽既叫人抓狂，也让人心疼，真是含在嘴里怕化了，捧在手里怕摔了。

陈可除了录几天综艺、拍个广告，其余时间都在家。有育儿嫂在，他也多了看剧本的时间，还不耽误和想想的亲子互动，日子过得挺惬意。

李燃在失去晨西项目主导权后，听从家里“军师”陈可的建议，以静制动。而David一直没闲着，拉着一群人加班做标书。李燃作为旁观者，收敛锋芒，低调行事，却逃不过同事在背后的指指点点。

“你知道吗，那个市场部的李燃输给David了。”

“不是吧，以前她那么要强，肯定要争回来的呀。”

“难哦，你也说以前，女人生完娃哪还有心思上班啊。”

“也是，听说她上次开会迟到就是因为哺乳期的关系。”

“那也没办法，孩子总归最重要。”

“那就在家带娃好了呀。”

李燃听到这些话就当耳旁风，她吃的盐比她们吃的饭还多，自己几斤几两还用她们来掂量？与此同时，她也体会到对哺乳期妈妈来说，高强度工作真的不是那么容易。

反正David这么积极，就不去打击他了，多了带娃的时间，何乐而不为？工作间隙能偷个闲，谁不愿意呢？

一个晴朗的周末，李燃要去参加妈妈群的聚会。群里大多数妈妈都已经回归职场，大家约着出来“网友见面”。平时在群里大家吐槽欢乐多，李燃虽然大多数时间都在“潜水”，但她也想见见这些网友，看看大家都是怎么带娃的。

“老公，你觉得这件怎么样？”李燃在试衣镜前拿着衣服比画，“不知道其他妈妈会不会化妆。”

陈可坐在床上，怀里抱着想想，忍不住道：“怎么有一种老公在家带娃、老婆出去浪的感觉？”

李燃差点被自己的口水呛到：“干吗在儿子面前说我坏话？”她一回头，爷俩同一表情，歪着脑袋看着她。

“行了，一会儿李阿姨来了，你也能放会儿假。”

说着，门铃就响了。

李阿姨进门第一件事就是洗手换衫，很是仔细。李燃觉得这个育儿嫂比琴姐还靠谱。

“把宝宝给我吧。”李阿姨接过陈可怀里的想想，就带他去客厅玩了。

李燃还在纠结穿什么衣服，陈可再三强调她怎么穿都好看，但李燃还是纠结。

“妈妈群聚会哎！第一次见面，我得好好打扮。”

“你和我约会前也这样吗？”

哪儿和哪儿呀。李燃觉得这个问题莫名好笑，她没有接话，而是捧起老公的脸亲了一口：“以前我可没有C。”

“这额外福利都被那小子占了。”

“那小子可跟你姓。”

陈演员一副吃瘪的表情。

最后，李燃选了一条白色带花的连衣裙，把头发高高盘起。她已基本恢复到孕前体重，再加上这一身装扮，显得尤为高挑。

“想想，来和妈妈说拜拜。”李阿姨把想想抱了过来。

李燃逗了逗娃，又亲了一下老公，快乐地出门了。

中餐厅的大包间内，已经到了好几个妈妈。但就像说好似的，大家都穿着宽松的大T恤，好像在特意遮掩发福的身材，大多数人都是素面朝天。

在对比之下，李燃的打扮就显得隆重了些，她更像是来参加和闺密拍照片发朋友圈的网红餐厅聚会。

她坐下后叹了口气——还好化的是裸妆。

没多久，人来齐了。一位“90后”妈妈穿着很年轻，也化了淡妆。李燃觉得在这么多妈妈中，她最顺眼。

席间，有几位妈妈特别熟络，应该是之前见过面的。李燃平时习惯“潜水”，大家都不太认识她，所以她和旁边妈妈聊了两句就没什么话说了。

对面几位妈妈聊得热火朝天，但李燃分不清谁是谁。

“……我昨天半夜吸奶，让我老公哄儿子睡，等我回去，我儿子在转圈圈。”

“一样的，我女儿虽然不用抱着睡，但是需要有人陪着她，每次我起床一会儿，就让我老公看着，回来女儿总是醒着的，他还一副很无辜的样子。”

“我老公倒是愿意分担，但是他没奶，哄不睡。”

大家哈哈大笑，此时李燃插话：“我老公蛮会带娃的，都是我睡觉，他哄娃。”

此话一出，包厢一下子安静了，这话太“凡尔赛”了。有时候人就不能说实话，容易叫人嫉妒。

“你命太好了。”

“是啊，现在这种男人是稀有动物。”

妈妈们随意夸了两句便又展开新的话题。

“你们宝宝现在睡觉摇头吗？”

“有时候睡前摇几下。”

“我们是睡着了摇，还会把自己摇醒，然后就哭……”

“是不是缺钙啊？”

摇头吗？李燃反复回忆，想想好像不摇，好像有时候也摇……她还没理清思路，妈妈们已经跳到了另一个话题。

“哎哎，上次谁说宝宝头发少啊？”

“凡宝妈妈说的。”

“能少过我们家的吗？给你们看我们宝宝的头发，小时候头就像一颗卤蛋……”这位妈妈掏出手机给大家看照片。

“哈哈哈，这也太可爱了吧。”

李燃也伸了下脖子，但对方妈妈已经收回了手机。李燃笑着点头，真是有些尴尬啊。

“你们还记得生娃什么时候最痛吗？”

“宫缩、压肚子……还没准备好，后面一关就又来了。”

“痛就算了，我生娃的时候还睡在走廊，好在是顺产，一天就回家了。”

“那我好点，我是六人一间的。”

李燃想加入，却不好意思说自己住的是VIP单间，那是陈可特意为她订的。

“唉，和喂奶比起来，那些都不是事儿。”

此话李燃发自肺腑地赞同！

另一边，几个妈妈开始吐槽老人带娃。

“我现在给娃练抬头，只要爷爷奶奶一来，看娃抬了一会儿就说他累，也不知道累什么。”

“是的呀，我公公看到就说，他儿子小时候没练，不是也蛮好嘛。”

“老人永远这句话，心累。”

“不过我现在上班了，老人带，我也没办法控制了。”

“对的，他们就喜欢抱手上，医生都说不要总抱着，他们也不听的。”

抱手上？琴姐也喜欢啊，这个可以聊。但不等李燃开口，话题马上又转向了公婆。

“宝宝要翻身，我公公就说‘别翻呀，前面不是翻过了’。我就在旁边说‘宝宝加油，快点翻’，反正就是和他们唱反调。”

“翻身，为什么不让啊？”

“谁知道，反正公婆带就不怎么翻，幸好我和我爸妈带得多。”

“别提了，我们家开始给他吃‘手指食物’，可是我婆婆不让他自己吃，说会弄脏衣服。”

“我们家婆婆喂饭还会给娃手里拿个玩具，还要边讲故事边吃饭，规矩都坏了。”

“我姐姐家的小孩儿，去幼儿园前都是奶奶喂，一到学校就自己吃，回家又不会了……”

“那是回家故意不会吃。”

“对的，现在小孩都很精的。”

吐槽公婆，李燃是真插不上嘴，这方面陈可都帮她挡掉了，完全没有烦恼。

“对了，我儿子今天好像有点拉肚子，拉的屉屉是这个颜色的，你们看看，正常吗？”

几个妈妈都凑过去看图片，接着七嘴八舌地展开讨论。

“有点绿，是着凉了。”

“不用去医院的，喝点热水先观察下。”

“这个糊状要注意啊，还有结块，小肚子要保暖，如果一直这样，还是去医院看看比较放心。”

这回李燃也看到图片了，可是看到的一刹那，她差点吐了。她这才意识到，想想在月子里都是月嫂照顾，后面基本都是陈可和琴姐在忙。她努力回忆着，想想拉过肚子吗？好像没有吧。

席间，李燃有些格格不入，妈妈们大多是在吐槽不顶事的老公以及难搞的婆媳关系，但这些问题李燃一个都没有，她最多吐槽一下琴姐，坐在那里真是有种想上大号又使不出劲儿的感觉。

“不好意思，我还要回去接娃，先走了，你们慢慢聊。”李燃最终还是找借口离开了，走前还不忘给自己立一个贤妻良母的人设，“哦，那个餐费AA，你们先算好，我转给星宝妈妈。”

这可能是李燃唯一能说上几句话的妈妈。大家客套几句，便没有了下文，李燃见没人留她，便快速撤离现场。

走出餐厅大门，李燃深吸一口气，快憋死了，还不如谈判来得爽快。

其实妈妈们聊得都挺开心的，也就李燃自己把聚会想歪了，还捯饬了半天。李燃觉得自己很好笑，但转念一想，也不能浪费自己精心化的裸妆呀。于是她拿出手机。

卧室内，手机铃响。杨嘉儿正半裸着上身，她抓起被子往身上一遮，白皙的手拿起电话。

电话那头传来声音：“干吗呢？出来陪我喝一杯。”

杨嘉儿挂了电话。

浴室里走出一个男人，下半身围着浴袍，露出六块腹肌。

“我得走了。”

“我送你。”

云朵餐厅。

李燃坐在靠窗的位置，点了一杯拿铁。哺乳期需要注意饮食，但喝少量的咖啡还是可以的，难得出来放风，她从了自己的心愿。

她刚喝一口，突然想起了什么，赶紧拿出手机拍照。咔嚓几下，照片里是咖啡、鲜花和美人，做了妈妈也不能丢了少女心呀。

美好的下午茶时间！

李燃又把相机对着窗外拍风景，突然，一辆白色轿跑车闯入了她的镜头。

这车好熟悉的样子……谁的车？自己不会真一孕傻三年了吧？李燃还在回想，就见熟悉的墨镜男下车了。是韩天一！他绕到副驾驶的位子，饶有绅士风度地开了车门。

从轿跑车副驾驶座下来的人让李燃张大了嘴，这不是她的闺密杨嘉儿吗？！她没眼花吧，两个人居然还吻别 。

什么情况？！

要是李燃知道她打电话前一分钟发生的事，反应就不止如此了。她本来觉得自己的生活一团乱，想找闺密开解自己，没想到这妹子的生活比自己还乱。

杨嘉儿身着一条飘逸的吊带长裙走来，裙子把她身材的优势展现得淋漓尽致。

李燃都觉得自己出现幻觉了，她看着闺密离自己越来越近，一副春风得意的样子。

“你什么情况？”

“什么什么情况？”杨嘉儿难掩快乐。

服务员过来：“请问，您喝点什么？”

“莫吉托，谢谢。”

“你大白天的喝酒，也太开心了吧？”

“不是你叫我出来喝一杯的嘛。”杨嘉儿睁着两只无辜的大眼睛看着李燃。

完了，完了，对面就是一个“恋爱脑”。

“我叫你喝一杯，没叫你和韩天一好啊。”

“啊呀，被你看到了。”杨嘉儿嘟嘴撒娇。

“收起你的发春脸，说人话！”李燃都觉得辣眼睛，“我记得以前和你说过他的呀，虽然我和他从小一起长大，但我绝对不会包庇他，韩天一就是个花花公子，他谈恋爱都没超过两个月的。”

“那你大学的时候还想撮合我们？”

“那时候才大一，我怎么知道他后来女朋友一个接一个。西门，知道吗？”

“《流星花园》？”

“对！他就和西门一样，女人的保质期对他来说只有十五天。”

杨嘉儿发出一阵笑声：“暴露年龄了，我还记得你那时候通宵看《流星花园》，你最喜欢花泽类，对不对？”

“什么和什么啊，谁喜欢闷骚男啊？”

“你们家陈可就挺闷骚的。”

虽然李燃承认她老公有时候确实有点闷骚，但此刻怎能转移话题：“我在和你说韩天一！”

“韩天一怎么啦？”

“什么怎么了，姐姐，我说了半天，你都没听见啊？”

“我知道，你不要激动嘛，我和他已经达成共识了，谈一场没有负担的恋爱。”

“什么叫‘没有负担的恋爱’？”

“就是我们都不会介意对方和其他异性接触呀。”

李燃差点一口水喷出来，咳嗽半天。

杨嘉儿递纸巾给她："激动过头了啊。你又不是不知道，我本来就只喜欢谈恋爱，结婚生娃会把我绑死，我才不要过那样的日子。我和韩天一就想开开心心地谈恋爱，不伤害其他人就可以啦。"

"你以前交往的不是成熟型就是斯文型，韩天一哪头都沾不上，你看上他什么了？"

"身材好呀！反正男人都一样，那还不如找个帅的，这一点你做得不错！"

"陈可是挺帅的，不是……"李燃差点被杨嘉儿带偏，虽然她知道闺密说的是歪理，但她无力反驳。谁规定人到了一定年龄就必须结婚生子，谁又能保证结婚生子就是人生最好的安排呢？

杨嘉儿喝了一口莫吉托："对了，你叫我出来是什么事呀？"

"没事……"李燃瘫在椅子上哑口无言，突然觉得胸口一抽，坏了！涨奶，先撤。

听到开门的声音，陈可抱着想想走了过来。

看到妈妈回来，想想激动得手舞足蹈，还咿呀哎呀地发出声音。

"这个欢迎仪式够隆重吧？"陈可看看怀里的儿子，"我在家一天都没这种待遇。"

李燃笑："那是你硬件条件不够。"

说着，李阿姨就过来了："宝宝妈妈回来啦，我在烧饭，让爸爸带一会儿宝宝。"

李燃说："没事的，阿姨。"

李阿姨笑笑，继续去厨房忙。

"今天聚会怎么样？"

"说来话长，先喂奶，先喂奶。"李燃一脸慈母笑，急匆匆地抱过想想就冲进卧室。

果然，生过娃的女人就是直接。

吃过晚饭，陈可收拾餐桌，李燃坐在客厅地毯上给想想读故事书，这样的配合倒也不赖。

“小鸡球球帮妈妈做事，哦，小鸡球球第一次帮妈妈做事呢，它做了什么呀？哦，是要给嘎嘎阿姨送生日礼物……”

想想在地上努力地试图咬住自己的小脚丫，李燃灵机一动，自己加了台词：“所以妈妈最爱宝宝了，宝宝最爱的人也是妈妈，知道吗？”

“故事里好像没有这句。”陈可冷不丁冒出一句话。

李燃不服气，翻了个白眼继续读绘本：“小鸡球球好棒哦，帮妈妈做了好多事，想想以后也帮妈妈做事吗？”

陈可又来捣蛋：“是帮爸爸做事吧……”

李燃听见洗碗机的声音，吐槽道：“不是有洗碗机嘛。”

“那也要有人把它们放进去呀。”

李燃一脸谄媚：“是，老公辛苦了。”

时间过了8点，陈可惯常哄娃睡觉。他把想想抱到小床上，在他的小脑袋下垫好薄薄的枕巾，给想想穿好睡袋、拉上拉链，再摸摸他的额头，轻道一句：“晚安，宝贝。”

想想已经习惯了睡觉前爸爸的这套动作，一切就绪后，就会在床上和爸爸咿呀啊呀地唠会儿嗑。等小家伙不发声音的时候，就差不多要解放了。这时候，陈可只需要安静地在旁边陪着他，过不了一会儿，想想的眼皮就会耷拉下来，进入梦乡。

终于攻克了哄睡这关，陈可坐在床边看着儿子，回忆着这些日子带娃的点滴，竟不自觉地露出“姨母笑”。

李燃在客厅沙发上刷手机。妈妈群发了几张聚会的照片，里面没有李燃，应该是她走后拍的。李燃看着照片嘟着嘴。

“今天聚会怎么样？”陈可搞定娃，走来。

“不怎么样。”

“怎么了，嘟着小嘴？”陈可给老婆按摩肩。

“就是觉得自己什么都没做好，带娃带不好，工作也没长进……”

“看来今天有人发现差距了。”

“是条鸿沟！”李燃拉住老公的手，“我们想想拉过肚子吗？”

“王阿姨在的时候有过一次，好像是袜子湿了没及时换，着凉了。”

“我怎么不知道……”李燃有点泄气。

陈可笑笑：“那时候你还只能躺着。”

李燃长叹了口气：“果然是我太弱了……”

“怎么了？今天聚会受打击了？”

“你不知道，其他妈妈穿着大T恤就来了，搞得我特别突兀……”

“谁说当了妈妈就不能打扮得漂漂亮亮的出门啦？谁说当了妈妈就不能穿得少女了？我就觉得我老婆这样特别好看。”

李燃仰头看着他：“你今天怎么这么会说话？那你来说说我哪里好看。”

“眼睛好看，鼻子好看，嘴巴好看……”陈可低下头在李燃唇上轻啄了一下。

李燃收回脑袋，嘟嘴撒娇：“就你觉得我好看。对了，你剧本选得怎么样？最近我也不忙，你抓紧去拍戏。”

“倒是有一个还不错。就是……”

“就是什么？”

“就是吻戏有点多。”

“换！”

李总监真是干脆、直接。陈可只觉得自己的老婆越发可爱，笑道：“我看你这么久回来，还以为你们聊得很投机呢。”

“说到这个我更生气……你知道吗？杨嘉儿和韩天一在一起了！”

陈可满脸疑惑，李燃赶紧把老公拉到身边坐下：“来来，你也很意外是不是？这个瓜太大了……”

李燃越说越起劲，她把杨嘉儿今天的样子添油加醋说了一大堆：“……对了，他们还吻别哎！”

“我觉得他们俩挺配的。”

“什么？怎么配了？是，天一是我们的好朋友，但你也不能这么包庇他呀。你还记不记得，他上大学的时候，躲女朋友都躲到你寝室去了。”

“说明他招女孩儿喜欢呀。”

“他就是太招女孩儿喜欢了！可这回不一样，嘉儿是我最要好的闺密，她是个好姑娘——”

陈可打断：“天一也是个好男人，所以说他们很配嘛。”

“哪里配了？你知道的，杨嘉儿只是不婚主义，但她对感情从来不儿戏。”

“天一只是经验比较丰富，可是他从来不脚踏两条船。”

“你——”

陈可继续打断：“杨嘉儿经验也不少，他俩合适。”

“合适个屁！怪不得那小子躲人要躲到你寝室，一丘之貉！”

“老婆——”

李燃跑进卧室，又气呼呼地走了出来，手里抱着个大枕头丢给陈可：“今晚你睡沙发！”

“不行不行，想想闻不到我的味道，晚上会醒的。”

“滚蛋！”

“老婆，我进去有用的，想想醒了我可以哄他睡，有用的啊……”

陈可说着就像一条泥鳅一样借着老婆身旁的空隙钻进了房间，李燃觉得好气又好笑。

当年沉默寡言的高冷男神，如今的样子还真是令人刮目相看。

第十三章

为什么是女人做妈妈?

清晨。

李燃披头散发，打着哈欠，在卫生间清洗吸奶器的配件。想想喝饱奶后精神倍儿棒，一个人在小床上不停地啃手。

“老婆，早餐好了。”

“来了——”

李燃在卫生间洗漱完毕，抬头看着梳妆镜里的自己，一抹嘴上的泡沫，拍拍浮肿的脸，感叹：美好的一天又开始了！

李燃走出卫生间，陈可已经把想想抱到餐桌旁的婴儿椅上。

想想咿呀啊呀地挣扎着不肯好好坐着，立马被李燃喝住：“坐好！你吃饱了，现在爸爸妈妈要吃早饭了。”

想想好像听懂了妈妈的话，撇撇小嘴，继续在座位上啃手。

“老公，你进组的时间定了吗？”

“还有半个多月吧。”

“吻戏删了吗？”

“啊？”陈可抬头一慌。

“逗你的，早上有会，差不多得走了。”李燃亲了陈可一下，又对着想想隔空飞吻：“妈妈去上班班啦，宝宝乖乖的哦。”

李燃下楼，快步走向车库，突然看到仔仔妈妈在前面遛娃，仔仔妈妈也看到了李燃。

“想想妈妈，早啊。”

“早——”

虽然隔了五米远，但李燃特意观察到仔仔妈妈的裸妆，眼影淡雅、高级，唇彩淡淡一抹，粉底薄且透明，肌肤呈现出宛若天然的无瑕美感——真是高手！

李燃对这位妈妈很是好奇，生二胎是怎么把人锻炼成这样的？于是她故意放慢脚步，往仔仔妈妈的方向靠近。

“每次看到你遛两个娃就觉得好佩服。”

“老大在家里待不住，出来放放电，小家伙回去睡得好。”她看了一眼李燃身后，“想想爸爸没出来啊？”

“哦，他在家里带娃。”

李燃随口一句话，让仔仔妈妈很是激动：“陈老师太厉害了，演技好，身材好，还会带娃。”

李燃咳嗽了一声：“身材还行。”

仔仔妈妈闻之，赶紧解释：“上部戏，陈老师有裸上半身，有腹肌，有腹肌。”

“是。练过，练过。”李燃不知道自己在说什么，大白天的和老公粉丝讨论他的身材真是太尴尬了。

李燃想换个话题，她见仔仔穿着一件印有“清华”字样的T恤，弯下身道：“仔仔以后要上清华，是不是呀？”

仔仔奶声奶气地说：“这是……这是我妈妈的学校。”

“清华……”李燃抬头，“你是清华大学毕业的？”

仔仔妈妈笑得很含蓄：“我是学国际政治的。”

“国际政治？！”李燃差点惊掉下巴，“你就甘心做全职妈妈？”

李燃意识到自己的唐突，赶紧补充道：“哦，我不是这个意思……我是说，你为了孩子放弃自己的事业，真的很伟大。”

“一开始也没有说要放弃，后来发现真的无法兼顾，特别是有了二宝，再加上他们爸爸又很忙，总要有个人顾家的。”

“说得也是……”

“你真是好福气，想想爸爸这么会带娃，特别是男孩子，有爸爸陪伴很重要的。”

“还好啦……”

仔仔妈妈指指李燃手里的背奶包：“你还在喂奶？”

“是呀，都说母乳营养好，舍不得断。”

“我第一胎也是特别坚持，但后来发现只有妈妈状态好，宝宝才会好，所以二宝一出生我就用上奶粉了。”

李燃看着眼前这个妈妈，觉得她好酷。是啊，只有妈妈好，宝宝才会好，在“当妈”这条道路上，她还有很多要学习。

糟了，李总监忘了早上还有会。

李燃匆匆和仔仔妈妈道别，还是先想想怎么对付David吧。这家伙两个月都没吭声，突然叫她开会，不知他葫芦里卖的什么药。

M集团。

电梯到达27层，李燃从电梯里出来，径直向自己办公室走去。

“李总，会议马上开始了。”小张迎上来，边说边跟着李燃的步伐快速向前走，“资料已经放在您桌上了。”

“谢谢。”

李燃进了办公室，放好背奶包，打开电脑，并没有要去开会的意思。

一旁的小张反倒急了：“李总，会议这会儿应该已经开始了……”

“不着急。”

李燃聚精会神地看着电脑里的资料……按下回车，旁边的打印机工作起来。

“李总监架子这么大吗，难道还要我特地去请？”

会议室里，David和几个项目组成员已经入座，他心急火燎地等着李燃来开会。真是太阳打西边出来了，自从上次刘柯任命David为晨西项目的总负责人，他开会就没叫过李燃，但这次他不仅特意邮件通知，还非得等她到场才开始，着实蹊跷。

五分钟……十分钟……十五分钟过去了，李燃依旧没有出现。

David坐不住了，猛地起身……就在这时，会议室的门打开了。李燃和小张进来了。

看到起身的David，李燃笑道：“林总监这是要去哪儿？”

“李总监好大派头啊，”David慢慢坐下，“一群人等你快半小时了。”

李燃露出无辜的表情：“是吗？我都不知道自己这么重要。”

David明知是自讨没趣，却不得不压住火气……

一周前。

David出差，他带着修改过无数次的样板间标书去了晨西，却依旧没能让关总满意。这样来来回回改了无数次，最后却只得到一句：“你们李总监之前的样板间标书就很符合我们的预期。”

这个项目在李燃产假前就已经签订了意向合同，David本以为是捡了现成的便宜，没想到自己拉着一帮人白白忙活了两个多月，还不及李燃最早的标书。

David在会议室里赔笑，还迁怒Cindy：“李燃之前的标书，你怎么没给我看过？”

Cindy紧张又无措：“没有啊，李总产假前只签了意向合同，没有做过标书啊，怎么会——”

“怎么会？我看你是人在曹什么心在汉。”David狂挠头，“不对，你本来就是李燃的人，是不是她派你来做卧底啊？”

“不是啊，林总，我真的不知道什么标书……”Cindy急得快哭了。

两个半月前。

李燃在失去晨西项目主导权后，听从家里“军师”陈可的建议，以静制动，没想到不出一个星期，关总就主动打来电话。原来，晨西项目根本没有着急完工，是David想趁李燃哺乳期还没回来上班，抢先和关总签合同。

李燃和关总也算是过过手的生意伙伴，而且两年前关总现金周转出现问题时，李燃在项目上出手相助过，生意场上的人最忌讳不讲道义，也最会记住彼此的恩情。于是，李燃和关总达成共识，待晨西项目成熟后再谈落地合同之事。当然，李燃也以最低的报价作为合作前提。

“关总，那就多谢您了。”

“李总监，交情归交情，你可不要让我做亏本生意哦。”

“您放心，保证我们公司权益的前提下，我给到的一定是最低成本。”

“爽快。”

“但有——”

“你们那个David这么积极，就让他先忙一阵吧。”

…………

所以才出现David天天拉着一帮人加班，到头来却是白忙活一场的情况。而李燃一直气定神闲地当旁观者，看着这出闹剧。

和姐姐斗？你还嫩了点。

此刻，会议室内，David极力控制自己的情绪，谄媚道：“李总监当然重要啦，刘总都说您是这个项目的顾问，怎么能少了您呢？”

“这么说来，我这个顾问未免有些失职，”李燃故意说道，“我都不知道项目进展到什么程度了。之前几次和晨西的会议，林总好像都没有叫我吧？”

“啊呀，什么会议呀！”David浓浓的台湾地区口音，“都是陪一帮男人喝酒，还要飞外地，李总刚当妈妈，我怎么好让你来回奔波呢。”

“那我还得多谢你了。”

“不用不用，同事之间的关爱嘛，应该的，应该的。”David眼珠一转，“李总监之前做的标书，是不是得给我们学习一下呀？”

“标书？”

“就是样板间的标书呀，关总评价很高啊。”

李燃看了Cindy一眼，如果此刻承认自己已经写了标书，那么Cindy以后在David那边的日子必然不会好过，面对这个跟了自己两年的小姑娘，李燃还是无法对她下手。

“你是说这个吧？”李燃拿出刚刚在办公室打印的图纸，“只是一个样板间的效果图而已，”她还特意提到，“是我刚休假时在家里做的，只是个初稿，没想到关总倒上心了。”

“是是是，这充分说明了我们李总监的业务能力嘛。”David伸出双手，十分虔诚地向李燃讨要图纸。

李燃最看不得这种套路，一个大男人真能卑躬屈膝。李燃一边递过图纸一边说：“还有很多要修改的地方。”

David拿到图纸，如获至宝。

就在此时，刘柯推门进来。如此巧合，David脸上乐开了花，此刻他手中的图纸如同尚方宝剑，被他举得老高：“刘总，解决了，解决了！您来得正好，我正要去向您好好汇报。”

“进展如何？”刘柯就座。

“刘总，我们忙活了两个多月啊，天天加班，终于有了让晨西关总满意的图纸啦。”

李燃欲起身：“刘总，这个图纸——”

“哦，当然了，”David插话，“李总监也很辛苦，项目肯定是大家努力的结果嘛。”

David这个大尾巴狼。

“这话没错。”刘柯肯定David，没有再给李燃解释的机会，“项目还没落地，我还是那句话，先把项目做好才是对公司最重要的。”

“是是是。”David忙附和道。

“可是，David啊，我要说说你，忙活了两个多月，怎么李燃一来开会事情就解决了呢？你要检讨啊。”

David连连点头：“今天晨西的两位副总到上海，一会儿我亲自去接机，这回一定会让他们满意的。”

“我只看结果。”

David声声附和，晃动着他的大油头，掉下来的刘海儿像钢丝一样来回晃动。

李燃怎会听不出刘柯的意思，他表面上是在帮她说话，实则依旧偏向David。这也是事出有因，李燃以静制动期间，公司有不少说她产后消极怠工的闲言碎语，多多少少传到了刘柯的耳朵里，再加上David时不时添油加醋，刘柯本身也有主观倾向，天平自然不会向李燃倾斜。

李燃明白，图纸的事只是个幌子，真正叫她寒心的是公司对产后妈妈的态度，大家理所当然地看低一个哺乳期女人的工作效率，即使再努力，她在别人眼里好像也比正常人差一截。

不只是David和刘柯，其他同事也都没有站出来为她说话，甚至传播八卦的人中很多是女同事，她只能感叹一句：女人何苦为难女人?

午休时间，李燃从哺乳室出来。外卖已经冷了，她放到微波炉里加热，心情低落，刷着微信，看到妈妈群又开始热闹了。

自从生完娃，群里人员的名字也都统一变成了某某妈加上宝宝的出生日期。

luck妈5.09顺男宝：“你们中午吃什么？”

蔡蔡Yan 2.20顺男宝：“我们食堂菜真难吃。”

韩三岁1.19剖女宝：“你们还有食堂，很幸福了吧，我天天叫外卖。”

豆丁麻麻-1.05剖男宝：“我刚吃完饭，准备去吸奶。”

李燃翻着大家晒的午餐图，都是和她一样的哺乳期打工人。

“叮咚！”微波炉加热完毕。

李燃拿出外卖，走回办公室。她刚坐定，打开饭盒想动筷，就看到群里有人大吐苦水。

小小笑5.29顺女宝：“今天人事找我，暗示让我自动辞职……”

韩三岁1.19剖女宝：“什么？”

liz–3.21男：“太夸张了吧，哺乳期也不放过啊！”

一听群体里有人被欺负，妈妈们愤怒群起，微信群犹如炸开了锅。

晨宝妈妈8.22：“你就不走，看人事能拿你怎么办。”

西西妈–4.02顺女：“我们公司上个月也有3个人事来轮番轰炸我，我才不理他们呢。”

静静–2.15男：“我们公司的人事也没好到哪里去，98天产假加30天生育假，30天里面遇到国定假日可以顺延的，如果我不提，他们就准备糊弄过去了。”

晨宝妈妈8.22：“人事才不会和你说呢，就希望你早点到岗。”

西西妈–4.02顺女：“我和公司请假就直接把法律条款搬出来。”

晨宝妈妈8.22：“+1。”

静静–2.15男：“是的，我都研究过，打12333问的。”

可爱猫5.15女宝：“什么情况？什么情况？我还没上班呢，准备延长产假休一年再去。”

熊猫猫–2.20顺男宝：“要我就坚决不辞职，就是把工资都给月嫂也要出去上班，不在家受婆婆的气……”

晨宝妈妈8.22：“楼歪了，但我也一定要上班的，在家带娃还不如上班轻松。”

熊猫猫–2.20顺男宝：“可不是，自己有经济来源才不会被婆家看不起。”

小小笑5.29顺女宝：“我婆婆倒不说我，可能我老公不带娃，他妈也不好意思说我了吧。”

韩三岁1.19剖女宝：“呵呵，指望男人带娃……”

西西妈-4.02顺女：“母猪也会上树。”

…………

看着微信群，李燃拿着筷子，却一点胃口都没有了。她合上饭盒，把妈妈群调成消息免打扰模式。她往椅子上一靠，刚合上眼想眯一会儿，手机又振动了。

“谁这么不开眼……”李燃有气无力地打开手机，一个久违的名字跳了出来——H家的销售。

Queenie：“李小姐，您之前看中的那个包今天到了一个，Box皮，大象灰，速来。”

李燃眼皮抬了一下，随即肾上腺素飙升，这等了一年多吧！她刚想打字，但想到满屋子的尿布、绘本、玩具，这生的是娃吗？简直是碎钞机啊！何况后面用钱的地方多了去了，虽然陈可现在片酬上涨，但妈妈群里说得对，生了娃的女人在经济上更得独立。于是她短暂纠结后在输入框理性地打字：“谢谢你，最近不考虑入包……”

正要按下发送键时，李燃的手指好像不愿意听从大脑的指挥，仿佛有个声音在她体内呐喊：“你清醒一点！ Box皮！大象灰！包治百病！”

对！姑奶奶我是为了疗伤。李燃把输入的那行字一个一个删掉。

“马上到！”

回车。

日落时分，淡淡的红晕出现在楼群的间隙，又是一场腥风血雨的酒局。

包厢内，圆桌一圈围坐了六七个人。

David频频举杯，他对面的正是晨西集团的两位副总。

“王副总、陈副总，辛苦你们到上海啊，我先干为敬。”David将杯中白酒一饮而尽，连连感叹，“啊呀，今天没能敬关总一杯，真是太遗憾了。”

“怎么，林总看到我们很失望啊？”王副总说道。

David一听这话，赶紧假意打自己一个巴掌：“都怪我这张不会说话的嘴，让王总误会了，来来来，我自罚一杯。”说着自己倒起酒来。

“一杯哪够啊，要罚就罚三杯。”陈副总在一旁挑衅。

“对对对！三杯！必须三杯！”

酒桌上的规矩还真是老套。David连着三杯酒下肚，脸已泛红，却还不忘趁热打铁：“您二位可要在关总面前为小林我美言两句啊，我可是很有诚意和晨西合作的！”

王副总笑笑：“对了，怎么几次都不见你们李燃总？”

David正想打哈哈，包间的门被打开了——

“谁在说我啊？”

李燃化着精致的妆容，提着刚入手的包包，出现在众人面前。

David诧异，但马上接口：“说曹操曹操到，我们亲爱的李燃总这不就到了嘛。”

王、陈两个副总自然知道李燃和关总的关系，在之前的项目中也和她打过交道。但陈副总在David和李燃之间似乎更偏向前者，看来David这两个月的公关也算没白做。

今天是李燃产后第一次出来应酬。之前David搞的那些小动作，李燃睁一只眼闭一只眼，但今天她决定反击，不单单为项目，而是作为一个职业女性，她需要为自己正名。尤其对于新手妈妈这个群体，李燃觉得自己需要做些什么，虽然她不知道在向谁证明，但至少她站出来了。女性不是做了妈妈就要被迫放弃事业。陈可说得对，独立的人格才是作为个体的基础。

李燃进门坐定，眼神犀利且坚定，她对着王、陈两个副总先是敬了一圈酒，引得众人拍手叫好：“李总监还是这么豪爽啊！”

“李总监一向是女中豪杰。”陈副总似乎话中有话，“早就听说李总监回归了，怎么现在才想到我们这几个老朋友呀？”

李燃笑笑：“陈副总这话就见外了，我们林总监不是代我敬了好多轮酒了吗？说到这儿，我还得回敬一下我的老同事。”李燃对着David大度举杯，像在宣告她维护女性事业的决心。

David已经喝成猪头脸，倒也掩盖了几分尴尬：“我们李总那可是巾帼不让那个什么什么眉啊。”

“托你的福，我不在的时候，辛苦你顾着项目了。”

“哪里哪里……”

David有些酒劲上头，摇晃着身子碰了几次，都碰不到李燃的杯子，他的下属赶紧起身扶他坐下。

李燃站在一圈男人中间，用力证明自己的存在。每个女性都拥有为自己争取的权利，他人不对等的目光终将消磨在时间的缝隙里。

已经过了8点半，陈可一手抱着想想，一手从冰箱里取出冻奶加温。积累了无数次温奶的经验，陈可已经驯服了温奶器，对时间和温度的把控游刃有余。想想也妥协了，妈妈不在时就用奶瓶喝奶。

育儿这件事，既磨练意志又考验耐心，每个阶段都有不同的考验，家长们总想着等孩子大一点就好了，但过来人都会说，孩子只会越来越难带。看着还在襁褓中的娃，现在的一切只是小事。

想想躺在陈可的臂弯里喝奶，陈可挑着眉对他说：“你妈还没回来，你就得用奶瓶，这就是你的命，知道吗？”

想想皱着眉，嘴巴一直使劲地吸着奶嘴，眼睛看了看陈可又转到了别处。

“好家伙，一口气150毫升。”陈可拔出被喝光的奶瓶，对着想想说，“还要吗？没了！哈哈哈哈。”

看着眼前这个幼稚的男人，想想脸上出现了一副嫌弃的表情。

陈可抱着想想一边拍嗝一边说："你爹过两天要去剧组拍戏了，你在家照顾好你妈，知道吗？"

他走了两圈，想想打出一个大嗝，算是对亲爹的回应。陈可把他放上小床，小家伙眼皮刚耷拉下来，客厅就传来开门的声音。

李燃晃晃悠悠地进屋，甩下手里的背奶包和名牌包，由于用力过猛，一不小心两包相撞要掉到地上。陈可眼疾手快，一手扶住老婆，一手接住包包。

"啊呀！"李燃突然一叫，把陈可吓了一跳，"我的包包！"

原来，陈可只接住了背奶包，名牌包掉到了地上。陈可警觉地看了一眼屋内，还好，想想没有动静。

"怎么喝这么多酒？"

"我没醉……"

"我没说你醉，"陈可扶住老婆，"我们李总海量。"

"快！把李总的奶放冰箱。"

"你先坐好。"

陈可把李燃扶到沙发上，又跑去把背奶包里的奶瓶放进冰箱。一回头，见李燃就贴在他身后，陈可一惊，随即把老婆扶回沙发上。

李燃突然大叫一声："我儿子呢？"

陈可想，这下肯定完了。果不其然，卧室传出了想想的号哭声。刚刚的动静把这小子惊醒了，他这一哭把李燃也吵清醒了。

李燃像是恢复了神志，一下子站起来。"不对……"只见她猛地冲入小房间，又跑回来拿背奶包，又冲回小房间。屋内传出吸奶器工作的声音，另一边是想想的哭声，两方声音交织在一起，势均力敌，互不相让。

"来了——"陈可对着想想的房间无奈地喊道。

李燃吸完奶出来，直接把奶倒入水池，叹了一口气，神志也恢复了大半。她拿着空瓶走出来，看到陈可，说："喝了酒，不能要了。"

"还好吗？"陈可递给老婆一杯水。

李燃喝了一口就放到边上："出去应酬了……David也就算了，刘柯也不相信我……我为公司卖命这么久，不就生个孩子嘛，至于吗……"李燃手撑着额头，"我也不知道自己在说什么……"

陈可抱着老婆，用手指轻轻擦去她脸上的泪水。李燃在陈可的怀中放松下来，继续说道："今天早上碰到仔仔妈妈，你知道吗？她是清华毕业的，但是因为老公忙，所以她在家当起了全职妈妈……还有，今天群里有一个妈妈说，人事要她自动离职……为什么？妈妈喂奶就不能上班了吗？我不知道怎样才算平衡……老公，你这么给力，我都觉得自己好累，群里好多妈妈说她们老公都不怎么管宝宝的，她们怎么过呀……"

怀胎十月，经历孕期的不适，每次产检都像闯关，好不容易熬到"卸货"，却不知这是另一个阶段的开始，周边人的善意和理解对新手妈妈来说真的无比珍贵。

陈可不断抚摸李燃的背："每个生命都是空手来、空手走，想想借助我们来到这个世界，我们爱他，但也不能忘了爱自己。在尘世走一遭，最好的归宿是和爱的人相濡以沫，想想我们拥有的，有时候退一步海阔天空。"

李燃抬头："那为什么是女人做妈妈？"

陈可无法回答这个问题，他扶起老婆往屋内走去。

看着床上熟睡的想想，李燃感到些许释然。女人做妈妈很难，但做什么不难呢？不断闯关的人生啊。

"老公，你说想想什么时候会说'妈妈，我喜欢你'？"

"他心里已经说过了。"

睡梦中的想想笑了一下，暖光灯记录了这温暖的一幕。

第十四章
男明星昭告天下

“老公，在山里还习惯吗？”

陈可进入剧组已经个把月了，这次剧组选了一家网红民宿作为拍摄场地，但这家民宿在大山里，信号时好时坏。陈可刚拍完一场戏，一回到休息室就接到了老婆的电话。

“想想有没有折腾你？”

“这两天好多了，你刚走的时候，晚上还会找你呢。”

陈可会心一笑，天天对着那个小不点的时候嫌烦，真离开了还挺想他的。

“你现在就关心你儿子。”

“老婆永远第一。”

李燃扑哧一笑：“拍戏还顺利吗？今天还有几场？”

“本来差不多了，但下午有记者来探班，赶进度，又加了夜戏。”

“记者探班？”李燃有些迟疑，她打着方向盘，对着车载免提讲话，“喂？喂？老公还在吗？陈可？”

山路上信号太差，李燃只得安心开车。反光镜里的她一头乌黑大波浪披肩发，穿的是碎花一字肩连衣裙，去山里不会着凉吧？

难道这是要给陈演员送惊喜吗？

还是惊吓？

此时，陈可正在接受记者群访，今天来的是好几个娱乐新闻板块的记者，问了几个常规问题后，就转到个人感情上。

记者A："不知道陈可老师的理想型是什么样的？"

陈可想到自己的老婆，说："有事业心的。"

记者A："原来陈可老师喜欢大女主型的。"

"您上部戏合作的赵朵就很有事业心啊。"记者B是娱乐网站的老油子，特别喜欢挖八卦。

搜鱼网记者："陈可老师还记得我吗？几个月前给您做过专访，上次您经纪人说您还是单身，现在感情上是否有好消息和我们分享？"

记者们七嘴八舌地问陈可的感情生活，而一个活泼的身影正在不远处对着陈可拍照。

"其实不是大家猜测的那样，我——"陈可刚要解释自己已经结婚生子，就被门口的骚动打断。只听见一个场记在叫："谁啊？不许拍照！"

陈可和记者齐刷刷地向门口看去，只见一部手机遮住了那个女子的脸，她身材高挑，穿着飘逸的长裙，巴掌大的脸上戴着一副大大的墨镜。记者们窃窃私语，难道是哪个女明星来探班？

那个女子被场记的叫声吓了一跳，放下手机，露出了正脸。陈可定睛一看，居然是自己的老婆！

原来，李燃想给老公一个惊喜，偷偷跑来探班。她第一次在现场看到老公接受采访，于是激动得拿出手机拍照，却不知剧组怕剧透，严格规定不许外来人员到现场拍摄。

李燃看到陈可，激动地挥手，双脚不由得快步向前，却被几个场记挡住了。她一边解释一边想往里走，仓促间转身，不慎打翻了旁边的道具。一阵丁零当啷，李燃被误认为是疯狂粉丝。场记开始抢她手上的手机，要求她删除照片。李燃穿着一字领的连衣裙，哪里施展得开手脚，她又惊又蒙，一边顾及形象一边反抗，场面一度失控。

突然，陈可一个箭步冲到她身边，脱下外套给她披上。后面的娱记看到有了八卦新闻，异常激动。李燃被陈可带进了休息室，有些狼狈，一大早烫的大波浪完全没了型，下车前特意换的高跟鞋在“逃离”时还让她扭了脚。她泄气地坐到沙发上，准备脱鞋。

“我来。”陈可俯身。

“老公，我是不是给你惹麻烦了？”

“出场太惊艳。”

“这好像是我第一次探你的班哎。”

“永生难忘。”

“老公……我们这算隐婚吗？”

陈可抬头：“你怪我没公开吗？”

“不止你没公开啊，我们公司的人也不知道你是我老公。”

“哦……”

陈可似乎有些失望，老公这么帅，居然不公开？

李燃好像没察觉到陈可表情的变化，依旧自顾自道：“你看，我公司也没有人知道你是我老公，网友也不知道你已经结婚，还有个儿子……”李燃无辜地看着陈可，“我们是故意的吗？”

陈可刚要开口，手机就响了，Sam的“夺命call”说来就来。

“大哥！你什么情况？娱记那边都传遍了，危机公关你也得让我有时间准备啊！”

陈可一副要吃人的语气：“我问你，你为什么和记者说我是单身？”

“我没啊！人家问你有没有女朋友，我说‘没’，那也错了吗？”

陈可强压火气：“正好，你现在就对外公开我已婚的信息。”

“你公开也得挑个时候啊！有个线人告诉我，八卦网原本要拿你和赵朵做文章，没想到今天你给他们加菜了，还不知道会写成啥样呢。要不我去公关一下，现在还来得及。”

“不要助长他们的气焰——爱怎么写就怎么写，这风气早就该整顿了。”

“祖宗啊，整顿也不是你的事啊，你就别添乱了。”

Sam第一次挂陈可的电话，一旁的李燃不知所措，心想：“姐姐做正宫很多年了呀。”

很快，陈可和李燃的手机就被无数条信息轰炸了。

“现在新闻出得太快了，你看这新闻，说你有圈外女友，我怎么被降级了？”李燃刷着手机上的娱乐头条，标题是“当红男演员陈可圈外女友曝光，圈内小花赵朵疑似借酒消愁”。

“怎么把我拍得这么丑，这条裙子可是今年春夏的走秀款哎。”

陈可奇怪老婆为何对赵朵毫不提及：“你怎么不问赵朵？”

“赵朵？你上部戏的女一号嘛，有什么好问的？要是人家知道你已婚，才懒得和你‘炒CP’呢。”

其实，之前在剧组，有人看到赵朵进陈可房间，是她自己故意安排的。因为先前有狗仔拍到她和新晋小生的牵手照，但两个人的经纪公司坚决反对他俩谈恋爱，于是赵朵借着讨论剧本的名义，到陈可房间晃一圈，好透出两人暧昧的消息。陈可在圈内没有绯闻，形象又健康，是做烟幕弹的最好人选。而李燃早在公司的茶水间听小姑娘聊八卦的时候听说过此事，心道，现在的粉丝都精着呢。

陈可笑笑，心想，果然是他老婆，只抓大头，不计小节。他想着，以前不红的时候没人问他的感情状况，现在他火了，总不能搞单身人设吧。于是他愤然起身，帮老婆穿好鞋子，整理好老婆的秀发，拉着她的手快步往门外走，令李燃猝不及防。

“老公，去干吗？”

“公开记者会。”

太刚了，老公帅呆了！

陈可拉着李燃跑回刚刚记者采访的地方，一副要把实情昭告天下的架势。可现实往往难以如人所愿，现场只有一个保洁阿姨在收拾残局，没有一个记者留下来蹲守后续情况。看来……他还是不够红。

“没事，下次再公开……”李燃安慰老公。

此时，一个小记者有事返回，看到陈可拉着李燃的手，有些错愕，连声说抱歉，解释自己是来拿落下的水杯的。她正想走，却被陈可叫住了。

“你是哪家媒体的？”

“魔芋在线。我……我是代我们老师来的。”

原来是个实习记者。魔芋在线不就是那个八卦网的对头嘛。

陈可抬眉：“要不要独家新闻？”

小记者一脸惊恐。

三个月后，已入初冬。

窗外的银杏叶裹着薄薄的雾气，叶子已经从边缘泛黄变成了片片金黄，11月的银杏美得不像话。

可是再美的风景也阻挡不了这瞌睡的季节。

凌晨5点，天蒙蒙亮，微弱的光线穿过窗帘的缝隙透进来。李燃和陈可睡得正沉，一个小东西在两个人中间扭动。正是九个月大的陈想想。

九个月大的人类幼崽越发灵活，他爬到爸爸妈妈中间，一直蹭，然后爬到妈妈脸上又滚到妈妈肚子上。

李燃昨晚加班至深夜，此刻困得不行，翻个身把被子往头上一盖，假装没有这个儿子。

陈可揉一揉眼睛，打着哈欠勉强起身。

“来吧，儿子。”说着，他一鼓作气抱起想想，走出卧室，“先去给你换尿布。”

次卧内，陈可把想想放到床上。杀青一个多月，他终于把换尿布这项技能重新捡了起来。可是，他刚把尿布扯下，想想就拉了一摊屉屉。

“拉吧，这次可垫着隔尿垫呢。”陈可得意道。

想想的两只小手不停地在空中挥舞。陈可淡定地观察着屉屉的颜色和形状，又闻了一下：“儿子，消化不错！”

陈可帮想想擦好小屁股，涂上“屁屁乐”，把带屉屉的隔尿垫一抽，刚准备换上新的纸尿布，不料想想翘起小鸡鸡就撒了一泡尿，尿渍在床单上渐渐漫延开来……陈可叹一口气，百密一疏。

待陈可把床单放进洗衣机清洗，接着给想想温奶、喂奶，一切落定，时间刚过6点。

陈可的脑袋探进卧室：“老婆，出去遛娃吗？”

“大姨妈来了，走不动……”李燃躺在床上，纹丝不动，迷迷糊糊地答道。

陈可把卧室门一关，对想想说：“妈妈不舒服，爸爸带你出去逛一圈。”

想想对着陈可吐舌头。陈可先把他放在婴儿椅上，以超快的速度换好裤子，穿上外套，又把想想裹成一个小粽子，放上推车，爷儿俩就这么出门了。

陈可推着推车来到小区花坛边。这里是小区里遛娃的集中地。推车里的想想戴着小帽子，小脑袋左看看右看看，这可是他人生中的第一个冬季。

陈可弯腰捡起地上的一片银杏叶，拿给想想看：“儿子，黄色的树叶，yellow……”

“陈老师这么早就开始早教啦？”旁边传来一个女人温柔的声音。

陈可抬头。

是仔仔妈妈。

他挠着脑袋停滞身子道："早。"

仔仔妈妈身上背着一个，手上拉着一个，又是一拖二。

"陈老师一个人遛娃？"

"是，太早了，让他妈妈再睡会儿。"

"想想妈妈太幸福了。"仔仔妈妈欲言又止，最后还是忍不住说道，"那条独家新闻我看了好多遍。陈老师太帅了！你不知道，自从你公开已婚消息，我们粉丝群都爆了，她们都说你太帅了，这么赤裸裸地护老婆，简直比偶像剧还偶像剧。"仔仔妈妈越说越激动，为自己"粉"对了人而无比骄傲。

回想三个月前，那段独家视频真的刮起了不小的风。

当时，陈可真诚地向大众公开他和李燃青梅竹马的故事，最后还望着李燃叫了一声"陈太太"，这个收尾不知迷住了多少女粉丝。而李燃全程挽着老公的胳膊，对着镜头羞涩浅笑，活脱脱一个小女人模样。画面中男帅女靓，夫妻恩爱，羡杀旁人。

这段视频播出后，陈可的微博粉丝数量翻倍，Sam高兴得在外又给他家艺人涨片酬。而李燃现在出门要戴墨镜，生怕被粉丝认出来。刚公开那会儿，她到公司还被人叫"陈太太"，搞得她哭笑不得，心想，姐姐的人设可是新时代高质量独立女性啊！

陈可现在还依稀记得，他拉着老婆去公开时根本没考虑后果，把Sam吓得半死，没想到却意外俘获了一众女粉丝的心。现在回想起来，此举之后毁人设、被骂渣男也是极有可能的，毕竟成与败都在网友的一念之间。

陈可对仔仔妈妈的热情有些招架不住。此时，从远处走来一个抱着娃的爷爷，陈可立马说："元宝爷爷来了。"看来这位爸爸在小区里遛娃已经找到朋友了。

奇怪的是，刚刚还热情似火的仔仔妈妈突然低头不语，看到元宝爷爷走近，便拉着仔仔走开了。

陈可有些迟疑，看到元宝爷爷便打招呼道："早啊，元宝爷爷，小元宝早饭吃了吗？"

元宝两岁，奶声奶气地应和着点头。

"侬也噶（你也这样）早啊。"元宝爷爷看见仔仔妈妈走远，没好气地说，"那只女人又来啦？"

陈可一愣，老年人的用语有时真欠文明。

"她儿子是蛮可爱的，不过侬晓得弗，她看不起我们的。"

"仔仔妈妈？"

"侬不晓得，他们家仔仔以前一直和我们元宝还有玲玲一起玩的，后来她那个老公嫌弃我们小孩儿不干净。你说小孩子玩嘛，手上脏很正常的呀……我们还不要和他们玩呢。"

"是不是有误会？仔仔妈妈不像难相处的人。"

"她那个老公不怎么样……不说了，侬今朝哪能也噶早啦？"

"小家伙5点就醒了。"陈可看着想想一脸嫌弃。想想看了一眼爸爸，也立马把头别过去。

"阿拉（我们）小时候也一直很早醒的，后来好了一段，现在又不行了，一起来就指着门口要出去。"

陈可和元宝爷爷聊育儿经的样子和曾经在学校里双手插口袋一股酷劲儿的样子判若两人，如今带娃的陈可浑身散发着浓浓的人间烟火气。

太阳慢慢升起，阳光透过来，柔和了花坛里的蔷薇。这个时间段在小区里晃荡的人，不是年纪大出来晨练的，就是被迫出来遛娃的。

渐渐地，花坛边的人多了起来。小雨点外婆抱着比想想大一个月的小雨点来了。玲玲奶奶带着三岁半的孙女来了，小姑娘特别漂亮，也很乖巧。玲玲妈刚生了老二，二胎叫天天，是个儿子。本地人中不少重男轻女，玲玲的奶奶爷爷特地从老家过来常住，照顾孙子。和想想同月龄的小星星也在推车里被他外公推着过来了，他们还是陈可楼上的邻居。

陈可看着眼前这帮老老小小，简直就像一个“遛娃联盟”，而他不知不觉间也加入了这个联盟。一帮老人讨论着娃的那些事，中间还混着一个奶爸。一开始，大家对这个明星奶爸很是好奇，还会向他打听点娱乐圈的八卦，但久而久之，也就只把他当作普通人看待。

太阳已经越过楼房的屋顶，射出一道道刺眼的光，又是一个阳光明媚的好天气。

“明朝会。”

“明朝会。”

一番寒暄后，大家各自带着娃回家了。

陈可开门进来，一手抱着想想，一手推着推车。

“老婆，我们回来啦。”

李燃冲过去接过想想：“来，妈妈抱！妈妈亲亲！妈妈的小宝贝冷不冷呀？小脸怎么冰冰的呢？和妈妈贴贴，暖和暖和。”

旁边的陈可就像空气，他不甘道：“老婆，我的脸也冰冰的。”

李燃就像没听到一样，抱着想想又是搂又是亲。陈可叹一口气，默默进去洗手。

育儿嫂李阿姨正在厨房准备午饭，听到声音也出来了：“我来抱吧。”

“没事，李阿姨，周末我们都在，您准备午饭就可以了。”李燃睡到自然醒，感觉浑身充满了力量。

“宝宝真乖，最后一口，来——”

李阿姨喂完想想最后一口米糊，一家人的午饭也结束了。李燃刚去卧室内吸奶，门铃就响了。

谁？

第十五章

分手后的翻云覆雨

“叮咚——”

是琴姐来了吧？

李阿姨去开门，进来一个高大熟悉的身影，手上提着大包小包。

陈可问：“你小子怎么来了？”

“来看我干儿子呀。”韩天一把东西放下就来回看，“你老婆呢？”

“瞧你这害怕的样子。”

“谁害怕了？我堂堂七尺男儿怕她？”

“还嫌小时候没被揍够？”

“我就说嘛，小时候李燃揍我，你怎么一直袖手旁观，原来心里早就有小九九了。算了，我大人有大量。”韩天一抱起想想，“来给干爸爸抱抱。”

此时，李燃从卧室出来，陈可问：“这么快？”

“听到这个人的声音，我的奶都没了。”

韩天一贼笑道：“‘陈太太’，你还真不把我当外人。”

“旧新闻了啊。”李燃嫌弃道，三个月前这句“陈太太”差点把她送上热搜，这小子现在还来凑热闹，“大周末的你不去约会，跑到我们家来干吗？”

“我来和我干儿子打个招呼，后面要连着去新加坡和日本出差，有一阵回不来。”

“您老一向四海为家，现在要报备的对象是杨嘉儿好吧？”

“她没和你说吗？我们分手两个多月了。”

“什么？！”李燃惊呼，“我得好好问问你……李阿姨，把想想抱进屋睡觉。”

“别啊，我刚抱上。”

“别把你花花肠子传染给我儿子。李阿姨，抱走。”

李阿姨抱起想想往卧室走去，想想把头靠在李阿姨的肩膀上，对着韩天一迷惑一笑，好像在说：“你完了。”

李燃掐指一算，这俩人只谈了两个多月。果然，这个韩天一没有一个女朋友是长久的。她刚想开口，被韩天一抢先道：“你不要这样看着我，我们是和平分手。”

“什么叫和平分手？”李燃为闺密打抱不平，“嘉儿不是你外面那些随随便便的女人。”

“姐姐，你别说得这么难听，随随便便的人，我也看不上啊。”

“少贫嘴！那你每次祸害的就都是良家妇女。”

“啊哟，什么祸害，说得这么难听。陈可，你快管管你老婆。”

陈可刚想说什么，被李燃一瞪眼又憋了回去。之前他为这事儿还差点睡客厅，这回不得机灵点？一边是老婆，一边是兄弟，还是保命要紧。

陈可弱弱地说道：“你不是希望杨嘉儿和他分手嘛。”

“是希望，但不是这样分手啊……”李燃一边担心闺密受伤，一边又希望两人能处理好这段关系，十分心塞。

陈可递给老婆一杯水，李燃喝下一大口，叹了口气，道：“算了，还是分了好……”

“叮咚——”门铃又响了。

李燃去开门。

是杨嘉儿。

今天是什么日子，都撞一块儿了。

杨嘉儿看到李燃皱眉，问："怎么啦，我来看我干儿子，不欢迎啊？"

李燃道："你们倒是心有灵犀。"

杨嘉儿看到客厅里的韩天一，先是一愣，随即热情地打招呼。韩天一也不拘谨，两人倒像一对久别重逢的老友。

陈可和李燃只得感叹：这两人是活在另一个世界的。

四人在客厅聊了一会儿，李阿姨抱着想想出来了："想想妈妈，宝宝今天一直不肯睡。"

"是不是知道干妈来啦？"杨嘉儿上前逗着想想，又抱过他，"宝贝，你重了呀，干妈抱你睡觉觉好不好？好不好呀？"

韩天一觉得有些奇怪，她不是说自己是丁克吗，怎么看上去这么喜欢小孩儿？

想想被杨嘉儿逗得咯咯咯地笑。韩天一也不示弱，扮各种鬼脸，还把想想抱起来举高高。李燃看不懂了，这两人明明挺和谐的，分什么手呀。

想想上一秒还在笑，下一秒就打哈欠了，李燃像看到了曙光，赶紧轻声唤李阿姨："要睡了，要睡了。"

李阿姨小心翼翼地抱过想想，慢慢踱步回卧室，生怕动静大了前功尽弃。

"让想想好好睡，我先走了，"杨嘉儿拿起包，"改天再来看我干儿子。"

韩天一紧跟着说："那我也撤了。"

两人就这样走了。陈可关上门，和李燃面面相觑：到底啥情况？

杨嘉儿刚走到小区门口，韩天一的车子就缓缓开过来，停到她身旁："送你一段？"

"不耽误你啦，拜——"

杨嘉儿说得很干脆，丝毫不拖泥带水。韩天一看着她走远，低头浅浅一笑。

时隔多日，再次相见，两人都表现得很得体，但却好似有一种微妙的化学反应仍牵引着他们，断断续续，丝丝缕缕。这段关系开始得轻巧，结束得微妙，就连两个当事人都好像无从说起。

韩天一正准备发动引擎，抬头却看到小区门口的杨嘉儿上了一辆黑色轿车，车窗里驾驶座上的男人很是面熟——任总？

这个任总五十岁出头，是韩天一生意圈子里的人物，两人打交道不多，但圈子里都知道任总是个“海王”，表面成熟稳重、衣冠楚楚，实则早有家室，一直以单身人设在外哄骗女生。

韩天一怎么会允许自己的女人智商掉线？就算是“曾经的”也不行！他拿起手机，打开杨嘉儿的微信聊天窗口，却在文字输入框里犹豫再三。

如果她知道呢？如果他们并不是恋人关系呢？岂不显得自己多管闲事……

“嘀——嘀——”

后面的车等了很久，忍不住按了喇叭。韩天一放下手机，发动引擎。

希望她不是个傻姑娘。

一周后，新加坡。

韩天一身着黑色休闲西服，戴着一副墨镜，出现在酒店大堂。他正要走出酒店，迎面走来一个西装笔挺的中年男人，他鼻梁上贴着一张创可贴，一个身材火辣的美女挽着他。

当那个中年男人和那个火辣美女从身边走过时，韩天一不自觉地放慢了脚步，他摘下墨镜，回头望去——任总？

韩天一皱眉，眼神犀利，再度戴上墨镜，走出酒店。

会议室内，韩天一和新加坡的合作伙伴李冬尔正在讨论一份合同。

“天一，星朗集团的合同已经过来了。”

“这两天的酒总算没白喝……盖完章给他们送过去吧。”

“不急，”李冬尔对着韩天一挤出邀功的笑容，“我找了另外一家合作商，报价低了五个点。”

“靠谱吗？”

话音刚落，有人敲门。李冬尔去开门，韩天一眼皮一抬，进来的正是任总。

李冬尔介绍道：“这位是任总，这位是韩总。”

任总绅士地说道：“久仰久仰，韩总是我们圈子里最年轻有为的后生，早就想认识了。”

韩天一看着他，悠悠道：“您客气，圈子真小。”

“这次我很有诚意同韩总合作，所以才给出这个价格。”任总说着，看向李冬尔。

李冬尔应道：“是，任总确实很有诚意。”

韩天一问：“低出五个点？”

任总含笑点头，举止间散发着成熟男人的魅力。

韩天一心想，怪不得那个傻子会上当。

任总向韩天一伸出手：“希望我们合作愉快。”

韩天一抿嘴笑，不作回应。

“不好意思，任总，我们还是决定和星朗集团合作。您知道的，生意场上最重一个‘信’字。”

任总皱眉，随即收回手，看向李冬尔。

李冬尔似乎很偏向任总：“不是，天一，五个点的利润啊。”

韩天一对着任总，浅浅一笑：“下次有机会。”

任总放松了表情：“后生可畏，以后一定有机会。”说完便转身离开。

“我送您……”李冬尔追着任总出门。

韩天一笑了笑。

李冬尔回来后气呼呼说道："天一，任总低出五个点啊，你是怎么想的？这葫芦里卖的什么药啊？"

"私人原因。"

任总走出大楼，拿出手机："帮我查一下那个韩天一的底细。还有，你去给他'抬抬价'。"

一架飞机从天空划过，留下一道白色的弧线。

杨嘉儿从办公楼出来，深深地吸了一口新鲜空气。她侧着脸，熟练地点上一根烟，长发遮住了半张脸，只见缕缕白烟从发丝间飘出。

一辆熟悉的轿跑车在杨嘉儿身后打双闪。她旁边两个女生——杨嘉儿的同事先发现——在那边窃窃私语。见杨嘉儿一直没反应，轿跑车开上前来，停在她面前。

车窗里探出一个熟悉的脑袋："想什么心事呢？"

"你怎么来了？"杨嘉儿见到韩天一，有些意外。

"来等你。"

旁边的两个女生看到这一幕，又窃窃私语，无非是那些老土的美女傍大款的闲言碎语，杨嘉儿听了也只是漠然置之。

"上车。"

"灭个火。"

副驾驶座上的杨嘉儿一路沉默，韩天一把车开到一个僻静的花坛边停下，从保温箱里拿出两瓶冰啤酒。

两人坐在后备厢上，韩天一递给杨嘉儿一瓶酒。

"开车还喝酒啊？"杨嘉儿接过。

"没事，有代驾。"韩天一猛地喝一口啤酒，一副欲言又止的样子。

“你今天怎么了?

韩天一又灌了一口酒，磨蹭半天才开口道：“那个任总是有老婆的。”

“我知道啊。”杨嘉儿喝了一口啤酒。

韩天一惊恐地看着杨嘉儿。

“你别这样看着我，我也是前两天才知道的，还揍了他两拳，现在手还有点痛呢。”杨嘉儿说着，用啤酒冰了一下自己的拳头。

韩天一想到那天任总鼻子上的创可贴，突然觉得好笑，自言自语道：“亏得我还放弃了五个点……”

“你说什么？”

“我说，你怎么这么不会看人。”

“他脑门上又没写‘我有老婆’四个字……再说了，人家浑身散发着‘我是钻石王老五’的气息好不好？”

“就这种人，你还说他有气质？”

“不然呢？你也觉得我图他钱？”

“我可没你同事那么肤浅，图钱，你还和我分手？”

“得了吧。”杨嘉儿苦笑，想想又觉得不对，皱眉道，“不是你说分手的吗？”

“哪有？”韩天一叫屈，“明明是你说的！”

“我吗？”杨嘉儿眨着两只无辜的大眼睛，“好吧，就算是我说的吧。”

两人笑笑，一阵沉默，略显尴尬。

杨嘉儿整理好思绪，缓缓道：“刚认识的时候，他处处都细心，特别照顾人，年纪又比我大，就像长辈……姐姐也有累的时候，对不对？……偶尔也想依靠一下……谁知道遇到个‘老年海王’，真是道行浅。”杨嘉儿停顿，脑子里出现母亲在家中不被保护的画面，这些不美好的回忆占据了她心里太多空间……“算了，反正姐这辈子就做单身贵族。”

韩天一看着杨嘉儿倔强的侧颜，夕阳的余晖反射出她眼眶内的泪光。冰冷的风吹在脸上，有些刺痛，把杨嘉儿的眼泪逼出了眼眶，也在她脸上吹出曲折的泪痕。

韩天一的心颤了一下，他清了清喉咙，想打破这感伤的气氛，最后竟慢悠悠地飘出一句："原来你喜欢老爹款的。"

杨嘉儿转头看他："有病吧你，欠揍。"

"你怎么和李燃一样暴力？"

"李燃和我比，那就是小白兔！"

"你俩还真是好朋友。"韩天一停顿了一下，"你说……如果没有陈可和李燃，我们会这么快分手吗？"

杨嘉儿听到这个问题，有点迟疑。她拂去脸上的泪痕，心想，和韩天一恋爱不久便分手，确实有这个原因。因为这两个朋友都太熟了，如果有了不愉快再分开，大家难免尴尬，所以她和韩天一在这段关系中都很有默契地保持着安全距离。

"我们都已经快三十岁了，世界上没有'如果'这件事，应该早就知道的吧。"杨嘉儿笑笑。

"其实我觉得你挺喜欢小孩儿的，为什么这么排斥结婚呢？"

"你这么多女朋友，也没见你真上心啊。"

"我不一样……我爸外面有小三，我妈也不管他，我觉得结婚没意思。"此刻的韩天一坦白得像个小孩儿，"有时候我真羡慕李燃，她爸也做生意，可是和琴姐特别恩爱。"韩天一随手薅了一根草叼在嘴里。

"所以你特别喜欢琴姐，还认她做干妈。"

"是啊，李燃小时候还常吃醋呢。"

"为这才老揍你，对吧？"

"你怎么什么都知道？"

杨嘉儿笑了笑，此刻她才明白，原来韩天一对待感情的态度很大部分是受了原生家庭的影响。虽然他表面吊儿郎当，其实内心很渴望被爱。而她自己呢？突然，她很想重新认识眼前这个大男孩儿。

"我也很羡慕李燃，大学那会儿，我去她家蹭吃蹭喝，琴姐和李叔都特别好。”

“那是，我干妈人美心善又厉害。”

“厉害？”

“所以老李才不敢在外面乱搞啊！”

杨嘉儿一愣，随即俩人都大笑起来。韩天一举起手，两个啤酒瓶在空中碰撞。杨嘉儿觉得此刻特别放松，她对面的这个人也是这么想的吧？

咕噜噜……杨嘉儿的肚子叫了。

“韩总管饭吗？”

“必须啊。上次那家西餐厅？”

“不是吧……”杨嘉儿有些嫌弃。

“你不是说喜欢吗？”

“谈恋爱不得装一下嘛。走，今天姐姐请客。”

夕阳西下，白色轿跑车孤单单地留在原地，地上的两个空酒瓶拉出无限长的倒影。

小小串吧内，人声鼎沸。

杨嘉儿和韩天一面对面坐着，桌子上摆着一排空的啤酒瓶，竹签桶内插了几十根长竹签。好家伙，这俩人喝啤酒、撸串，快乐得不成样子。

两人从小学聊到初中，再从高中的第一次表白聊到大学的第一次失恋……啤酒一杯接着一杯，杨嘉儿一会儿掩面羞涩，一会儿又爽朗大笑，让韩天一好不意外。

“姐姐，你也顾及点形象好不？旁边那桌一直看我们呢。”

“那是姐姐我天生丽质，怎么看都是仙女下凡，今天就当免费给他们看了。”

“不能免费，一会儿我去收门票。”

杨嘉儿不生气，反倒咯咯咯地笑。

十来瓶啤酒下肚，两人都有些上头。杨嘉儿两颊红扑扑的，对着韩天一眯着眼笑。韩天一又给杨嘉儿倒满杯，又给自己加满，一边倒酒一边低头傻笑。

“你笑什么？”

“开心……”

“你醉了……”

“你醉了……”

韩天一和杨嘉儿走出小小串吧时，夜晚凉意更甚，或是酒精的缘故，杨嘉儿一点不觉得冷，还调皮地对着空气哈了口气。

白雾缭绕，似梦似幻。

韩天一帮她围上围巾，杨嘉儿想挣脱，大声道：“姐姐不冷。”

不料她一甩手，打到了后面的一对男女。那个男的看样子也喝了不少，张口就想骂人，韩天一见状拉着杨嘉儿就跑。

杨嘉儿一边跑，一边对着后面大喊：“对不起——”

两人边跑边笑，像极了两个做了坏事逃跑的小孩儿，有那么一秒钟真希望此刻便是永恒。

“跑不动了……”

杨嘉儿停下，边笑边喘着粗气，她望着韩天一的眼睛里满是星星。

韩天一捧起她的脸，比起平时的性感，此刻杨嘉儿的嘟嘟脸更叫他把持不住。韩天一深深吻了下去，杨嘉儿没有反抗，两人愈演愈烈……

韩天一家的大门被猛地推开，两个身影钻入黑漆漆的房间，紧紧缠绕在一起。他们早已不再克制，一路宽衣解带，直奔主题。

翻云覆雨共良宵。

第十六章
你就这样回报亲爹

渐入深冬。

马路上开始洋溢圣诞节的气氛，寒风中的男男女女都裹着厚厚的外套，穿梭在城市的各个角落。如果这时候手握一杯热巧克力，身裹软软的云朵感睡衣，窝在暖暖的沙发上追剧，得是多么惬意的事啊。

李燃除了追剧，前面三样都占了，她正享受着难得的闲暇时光，直到一个喷嚏打破了这一刻的宁静。

李燃惊觉地看向旁边的儿子，果然，他的小鼻子下挂着清水鼻涕。

想想迎来了人生中的第一次感冒，也许是早上遛娃的时候着凉了。怎么办？李燃有些茫然，她赶紧拿纸巾把想想的鼻涕擦掉。

“你怎么感冒了呢？怎么这么不小心呢？”

想想看着李燃，心想，这亲妈一定是傻的。

李燃拨通了陈可的电话：“老公，想想感冒了……没事，没事，不严重，我就告诉你一下，你先忙。”

面对人类幼崽第一次生病，成年人也有不淡定的时候。

陈可接到老婆电话时正在谈一个新项目，他看了剧本，合同也谈得七七八八，正与制片人聊细节。

Sam说：“老林，我们这么多年的交情，这部戏你可得照顾我们陈可哦。”

制片人林西："什么话！陈老师现在是什么咖位，我是真心要感谢陈老师对我们这部戏的信任。您对住宿和车辆有什么要求尽管提，我们一定满足。"

陈可："谢谢。剧本可能还需要再调整，角色的成长很细腻，但男二号和女主的感情戏处理得有点唐突。"

"是是。"提到男二号，林西似乎有些遮遮掩掩，"我回去就让编剧改，不行就下次和导演开会的时候，咱们也可以二度创作嘛。"

陈可在专业上比较较真："剧本里有些剧情不太合适，而且也不好拍，马上要开机了，剧本还是要请林总抓紧修改。"

"没问题！陈老师的意见必须采纳。"林西答应得爽快。刚说完，他的电话就响了。林西走到一旁接听，声音也变得奇怪，支支吾吾地应着什么。挂了电话，林西回来，连连和陈可打招呼："真是不好意思，还想留二位晚餐，家里突然有事……"

Sam解围道："没事，没事，老朋友了，不客气。你去忙，合同上也没啥问题了，回头咱们走流程就行。"

林西连声道别，起身离开。

Sam看着林西的背影嘀咕道："什么家里有事，包二奶的事圈里都传开了。"他转头对陈可说，"你不知道，这个女的特别作，听说还盯着林西，想要上位呢。"

陈可对这些八卦一点兴趣都没有，他关心的是项目质量："他们班底还不错，但这个剧本有点问题，你得盯紧一点。"

"没事，这次导演厉害，现场都好调的。"

陈可皱眉，Sam立马应道："知道了，知道了，我盯。但不是我说啊，老陈，距上部戏杀青你又是一个多月不接戏，你不是故意在保持居家好男人的人设吧？"

"我是啊。"陈可起身。

"你走啦？去哪儿？"

“回家带娃。”

陈可到家门口时就听见屋内想想杀猪式的叫声。他一开门，老婆和儿子正在上演惊心动魄的吸鼻涕大战。想想一把鼻涕一把眼泪地在地上逃窜，哭得那个伤心。看到陈可进门，他立马向爸爸爬去。

陈可抱起他：“怎么啦？哦，爸爸抱，不哭哭……”

想想像抓到了救命稻草，死死抱住陈可的脖子，怎么都不肯下来，哭得更加撕心裂肺。陈可抱着儿子，满眼心疼。

李燃一下子愣住了：“你怎么让我感觉自己像个后妈？”

“爸爸在。爸爸在。”陈可一边安抚想想一边问：“老婆，什么情况？”

李燃举起手上的吸鼻器：“我给想想吸鼻涕呢，他就是不配合！”

“他才十个月，怎么会配合……”

李燃有点生气，想说话，却被自己一个喷嚏压了回去。

完了，被这小子传染了。

李燃看着老公“伺候”儿子，自己往鼻孔里塞纸巾。

陈可递给她一大杯温水：“快喝了。”

李燃接过水杯，在那儿自言自语：“完了，没地位了。”

她原本还想着生个儿子就没人跟自己争宠了。这么看来，儿子的战斗力一点不比女儿弱，早知道她还不如要个女儿呢，母女俩还能假装是姐妹，一起被老公宠。

陈可抱着想想去擦脸，李燃一个人在外面生闷气。等父子俩出来，想想已经不哭了，窝在爸爸怀里舒服得一动不动。

李燃看看陈可，故意对着儿子说：“你在妈妈肚子里的时候，妈妈感冒，你爸又是榨橙汁又是熬柠檬膏，现在好了，一杯白水就把妈妈打发了。”

陈可笑道：“儿子的醋你也吃啊。”

“叮咚——”

李燃气呼呼地去开门。

是快递小哥。快递小哥看到陈可抱着娃，不禁感叹：“哟，小子这么大啦。”

“是呀，谢谢你啊。”李燃一家和快递小哥已经算熟人了。她接过快递袋，和快递小哥招呼完便关上了门。

“你买菜啊？”李燃打开袋子一惊，“橙子？”

“没买到柠檬，先给你榨橙汁吧。”

李燃偷笑，地位稳如泰山！

感冒后的想想整个人蔫蔫的，连喝奶也没胃口。李燃这次感冒也来势汹汹，不得不吃了药，还在可惜每次吸完奶都只能倒掉。

“这不正好吗？”

“什么？”

“你正好断奶。”

李燃被老公这么一提醒，顿时变得很清醒。可不嘛？一个没胃口，一个不能喂，母子俩就这样一拍即合地断奶了！

完美。

M集团。

李燃断奶后觉得一身轻松，上班也更有劲了。公司传言晨西项目落地后David就会被晋升为副总，这更加激发了李燃的斗志，她已经准备好好大干一场。她正整理着项目资料，关总的电话就来了。

“关总，我正想找您——”

“项目恐怕有变……”

“我们不是达成共识了吗？您是觉得价格有问题吗？”

“不……恐怕要比这严重，稍后王副总会通知你们公司……”

李燃挂了电话，神情严肃，起身去茶水间倒了一杯咖啡。

李燃摆弄着杯里的勺子，若有所思。

不一会儿，小张跑过来，悄悄和李燃说："李总，您听说了吗，晨西的项目搁置了……"

先前关总在电话里已经告知李燃。流感快速传染，事发突然，源头似在国外。局势不明，晨西项目要投入大量资金，如果中途停工将损失惨重，于是关总决定暂缓推进。他隐忍的口吻让李燃不禁打了个寒战。

李燃回到家时，陈可正在布置圣诞树。

今天是圣诞前夜。可爱的小彩球，亮亮的小暖灯，还有在圣诞树旁边的想想，李燃被眼前的一幕暖化了。

想想肚子贴着地板爬来爬去，看到李燃回来，他卖力地爬到妈妈脚边。李燃一把将他抱起，亲了又亲。家里的温馨给她带来浓浓暖意，也让她暂时忘记远在他城的项目。

陈可把一家人的日常照片打印了出来，挂在圣诞树上，还笑称圣诞老公公一定会给李燃一个惊喜。

李燃抱着想想，翻看圣诞树上的一张张照片。

"宝宝，这是你两个月的时候呀……啊，这张我好丑……老公，这张你什么时候拍的？我儿子好可爱呀……"

李燃觉得嫁给陈可很幸福，陈可虽然身在娱乐圈，但又好似圈外人。他不擅长甜言蜜语，却总在生活里制造小惊喜，身在名利场却能惬意地享受平凡的小日子。

陈可蹲在地上，给圣诞树围上栅栏："搞定！"他起身站到李燃旁边，搂住她的腰。两人看着圣诞树上的照片，不禁感慨：好快，想想已经十个月了。新手爸妈的路真不好走，但此刻一家三口齐聚便是幸福吧。

"老公，谢谢你。"

“不客气。”陈可在李燃额头轻吻了一下，“好了，现在圣诞老公公要来送礼物咯。”

“哦？圣诞老公公在哪里啊？”李燃调皮道。

看来陈可早有准备，他冲进卧室，不一会儿就走出来一个“圣诞老公公”，穿着圣诞老公公的服装，还戴着大大的白胡子，把李燃逗得笑个不停。

“圣诞老公公”从背后拿出一瓶奶，递给想想：“亲爱的宝贝，这是你的圣诞礼物。”

想想看到奶瓶激动不已，身子还在李燃怀里，两只小手已经扑腾着要去抓奶瓶。

李燃把他放到地上，笑得直不起腰：“宝贝啊，但凡你有个幼儿园文凭也不至于这么好骗。”

想想坐在地上，双手拿着奶瓶，一脸享受地吸奶。

李燃突然有些伤感：“老公，现在奶瓶才是想想的最爱，断奶后他都不需要我了，我好难过哦。”

陈可笑道：“这就叫一物降一物。”

李燃摊出手：“我的礼物呢？”

陈可神秘兮兮地在李燃耳边说悄悄话，把李燃说得从耳根红到了脖子根。

“淫荡。”

“快！”陈可速速脱下圣诞老人的衣服，把大胡子一扒，“儿子，奶奶喝完我们就要睡觉咯！”

陈可今天哄娃睡觉特别卖力，但是想想精神特别好，到9点了还睁着眼睛左看看右看看，把陈可急得不行。

“儿子，你得配合爸爸，知道吗？快点睡，乖！”

李燃在一边笑：“你儿子知道你动机不纯。”

陈可把想想抱在怀里，哄了十五分钟，想想终于闭上了眼睛。陈可小心翼翼地将想想放到小床上，嘴里念叨着："儿子，千万别醒，争点气啊！"

"老婆，我来啦！"

"洗澡去！"

陈可迅速冲进浴室，以超快的速度洗完出来，一把将李燃抱上床，就开始要亲亲，两只手也不安分起来。

"你头发还湿着呢。"

"很香的，你闻。"

李燃哭笑不得，半推半就，毕竟两人已经很久没有亲密了。可就在即将进入状态时，陈可瞥见旁边出现一个小人影——想想正拉着婴儿床的栏杆对着两人笑。

李燃张大嘴巴，一把推开陈可："想想！你会站啦！宝宝，你怎么就站起来了呢！"李燃激动万分，拿出手机乱拍一通，对着想想，惊叹连连。

儿子，你就是这么回报你亲爹的……陈可一下子瘫倒在床，一脸生无可恋。

圣诞的夜晚带着一点浪漫，又藏着一点虚浮，陈可一家进入了梦乡。而城市的另一边，派对刚刚开始。

对某些人来说，圣诞节一定会有一个接一个的局要赶，韩天一就在其中。

场子里灯光聚闪，觥筹交错，不怕冷的美女头戴圣诞发箍，身着吊带短裙，好一个男男女女的不羁之地。

"天一，去跳舞啊。"一个美女过来大声邀请。

场子里的音乐声盖过了美女的话语声，韩天一用力摆手，美女无趣地离开。过一会儿，又接二连三来了几个劝酒和邀舞的人，韩天一喝了几杯便一直坐在卡座，不再应酬。

这是韩天一今晚的第三个局。他看了一眼手机——11点，接着索然无味地抿着杯中酒，眼前的热闹好像与他无关。

和杨嘉儿那一夜之后，两人都未再联系对方，但是……那不能算一夜情吧，还是这只是自己单方面的想法？他无聊地刷起手机……

突然，他看到杨嘉儿五分钟前发的一条朋友圈，定位就在他附近。韩天一几乎毫不犹豫地拿起外套便快步往外走。

“嘉儿，再喝一杯啊。”

“不喝啦，回家咯。”

“这么早就回去啦？”

“你们好好玩儿，拜——”

杨嘉儿穿上外套，告别一帮姐妹，走出S酒吧。

外面真冷啊，杨嘉儿哈一口气，白雾缭绕，可今天没有人给她围围巾。

隔着两条街道，韩天一在大街上来回寻找。他拿出手机，拨通了杨嘉儿的电话。

杨嘉儿的手机铃声响起。

“喂……我在路口。”

一辆车停在杨嘉儿面前，她叫的出租车到了。

韩天一的电话里一直传来忙音，他有些着急，低头开始发消息。

杨嘉儿坐在出租车里，手机屏幕显示收到一条微信。

韩天一：“你在S酒吧？我也在附近。”

杨嘉儿看到这排字，有些恍惚，她想叫师傅停车，却欲言又止，那一晚……代表什么呢？她在对话框里打字：“已经撤了。”

她看着车窗外一扫而过的楼房、车辆、霓虹灯，在她生命中出现的男人永远都是过客，而她原本真的希望他们都只是过客……

韩天一站在寒风中，手里紧握的手机的屏幕上显示着那条已阅的微信，他的心一下子空了……

回到家中，韩天一看着宽敞的客厅，徒感冷清。他走向浴室，站在花洒下冲澡。他的身体有些无力，双手撑在浴室的墙壁上——“我究竟想要什么？”他问自己。

或许淋浴能让人暂时清醒。韩天一穿着浴袍走出浴室后一下瘫倒在床上，将整张脸都埋在床单里。突然，他拿起床头柜上的手机，打开微信……对她说点什么呢？正当他犹豫之际，发现对话框顶部显示：“对方正在输入……”

什么？韩天一像中了彩票，一下来了精神，他立马也在输入框打字，没想到两人同时发送：“圣诞快乐。”

“哇哦！”韩天一在床上叫了起来，兴奋得像个孩子。他拿起枕头蒙住自己的头，害羞得不知所以。

每一轮日出都代表着新的希望。

迎着清晨的第一缕阳光，有些人忙于生计，有些人忙于家庭。在无数双手背后，是聒噪但鲜活的日子。

忙忙碌碌就到了跨年夜，即使每个人都身处不同的人生也都会在心中默默期许来年吧。

“老公，你也太厉害了吧。”

李燃看着陈可煮热红酒。他把橙子、丁香、红酒一起放入锅中，不一会儿果香味混合着红酒味，四溢开来。陈可把煮好的热红酒倒入杯中，用橙子片点缀，再放入一根肉桂棒。李燃连连称赞，雀跃得像小女生，空气中弥漫着幸福的味道。

“老公，快，倒计时啦！”

李燃在沙发上招呼老公。陈可端着一盆水果走过来。

两人守在静音的电视机前，轻声倒数着：“5、4、3、2、1……新年快乐！”

陈可和李燃相拥着互道祝福。他们看着婴儿床里熟睡的想想，感恩老天赐给他们一个这样可爱健康的小天使。虽然他们有时候累得抓狂，有时候恨不得把他塞回肚子里，但看着想想熟睡的脸孔、长长的睫毛、小小的鼻子，想到他爬到自己身上乱亲的模样，他们知道一切都是最好的安排。

月光照着每家每户，今晚熬夜的可不止年轻人。高楼的一扇窗户内暖灯未熄，床上一对恩爱的老夫妻——琴姐和李总，正在被窝里看着新年倒计时。

“老太婆，撑不住了，我们睡觉了，好不好？”

“真是老了不中用了，要睡你睡，我还有事情呢。”

琴姐说着就拉开被子，急忙忙地下床，这可把李总急坏了。

“什么事情啦？你衣服都不披一件，要去哪里啊？”

李总也跟着下床，随意穿好睡袍，又拿上琴姐的外套，赶紧追出去。

“不是开着空调嘛，又不冷咯。”

“侬要组撒啦？大晚上的……”

“你看！”

琴姐从衣柜里拿出一件时髦的羊毛连衣裙：“好看吧？新的一年了呀，明天我要穿这件去看我外孙，灵吗？”说着还搭在身上，对着镜子比画。

“灵哦，灵哦，好了好了，快点回床上去了呀。”

“还有更好看的呀……”

琴姐还想翻衣服，但最后不情不愿地被李总拉了回去。这老两口风风雨雨几十年，吵吵闹闹半辈子，琴姐始终是受照顾的那一个。

有热闹就有孤寂，有温暖就有清冷。

杨嘉儿独自待在出租屋里，电视机里传来热闹的庆祝声，和她此刻的心情形成鲜明对比。

先前她给妈妈发了一条新年祝福短信，然后一直把手机捏在手里，生怕错过什么。可是她始终没有等到回复。是太晚了吗，妈妈没有守夜吗？

杨嘉儿看着窗外。这是她独自在上海的第十个年头。她在大学的时候就勤工俭学，毕业后自己找工作，从实习开始，一步步在上海站稳脚跟，自己租房子，自己吃外卖，生病了自己买药，生理期痛得直不起腰也自己冲热水袋，如果每年的委屈都可以叠加，那么她早已被泪水淹没。

虽为女儿身，她却是一个无比倔强的人。她对父亲说过，无论如何都不会回去，她一定要在上海出人头地。只可惜这个“出人头地”的愿望随着每一年的时光流逝，在加速消减。

杨嘉儿抹了一下脸颊，是泪。

在跨年这一天，韩天一特地回到爸妈家。在这里他永远保留一丝期待，却也总是失望而归。

今天会例外吗？

一家三口在沙发上看电视，没有交流，没有对话。

韩天一的爸爸一直在玩手机，时不时自己笑笑。韩天一的妈妈忍不住开口：“儿子难得回家，你还老盯着手机干吗？”

“什么老盯着手机，我看看新闻不行吗？”

“是看新闻吗？我看你是在和那个狐狸精打情骂俏。”

“你又胡说什么？”

“我胡说，那你手机给我看啊，给我看啊……”

“神经病，懒得和你说。”

“我神经病……”

这对夫妻，要么没沟通，要么吵到不可开交。

韩天一坐在旁边的单人沙发上，手里拿着电视遥控器不停换台。他面无表情，已经对这样的争吵司空见惯。韩天一的爸妈针锋相对，骂声连连，甚至连自己儿子离开都没有发现。

韩天一开车出门时已经过了12点，是新的一年了。他把车开得很快，漫无目的地游荡在这座城市。直到停在一个路口，他看到马路对面的大厦屏幕上正放着电子烟花。他独自呆呆地看了很久。

第十七章

特殊的年夜饭

临近过年。

琴姐拎着大包小包来到女儿家，李燃开门接过琴姐手中的袋子：“您又带什么来啦？”

“你先别说话，你妈带的东西你都不说好的，这次你先看了再说。”

李燃打开袋子，是琴姐每逢过年都会亲自扎的咸蹄髈，还有消毒药水和免洗洗手液：“都是好东西！”

“不好的我敢拿来啊？想想呢？”

“睡着呢。”

“这育儿嫂走了几天了，你们两个带他行不行啊？”

“公司现在不忙，陈可也没进剧组，我们顾得过来。”

“哦，不行我过来搭把手！”

“不用不用……”李燃生怕琴姐越帮越忙，不好直说，赶紧找了个理由，“外面流感这么严重，您和我爸照顾好自己最重要。”

“晓得了，我们小姐妹聚会，有两个重感冒都说不能来了。”

“您没重要的事也别出门了，现在手机买菜很方便的，我可以帮你们叫到家里去。”

“这个不用你操心的，我家里两台冰箱，不买都够吃一个月的。”

“真不愧是我妈！”

影视公司。

原本林西约了陈可、导演还有其他几个主创在他公司开剧本会，没想到只有陈可和Sam到场。

林西道："啊呀，不好意思，陈老师，我也是刚刚接到导演和珊姐的电话，说改电话会议讨论剧本。"

Sam维护自家艺人道："老林，怎么不早点通知我们呢？我们陈老师也是很忙的。"

可不，忙着带娃。陈可道："没事，一样。"

林西把陈可两人请进会议室，没聊几句，电话就响了。看似有急事，不会又是小三闹上位的俗套吧。林西挂了电话，匆忙拉了一个群，导演和女一号顾珊珊纷纷进入电话会议。寒暄几句后，林西便称需要处理事情先撤，于是几个主创正式开始讨论。

要说这次的导演还真是有两把刷子，提出的关键几点都很专业，一群人一聊就是两个小时。

林西推开会议室的门，表情严肃，称项目有变。继而他对着视频电话说出了缘由："刚传来消息，我们取景地流感严重，目前场地和人员都无法到位，加上我们一个投资方临时撤资了，刚刚我们几个出品方决定剧组暂缓开机。但是请各位主创放心，只要顺利渡过危机，我们这个项目一定会在第一时间启动。"

听到这个消息，大家都沉默了。

夕阳西下，陈可开车行驶在高架桥上。车辆稀少，今天的落日有些落寞。

李燃正在家和想想玩躲猫猫游戏，想想被逗得咯咯笑，还会跌跌撞撞地走到试衣镜前对着镜子拍拍打打，看着镜子里的自己兴奋不已。

"呀，爸爸回来了！"

李燃抱起想想来迎接陈可，还不忘叮嘱：“快快，爸爸进门先洗手。”

陈可洗完手从卫生间出来，一把接过想想：“儿子，今天乖不乖啊，有没有照顾好妈妈？”

李燃笑道：“和我唠了半天呢。对了，你项目聊得怎么样？”

“剧组开机暂缓了。”

“我们项目也停了。”

夫妻二人对视沉默片刻，陈可摸摸老婆的头，又对想想说：“看来我们要提前迎来三人假期啦！”

大年三十一大早，李燃给想想穿上早就准备好的新年小棉袄。想想穿着它就像年画上的娃娃，小脸胖嘟嘟的，十分可爱。李燃不停地给想想拍照，连连感叹自己生的儿子颜值惊人。

“老公，快来，我们三个人一起拍照。”

李燃拉着陈可，一家三口玩起了自拍。想想极度不配合，一会儿爬出取景框，一会儿屁股对镜头，拍照成了大型抓娃现场。

李燃翻看照片：“我儿子怎么这么可爱！不行，一定要下去遛一圈！”

“算了吧，这次流感特别容易传染小孩儿。”

“室外还好吧，就下去一会会儿。”

陈可不想扫兴，一家三口穿戴齐全下楼。

刚走到小区花坛边，他们发现遛娃联盟已经零零散散地聚在这里了，而且一个娃比一个娃穿戴讲究，都像年画里的娃娃，看来家长们都按捺不住“秀”娃的心啊。

遛娃联盟很自觉地保持着安全距离，远远地互相打招呼。

小雨点外婆：“想想也来啦。”

陈可：“是呀，在家里待不住。”

元宝爷爷：“我们也是。他妈妈说外面都是感冒的，不要出去，小孩子怎么禀得住啦。”

玲玲奶奶："我们家里还有个小的，两个在家吃不消，我带姑娘出来透透气。"

玲玲奶奶是本地人，说话声音轻，还戴着口罩，话语难以听清楚，她打了个喷嚏，把口罩摘下来说话，大家都下意识地倒退三步。

大伙儿的行为有些尴尬又有些好笑，让冷清的大年三十有了些许生气。娃也"晒"了，嗑也唠了，不久，大家便都很识趣地各自回家。

"再会。"

"再会。"

回家路上，李燃忍不住问："老公，你什么时候和大爷、阿姨他们也相处得这么好啦？我以前怎么没发现你有这方面的潜力。"

"在你睡觉的时候。"

李燃倒吸一口冷气，"闭麦"。

上海浦东机场。

杨嘉儿拖着行李箱排队领取登机牌。她前前后后排队的旅客不再像往常一样人挨着人，而是很自觉地保持着一定距离。杨嘉儿从进机场那一刻就感觉到了明显的紧张感，机场的工作人员无一例外戴着口罩。

登上飞机那一刻，杨嘉儿心情变得异常沉重，不仅仅是因为国内外流感蔓延，而是在大年三十这个极具团聚意义的日子，即将面对一年未见的父母，杨嘉儿却有些害怕。

或许不是害怕，而是无措。

晚餐时分。

原本大年三十的年夜饭是中国人一年中最热闹的时候，但今年大家都很自觉地少聚会、少聚餐。

陈可和李燃今年也在自己家过年，俩人都厨艺不精，多亏有琴姐带来的半成品，拼拼凑凑也算弄了一桌年夜饭。

餐桌上，想想面前的餐盘里也多了一道“加餐”。

“儿子，今天给你加菜。”陈可在想想面前放了一张红烧鸡腿的卡通图片。

李燃笑道：“亏你想得出来。”

手机铃响了。是远在澳大利亚的陈可父母来电。因为乔姨得了流感，担心会影响孙子，于是老两口决定留在澳大利亚过年。

李燃：“妈，您身体怎么样啦？”

乔姨：“没什么问题了，就是身体没力气。”

“您还是要多休息。宝宝，快给爷爷奶奶拜年。”李燃把镜头对着想想。

想想好像知道有压岁钱，对着镜头笑得特别卖力。

乔姨：“哦哟，宝宝啊，这么大啦。”

陈父：“我们想想长得真好。”

陈可：“爸妈，新年快乐！”

陈可父母连连应声，不仅给想想包了一个大红包，连李燃和陈可都有份。果然，距离产生美，间隔越久，对亲人就只剩下思念，曾经相处中的小摩擦早就被抛到九霄云外，这也是亲人间独有的默契吧。

挂了电话，陈可说：“赶紧给你爸妈也打一个。”

“对对，最近流感严重，不在一起吃年夜饭这事儿，我妈唠叨好几天了。”李燃拿出手机，拨通了琴姐的微信视频。

李燃：“想想，快来给外公外婆拜年！”

琴姐：“啊哟，老头子，你快来呀，想想给我们拜年了。”

李总一边小跑一边戴上眼镜，挤到镜头里：“我们想想今天真好看呀！快，外公给你拿大红包哦。”

陈可和李燃异口同声道：“爸妈，新年快乐。”

琴姐：“好好好，你们快乐，我们就快乐。”

平淡的日子里，叫人期待的无非是能一家人整整齐齐地吃一餐饭，虽然今年大家各处一地，但隔着屏幕也能感受到彼此的心意。

韩天一也在家里吃年夜饭，只是这一家人在饭桌上话没超过十句。

“天一，多吃点。”韩母夹了一大块儿鱼放到儿子的碗里。

韩天一扒了两口饭，放下筷子：“吃饱了，走了。”

“大年三十，你到哪里去啊？”

“和朋友去日本。”

韩父一把拍下筷子：“不好好在家吃顿饭，和什么狐朋狗友去日本？”

“我的朋友是狐朋狗友，‘你的朋友’是什么？”

韩天一把重音放在“你的朋友”上，他爸爸当然听得出来，这是暗指他在外面的小三。

韩天一从上大学开始就自己创业，不要家里的钱，还老和韩父对着干，最主要的原因就是韩父和外面那个小三一直断不干净，而韩母大闹特闹几次未果却也不提离婚，只是这家里三天一小吵、五天一大吵，已经成了习惯。这样的家庭氛围任谁都吃不消。韩天一只是随口说和朋友出去，其实他是想独自旅行。因为厌倦了在冷冰冰的家里过年，对他来说，外面的空气至少不会让他感到窒息。

片片雪花从空中飘落，临沂空气中的味道让杨嘉儿有些怀念。

家应该是让人卸下防备的地方，但是杨嘉儿却觉得有些压抑。她进门时，杨父只是应了一下，脸上不见半分笑意，杨母在家中永远处于弱势，对女儿回家的喜悦似乎也不敢全表露出来。

杨嘉儿在阳台上摆弄花草，杨母走过来，塞给她一把糖：“过年要吃糖。”

“妈，您还把我当小孩儿呢。”

杨母捏着围兜，像在压抑自己的感情：“你先吃，妈去炒菜。”

杨嘉儿看着母亲的背影，有些不忍。是什么让她表达对女儿的爱竟也需要如此克制。杨嘉儿回望手中的糖果，若有所思……和小时候一样，她剥开一颗放进嘴里，然后把黄色的纸对着有阳光的地方，头顶的天空就变成了金灿灿的黄色，好像小时候……

那年杨嘉儿只有六岁，她和弟弟妹妹一起在奶奶家的院子里玩耍，几个孩子玩得特别开心。奶奶过来，给大家发糖："谁要吃糖果呀？"

几个小孩儿都争先恐后地围着奶奶要糖，小嘉儿站在最后面，她好像已经习惯了这种顺序，奶奶有好吃的总是会先给弟弟妹妹，这次也不例外。

弟弟妹妹把糖果一抢而空，小嘉儿没有得到一颗糖果。奶奶和往常一样，只是和小嘉儿说"你最大，要让着弟弟妹妹"。小嘉儿习惯性地点点头，她看着弟弟妹妹吃着糖果，拿着糖纸看天空……

慢慢地，杨嘉儿长大了，这才知道因为爸爸是长子，所以奶奶一直希望他有儿子，为杨家传宗接代、光宗耀祖。但杨母的头胎是杨嘉儿，还在生产时大出血，险些丧命，虽然最后保住了性命，但切除了子宫，不能再生育。这件事好像成了杨母的罪过，从此她在杨家只能低头做人。虽然杨父拒绝了老太太要他离婚再娶的要求，但身为长子，不能为杨家添个儿子的事也在他心中永远地扎下了一根刺。

杨父心里有怨——虽然不是对杨母，但他不懂得表达自己的情感，更不善于控制自己的情绪，以致一不顺心就对着杨母拳脚相向。

如今，在杨嘉儿看来，这就是赤裸裸的PUA（情感勒索）。她之所以早早离开家，发奋学习，考上大学，在外独立生活，为的就是证明女孩儿不比男孩儿差。可是杨嘉儿的努力在她的家族看来不值一提，她还因为大龄迟迟不嫁人而被诟病。

她看着黄色的天空，可惜长大后再多的糖果也无法掩盖人生的不如意。

转眼已到初七。

小区门口，琴姐隔着铁门给陈可塞进大包小包："快快，都接着。"

"妈，你们进来呀。"

"老头子也感冒了，我就来给你们送点吃的。"

陈可刚拿稳东西，话音未落，琴姐已经钻回车里，摇下窗户对女婿挥手。李总戴着口罩，也招呼着陈可快回去。陈可两手拎着沉甸甸的大包小包，目送车子离开。他望着街道上来回穿梭的电动车，皆是外卖员送菜的身影。老婆的项目组被通知居家办公，自己的剧组还没开机，一段预料之外的共同育儿时光就这么猝不及防地开始了。

第十八章

转战厨房的男明星

美妙的早晨，把人唤醒的可能是肚子饿，可能是梦想，也有可能是人类幼崽的口水。

6:50。陈可摸一把脸，湿湿的，黏黏的，他睡眼蒙眬地把想想抱起，夹在肘弯里走出卧室。

不久，李燃也跟着起床。她洗漱完毕，来到厨房，看到陈可正把煎好的荷包蛋盛出来。

“我来，我来。拿拿盘子我还是可以的。”

李燃抢着拿盘子，端着两个荷包蛋走到客厅，刚煎好的荷包蛋有点烫……有了！

这位自信的妈妈拿着盘子走到阳台上，刚打开半扇窗，外面的风就直吹进屋。好冷！她赶紧把手中的盘子伸出窗外，又把窗户关到只够一只手腕伸出的缝隙，凉荷包蛋，此番真乃“神操作”也。只见荷包蛋上不断冒出白烟，李燃轻轻晃动着盘子，白烟越来越多。

“我真聪明！”李燃正得意着，一不小心力道大了，盘子来回一晃，她眼睁睁看着一个荷包蛋飞了出去……

完了。

“老公——我们的荷包蛋飞下去了！”

李燃急忙开窗收回手，把盘子小心翼翼地端回到餐桌上，再跑回阳台看向楼下……

“想想，有小猫咪在吃我们的荷包蛋。快！妈妈抱你看。”

李燃抱着想想看楼下草丛里的猫咪，陈可拿着两杯咖啡走过来：“看什么呢？”

“喵喵在吃我们的荷包蛋。”

“怎么掉下去的？”

“我想，外面风可以吹凉一点……”

陈可叹一口气：“来吃早餐吧。”

窗外的阳光照进来，一家三口在冬日暖阳下吃着爱心早餐。

蛮好。

只是墙上的时钟显示才8点整。夫妻二人看着憨憨笑的想想，看着他笑时露出的两颗门牙，两人四目相对……这突如其来的“假期”真叫人伤脑筋。

吃早餐、洗碗、拖地、讲绘本……全部落定才9点半，这也是一天中想想最精神的时候。以往这个点带他出去溜达一圈还好，如今为了防范流感，他们大多时间都在家里。从卧室溜到客厅，从阳台溜到厨房，想想满地爬也不够他“放电”。

陈可主张散养，让想想自己爬。可李燃这个当妈的不放心，一直跟在后面“护驾”，几圈下来，自己先累瘫了。陈可一把抓起儿子：“我们玩套圈圈好不好？”

“老公，我不行了，要去躺一会儿，别让想想来打扰我哦。”

李燃摆摆手，拖着疲惫的身体走回卧室，留下陈可和想想父子俩一脸茫然。

日本，北海道。

韩天一坐在一家咖啡馆内，他的手机屏幕显示收到一条短信，是通知明日回国的航班取消。他皱了皱眉，开始刷新航班信息。近几日回国的航班不是取消就是满员，他起身准备返回酒店，刚推开咖啡馆的门，一阵暴雪袭来……

杨嘉儿一家三口在家过年也稍显冷清，一家人吃着午饭也说不上几句话。

突然，门铃响了，来了两个串门的亲戚。是杨嘉儿小姑和她的儿子，他们进门摘下口罩。小姑是个大大咧咧的直肠子，今天来就是为了找杨嘉儿。

杨母迎上前："她小姑怎么来了，吃饭了吗？添双筷子。"

"吃过了，吃过了，我是特意来找嘉儿的。"

"里面坐，坐下说。"

杨嘉儿也起身相迎："小姑，您找我什么事？"

小姑笑笑，把自己儿子往前一拉："这小子，快毕业了，想着去上海找份好工作。你不是在上海好多年了嘛，肯定有关系，帮忙看看有什么这小子能做的。"

杨嘉儿一愣，看着旁边的高个子小伙儿却叫不出名字："都这么大了，是叫……"

"哦哦，叫小邦。快，叫表姐。"

"表姐。"

杨嘉儿笑笑，没想到小时候一堆小孩儿里年纪最小的都长这么大了。这小子还真是不客气，叫了一声就自己坐下开始刷手机。

杨母倒了茶，小姑一个劲儿和杨嘉儿说小邦的好。杨嘉儿应和着，突然听见刷手机的小邦提到了日本。

"什么？"

"日本"两字牵动了杨嘉儿的神经，她想起昨天看到韩天一发的朋友圈定位，突然感到心慌。

小邦说："我朋友说，北海道大雪，很多航班都取消了，机场滞留了很多人，好多还传染了流感……"

"不好意思，我有点事。"杨嘉儿急急起身回房，关上门，留下杨母不停地圆场。

杨嘉儿进了自己的房间，看到了关于北海道的各种新闻，忍不住给韩天一发了一条微信。

酒店房间内的韩天一还在联系购买机票，但始终未果。突然，他收到了杨嘉儿的信息："可好？"

短短两字，却让韩天一有些鼻酸。

韩天一："回国航班取消了，但是不要担心，我在联系新航班。"

杨嘉儿："暴雪？"

杨嘉儿迟迟未收到回复，有些思绪不宁……突然手机在她手上振动起来，是韩天一的来电。杨嘉儿心跳加快。她接通电话，双方沉默……

这是两人在那一夜之后第一次通话。杨嘉儿咬着嘴唇，好像通过听筒听到了电话那头的呼吸。

"雪很美……"

两人一阵沉默。

"你还好吗？"两人几乎同时脱口而出。

"听说机票很难买……"

"放心，我会解决的。"

又是一阵沉默。

"对了，回家有没有吃胖两斤啊？"

韩天一本想调节下气氛，不料杨嘉儿却回道："你回来自己看。"

"好……"

韩天一在电话那头抿嘴笑。

过了两日，北海道暴雪持续加剧，加上机场事件发酵，韩天一迟迟未能买到回国的机票。

与此同时，杨嘉儿想快些回到上海，如果韩天一回来，她想要第一时间看到他。

自从通话后，杨嘉儿的脑中满是两人的过往，从初识到恋爱、分手再到小小串吧……一切都是那么真实……

时隔两日，韩天一的机票依旧无着落，杨嘉儿心急如焚，她着急回上海。临沂到上海的航班和高铁班次也都压缩得很紧，流感比预期严重。正在此时，她接到了一个陌生来电。

“喂，你好，是杨嘉儿小姐吗？”

“我是，您哪位？”

“是韩天一先生为您安排的车子，请给我您的具体地址，我来接您回上海。”

他居然安排了车。杨嘉儿心头一暖。

“妈，我走了。”杨嘉儿拖着行李在门口与母亲告别。她看了一眼内室，喊了一句：“爸，我走了，您保重。”

“走吧。”杨母含泪整理着女儿的外套。

母送儿远行总是千万分不舍，可人生时时刻刻都在教我们学习离别。

杨嘉儿拖着行李出门。她回望这个家，多年来的无措和无奈始终无法排解，她只能继续自己的路，一路披荆斩棘、过关斩将。

上海。

陈可继续在家掰着手指头数日子。

一家人每天围着一日三餐转。自从育儿嫂走后，两人还多了给想想做辅食的工作。一开始李燃还积极表现，也想在妈妈群“秀”一下给娃做的辅食，但陈可这个老婆比他还没有做饭天赋，打个蔬菜泥都能把厨房弄成大型灾难现场。无奈之下，给想想准备辅食的工作就落到了陈可身上。

昔日男明星被迫转战厨房，肩负着一家人每日饮食的艰巨任务。

曾经那个出门必吹发型、洁癖到床单都要用滚筒粘毛器清洁的男人早已提前进入了好似半退休的居家状态。

头发凌乱、胡子拉碴、睡衣扣错位，这位许久不营业的男明星在厨房忙碌。他看着手上的菜谱：鸡肉+胡萝卜+土豆+南瓜，分别洗净、去皮、焯水、蒸熟后再打成泥。一顿辅食忙活下来，少说也得一两个小时，再加上清理厨房等后续工作，真是累得够呛。

陈可对于做辅食已经“佛系”，管他胡萝卜是不是切得大小不一，管他南瓜皮有没有去净，反正最后打成泥，啥都瞧不见。他的原则就是，只要能吃，就不追究过程。天天在家带娃做饭，才几天工夫就把他折腾得形象全无，别说造型了，十来天不健身，腰上就多了两圈肉，活脱脱把一个型男逼成了大叔。

“老婆，想想的辅食好了，我做咱们的饭。”

“简单点就行，我来给想想喂辅食。”

陈可与李燃还算分工明确，可面对亲爹忙活一上午做的东西，这亲儿子显然有些欠揍。

李燃拿着辅食碗，正在喂婴儿椅里的想想。他似乎不喜欢胡萝卜的味道，刚吃一口，小嘴就“噗噗噗”地往外喷；再喂，他的两只手就开始像鸡爪疯一样不停地拍桌子。一不留神，李燃手上的辅食碗被这小子拍翻，弄得桌上、地上一片狼藉。

“深呼吸，深呼吸……”李燃一边清理战场，一边稳住自己的情绪。等她把地板弄干净，起身看到的一幕让她崩溃了。

想想正用小手抓着翻落在餐桌上的辅食吃，弄得嘴巴、鼻子、脸上、头发上、衣服上都是食物残渣。他的两只小手还在不停地甩，导致周边的地板上、家具上满是星星点点的辅食痕迹。

陈可拿着两碗面从厨房出来，看到此等灾难现场，睁着一对无神的眼睛，缓缓道出一句："老婆，先吃面吧。"

当一个人几近麻木，什么洁癖都不是事儿。

"你先吃。"

打不能打，骂不能骂，李燃只能自我消解，她跪在地上，用抹布死命地来回擦地板，心里默念一百遍："亲生的，亲生的……"

陈可吃着面，看着旁边邋遢的儿子，不想理他。但是想想的小脑袋一直歪着，认真地看着爸爸吃面的嘴巴。

陈可挑起一筷子面，问："想吃吗？"

筷子在想想嘴巴前面晃悠了一圈，最后陈可还是把它塞回自己嘴里，把小家伙看得哈喇子直流。

此时，电话铃声响起。

"老婆，你手机，是杨嘉儿。"

李燃扔下抹布，吹了下额头上垂下的刘海儿，接起电话："嘉儿，你回上海啦。怎么啦？别急，你慢慢说……"

李燃用唇语和陈可说"是韩天一……"。陈可不明所以，她干脆按了免提。杨嘉儿的哭腔传来。

"他被困在北海道了，你们有没有领事馆的朋友？"

"嘉儿，你先别急，韩天一怎么了？"

"他这几天都在酒店，原本是三天前就要回来，可是因为暴雪，航班都取消了……昨天好不容易买到了票，结果他在机场看到大量滞留的国人得不到安置，带头和机场人员起了冲突，好像还被拘留了……我托了几个朋友问，都还一直没消息……"

"你别急，我们马上问，一会儿回给你。"

挂掉电话，陈可就开始翻手机。

“喂，刘总吗？是，有个事情想拜托您。我有个朋友被困在北海道……是，好，我等您消息，拜托了。”

陈可挂了电话，看向李燃：“先等消息吧。”

“这个韩天一，这么大的事也不告诉我们……不对，那他怎么会告诉杨嘉儿？他俩不是分手了吗？你听刚刚杨嘉儿的声音，搞得像恋人生离死别。”

陈可也是满脸疑惑。

杨嘉儿的电话又来了。

“嘉儿，陈可已经联系了……什么？韩天一没事了？那就好。不是，你们什么情况……喂？喂？”

挂了电话，李燃和陈可更是一脸莫名其妙。

此时，陈可的电话响了。

“刘总，不好意思，我朋友的事情解决了。是，麻烦您了，下次聚。”陈可挂了电话也忍不住吐槽，“韩天一这小子，等他回来一定要他老实交代。是不是啊，想想？”

想想在旁边，浑身邋遢，听到自己的名字就咯咯笑。

晚餐后，陈可正准备给想想洗澡。一看他的小脸红红的，刚刚吃辅食时胃口也不好，陈可觉得有点不对劲，用耳温计一量。38.3℃——这小子发烧了。

李燃看着耳温计，下意识地咳嗽了几声，自己也紧张起来：“我们都没出过门，不会吧……之前的快递袋消毒了吗？”

“别慌，先给想想物理降温试试看。”

李燃点点头，倒了一盆温水，轻轻擦拭着想想的额头、脖子和腋下。想想靠在爸爸身上，像一根蔫了的小草，眼皮耷拉着，小嘴喘着气。

38.7℃。想想的体温持续升高。

李燃看着想想可怜的样子着实心疼，她伸出手想抱儿子，没想到此刻想想只要爸爸，拼命挣扎，好像在用最后的力气抵抗她。

李燃难过地问道："想想，你怎么不要妈妈抱呢？想想，你爱妈妈吗？"

想想小脸通红，半眯着眼睛，有气无力地看着李燃。

李燃还在追问："想想，妈妈好爱你呀，你爱我吗？"

陈可忍不住了："你让想想安静会儿，好吗？"

李燃叹了一口气，不会是孕后激素又回升了吧？

整整两个昼夜，陈可和李燃不眠不休，轮流看娃。终于，想想在物理降温下成功退烧。

可是李燃居然开始和一个娃娃较真，对着想想"秋后算账"。

"想想，你生病的时候为什么只要爸爸，不要妈妈？你知道是谁把你生出来的吗？是你妈，也就是我，知道吗？"

想想撇撇小嘴继续喝他的奶。李燃和想想开始互相嫌弃。那位爸爸在一旁偷笑，殊不知这三夹板的日子才刚开始。

韩天一顺利回到祖国的怀抱。因为机场事件，他刚出海关就被工作人员拦住询问，他有气无力地解释，感觉整个人晕晕乎乎的，原来他已经感染了流感。

"天一——"

韩天一与工作人员同行，听到呼唤声回头，见杨嘉儿正望着他，她那一对湿润的眼睛叫他瞧着就揪心。

杨嘉儿一直告诉自己韩天一只是自己生命中的过客，直到这次意外，那份突如其来的紧张和无止境的担忧才叫她明白，如果只能活在当下，唯有牢牢抓住眼前的这份感情日后才不会后悔。

两人眼神紧紧相扣，这一刻彼此心头唯有思念。

一晃眼就到了想想的生日，陈可父母打来了视频电话。

“老公快来——”

陈可拿着锅铲穿着围兜从厨房探出头来：“马上——”

“想想，看，是爷爷奶奶。”李燃抱着想想和老两口打招呼。

陈可脱了围裙，坐过来：“爸、妈，你们都好吗？”

乔姨：“好，就是被拖住了，回不了国，我们宝宝的一岁生日都错过了。”

李燃：“妈，我听陈可说了，您的流感都是爸帮您调理好的。”

乔姨：“可不是嘛，你爸爸懂中医，没想到这次流感这么严重，我们这儿的华人都排队找他。”

陈父：“我都是听你婆婆这位副会长的安排。不过，你们别说，我们老祖宗的文化就是讲究。”

乔姨：“大家相信我们，我们的责任就更大了，关键是不能给我们中国人丢脸呀。”

李燃：“妈，您真棒！想想来，给爷爷奶奶飞一个。”

老两口看到孙子，眉开眼笑。

一岁大的小家伙已经不老实了，在李燃手里不停挣扎，直到扭出屏幕。

乔姨：“现在这么活络啦。对了，家里奶粉还够吗？”

李燃：“多亏爸妈之前寄了很多过来，还够吃一阵呢。奶奶太棒了，是不是呀，想想？”

乔姨被夸得满脸笑意，只是没说两句就又被人叫去帮忙了。

挂了电话，李燃还感叹，今天琴姐怎么这么太平，都不像她的风格。结果说曹操曹操到，琴姐的电话立马来了。可电话那头传来的是李总的声音。

李总：“你们快到窗口来。”

李燃拿着手机一脸茫然，叫上陈可，一家三口挤到窗口。

马路对面停着李总的车子，只见车子的天窗缓缓打开。窗台上三个脑袋齐刷刷地盯着车子的天窗看，居然慢慢出现一个大蛋糕。

李燃激动道："想想快看，大蛋糕耶！"

琴姐把大蛋糕举过头顶，向楼上三人展示，露出自己一双眼睛。

李燃笑到直不起腰："想想，你外婆为了你可真是拼了。"

想想看看妈妈，又看看马路对面，满脸都是好奇。

琴姐终于体力不支，撤下蛋糕。她拿回李总手里的电话，兴奋不已："哈哈哈哈，怎么样，我亲手给想想做的蛋糕哦！"

"妈，你厉害啊，在家拓展了新手艺啊！"

"为了我外孙，这算什么！不多说，不多说，你们下来拿蛋糕，口罩戴好哦。"

"知道啦，陈可这就下去。"

李燃抱着想想，目送李总的车子启动。

第十九章

生活除了一地鸡毛，还有什么？

陈可来到小区门口，李总的车也到了。琴姐戴着口罩，把自己从头到脚包裹得严严实实，拿着蛋糕从车里出来。

“陈可啊，你们还好吧？”

“挺好的，妈，”陈可接过蛋糕，“您费心了。”

“哈哈哈，我在家里也没事。好了好了，不多说了，你赶紧回去吧，我也和老头子回家了。”琴姐走了两步又返回来，“和我们宝宝说，外婆祝他生日快乐。”说完，琴姐踏着欢快的步伐上车了。李总在驾驶座上和陈可挥手，接着油门一踩、方向盘一转，老两口便潇洒地扬长而去。

他们即使当了爸妈，在父母眼里依旧还是小孩子。

陈可微笑，李燃老了也这样吗？他被脑中突如其来的想法吓了一跳，不禁一哆嗦，正转身准备回家，突然听到一个熟悉的声音。

“陈老师，好久不见了。”

陈可回头，是仔仔妈妈。

“好久不见。”

“想想在家里还乖吗？”

乖？除了满地乱爬、随手抓东西放嘴里、拍翻辅食、小床“越狱”……其他，还算是乖的吧。

陈可叹了一口气，道：“被他折腾得够呛。”

“你们家的还不会说话，我们老大现在是无时无刻盯着我，‘妈妈陪我玩’‘妈妈给我讲故事’……连我去卫生间也在叫‘妈妈你还要多久’。还有个小的在旁边捣蛋……”

难得见仔仔妈妈对琐事滔滔不绝，看来在家里被两个娃摧残得不轻。庆幸啊，想想还不会说话。

“你和你先生也挺不容易的。”

“只有我一个人，我先生在外地。”

二十四小时“一挑二”？！陈可差点惊掉下巴，满眼敬佩。此时，元宝爷爷出来拿快递，看到陈可，就像找到了倾诉对象。

“想想爸爸，你也出来拿快递啊。”

“是啊，想想他外婆——”

陈可刚开口，就被元宝爷爷打断，看来他并不想交流，只想一吐为快：“你说说看，流感搞得这么严重组撒啦，老是叫我不要出去，我们出来惯了呀，不晓得什么时候是个头哦。”

小雨点外婆走过来，也和大家寒暄着。大家聚在一起，难免打开话匣子。老人们见到熟人不免吐槽，不过没说几句，就都纷纷往回走。

仔仔妈妈抱着一堆快递，没走两步就不慎掉落一个，想弯腰去捡，却力不从心。

陈可在一旁出手相帮：“我帮你拿着吧。”

“那怎么好意思？”仔仔妈妈有点兴奋——偶像帮我拿快递哎！

“没事，顺路。”

“那谢谢了。我真得赶紧回去了，俩小子不知道醒了没有……”

陈可进门，放下蛋糕便去洗手。

“怎么去了这么久？”

“碰到遛娃的几个，一个比一个‘惨’。”

李燃笑道：“只有家里有娃的才能感同身受。以前我见别人带娃也是站着说话不腰疼。”

李燃接过蛋糕，皱了皱眉：“老公，我怎么没想起来给想想做个蛋糕？”

“没关系，这不是有了嘛。”

“那你怎么也没想起来？”

“我……”

“是不是我生日你也不会准备蛋糕？”

“不是……老婆，最近是有点无聊，你也不用——”

“说我作就直说。”

“作。”

李燃一个大白眼翻过去，陈可立马求生欲满满：“儿子，我们吃大蛋糕咯。”

“蛋糕很甜的，想想能吃吗？”

“生日嘛，吃一点点没关系。”

“那就只吃一点点，你看着他哦。”

“知道啦，老婆大人，待会儿你拍两张照发给琴姐。”

李燃上下打量着老公：“怪不得我爸妈都喜欢你，还老嫌弃我，好人都让你做了……”

“老婆老婆，你留两句后面几天再说啊。来，我们先吃蛋糕。”待业男明星只盼家庭和睦。

想想坐在婴儿椅上，看着大蛋糕，戴着李燃DIY的生日帽，陈可和李燃给想想唱生日歌，一家三口氛围感十足。

李燃激动：“宝宝吹蜡烛。”

想想尝试了几次都没成功，李燃想帮忙，却被陈可阻止：“等我一下……”

陈可去厨房拿了一根短吸管出来，放在想想的小嘴边，鼓励他再试一次。果然，有了吸管吹起来就容易多了，想想一鼓作气把蜡烛吹灭了。

“哇——宝宝好棒！”李燃拍手。

陈可挖了一小块蛋糕，没想到还没送到想想嘴边，小家伙就迫不及待地张开嘴。

陈可惊讶："你怎么知道蛋糕好吃？"

李燃道："随我。我妈说，我小时候喂米糊过去，小嘴都闭得牢牢的，蛋糕过去，还没到嘴边，小嘴就张得老大。"

果然，想想尝了一口蛋糕就手舞足蹈起来，急吼吼地要吃第二口。两人一没看住，小家伙肉嘟嘟的手抓了一把蛋糕就往嘴里塞，熟悉的一幕即将重演……

无论如何，人生第一口蛋糕的滋味是如此美好，那便坦然接受吧。

想想午睡了，陈可夫妻二人终于有了片刻喘息的工夫。

李燃沏了一壶茶，看到陈可正在剥橘子。他剥得特别仔细，剥了两片，白色的橘丝去得干干净净。果然，只要有工夫，这洁癖还是会回来的。

李燃心想，这两片橘子一定是给她的。可没想到，陈可剥完后往小盘子里一放，丝毫没有递过去的意思。李燃心头一凉，看着陈可自顾自地继续剥橘子，完全没有搭理自己的意思，终于忍不住，问道："你不给我吃吗？"

陈可不紧不慢地继续剥橘子，不一会儿就把手上另外大半个剥得干干净净的橘子递给老婆："那两片太少了，这块大。"

李燃心头一热，吃着橘子，心中窃喜。

陈可刮了一下她的鼻子："小心思。"

"爸爸……"

谁？房内传来一声"爸爸"，让陈可和李燃睁大了眼睛。想想居然开口叫人了？！两人同时起身，一个箭步却不慎相撞，李燃一把推开陈可，想第一个冲进卧室。陈可也不示弱，一个纵身跨到老婆前面，抱起想想。

“儿子，你刚刚叫什么？”

“爸……爸……”

想想的小奶音把陈可的心都融化了，就算你天天打翻辅食爸爸也愿意擦！

李燃在一旁也是无比激动：“宝宝，我呢？妈妈，叫妈妈。”

小奶音：“爸……爸……”

李燃重复：“妈妈——”

小奶音：“爸爸。”

李燃皱眉：“是妈妈——”

小奶音：“妈……爸……”

李燃放弃。

韩天一基本康复，缓缓翻着手上的《傲慢与偏见》。这是杨嘉儿送来的。那日机场一别，两人未再相见。杨嘉儿只是在他家门口放了一些平日他爱吃的食物，以及这本《傲慢与偏见》，书里还夹着一个书签。

此刻，韩天一又翻到了那一页……他摸着书页，知道自己已笃定了。于是，他猛然起身，推门而出。突然，他停住了，眼前人竟是他所期待之人。

他凝视着她的眼睛，缓缓道：“我做好了要与你过一辈子的打算，也做好了你随时要走的准备，这大概是最好的爱情观——深情而不纠缠。”

这段话便是那一页的内容。

杨嘉儿站在韩天一面前。原生家庭都给他们带来极度的不安全感，曾经的他们一直保留着那份警惕，始终过度自我保护，而此刻他们愿意为了对方卸下心中的防线，成为彼此黑暗中的那道光。

她问：“我想知道……那晚是不是酒精作用……”

“我不是。”

“愿不愿意赌一把？”

“求之不得。”

缓缓地，两人紧紧相拥。

李燃一边吃薯片，一边刷朋友圈里的新闻。在家每天除了吃喝，就数关心国家大事最重要了。突然，她收到一条微信。是杨嘉儿发来的，微信里是她和韩天一双手紧扣的照片，还配了一句话：“除了祝福，啥都别说。”

陈可：“老婆，给我吃片薯片。”

李燃一边专心看手机，一边把薯片袋递给陈可，眼睛不离手机，缓缓道：“要纸巾……”

陈可递上纸巾，往薯片袋子里一伸手——空的！真是上辈子欠她的。

此时，陈可的手机响了。韩天一给他发了同一张合照，配文是：“哥们儿这次认真了。”

“老婆……”

“我看到了……”李燃放下手机，“这俩人就折腾吧。”

“我看挺好。是不是啊，想想？”陈可一回头，惊住了，“老婆，你别激动哦……”

李燃顺着陈可的目光看去……想想正坐在地上，低着头用妈妈的名牌口红在尿布上乱画……

“老婆，专家说不要在小孩子创作的时候打扰他……”

“哪个专家？你让他出来！”

李燃顿时感到晴天霹雳，那可是找代购才买到的色号！她深吸一口气，控制住自己的情绪，走到想想身边，蹑手蹑脚地拿回口红。

“宝宝，尿布不是画画的地方哦，你现在要去睡觉了……”她转头吼：“陈可——”

“到！”陈可快步上前：“儿子，我们睡觉去。”

想想还在试图抓回口红，却被陈可一把抱起：“趁你妈发飙前快逃。”

转眼，大半个月过去了。

为了培养想想独立睡觉的习惯，陈可和李燃准备趁他还小就开始过渡。于是两人趁着宅在家，把次卧的单人床拼接到了主卧的大床旁边，一张单人床的面积，怎么都够这小家伙折腾了吧。

可惜事与愿违，想想看中的还是那张六尺大床。他每天像小闹钟一样，6点就醒，然后爬到妈妈旁边推推她，要是妈妈没有反应，他就爬到爸爸旁边推推爸爸，还会用小手拍拍两人的脸。面对儿子的第一轮攻势，陈可和李燃都会采取无视态度。如果心情好，想想就一个人坐在床上发会儿呆；如果心情不好，他就直接吊起嗓门大叫。每到这时候，陈可和李燃就互相比忍功，但每次陈可都挨不过三轮，最后一定是他先起床，把娃抱出去，还会把门关上，生怕再吵到迷糊的李燃。

把想想带到次卧后，陈可会先帮他冲一瓶奶，再丢一堆玩具给他，然后躺在地毯上两眼无神地看着墙壁。可惜超不过十分钟，想想就会把奶喝完，拍掉玩具，爬到爸爸身上，陈可就开始给想想讲绘本。想想每次都要听他读半小时以上才肯罢休。而这时候也差不多7点了，李燃会起床接老公的班，继续陪儿子，陈可就去准备一家人的早餐。

每个清晨都重复着这样的流程，可这些远远不能满足人类幼崽的需求，于是想想开始了一些迷惑行为。这小子白天不怎么找妈妈，可是突然有一天，他晚上睡觉一定要枕李燃的枕头。就算睡着后，把他放回单人床，他半夜也会越过陈可，爬到妈妈的枕头上。软软的小身体扭来扭去，直到整个人霸占妈妈的枕头才罢休。李燃这边没有护栏，如果她不在，想想翻个身就会掉下去，所以最终的结果是陈可被赶到单人床上睡，想想在这张六尺大床上占领了自己的地盘，李燃却被挤到头只能沾一点床沿。

清晨，阳光正好。

李燃因为后半夜一直被想想挤，早上起来才发现半个脑袋悬空，脖子已经僵住，动弹不得。此时，她余光看到旁边已经睡醒的想想对着她邪恶地笑，正准备向她的脑袋发起进攻。

李燃大叫："老公——"

陈可在小床上被李燃的叫声惊醒。听见老婆的呼叫，他耷拉着眼皮坐起来，一套软趴趴的左右勾拳对着空气一阵乱挥。

"老公——快把想想拉走。"

陈可看到大床那头的老婆形势危急，顿时清醒，千钧一发之际，他一个纵身扑过去抱起儿子。李燃终于幸免于难。

"你怎么回事？"李燃护着脖子对想想嚷嚷，"晚上不好好睡觉，你看把妈妈弄成什么样了！我揍你，信不信？"

一开始想想还在笑，可是听妈妈越说越凶，他的小嘴委屈巴巴地噘了起来，眼泪大颗大颗地往下掉，接着就抱着爸爸号啕大哭。

李燃倒吸一口冷气："你还有理了……"

陈可护着儿子："老婆，你别和他生气呀，他又听不懂……"

"行啊，陈可，你有了儿子就忘了老婆……"

陈可仰天长叹——"美好"的一天又开始了。

在不知不觉中，想想又成了白天必须抱着睡的宝宝。李燃这小身板，只要抱十分钟，第二天手臂就抬不起来，所以这段时间白天抱想想睡的任务就交给了陈可。可现在小子的要求更高了，他不仅得抱着哄拍，嘴里还得不停地讲故事。

陈可已经把《小鸡球球》的故事背得滚瓜烂熟，他每次都会带想想去次卧，关上门，一边讲故事，一边抱着他在房间里来回踱步。

哄睡的过程漫长又微妙，想想不想睡的时候，陈可抱着他，他就对着陈可笑，一会儿用手指抠他鼻子，一会儿把小手往他嘴巴里送。每次看到想想不睡，陈可内心就很绝望，别说手臂受不了了，久而久之就连腰都酸得直不起来，再这样下去，以后威亚都吊不了了。

李燃也心疼老公，提议两人换着抱。可是想想已经习惯了陈可的抱姿和讲故事的语调，换个人他就开始作，整个身体在李燃身上扭，直到她妥协为止。

陈可经过无数次的挫折，抱睡已经抱出了经验：先要有仪式感，抱着想想去和厨房里的锅碗瓢盆一个个告别，然后来到次卧，关上灯，拉上半边窗帘。最重要的是，抱着想想的时候千万不能和他对视，讲故事也要慢慢降低分贝，让小家伙迷迷糊糊地犯困。

好不容易等娃睡着，就来到最关键的一步。娃被放在小床上的那一刻如果醒了，就等于前功尽弃，必须整套流程重来一遍！所以陈可每次脱手的时候都在心中默念“阿弥陀佛”。

或许这就是有娃后亲密无间又相互嫌弃的日子吧。

其实陈可一家已经避免了很多家庭矛盾。试想小区里遛娃联盟的几家，像玲玲家这种三代人住在一起的，还有像仔仔妈妈独自带两个孩子的，真是家家烟火气，家家有牛人。

玲玲正在地板上逗弟弟天天玩。

玲玲奶奶在厨房张罗，探头出来看到孙子在地上，赶紧跑出来抱起天天，对玲玲说：“地上冷，不好把弟弟放在地上的。”

玲玲不知道自己做错了什么，一下蒙了，眼泪在眼眶里打转。

玲玲妈妈过来，看到这个情况，赶紧抱抱女儿，对婆婆说：“妈，玲玲带着弟弟不会有事的，你这样紧张会吓到孩子的。”

“天天才五个月，我这不是怕女娃子没轻重，弄伤了吾孙子嘛。”

“您孙子也是玲玲的弟弟，也是我儿子，我们又不会伤害他。”

“吾不是怕万一嘛……”

玲玲爸爸从房间里出来解围：“没事，没事，我来抱天天。妈，您炉子上炖的是什么呀？”

“哟，我的汤。孩子他妈，你快来。”

玲玲妈妈随婆婆来到厨房。

“这是我特地为你煲的老母鸡汤，中午就给你补补，你可要多喝点哦。”

“谢谢妈……”玲玲妈妈似乎对刚刚的言语有些愧疚，可她刚转身就听见婆婆在后面自言自语道：“这下我家宝贝可有奶吃了。”

原来，玲玲妈这两天奶少了，天天的月份又大起来，最近的奶量已经满足不了这小家伙的胃口，他常常喝完奶还哇哇大哭。玲玲妈妈不禁在心里感叹：“这到底是给我补，还是为了她孙子呀。”

可惜事与愿违，中午玲玲妈喝了两大碗鸡汤也不见起效，奶量并没有增长。谁知道这荤汤还会增加堵奶的概率。玲玲妈妈在房间哄两个孩子睡觉，只听见客厅里二老对她颇有微词。

爷爷带着责问的口气说：“这妈妈没有奶，还能叫妈吗？都把吾们家孙子饿坏了，如果真把天天饿坏了，我可饶不了她。”

奶奶也在一旁帮腔：“结婚前我就看出来了，胸就这么点，奶水少，苦了吾孙子啊。”

玲玲妈妈在房间里看着两个熟睡的孩子，心里不是滋味，这三代人二十四小时处在一起，真叫人窒息。

无奈，就算再堵心，日子还是得过啊。

两岁的元宝在家里来回跑，他穿着厚厚的棉衣棉裤，小脸通红，玩起来小胳膊小腿都已经施展不开。

“元宝来，爷爷给你披件小马甲。”

元宝妈妈实在看不下去，上前阻止：“爸，元宝已经穿得太多了，你看他一头的汗，这样出去一吹风就要生病的。”

“开玩笑嘞，现在出得去弗啦？你说要开窗透透风的呀，你别看出太阳了，现在这种风，少穿一件吹了都要感冒的。”

“那穿得也太多了呀……马甲真的不能再加了。”

元宝爷爷气呼呼的，穿也不是，不穿也不是。看到自己儿子走过来，他把马甲往他身上一扔："元宝感冒了就找你！"

元宝爸爸刚睡到自然醒，打着哈欠，一副事不关己的模样，还埋怨老婆："你和老头子争什么啦。"

"那你看元宝已经穿这么多了呀……"

"好了，好了。早饭吃什么啊？"

"早饭？你直接吃中饭吧。"

…………

小星星和想想一样大，但他比想想走路走得早，已经可以不扶东西自己走几步。小星星最近总是很排斥吃饭，每到午饭时间都是一场大战。

小星星奶奶："宝宝来，我们开饭啦。"

小星星一听吃饭，又要逃。爷爷抓住他，放到婴儿椅上坐好。

小星星妈妈问："妈，我准备的宝宝盘子、勺子和叉子呢？"

"那些东西又不好用，收到厨房了。"

"星星已经一岁多了，要训练他自主进食了。"

"这么小的孩子，你怎么指望他自己能吃饱啊，男孩子要多吃点的。来，奶奶喂。"

小星星妈妈说不过婆婆，只好回卧室，眼不见为净，这样的对话也不是第一次。

可是奶奶给小星星准备的午饭实在太多了，除了辅食，还有一小碗剥好的虾仁、几片牛肉、一碗蔬菜汤和一盘水果。怪不得小星星看到吃饭就怕，这么小的胃怎么消化得了。

果然还没吃几口，小星星就撇着小嘴不愿再张开，一会儿要下去走一圈，一会儿又要拿小汽车。奶奶和爷爷连哄带骗，这顿饭还是吃了一个多小时。

吃完饭，小星星爸爸主动提出要洗碗，可是奶奶一百个不乐意！小星星爸爸想做家务，奶奶都不会让他动手。甚至有时候一些需要搬运的体力活，她宁可叫上小星星妈妈和自己做，也不舍得叫儿子干。家里每天烧的菜也都是重口味的，只因为她自己儿子爱吃。

有时候不是儿辈不愿长大，而是做长辈的不愿放手，就这样活生生剥夺了一代人成长的权利，可悲可叹。

遛娃联盟各有各的日子，但一眼望去，整个小区里最惨的要数仔仔妈妈。过年前，她老公在外地得了流感，一直没回家。从过年到现在都是仔仔妈妈一个人带两个娃，这绝对是对体力和脑力的双重考验。

仔仔妈妈在家别说化裸妆了，忙起来时经常蓬头垢面。往往早上起来帮两个孩子梳洗完毕，给他们吃好早饭，再把中午和晚上的食材准备好后才发现自己不仅饿着肚子，甚至连头发都没空梳，曾经那个元气辣妈如今不见踪影。就算是这样，仔仔妈妈居然一个人扛过来了，两个孩子还养得白白胖胖，仔仔的早教、绘本、游戏一天不落，此母简直可以“封神”。

星月交辉，天上的星星围绕着月亮忽闪忽闪，甚是浪漫。但当妈后，看到此等良辰美景，可能只会想到《Twinkle Twinkle Little Star》吧？

睡前，李燃陪着想想讲了一个多小时绘本，口干舌燥。好不容易把娃哄上床睡着，她又拿出小剪刀给睡熟的想想剪指甲。

为了配合想想手指的位置，李燃趴在床上，各种奇怪的身形和动作都用上了。握着儿子小小软软的手，她不禁感慨，这娃还是睡着的时候最可爱。

宅家的每一天都有意料之外的事发生，每每让陈可夫妻惊喜不足、惊吓有余。一天忙到头，李燃和陈可双双累瘫在沙发上。

“老公，你说，生活除了一地鸡毛，还有什么？”

陈可悠悠飘出一句：“满目疮痍……”

李燃转头看他，两人对视，笑了起来，此刻的坦率如此默契。

带娃的每一天都劳心劳累，队友间的理解尤为珍贵，被柴米油盐消磨的人生或许单调，但身边有爱人陪伴，此刻便是晴天。

这般琐碎的日子此刻或许叫人厌嫌，谁又知未来是否会成为惦念。

只是这般琐碎的日子如同生命一般，每一刻都在倒计时。

第二十章

承认自己是一个平凡人，真的这么难吗?

小区的玉兰花已经开满枝头，粉粉的，掩盖了生活的底色。

想想一大早吃饱喝足，在房间乱爬。突然，小家伙扶着茶几站起来，在那儿一动不动。

“老婆，倒水。”

“倒水干吗？”

“想想拉㞎㞎了。”

“你怎么知道？”

李燃刚问出口就闻到了一股熟悉的气味，心道，还真是。

如今，陈可换尿布的手法相当娴熟。他一边擦屁屁，一边观察㞎㞎的颜色和形状。李燃不动手，只在一旁瞎指挥，还嫌弃陈可没把想想的屁股擦干净，她硬是把想想穿好的纸尿裤脱了再看一遍，确认小屁屁干净后才肯罢休。

陈可在心中呐喊：“老婆，拜托你快点上班去吧！”

手机振动，李燃抬眼：“老公，人事通知回去办公。”

“太好了。”陈可激动。

“你这么希望我去上班啊？”

“不不，”陈可赶紧解释，“老婆，你干起事业来浑身都散发着无穷的魅力，这些日子在家实在是太屈才了，我都为你可惜。”

“是吗？”李燃疑惑又窃喜，“还好啦。”

女人啊，无论何时都是爱听好话的。

清晨。

李燃在穿衣镜前匆忙整理仪容。居家办公这么久，还真有点不适应早上出门的节奏。想想一点都没有妈妈要去上班的概念，还处在无所忌惮的状态。他看着妈妈打扮，很是好奇，趁其不备用嘴叼了她的一只袜子就疯狂在地板上爬。

绝对不能低估人类幼崽的体力。想想爬得简直比跑还快。李燃袜子穿了一半，就踮着脚去追想想，场面一度陷入混乱。

陈可一把截住儿子，把他抱起，抽出他口中的袜子："你小子，真是什么都往嘴里塞啊。"

陈可把袜子递给老婆："快去吧。"

"你一个人带他，行不行啊？"

之前的李阿姨年后一直待在老家，就在老家当地找了新东家。虽然没有育儿嫂帮忙，但陈可在心里偷笑：一个人带娃才爽呢！只是他求生欲很满，嘴上依旧说着："你不在，我肯定不习惯，可是你要去公司，也没办法，儿子就放心地交给我，保证饿不着。"

"那就辛苦老公了。"李燃按捺住激动的心情，亲了陈可一下，又搂搂儿子："妈妈上班班咯，晚上见，爱你哟。"

李总监出门，呼吸着没娃的空气，激动得想哭……

发动机的声音极其异常，就像人类一样古怪。李燃暖了好一会儿车，才踩下油门。

李燃把车开出小区，在高架上驰骋，她握着方向盘，有一种恍如隔世的感觉。

再次踏入办公区，敞开区异常安静。李燃走进自己的办公室，小张随后进来。

“李总，咖啡。”小张把一杯拿铁放到李燃的桌上。

“谢谢。”

“您听说了吗？林总在台湾，一时半会儿回不来了。”

“David？什么原因知道吗？”

“具体不清楚，他部门的小封说得含含糊糊的。”

家中。

陈可的视线从儿子熟睡的脸孔转到其身后的一片狼藉：散落的玩具、喝空的奶瓶、满是奶渍的口水巾……这都是想想在家折腾一上午的战绩。陈可双手叉腰给自己打气：“亲生的。”

待他整理完“战场”，抬头看到穿衣镜里的自己，愣住了……已经好久没去见过理发师了，别说发型，头发再长点都可以扎小辫子了，再加上一脸胡楂，真是有种大艺术家的气质。

陈可一捋头发，得意一笑：“还是这么帅。”

收拾完，就要开始准备儿子中午的辅食。陈可走进厨房，拿出手机，打开辅食菜谱，今天要挑战做香蕉松饼和三文鱼厚蛋烧。

“鸡蛋两个、三文鱼50克、西兰花一小颗……香蕉一根、牛奶100毫升、鸡蛋一个……”

陈可穿着围裙边念菜谱边准备食材，活脱脱一个奶爸模样。

经过不断修炼，陈可的厨艺已经大有长进，现在他不仅要让想想吃饱，还给自己立了让想想吃得香的高目标。他手法娴熟地将香蕉米糊下锅，敲开两个鸡蛋准备做厚蛋烧，似乎一切都在掌握中。可惜少个人在家带娃的状况毕竟不同，突然，屋内传来想想的哭声。

原来想想在午睡中途醒了，他睁开眼睛，不见旁边有人，就哭了起来。陈可穿着围裙，手里还拿着打蛋的碗和筷子就跑了进去。想想看到爸爸，激动地扶着小床站起来，哭得更凶了。

“宝贝，爸爸来了。”

陈可立马放下碗筷，脱下围裙，结果这围裙的带子挂到了筷子，两支筷子噼里啪啦掉在地上。陈可顾不得捡，赶紧抱起想想安抚。

完了，锅里还在煎香蕉松饼！真是越忙越乱。

陈可抱着还在狂哭的想想冲到厨房，果然闻到了煳味。他立马关上燃气，香蕉松饼已经成了香蕉炭饼。

“儿子，咱们中午再多喝点奶吧……”

想想尴尬一笑。

一个人影在李燃办公室门前徘徊良久，最终传来两记敲门声。

“李总……”

李燃抬头，见是Cindy，她停下手中的工作：“进来。”

Cindy走到李燃的办公桌前，却迟迟未动。

最终还是李燃先开了口：“我听说David还没回来。”

“是，李总……之前是我不好……我只是想努力工作……”

李燃看出Cindy想回来继续跟着自己。Cindy是她从实习期就开始带的人，感情自然不一般，但倘若接受了上次的背叛，就意味着突破了自己的底线。李燃年纪轻轻就能做到市场部总监，靠的是在工作上杀伐果断。之前在David面前对Cindy手下留情，是念旧情；此刻不为她破例，是守原则。李燃面对眼前的这个小姑娘，唯有遗憾。

“好好干，说不定你们林总很快就回来了，即使他不回来，也一定会有新的领导来安排你们的工作。”

Cindy眼泛泪光，她当然听得懂李燃的意思。

成年人不该奢望别人的救赎，每一次的决定都会改变人生的方向，对与错都是成长的代价，承担与妥协都是人生的必修课。

厨房和餐桌一片狼藉，陈可顾不得收拾，趁着天好准备先下去遛娃。他一边抓着想想穿衣服，一边念叨："爸爸今天做的厚蛋烧不错吧？跟着我，保管你小子以后吃香的喝辣的。好了，在家里这么久，今天就带你出去放风。"

只怕是陈可自己憋不住了吧。他快速帮想想穿好衣服，放进推车，自己随意拿起一条运动裤套上，发现腰带居然紧了！陈可脑门上犹如一道闪电劈过，他摸摸自己腰上的一圈肉，心道，不会这么快就成油腻大叔了吧？一定是睡衣穿太久了，吸口气试试。果然，吸口气还是能穿上的，虽然勒得慌，但只要上衣一遮，他还是全小区最帅的爸爸。

经历了一上午奋战，陈可也懒得捯饬头发，但形象不能放弃。有了，帽子！儿子也来一顶。

就这样，陈可和想想戴着同款棒球帽准备下楼。

突然，手机响了，陈可打开看了一眼。剧组不会这么快开机吧？算了，先搞定眼前的事再说，他推着推车出门。

"儿子，我们走咯。"

小区的梨花、杜鹃都开了，春意盎然。

陈可推着想想在小区里慢悠悠地溜达，阳光肆意地洒在他们的脸上、身上。陈可抬头、闭目，深深地吸一口气，睫毛微微颤抖，口罩也遮不住他偶像剧男主角级别的侧颜。

不知不觉走到了花坛边，陈可在不远处看到了玲玲和元宝。元宝依旧是爷爷带着，玲玲今天由爸爸带着。两家人都戴着口罩，离着几米远，保持着安全距离。

玲玲跑过来拍了拍想想的胳膊，嘴里还叫着"弟弟"。玲玲爸爸也跟着过来，和陈可说："想想爸爸，你在小区里很有名啊。"

陈可谦虚道："哪里，你们才是英雄，带两个娃，我都不敢想。"

"谁说不是呢。她奶奶前两天腰还扭伤了，还好我现在居家办公，还能搭把手，不然两个娃在家真的要人命。"

扎堆果然是遛娃人的特性。两人正说着，元宝和爷爷也往这边来了。

元宝爷爷看到陈可就说："小陈，你让我们家闹矛盾了。"

陈可一脸茫然。

元宝爷爷继续道："我原来都不晓得你还蛮红的嘛。我儿媳妇喜欢你！她在家没事就看你拍的电视剧，还拿我儿子和你比。"

陈可连忙解释："角色和生活不一样的。"

玲玲爸爸也凑过来："男明星，刚刚还不好意思说，给我几张签名照吧。"

陈可有点腼腆，还好不是当场合照，今天这身打扮有损男明星形象呀。

大家聊着聊着，焦点又回到娃身上。三家人正在为宅家带娃大吐苦水，都说在家里憋坏了，还在讨论为什么小孩子晚上睡不好……

这时，小星星的爷爷经过，他看到想想，忍不住上前逗他。

"你儿子好像胖了点嘛。"

"是吗？"陈可心中得意，谁让他做的辅食那么好吃呢。

"你们家的呢？"元宝爷爷问。

"哦……"小星星的爷爷欲言又止，"那边要带，接过去了。"

小星星的爷爷虽然嘴上说自己解放了，但是看到其他人都在带娃，表情有几分落寞，和大家聊了两句就准备走。临走时，他半摘下口罩，打了个喷嚏又戴上，还向大伙儿招呼。殊不知旁边的人都躲得远远的了。

李燃在公司处理大小事务，很多项目进程缓慢。年前有两个李燃接手的项目该收的尾款一直没有下文，今天，其中一家公司的副总亲自登门同李燃协商。

"李总监，真是不好意思，我们的项目款也被人拖着，只好来和您商量再宽限几天。"

"何总，你们的尾款原本是年前就要结清的……"

"我知道，我知道。不瞒您说，我们同行倒闭的都好几家了，我们还在尽力维持公司的运营。这下面几十个人，不能让大家都去喝西北风啊。”

“你们企业的信誉，我们一直是信得过的，今年的难处，大家都理解，但你们这样，我也很为难。”

“我明白。李总，我这次真的是很有诚意来和您商量的，我们之前的合作从来没有过拖欠款项的情况。我保证，不出一个月，一定付清你们的尾款。”

“何总，我个人是非常理解您的，但是我们公司也有自己的财务制度……这样吧，我和财务商量下，尽量给你们通融，但是一个月肯定是最后的期限。”

“明白，明白。多谢李总！”

“不要客气，也是因为你们在业内的口碑，我才做担保，您可别让我在公司为难。”

“您放心，一个月内一定付清尾款。”

“那就好。”

“李总，要不要一起吃晚餐？”

“不用，还要回家带娃。”

李燃脱口而出的一句话，令何总一愣，原本他只是客气两句，却被李燃的话惊到了。看着何总微笑着告辞，李燃转身懊恼不已。丢人啊！这绝对是宅家后遗症。

“你能想象吗？我居然脱口而出要回家带娃。”李燃关上办公室的门，打电话给闺密杨嘉儿吐槽，“一定被人笑死了。”

“哈哈哈哈哈……没事，咱们现在激素还不稳定，三年后又是一条好汉。”

“你还指望我傻三年呢？杨嘉儿，你笑这么淫荡干吗，你在哪儿呢？”

“没……天一，别……”

李燃叹了一口气，只听见话筒那端又传来一阵打闹声。她真是后悔打这个电话，和恋爱中的女人显然无法正常沟通。

“行了，你俩好好过吧。”李燃挂了电话。

电话那头的杨嘉儿正在切菜，韩天一帮她拿着电话。

“挂了……都怪你。”杨嘉儿继续切菜，只听她自言自语道，“李燃以前工作起来可不要命了，没想到生了孩子完全变了。”说着不禁打个冷战，“生娃真可怕。”

韩天一好像没在意她的话，只是从后面抱着她，从耳垂慢慢吻到脖子。

“别闹，在切菜呢……”杨嘉儿侧过身，“你明天出差的东西都整理好了吗？”

“不去了。”

杨嘉儿刚想问，就被韩天一堵住了嘴。

原来，韩天一在新加坡和星朗集团的合作出了问题。一家新公司假意和韩天一竞争，而星朗集团在合同上玩文字游戏，让韩天一吃了哑巴亏。这一切都是任总设的局。韩天一拒绝合作，完全在他意料之外，韩天一这一招挡了他的道。而李冬尔因为利益，被任总收买，在新合同上忽悠了自己兄弟，导致这个项目亏本，韩天一损失惨重。但这一切他都没有告诉杨嘉儿，因为他希望自己爱的人和他在一起感受到的只有安稳和幸福。

韩天一拿下杨嘉儿手中的菜，放到一边，一把将她抱起……

“走咯——”

“干吗，你放我下来！”

“你说干吗？”韩天一鬼魅一笑。

“大白天的……”

韩天一才不理会这种无力的抵抗，他抱着杨嘉儿直冲卧室，没娃的人就是想干吗就干吗。

太阳落山，陈可在厨房里做晚饭。

汤已经在炉灶上煲着，最上面铺了一层金针菇和豆腐，盖上锅盖，就等着老婆回家了。

想想在围栏里啃书，陈可走过去："儿子，书是看的，不是吃的。来，爸爸给你讲。"

陈可刚拿起书，手机就响了。

是Sam。

陈可把书还给想想："儿子，你再吃一会儿吧。"

陈可接通电话，那头传来熟悉的声音："老陈，最近怎么样？"

"在家带娃。"

隔着手机都能感受到Sam在翻白眼。

"你再这样下去，以后都没有偶像剧找你了。"

"演爹，我更有经验。"

"你现在倒是会讲冷笑话了。和你说正事。我刚问了林西，还好我们没开机，我听说开机的几个剧组损失惨重。不过，这会儿都动起来了，我估计咱们这戏下个月怎么着都得开机。你准备准备，该减肥就减肥，该锻炼就锻炼。"

健身？这可是男明星的强项……曾经的强项……

陈可挂断电话，低头一看，想想正歪着小脑袋看着他。

"儿子，爸爸后面要出去拍戏，你要在家保护妈妈哦。"陈可刮了一下想想的鼻子，"乖乖待着，爸爸去看看汤好了没有。"

陈可回到厨房，套上手套，打开锅盖，香味随着白雾扑鼻而来。锅里的汤咕噜作响。他透过纱窗，看到老婆已经到了楼下，便拿起勺子尝了一口，念道："正好。"

李燃进门，洗了手就迫不及待地去抱想想："宝贝——妈妈回来啦。"

"老婆，我也要抱抱。"陈可穿着围裙从厨房出来。

"起开。"李燃一把推开陈可，抱起儿子亲了又亲："宝宝，妈妈一天没看到你，好想你呀。你有没有想我呀？”

想想看到妈妈，激动得手舞足蹈，还一个劲儿地咯咯咯笑，李燃把他搂到怀里，又是一阵亲。

“你也一天没见到你老公了，想不想我呀？”

“想。”

“太敷衍了。我不管，爸爸也要。”说着，只见身穿围裙、手拿铲子的陈可伸开两只长长的手臂，一下将老婆儿子搂在怀中。

再酷的人在家人面前也是另一番模样。

又见夕阳西下。

被窝里，李燃正在给想想讲睡前故事。

“波米诺看到了好多颜色，有蒲公英让人心安的白色、萤火虫飞舞流动的黄色、夕阳西下的橙色、幸福土里土气的粉色、薰衣草让人眩晕的紫色、梦境的蓝色、春天破土而出的绿色……宝宝最喜欢什么颜色呀？”

想想窝在妈妈的怀里，小手不停地拍着绘本。

“想想最喜欢波波了，对吧……”

李燃正给想想讲着绘本，一旁的手机开始振动。李燃拿起手机，查看公司群的信息。这时候想想抓起妈妈的手机就藏到被子里，嘴里还说着“哇哇不看”。好家伙，之前叫妈妈是“妈爸”，现在变成“哇哇”了，这个“妈”字到底什么时候能发出来啊？李燃哭笑不得。

“好，不看。我们继续讲波波……”

陈可听到卧室没声音了，轻轻地走进去。果然，想想已经在李燃怀里睡着。李燃把想想慢慢放下，小家伙翻了个身，找到舒服的姿势继续睡觉。

李燃坐在床边看着儿子感叹：“老公，我觉得很幸福。”

“你忘了这小子怎么折磨我们的啦？”

“那也是亲儿子，难道你的幸福不是有我和儿子吗？”

“我的幸福是煲了两个小时的汤好了，而这时候你开门进来。”

陈可随口的一句话惊醒了李燃，原来幸福是如此简单，然而这般简单的幸福能满足浮华尘世中的自己吗？承认自己是一个平凡人真的这么难吗？我们一生追求的到底是什么？

第二十一章
她要泡你，你不知道啊？

7月的午后，树叶遮挡着阳光，叫人心痒痒。

李燃公司的几个项目都推进得很慢，不时传来同行倒闭的消息，更有传言说公司可能会裁员，搞得人心惶惶。

陈可已进剧组多日，李燃本想再找一个育儿嫂，但琴姐说，白天就她和想想两个人，忙得过来，而且新的育儿嫂来家里也得有个人看着，还不如她自己带。李燃觉得在理，而且自己妈妈的性格，她最了解，多个育儿嫂反倒给自己找麻烦。于是，琴姐平日白天来帮忙，周末休息一天，母女搭档带娃，倒还和谐。

照理说，家里相安无事，陈可应该安心拍戏才对。殊不知剧组里的幺蛾子一出接一出。

早在年前陈可就提出这部戏的剧本还需调整，虽然后续林西给了Sam一个根据陈可意见修改的新剧本，但没想到进组后，陈可发现实际拍摄用的还是老剧本，他反馈几次都无果。

陈可和经纪人Sam在房间里争论，他把剧本往桌上一扔："这个剧情发展真的很有问题，我没办法往下演。"

Sam第一次见陈可发这么大脾气，也知道是剧组的问题，但目前已经拍了四分之一，他只能好言相劝："我知道都是剧本的问题，我和林西也说过很多次了，但他一直和我打太极……"

“Sam，我是认真的。后面剧情直接把男主写成小三，这怎么演？”

“兄弟，”Sam长叹一口气，“你知道这部戏最大的投资方是谁吗？”

“我管他是谁。”

“唉，我也是刚刚打听到的消息，这部剧最大的幕后投资方是郑鑫！”

郑鑫？这部剧的男二号！什么情况？

Sam继续道：“他看上顾珊珊了，可是顾珊珊看不上他。所以这小子为了博美人欢心，一发狠就为她投资了一部戏，还搭了最好的班底。兄弟，这才叫真正的大手笔啊！”

陈可看他越说越带劲，但方向不对，怎么把郑鑫捧成痴情汉了？不过，陈可此时才恍然大悟，原来是公子哥出钱捧女人，把自己当配菜。

“那干脆他自己来演男主，还找我干吗？”

“不是你之前的‘官宣’搞得轰轰烈烈嘛，人家看中你好男人的优秀品质，想着你肯定只管演戏，不会对女一号有啥念头……看中你‘安全’！”

陈可气不打一处来：“你知道？”

Sam立马㞞了：“我猜的。”

M集团。

李燃拿着一杯咖啡走进公司。一路上同事好像都在背地里窃窃私语，是在议论她吗？李燃有些疑惑。

办公室内，李燃刚放下咖啡，座机就响了。

“喂？刘总……好，我马上来。”

一大早就找她……李燃想到同事们异样的眼神，心里一咯噔，不会裁员裁到自己头上了吧？

李燃整理衣衫，敲了两下总经理办公室的门。

“刘总。”

“李燃啊，来，坐坐。”

无事献殷勤，非奸即盗。李燃在刘柯对面坐下，看着眼前对她微笑的男人，感觉浑身不自在。

“李燃啊，宝宝多大啦？”

“快十八个月了。”

“哦，一岁半……正是要妈妈陪伴的时候。”

是要姐姐回家带娃吗？李燃皱眉。

“是这样，你也知道今年的情况对我们这个行业冲击很大，老陈他们几个连公司都没保住。我们呢，虽然有集团这座靠山，但情况也不容乐观。”

“是，大家都不容易。”

“所以呢，有个事情想和你商量……”

看着刘柯欲言又止，李燃反而释然了，不就是劝退嘛：“刘总，您有话直说。”

“你宝宝还小——”

“我理解。”刘柯话没说完，李燃忍不住脱口而出。

“你知道了？那太好了，我还怕你有顾虑，不肯去呢。”

“去……哪里？”

“北京。总公司有个项目要在北京竞标，原本是北京分公司牵头，但他们王总在国外，一时半会儿回不来，所以总公司要我们和北京分公司合作，出一个有经验、有能力、有把握能拿下大单的人，去北京牵头做这个项目。我思前想后，觉得全公司只有你能胜任。”

李燃诧异道：“去北京？多久？”

“快则三个月，慢则半年，要看项目推进的情况。”

怎么可能？！老公在拍戏，难道要靠琴姐一个人带娃……

“去北京恐怕——”

“李燃，这个项目对公司很重要。你也知道我们行业不景气，如果公司可以拿下北京这个项目，那就可以解我们的燃眉之急。”

如果是曾经的李燃，一定会毫不犹豫地答应，越是有挑战的工作，对她来说就越有吸引力。但如今经过这段一家人朝夕相处的日子，李燃事业与家庭这座天平似乎已经不自觉有了倾向。虽然之前二十四小时带娃的日子无时无刻不叫人崩溃，但一家人就在这种“公不离婆，秤不离砣”的日子中变得更加亲密无间。李燃开始享受这种从未经历过的家庭生活，老公为了这个小家牺牲诸多，她怎能只考虑自己？

一瞬间，李燃的脑海中出现了无数和想想在一起的画面：想想趴在她身上睡觉的样子，想想对着她咯咯笑的样子，想想打翻东西就疯狂爬走的样子……要离开儿子三个月，她真的无法想象。

李燃最终做出了决定：“刘总，感谢您的信任，我也很愿意为公司分忧，但要离开上海工作，恐怕现阶段的我还不能胜任。”

刘柯有些意外，随即皱了下眉……

阳光明媚的午后，李燃和闺密杨嘉儿在自家阳台用下午茶。自从升级当妈，李燃出门的机会越来越少，和朋友聚会的时间也寥寥无几，也就杨嘉儿每次都迁就李燃的时间，不愧是好闺密。

杨嘉儿看着李燃恍惚的样子，关心道：“什么情况？心不在焉的。”

“没什么，一个工作的机会……”李燃欲言又止。

三天前，刘柯找李燃谈去北京的事情。

原来，那天李燃回绝后，走出办公室的那一刻，刘柯还说了一番话：“你先别急着回绝我。这次是一个挑战，也是一个难得的机会，你去北京的职务是代理副总经理，回来后……公司副总的位置空了很久，你如果能顺利拿下北京的项目，那我就有充分的理由向集团报告，我说的意思，你应该明白。”

杨嘉儿激动道：“这个副总的位置，你等很久了，这么好的机会，就这么放弃了？”

“你别说了。”李燃狂挠头。

“你和陈可商量了吗？”

“我没告诉他。他在剧组，我不想打扰他。”

“没告诉他？！”杨嘉儿惊讶道，“陈可应该不会拦着你呀。”

“就是知道不会拦才没说。我走了，想想怎么办？让琴姐带，还是把他叫回来？”

“这还真是伤脑筋。”杨嘉儿转念一想，“让陈可爸妈回来帮忙呢？”

“我婆婆不是华人华侨联合会的副会长嘛，前阵子流感，他们老两口忙着在那儿宣讲中药功效，前阵子还让陈可寄了好多中成药过去，大大小小的事情，忙得不可开交，我怎么好意思叫他们回来？”

“这倒是，万一回来了，带娃起冲突更麻烦。”

此时，韩天一来了电话，他出差提前回来了。李燃催促着杨嘉儿赶紧去过二人世界，还不忘嘱咐：“北京这事儿就你知道，别大嘴巴。”

剧组。

陈可知道男二号的动机后，回想导演对郑鑫的态度，才明白导演对剧本的“宽容”全都事出有因。反倒是女一号顾珊珊对剧本很不满意，几次都是她出面要求再修改。

今日正要拍一场男一号和女一号的重头戏。原剧本中只有男女两个主角的戏，但郑鑫非要把自己塞进去，变成安慰女一号的人。结果，顾珊珊直接在现场发飙，这位姐姐的暴脾气可是娱乐圈里出了名的。

“导演，这场戏什么时候改的，和我之前的剧本不一样？”

“我亲爱的珊珊姐，这里加了男二号的戏份，可以有个转折，为后面做铺垫。”看来这个导演已经被摆平了。

郑鑫早已做完妆发，看到这番情形，他赶紧上前补话：“珊珊，导演说得没错，剧情要有起伏才饱满。”

“行，那你自己饱满吧。”顾珊珊把剧本往郑鑫身上一扔。

周围一圈工作人员都看着，这位女主角对几千万元的殷勤毫不买账，完全不给郑鑫面子。

房车上，Sam正看着手机傻乐。原来他的眼线一直在给他做“现场直播”。

一旁低沉的声音问：“怎么了？”

“你看看！”Sam把手机里的现场图给陈可看，“这个顾珊珊可以啊。”

“郑老师还挺执着。”

“说不定那小子就好这口辣的。”

“其实顾珊珊还算专业……”

“大哥，你要不要这么单纯啊！”Sam一脸夸张地道，“她要泡你，你不知道啊？！”

“你别乱说。”陈可心想，虽然本人当爹后还是很帅，但这事儿也太扯了。

“你不觉得顾珊珊在现场很维护你吗？她还时不时让助理给你送吃送喝，上次不是还想邀你去她房间聊剧本嘛，见着我都尴尬了……我和你说，这姐们儿不简单，她和郑鑫肯定有一腿，还在人眼皮子底下明目张胆地勾引你。”

怪不得郑鑫对自己老是摆着一张臭脸。陈可好像在回忆什么。

Sam继续道：“对了，顾珊珊好像也是S学院的。”

“比我小两届。”

“你们认识啊？”

陈可还未开口，副导演就来敲门了。他特意告知陈可下午的拍摄已经取消，顾珊珊称在剧本调整好之前不去现场，把导演给急得团团转。

晚上，Sam从陈可房间出来，无意间看到郑鑫进了顾珊珊的房间……Sam暗自祈祷：“求求你俩，晚上快和好吧，别再祸害我们家陈可了。”

翌日。

陈可做完妆发，来到现场。今天继续拍摄男女主角的重头戏。原本剧本里有一场吻戏，但被导演现场删掉，说要先给观众留点悬念。顾珊珊瞪了一旁的郑鑫一眼，虽不乐意，却不再说什么，看来昨天晚上她被喂了不少糖衣炮弹。

灯光、道具准备就绪，演员就位。

导演："Action（开机）！"

一开机，陈可就表现出专业演员的素养，立马进入状态。顾珊珊虽然演技一般，但在对手的带动下也表现得可圈可点。

拍摄现场很安静，两台摄影机同时捕捉演员细腻的表情。男女主角被迫分开，正在痛苦地道别……男主角黯然离去，女主角痛苦地倒在地上……此时，男二号出现，狗血桥段即将上演。

郑鑫念了几句台词，猛地一把将顾珊珊抱在怀里……

显示器前的导演和陈可都惊呆了，剧本里根本没有这个情节！现场加戏，假公济私也太明显了吧……顾珊珊先是一蒙，随即一把推开郑鑫。删了一段吻戏，给自己加个抱抱？有钱也不带这么玩的。

"导演，剧本里没有这场戏，我要求重拍。"顾珊珊毫不顾忌郑鑫的感受，继续道，"刚刚男女主角的吻戏，还是要加回来。"

隔着显示器也能看出郑鑫的脸都绿了。陈可也尴尬，心想："你俩斗，别把我拉上啊。"其实剧组的人都知道郑鑫和女主角私下的关系，他大可不必这样给自己加戏，但这位公子哥执意如此，像在宣示自己的主权。可他忘了顾珊珊只会陪他一时，破坏游戏规则的人迟早会被踢出局。

夜深，陈可收工回酒店。空气很安静，他听到有个声音在叫他，周边却不见人影。正要进大堂时，他又听到一侧有个女人叫他的名字，陈可转头——是顾珊珊。

顾珊珊手里夹着一根烟，似乎还有一些醉意。她又说了一句话。陈可只听清她最后问他“怎么看”。他不想掺和她和郑鑫的事，但现在刻意保持距离也很奇怪，毕竟顾珊珊对他没有恶意。

陈可走了过去：“明早还要开工，早点休息吧。”

顾珊珊问道：“陈老师怎么会接这种戏？”

“意外。”陈可不带感情地回答。

“我说呢……”顾珊珊似有几分醉意，她撩着陈可的衣角，“进组这么久想老婆了吧？……”

真要泡他？太赤裸裸了吧。

宾馆大门前的草丛边停着一辆面包车，副驾驶座上正是郑鑫。他看到这一幕，简直气炸了，心想，老子投了几千万元，真像喂狗了，还不知道怎么和家里老头子交代呢！

“弄他！”郑鑫对着旁边的助手说。

“懂。”司机兼助手小李一脸淡定，看来类似的事干过很多次了。

“气死我了，走走走！”

看着陈可和顾珊珊走进酒店，面包车飞驰而去。

到了陈可的房间门口，顾珊珊借着酒意向陈可投怀送抱。

要不要这么老土？陈可本能地两手一推，顾珊珊整个扑倒在地。

“你至于吗？我真起不来了，拉我一把。”

陈可打开自己的房门，对地上的顾珊珊说：“明天见。”

男人冷漠起来真是无情，顾珊珊原地气炸。

周末。

李燃在家里手忙脚乱地做午饭，想想在围栏里啃书，小家伙对此乐此不疲。

“你外婆怎么还没来？”李燃拿着铲子出来，像在对想想说话，又像在问空气，“想想，你再啃书，午饭就吃不下了！”

两小时前。

李总催促着琴姐：“你怎么还没走啊？”

“走了走了，我下个单就走。”最近琴姐迷上了看直播，每天睡觉前都要看一看才舒心，没想到周末的白天主播也不休息。琴姐看到她在介绍真丝连衣裙，忍不住又下了一单。

每一次网络革新都会产生新玩意儿，如今看短视频成了一种惯性消遣，直播行业势头更甚。

门铃响了，李总去开门：“肯定又是你的快递。”

果然，快递员把一个大包裹送进了门。

“这么大个包裹，你买什么啦？”

“我在直播间买的大衣呀，现在反季好划算的。快快快，我拆开看看。”

“你回来再拆嘛，你慢点——”

李总话没说完，激动地小跑过来的琴姐没稳住，左脚一踒，右脚一扭……他冲过去都来不及扶，眼看着老婆重重摔倒在地，紧接着一阵哀号。

“脚……脚……”

“哪里痛？摔哪里啦？”

“别！别动我！”

看着老婆痛苦的表情，李总动也不是，不动也不是，急得头绪全无，他慌忙拿出手机，拨打李燃的电话。

琴姐倒在地上还不停地甩手：“依打给囡囡组撒啦？”

李燃头上歪歪地夹着一个鲨鱼夹，手上端着辅食碗，正在和想想讨价还价。

“再吃三口，再吃三口就不吃了。”

“噗噗噗……”

“要吃的，来张嘴，啊——”

“噗噗噗……”

“那一口，最后一口……”

“噗噗噗……”

手机响了，李燃泄气地放下碗和勺：“爱吃不吃！”她放弃喂娃，接通电话。

那边立马传来李总的声音：“喂，燃燃啊！你妈摔倒了……”

一听到琴姐摔倒，李燃马上起身：“爸，你别动妈，你打120，我马上过来。”

李燃着急出门，顾不得形象，刚要转身，才发现儿子正呆呆地看着她。

“差点把你忘了。”李燃赶紧拨通闺密的电话，“喂，嘉儿，你赶紧来我家，我妈摔倒了，你来帮我看下娃。”

第二十二章
退出娱乐圈?!

李燃赶到医院，正忙着找人，就听到走廊前面传来琴姐的哀号声，她小跑进急诊室，看到医生和护士正在给琴姐的左脚打石膏。而琴姐正紧紧握着李总的手，把头埋在他的臂弯里，一副受伤的小女人模样。

“囡囡……”琴姐转头看到女儿，露出一脸可怜相，委屈得快要哭了。

“没事了，没事了。”李燃上前安抚琴姐，与李总对视。两人会心一笑：她就是发发嗲，没大事。

一阵折腾后，琴姐终于出院。

李燃把老两口送回家，然后给杨嘉儿打电话：“……睡着了？可以啊你。我妈没事，我一会儿就回去。好，先挂了。”她一回头，看到琴姐正一脸无辜地望着她。

“囡囡，妈妈给你添麻烦了……”

李燃想说她几句，却不忍心开口，只怪自己没遗传到母亲这“百炼钢化为绕指柔”的功力，只得好声好气地哄着：“你说你拿个快递，这么激动干吗？”

“我新买的大衣呀，直播间里人家穿着不要太好看哦。”

“你还挺新潮，学人家看直播。”

“那是的咯，你妈妈一直要好看的，你又不是不知道。”

“行了，医生说你得躺两个月，这下你就踏实看直播吧。”

“两个月，这么久啊！那我不成废人啦？”

“伤筋动骨一百天，你就别瞎想了，养好骨头最要紧，明天我烧点骨头汤带过来。”

“别别别，你家里还有个孩子，我这里有你爸爸在，你就别担心了。”

“我爸又不会做饭。”

“怎么不会？”说着，李总挽着袖子从厨房出来，“我已经炖上排骨汤了，家里有我，你就放心吧。”

“就是，就是。我伺候了他这么多年，这回不得让他也伺候伺候我啊！”

“是是是，这两个月我就专职伺候你。”

李燃直呼救命，心想：“您俩加起来都一百二十岁了，就别在我面前秀恩爱了。”

琴姐：“燃燃，你把想想带好就够累的了，不要操心我这里了哦。”

“那行，明天我再过来一次，正好周末，嘉儿可以帮我带娃。让爸也熟悉熟悉照顾人的节奏，没问题的话，下周开始就都留给他老人家单独表现了。”

“又叫嘉儿啊，不好意思麻烦人家的呀。”

“我和她有什么不好意思的，您就别操心了。”

翌日。

韩天一和杨嘉儿兴冲冲地来帮李燃带娃。特别是韩天一，说到要他帮忙带干儿子，他简直像急着冲锋陷阵的战士，自信满满，激情澎湃。

可是啊，人类往往会对自己有“迷之自信”，尤其是面对别人家的崽，看第一眼觉得无比可爱，看第二眼意犹未尽，但是看第三眼就会庆幸——还好不是自己的娃。

杨嘉儿在厨房忙着准备三人的午餐。虽然冰箱里有李燃昨天做的辅食，但第一次照顾干儿子不得好好表现嘛，营养要均衡，摆盘要好看，用餐要有仪式感！

而韩天一正满客厅追着干儿子跑。

一开始这位韩先生激动不已，但没想到想想完全不按套路出牌，一会儿跌跌撞撞走几步，一会儿扑通倒地，一阵乱爬。韩天一怕他磕了，又怕他摔了，弯着腰伸着两只长臂一路“护驾”，结果把自己累得半死，想想还越爬越带劲。

直到吃午饭，韩天一已经体力不支，在旁边大口扒饭。杨嘉儿喂了半个小时辅食，已经后悔刚刚做了摆盘，这个人类幼崽一只手抓过来，无论你摆成什么样，最后都是一个样。

“想想，你怎么不吃啦？吃这么少。”杨嘉儿给想想喂辅食，半个小时了，连哄带骗才让他吃了几口。

“我干儿子吃饱了。”

“都怪你，要吃饭了，还给他喝什么奶？”

“喝奶可以安静两分钟……”

杨嘉儿对着韩天一翻白眼，又对着想想说：“你再不吃，我可要打电话给你妈妈咯。”

“你别强迫他，男人不喜欢被要挟。”

杨嘉儿叹气，算了，学人“佛系”吧。

饭后，杨嘉儿让韩天一哄想想睡觉，自己去厨房善后。结果等她出来，只见想想还在小床上瞪着一对眼睛，自己男朋友却靠在旁边睡着了……

李燃在琴姐家一阵安排，吃的喝的都囤了不少，又联系琴姐的表妹来家里帮忙照顾。直到表姨到家，一切都安顿好，李燃才放心离开。

回家这一路，李燃都在牵挂儿子，不知两个未婚人士带娃带得如何。结果到家一开门，她就看到想想在韩天一背上“骑大马”，杨嘉儿在旁边"护驾"。看到李燃回来，韩天一和杨嘉儿简直像看到了救星，想想更是激动，马上往妈妈这边爬。

李燃一把抱起儿子举高高，不料想想的尿不湿不堪重负，一下子滑了下来，挂在小脚丫上……

"你们……没给他换尿布？"李燃露出一个尴尬的微笑，看着对面两人。

"换尿布？"

杨嘉儿和韩天一面面相觑，没想到还有这个操作？！

李燃笑趴了，果然没结过婚的人带娃就像历险。

亲妈回来，两人总算功成身退，一出门就深深感叹。

"坚决不生！"

"坚决不生！"

"去看电影吧。"

"走——"

电影院候场区。

韩天一抱着可乐和爆米花过来，不禁感叹这才是生活！

杨嘉儿抓起几个爆米花，一边吃一边对韩天一说："你可别告诉陈可琴姐摔伤的事，李燃不想他担心。"

"哦，知道。"韩天一喝了一口可乐，"不对，明天李燃上班，想想怎么办？"

"她说已经请了一周年假，找育儿嫂还是怎么样，先自己理理思路。"

"行，回头要找育儿嫂，我去帮她弄。"

"嗯，我们得多帮帮她，下个周末我们再去帮忙。"

韩天一听到要再去带娃，肠子都痛了，但他还是一咬牙："去！"

杨嘉儿喝着可乐："你说，李燃放弃了升职的机会，又要在家带孩子，还挺不容易的哦……"

“升职？”

忽地，杨嘉儿意识到自己说漏了嘴，呛到了：“没……没升职啊……”

“你刚才说了，李燃升职——”

“哎呀！她不让我告诉你，怕你告诉陈可。”

“我肯定和你亲啊。怎么回事？”

“前两天领导让她去北京，说回来就能升副总。”

“那为什么不告诉陈可？他肯定支持的呀。”

“是吧，我也这么觉得。但李燃说，就是知道陈可会支持，她不想耽误他拍戏……你看，现在琴姐又摔了，她更不可能去了。”

“牺牲这么多？！”

“是啊，换作以前的李燃，一定不会放弃去北京的，事业对她多重要呀！”

韩天一一本正经道：“现在倒像个女人了。”

“说谁呢！”杨嘉儿揍他一拳，“我答应李燃不说的，你别把我卖了。”

“知道，知道。”

杨嘉儿起身：“我们走吧，电影快开场了。”

“我刚才忘了取票，你先进去，我们厅门口会合。”

“我等你一起进去啊。”

“你不是要上卫生间嘛。”

“那一会儿碰头。”

杨嘉儿走后，韩天一转身立马掏出手机，快速给兄弟发出消息。

果然，“男人的嘴，骗人的鬼”。

陈可这边，剧组的拍摄十分不顺利。

郑鑫故意要陈可难堪，一直在现场改戏，导演对他也无可奈何，日常拍摄像在完成任务，即使拍摄不到位，重复三条之后也不再重来。如今的剧组完全处于不靠谱的状态，陈可好几次都感觉待不下去了。

房车上，陈演员正索然无味地吃着盒饭，Sam在一旁刷手机，突然叫了起来，陈可被他惊到了。

“老陈，你快看娱乐新闻，你又上头条了！”

现在又没戏播出，能有什么新闻，还是头条？陈可打开Sam发给他的八卦网站链接，标题居然是“约会新戏女配，陈可好老公人设崩塌！”。再往下翻，还有陈可和剧组的一个女配角勾肩搭背的照片。作为一个“官宣”已婚并获得一众赞美的男演员来说，这简直是致命的丑闻。

“老陈，这是你吗？这照片一定是修过的。”

“是我……”

陈可回忆着……照片里的人确实是他，但这照片没有前因后果，全然叫人误会。陈可依稀记得这是开机不久的场景，里面的女演员小善和他有一场对手戏。晚上收工时，小善不慎崴了脚，陈可正好在一旁，就上前扶了她一下，但也不过十几秒的工夫，工作人员就来了，怎么还被抓拍了呢？

Sam问：“是不是那个小演员想炒绯闻？”

“这种抓拍一定不是偶然。”陈可掀开房车的车帘，对面房车里的郑鑫正看向他，意味深长地笑着。

“不行不行，我得赶紧拟个声明，不然这锅背大了。”Sam说着就给宣传人员打电话。

陈可的手机也响了，是兄弟韩天一发来的微信……

当天晚上，Sam就发了官方声明，怒斥造谣者，声称自己将坚决维护旗下艺人的名誉，并保留追究法律责任的权利。凭着陈可在娱乐圈内的好名声以及粉丝的维护，评论风向似乎偏向陈可。但正当Sam要松一口气时，隔天一早，女配角小善居然发了个回应的小视频，口口声声说自己很崇拜陈可老师，整件事情都是自己的问题……

“她……她……她发这个是什么意思？！”Sam来到陈可房间，整个人都快气炸了，“这不是变相说你和她有一腿吗？”

还没来得及消化这段小视频，后续闹剧接踵而来。有人在网上发布了之前赵朵进陈可房间的照片，并声称两人另有隐情，这是要让陈可的人设彻底崩塌啊！

“动作够快的。”

“你说什么？”Sam看着陈可，突然开悟了，“老陈，这是有人要搞我们啊！”

还会有谁？陈可已心知肚明。

Sam不停地刷手机：“居然上热搜了！这发布消息的几家营销号，老子也用过，要不要这么舍得花钱啊？”

“Sam，”陈可口吻严肃，“我昨天考虑了一晚上，决定离组。”

昨夜，陈可给韩天一打电话。

“什么情况？”

“大哥，你老婆不让嘉儿告诉我，你可别把我卖了。”

“到底是怎么回事？”

“你不在的时候，发生的事情太多了，简单说就是，你老婆有个升职的机会，但是要去北京，她为了支持你，自己牺牲了呗。好巧不巧，我干妈，也就是你岳母，摔坏了腿，要躺两个月。李燃这几天请了年假，在家带娃呢。不过，你放心啊，我和嘉儿一有空就会去帮忙的，你儿子……”

韩天一还在电话另一端滔滔不绝，陈可已经听不到其他任何话……这么多事都一个人扛，李燃以为自己是孙悟空吗？

“谢了，兄弟。”陈可挂了电话，一夜未眠。

Sam听到陈可说要离组，一下子变得六神无主：“什么？什么？你也脑袋不清楚啦！添什么乱！”

“我是认真的，你帮我算下违约金。”

“大哥，你玩真的？”Sam看着陈可无比坚定的眼神，叹了一口气，“可不少啊……”

“前两部戏的片酬还在你那儿。”

“不够……”

“广告代言。”

“不够……”

“还有公司的——”

Sam打断陈可：“你干吗呀？不就一个小演员泼点脏水嘛，圈里算屁大点事，明天换个热搜，谁还记得这茬儿啊。”

“我非走不可。”

“兄弟，人家剧组拍了快一半，男主角就这样走人，以后没人敢用你的……说句难听的，被圈内封杀都有可能。”

“你再帮忙拟一个声明，并强调之后我对所有事情将不再做任何回应。”

“那公司那边你怎么交代？”

“冷板凳又不是没坐过。”

Sam此刻的心情跌落谷底，心想：“你玩完，我也得玩完。”

陈可毅然决然地离开了剧组，引起娱乐圈内轩然大波，各大娱乐网站为博眼球纷纷贴出劲爆标题，什么“史上第一个为自证清白离组的男演员”“陈可再爆与同组女演员有染”“好老公还是偷腥男？结果成谜”……

漫天流言蜚语，纷纷扰扰，陈可在自己的社交网站发布了第二则声明后就再也没做回应。

房车上。

顾珊珊和自己的助手说："不能让他就这样毁了，你去和这些网站打招呼。"

"珊姐，这新闻都已经满天飞了，再打招呼也没用啊。"

"先把头条撤销，让他们主编推其他新闻，再出点公关稿，我亲自打电话……"

助手抢下顾珊珊的手机，说："这浑水您就别蹚了，陈老师不会领情的。"

"我没想让他领情。"

"咱们自身都难保，您得先顾自己啊！"

顾珊珊看向窗外犹豫再三，最终放下手机。

陈可在房间整理行李，忽然收到了顾珊珊的消息："师哥，我又欠你一个人情……"

师哥……陈可记得，那年他大三，室友告诉他，今年的新生里有个女生美貌惊艳众人，名叫顾珊珊。

那是一场巧合……

机场，陈可和Sam道别："去发展几个新人吧。"

"要你说？不然我喝西北风啊。你后面什么打算？"

"回家带娃。"

Sam叹了一口气，两人拥抱，此时一别，怕是江湖难再见。

保重，兄弟。

窗外的月牙被云朵遮住了小半边。

李燃把想想哄睡，终于能歇一口气，这才两天工夫，却好像过了四百八十个小时。看着一片狼藉的客厅，李燃深吸一口气，给自己鼓劲儿，接着继续整理绘本和玩具。她一边在沙发上叠衣服，一边瞄了一眼旁边的手机，结果吓了一跳。屏幕上显示有几十条未读微信，都是问她近况如何的，还有个八百年没联系的高中同学，让她保重。

什么情况？！

直到她看到杨嘉儿的微信消息，才知道是陈可出事了。她立马打开微博，果然看到自己老公的热搜还挂在前十名，要不要这么火啊！

李燃拨打陈可的电话，但反复几次都是关机状态。她一下蒙了，前两天两人还通过话呢，没听出来有什么问题啊，陈可到底瞒了她多少事？ Sam！对！打电话给Sam。

李燃刚要拨打Sam的电话，门口似有动静，她警觉地起身。

陈可戴着一顶鸭舌帽开门进来，轻轻地关上门，摘下帽子，露出一张极度疲惫的脸……李燃的眼泪夺眶而出，她慢慢走向老公，扑进他怀里。

两个人紧紧相拥，这一刻，陈可知道自己做了最正确的决定。

待陈可沐浴出来，两人的心情也已平静下来。李燃一言不发，拿着大毛巾帮老公擦头发。

陈可握住老婆的手，万分认真地说："网上那些都不是真的。"

李燃面无表情，依旧不语。

陈可有些急了："别人怎么看都无所谓，但请你一定要相信我。"

李燃看着眼前这个男人，他们相识整整二十一年，参与了彼此的童年和青春，感情绝非他人可比。此刻，李燃在这个男人脸上看到了从未有过的神情，满是坚定的眼神里透着一丝哀求。

"你是说那个十八线小演员吗？就这种伎俩，在哪个行业都只能算初级。你，一个已婚已育的小演员，绝对不是她的目标。"

听老婆说得清晰明了，陈可惭愧道："老婆……你真的不是一般的女人。你不仅是女中诸葛，还把娱乐圈摸得透透的。"

“谁和你嬉皮笑脸？”李燃升高了音调。

“嘘——别把想想吵醒了。”陈可一逮到机会就拿儿子当挡箭牌。

李燃紧张地望向卧室，之后压低声音说：“我生气的是，为什么发生这么大的事，你什么都不告诉我？你把我当什么？我们什么时候变得这么没有默契，这么没有信任？”

陈可被教育得一愣一愣的，接着不紧不慢道：“你还不是一样？”

“什么……一样……”李燃有点心虚。

“去北京的事，为什么不和我商量？”

北京？除了是韩天一，还能有谁透露风声？李燃一闭眼：“我就说女人一谈恋爱脑子就是糨糊。杨嘉儿是不是告诉韩天一了？韩天一回头就给你打小报告了，是不是？”

“你这么激动干吗？为什么发生这么大的事，你什么都不告诉我？你把我当什么？我们什么时候变得这么没有默契，这么没有信任？”

啪啪，打脸。

“这完全是两码事，好吗？！”李燃振振有词道，“去不去北京都不会影响我现在的工作，我妈那边已经找表姨来帮忙。可你不一样，你热爱拍戏，而且这么多年，好不容易火了，怎么能一时冲动说走就走呢？”

“这次项目没选好，不走也会出现其他问题。”

“算了，算了，让Sam再帮你找几个靠谱的剧组，咱们后面接戏一定要谨慎。”

“我近期不考虑拍戏了。”

“不拍戏了？”李燃诧异道，“那拍广告？接综艺？你不是不喜欢录综艺吗？”

李燃还想继续说下去，却被陈可打断了：“我的意思是，暂时不工作了。”

“不工作……告别娱乐圈？！”李燃一下子激动了，“老公，你开玩笑的吧？你不演戏准备干吗？自己创业吗？也好，也好，你性格本来就不适合娱乐圈。那你想做什么行当，我可以帮你啊……"

"全职带娃。"

"全——职——带——娃——"李燃一个字一个字地向陈可确认，得到的是万分肯定的回答。

李燃蒙了，反应过来后立马说："我不同意。"

"我已经决定了，你去北京，我在家里照顾想想。"

李燃愤愤道："你凭什么自己决定？我不会去北京的！"

"你是不是怕拿不下那个单子？"

"你别对我用激将法，不去就是不去！"

"我不同意。"

"你凭什么不同意？你大言不惭地教育我，那你的事业就不要了吗？我也不同意你的决定！凭什么只有你能牺牲，我就不行？"

"这不一样。"

"有什么不一样？"

俩人越吵越激动，结果把卧室里的想想吵醒了，屋里传出哭声。

陈可和李燃都深吸了一口气，让自己保持冷静。想想的哭声不断传来，李燃转身进了卧室。

折腾一通，李燃终于把想想哄睡着了，她出来的时候，看到陈可手里拿着一本书——《命运：真实的男人如何成为真正的父亲》。

两人坐在沙发上，都没有出声，就这样僵持了十分钟。陈可忍不住，翻开书念了起来："……既然爸爸们能换轮胎，那换尿布这样简单的事，他怎么可能不会呢？"

李燃哭笑不得："你什么时候买的这书？"

"和你谈判不得提前准备啊。"陈可坐到老婆身边，"你要相信我，我一定可以把我们儿子带好的。"

“我当然相信。”李燃一下子红了眼睛，“就是你做的太多了，让我觉得亏欠你，让我觉得自己是一个不称职的妈妈……”李燃说着抽泣起来。

显然陈可更吃这套，看见老婆哭了，他方寸大乱。

“刚刚是我不好，我话说重了，谁说你不称职了，你是天下最好的妈妈。”

“不。你是天下最好的爸爸，我是天下最糟糕的妈妈。”

李燃越哭越凶，但她突然想到了什么，停下来看向卧室，还好没把儿子吵醒，于是她又默默抽泣起来。

陈可见状，觉得好气又好笑，自己老婆真是个活宝：“行了，不哭了，再哭就不漂亮了。”

“反正我不去北京。”

“宝贝，去北京并不代表你就不是个好妈妈，也不代表我付出的比你多。在一个家庭里，没有谁为谁牺牲一说，‘人’字两画，本就意味着相互依靠，想想更不是你事业停滞的理由。”

“可我是妈妈呀。”

陈可将老婆搂进怀里：“如果一定要有人为家庭牺牲，那为什么必须是妈妈呢？妈妈能做的，爸爸也可以。”

李燃眼眶湿润了：“老公，你太好了。但是都过了这么多天，说不定刘柯已经安排其他人去了。”

“公司里还有比你更合适的人选吗？”

“夸自己老婆也不留余地。”

“那是我老婆优秀！听我的，不要放弃这个机会，去实现自己的价值。何况只是离开几个月，说不定到时候我的花边新闻也过去了，你可以再回来接替我呀。”

“要不再找个育儿嫂吧？”

“我可是把带孩子当成事业来干的，你别打击我的积极性。”见老婆动摇，陈可继续道，“而且北京又不是国外，现在交通这么方便，一晃眼时间就过去了。”

“可是……等我回来，想想不认识我了怎么办？”

“那……我们就再生一个。”

李燃破涕为笑，人生能有几回搏，就容她自私一回吧。

第二十三章

全职奶爸，人类之光

初夏，适合离别。

稀稀拉拉的散客让偌大的上海机场候机室显得尤为空旷，陈可抱着想想，看着玻璃窗外的大飞机。

“好了。”

李燃的声音从后面传来，她手上拿着刚办好的登机牌。显然想想还没搞清楚状况，他扭着小脑袋，只顾盯着外面的飞机看，李燃神情黯然。

陈可摸摸李燃的头：“没事。”

李燃看着想想的后脑勺，满脸的不舍，不禁鼻头一酸，眼泪在眼眶里打转。

陈可摸摸老婆的头发，说：“放心。”

李燃忍着眼泪点头，她缓一缓才道：“如果不行，找我爸来搭把手。”

“琴姐的事就够他忙的了。你放心，保证饿不到你儿子。”

李燃笑笑，向想想伸手：“来，妈妈抱抱。”

陈可转手把想想交给李燃。想想看着妈妈，用小手摸摸妈妈的头发，再摸摸妈妈的嘴巴……李燃把想想的小手握在自己的手心里，揉了又揉：“我还是不去了……”

“行，那我们回家吧。”

陈可的激将法总是让李燃哭笑不得，她抱着想想，心里万般不舍。

广播里传来登机的讯息，陈可催促着老婆。可当李燃和想想说“拜拜”的时候，想想居然说“不拜拜”，搞得李燃真想打退堂鼓。

最后，还是陈可推了老婆一把。李燃一步三回头，和想想说：“妈妈会天天和你视频的。”还一遍遍嘱咐着陈可，要把儿子每天的作息向她汇报。

想想骑在陈可的脖子上，父子俩立在落地窗前，看着外面的一架飞机缓缓启动。陈可感慨万分：“儿子！从现在开始，爸爸就要成为超级奶爸啦！”说着，他拉住头顶上的想想的两个小手，兴奋地跑了起来。

再会，陈演员。

蓝天澄碧，晴空万里，一架飞机划过天际。

“李燃就这么走了……”杨嘉儿望着天空喃喃道。

杨嘉儿手里捧着一个小小的不锈钢水杯，坐在一个矮矮的小凳子上，眼前是一片湖，阳光洒在湖面上，泛起点点金光。

“和你说话呢。”

“嗯……”旁边的韩天一一边打着哈欠一边烧水，两人身后是一个大大的帐篷，“姐姐，你以前露营都这么早吗？”

“早才能占到好位置，天气这么好，一会儿这里就没地方了。”

韩天一睡眼蒙眬，一副在梦游的样子。

我的床……

北京机场，飞机落地。

李燃戴着墨镜，推着行李箱走出机场。刚开机，她的手机就连着响了足足一分钟，北京分公司的同事已经为这位代理副总经理拉了群，各种欢迎词和工作汇报接踵而来。

李总走路带风，嘴角上扬，那个雷厉风行的女人又回来了。

陈可也完成了角色转换，从男明星摇身一变，成了一位名副其实的全职奶爸。

老婆离开的第一天，一切都是那么新鲜，又是那么猝不及防。

陈可到家后，刚做完辅食、喂完娃，还在打扫，老婆的视频电话就打来了。他望着一片狼藉的周遭，拿着电话接也不是，不接也不是。

“儿子，来……”

陈可一手拿着电话，一手抱起想想，火速冲到卧室，发现被子还没叠，再冲到次卧，一地的玩具还没收拾，再看看厨房，更是不堪入目……

“老婆——”陈可坐定，接通视频电话。

“怎么这么久才接？老公……你在卫生间？”

陈可此刻正抱着想想，坐在马桶上和李燃视频，无奈，卫生间是目前家里唯一的一片“净土”。

“回……回声，有回声，想想和你说话听得更清楚。”陈可把镜头拉低，立马让儿子入镜：“想想，看妈妈——”

李燃看到儿子，其他都顾不得了，对着屏幕里的想想亲了又亲，还给爷俩展示自己的住处。

“……想想，妈妈一会儿要去开会了，你乖乖的哦。”

“刚到就要去开会啊？”

“是啊，项目下个月就提案了，得抓紧。”

“那快去吧，晚上别太晚，注意休息。”

陈可挂了电话，看着想想，感慨道：“你有没有看到你妈的状态？一股子拼劲儿，两眼放光，满脸希望。妈妈这么厉害，我们两个可不能给她拖后腿，知道吗？”

想想对着陈可“噗噗噗”地笑，陈可将他一把举高：“走——先带你下去遛一圈，回来好睡觉。”

陈可推着儿子出门，自己戴了一顶大大的鸭舌帽。这回倒不是装酷，毕竟现在每天都要在小区遛娃，可自己的“绯闻”闹得那么大，他还不知道遛娃联盟怎么看自己呢。他正想低调地自顾自遛娃，身后就传来一道熟悉的声音。

“陈老师——”

陈可回头，是“一拖二”的仔仔妈妈，他回以一个低调的笑容——风头上见到粉丝真是太尴尬了。

仔仔妈妈一脸严肃地走来。

陈可心想：“完了完了，粉丝群肯定炸锅了，这是要来兴师问罪的架势啊！”

“你怎么能这样呢？！”仔仔妈妈带着哭腔。

陈可，你的人设彻底崩塌了！

“我们粉丝群都为你操碎了心，那个小演员肯定是诬陷你的，你为什么不公开解释？”

“解……释了。”陈可一时语塞。

仔仔妈妈的架势简直像把自己当成了偶像剧的女主角，要不是因为手上拉着一个，胸前抱着一个，只怕她恨不得立刻扑进男主角的怀里。虽然仔仔妈妈的言语夸张，但陈可被这样的信任感动了，不论仔仔妈妈是出于理智判断还是对偶像的偏爱，对陈可来说，现在被认可是一件无比欣慰的事情。

“你那解释太敷衍了！没人会信的。”

“你们不是信了嘛。”陈可低眉浅笑，“替我谢谢粉丝群。哦，不，别曝光我的地址。”

“放心，放心。我在群里什么都没说，我们大家都很相信你的！对了，你不会真的准备退圈了吧？”

“先休息一阵吧……”

“啊？要休息多久啊？你今年不是还有两部戏要播出嘛，不营业怎么行呢？”

仔仔妈妈越说越激动，陈可回答也不是，不回答也不是，见仔仔去逗想想，他立马岔开话题：“仔仔这个年龄喜欢和小朋友一起玩了吧？有伴才不孤单，让仔仔和小区其他小朋友多接触接触挺好的。”

仔仔妈妈闻言，一下变了表情，似有难言之隐。此时，后方传来小孩子无比洪亮且悲惨的哭声。陈可和仔仔妈妈望去，原来是元宝拉着他妈妈的衣服，不让妈妈去上班，元宝爷爷怎么劝都没用，小家伙哭得声嘶力竭，似世界末日来临。

仔仔妈妈对陈可说：“这是典型的分离焦虑。”

最终，元宝妈妈还是走了，元宝爷爷强行拉着孙子，场面一度失控。陈可推着想想上前，想安抚元宝，仔仔妈妈踌躇一会儿也跟了上来。

元宝爷爷怎么劝元宝也没用。看着小孩儿可怜的模样，陈可对想想说：“你快叫元宝哥哥不要哭了。”

什么？仔仔妈妈的表情就像在说：“偶像，你是认真的吗？”

两个大男人根本搞不定元宝，此时仔仔妈妈上前，温柔地安慰道：“元宝不想妈妈走，才哭得这么伤心，对不对？元宝想妈妈了，对不对？元宝想一直和妈妈在一起，对不对？”

说来也神奇，仔仔妈妈像是问到元宝的心坎儿里了，他一下就降低了哭声。仔仔妈妈继续说道：“我们都知道你想妈妈。可是呀，妈妈去上班，就像元宝在这里和小朋友玩一样的，都是为了认识新朋友，做自己想做的事……”说着，仔仔妈妈把仔仔拉上前，“你看，仔仔手里拿的什么呀？你想和他一起玩吗？”

仔仔特别懂事，把手上的风车递到元宝面前，小家伙立马就不哭了，流着两道鼻涕，开始把玩仔仔手上的风车，这才让旁边的两个大男人松了一口气。

元宝爷爷：“这小子，每次他妈走都哭得这副样子，我心脏病都要被他吓出来了。”陈可刚想说什么，元宝爷爷继续道，“想想爸爸，有段时间没看到你咧，侬上头条啦！”

陈可的笑容僵在脸上，元宝爷爷真是哪壶不开提哪壶。仔仔妈妈起身，她刚刚还是温柔慈母的模样，现在却瞪大了眼睛，想要替偶像打抱不平。没想到元宝爷爷接着道：“现在网上乱七八糟，什么都有，哪能听人家讲的啦，叫记者来问问阿拉呀，娱乐圈会有好宁啊？一塌糊涂呀！”他再看看陈可，“不是说你哦，你是可以的，你不像娱乐圈的。”

元宝爷爷的话虽然有些偏激，却叫陈可心头一暖。

接着，玲玲奶奶和小雨点外婆也出来遛娃了，看到许久不见的陈可，她们都热情地与他打招呼，还说想念他这个小区奶爸。一时间，陈可感受到了这群老人身上的温暖。

一群人中间的仔仔妈妈似有几分尴尬，想拉着仔仔走。陈可见状，上前拉住了仔仔妈妈的手腕：“你看，仔仔和元宝玩得多开心。”他转头看向元宝爷爷，故意说：“是吧，元宝爷爷，你看小元宝现在都不哭了，人家仔仔妈妈还是很有一套的。”

元宝爷爷当然看得出，但倔强的老头子怎么可能主动求和，他“嗯”了一下，声音大小估计只有他自己能听见。

陈可和大伙儿说：“小孩子在一起才热闹，大家也有个伴儿，对吧？人与人难免有误会，要我说啊，我们元宝爷爷最识大体了。”

元宝爷爷：“侬组撒啦，本来就没事的呀，小朋友一起玩蛮好的呀。”

陈可：“就是，仔仔妈妈，你看仔仔多开心呀。”

仔仔妈妈向陈可投去感激的目光，接着说：“我下次带自己做的饼干给大家吃，糖少，小孩子吃很好的。”

玲玲奶奶接话：“上次我们玲玲吃过的，一直说好吃，家里做的比外面的强多了。”

陈可：“是吗？那下次让我们想想也尝一尝。”

想想面无表情，好像在说“你终于想起我了”。

就这样，陈可成功帮助仔仔妈妈重新融入了遛娃联盟这个大集体。而仔仔妈妈还沉浸在刚刚被偶像拉了一下手腕的激动中。

午后，时针走过2点。

“你怎么还不睡觉呢？”陈可对着想想打哈欠。

“妈爸……妈爸……”

陈可看到儿子撇着小嘴，知道他是在找妈妈了。他看看时间，这时候李燃应该在开会。“不好打扰妈妈的哦，爸爸在不是一样嘛。”陈可温柔地哄着想想，可是儿子好像很不给面子，他望着陈可，表情越发委屈，眼泪在眼眶里打转，他也不哭出声，只见眼泪一颗一颗地往下坠。

陈可一个“直男”，哪见过这种场面。

“儿子啊，你是个男人，怎么这么脆弱呢？”他一脸无奈，看着想想楚楚可怜的表情实在于心不忍，“行吧，给你妈打个电话，但是我们说好了，响三声不接，我们就挂哦。”

陈可不情不愿地掏出手机，心想，要不还是不打了，第一天就求救，多丢人啊。想想看到爸爸收起手机，像是知道了什么，委屈的表情又出现了，撇着小嘴，眼泪汪汪。

陈可重重地叹了一口气：“打——”

北京，会议室。

李燃这边一个会接着一个会，项目提案在即，事情千头万绪，她刚与各部门的总监开完会，才发现这里的分工毫无章法。原本管理北京分公司的王总迟迟没回国，这段时间想上位的人也不少，结果总公司把李燃调过来，看来刘柯是让她来收拾烂摊子。

得人心，是第一件事。

面对一众质疑，李燃请各位畅所欲言，感受同仁之辛苦，体恤同仁之劳作，还自掏腰包请所有员工吃自助日料作为晚餐。

北京分公司的同事被这位新来的代理副总经理的豪气震慑，心中纵有不悦，也不好一上来就甩脸子，于是在会上都乖乖听从李燃的安排，即使是表面功夫，也至少让初来乍到的李总有了一席之地。李燃正安排着工作，手机突然响了。是陈可的视频电话，看看这个时间点，不用猜也知道是怎么回事。

李燃稍作安排，便出去接听视频电话。画面里的小可怜让她一下子心软了，万分温柔地问道："宝贝，你怎么啦？"

"没打扰你吧？"陈可探出头，"这小子一直找你，不肯睡觉……"

李燃露出一个未卜先知的表情："他的小猪头呢？"

"小猪头？"陈可一脸问号。

"就是想想的口水巾，之前我一个人带他的时候，忙不开就丢给他那个，他睡觉前咬习惯了，你试试。"

陈可不好意思地抬手半遮着侧脸："这小子癖好还真多……交给我，你快去忙吧。"

"加油！"李燃一笑，眼睛弯成了月牙，她和视频里的想想说了"再见"，继续回到她的战场。

挂了电话，陈可一脸鄙夷地看着想想："小猪头……我在你妈面前丢脸了，还笑……"

湖边落日，微风徐徐，波光粼粼。

帐篷外，韩天一在卖力地烤肉，杨嘉儿坐在一旁喝茶看风景。

"这块好了。"韩天一夹了一块肉给杨嘉儿。

"手艺不错嘛。"

"您包涵。"

杨嘉儿笑，抬头享受着夏日微风的惬意："好舒服……"

韩天一又夹了一块肉过来："你说，这李燃真的就走了，陈可真变成全职带娃的了。"

“那有什么不可以？怀孕的是女人，生孩子的是女人，带孩子的还是女人，凭什么呀？现在什么时代了，还要女人给你们男人做陪衬啊！”

“你别激动啊，我不是这个意思。我是看陈可在事业上升期，之前他为了家里推了多少部戏啊，我都为他可惜。”

“这倒是的，陈可这样的男人算‘稀有动物’，可外面人不知道啊！他那个热搜，我发了几句正面评论，结果被一群人骂，气死我了！”

“‘键盘侠’们嚣张不是一天两天了，反正我相信我兄弟的人品。”

“所以我才生气啊！好在没有影响他们夫妻的感情。”

“那你就别操心了，他俩的革命感情怎么可能被这些事情影响！”

“这倒是！两人谈恋爱的时候死去活来，那时候一会儿来个王凡，一会儿来个狐狸精，那恋爱史都可以写部小说了。”

“所以嘛，什么都破坏不了他们，倒是我干妈，不知道怎么样了。”

“我前几天去看过阿姨，还挺精神的。”

“是吗？等下周出差回来，我也去看看她。”

“我陪你一起去，李燃不在，陈可带娃肯定顾不过来，老两口我们多照顾点。”

韩天一见杨嘉儿转身整理帐篷，惊恐道：“我们晚上真的要睡在这里吗？”

“当然啦，露营就是住帐篷的呀，你看旁边几个帐篷，不都是嘛。”

“那洗澡怎么办？”

“不洗了呗，一天又没事。”

“不洗澡？！”韩天一惊呼。

“你这么大惊小怪干吗？我带了一次性毛巾，一会儿擦一下嘛。”

“那么小一块怎么用啊？”

“露营你还挑剔……前面有公共浴室，要不你去那儿洗？”

“算了吧……”韩天一露出委屈的表情。

杨嘉儿开始嫌弃他：“你怎么比姑娘还爱干净，我只听李燃说陈可有洁癖，这也传染？”

韩天一嘀咕道：“是你太爷们儿了，好不好？”

“你说什么？”

“没，没什么……”

“你放心，当你感受到露营的乐趣，洗澡这些就都不是事儿了！”

“我没觉得有什么乐趣……”韩天一嘟囔着。

杨嘉儿妩媚一笑，神秘道：“晚上你就知道了。”

韩天一眼睛一转：“在野外？这也太刺激了吧……”忽地，他小脸一红，害羞起来。

北京的夜，似梦似幻。

李燃和新同事聚餐后回到住所。自从生娃后，她还是第一次在异地过夜。她打开住所的门，里面空空的，没有一丝暖意。接着，她拿起手机给老公发消息。

“想想睡了吗？”

“睡了，你回去了吗？”

“已经到了，我打视频过去，让我看看儿子。”

陈可接通视频电话，把镜头对准熟睡的想想。小家伙睡得正酣，小嘴旁还流着哈喇子。

“放心了吧？”

李燃点点头。陈可走出卧室：“怎么脸红红的，喝酒了？”

“新同事说要给我接风，我直接请他们吃了顿日料，多喝了两杯。”

“拉拢人心。”

李燃笑：“这拉人心的成本可够高的，看到账单心疼死了。”

“搞定了吗？”

“没有一杯酒解决不了的事，如果有，那就两杯。”

陈可笑，这个老婆是关不住的。

李燃让老公汇报儿子的情况，结果听着听着自己先睡着了。陈可看着老婆的脸，莫名心疼。

明天又是奋斗的一天，他和她皆如此。

夜，满天繁星。

帐篷前的草地上，韩天一和杨嘉儿躺在一起仰望天空。

此刻，两人的眼里只有眼前的一片星空。世界好大，又似乎只有这么大……

“怎么样？我说晚上你会感谢我的吧。”

韩天一笑，他转头看向杨嘉儿，眼前这个女人让他感受到前所未有的幸福。

草地上的两只手十指紧扣。

第二十四章

主外主内，各自为战

北京，又是一个不眠夜。

会议室里，一群人在连轴转——头脑风暴、递报告、写方案。为了赶提案，李燃带着团队熬了几个通宵，她一直在修改方案，对进度比较满意，便转身去茶水间续咖啡。

“这是第三杯了吧？”见李燃出去，两个最八卦的员工Carol和Ada在窃窃私语。

Carol：“不止。”

Ada：“看不出来，这个李总作风这么强悍。”

Carol：“是啊，第一天还请我们吃日料，原来是糖衣炮弹。”

Ada：“以前王总也没这么加过班，果然女人狠起来比男人还厉害。”

Carol：“听说刚生孩子不久，老公还是个演员……”

Ada：“嘘……她回来了。”

李燃续满美式咖啡，继续她的战斗。

上海。

“我自己可以的呀……”许久未出门的琴姐正在和李总生气。

自从摔伤后，琴姐就一直在家休息，觉得要憋坏了，趁着阳光正好，她想去阳台上坐坐，结果李总怎么都不肯让她单独行动。

琴姐的表妹来后，一直对其照顾入微，什么都不让她干。可琴姐哪受得了被这么管着，于是让表妹隔天来，趁着她不在，想自己动一动，却还被李总拦着。

“你才几天工夫就想自己走，不要逞强呀。”

“几天啦，快一个月了呀！再这样，什么都不给我做，我真的要变大毛病了。”

“你瞧瞧你，说的什么话，伤筋动骨一百天，你还早呢。”

“什么啦！”

老两口还争执着，门铃就响了，李总故意说道：“那你去开门。”

“死老头子，你故意的吧？快去开门呀，说不定是燃燃呢。”

李总闻言，一个箭步冲过去，急得琴姐在后面叫：“侬慢点呀——”

“你看，谁来了？”

“干妈——”韩天一从门后探出脑袋。

琴姐激动道：“哦哟哟，天一啊，你怎么来了啦？”

“阿姨好。”后面还有个杨嘉儿。

“嘉儿啊，你们两个怎么一起来啦？”琴姐问着，又看看两人的样子，表情一变，“我懂了，‘官宣’！”

这话把两人逗笑了。

“干妈，这么时髦的词，您也会啊！”

“小子，还调侃你干妈啊！你们两个在一起好的呀，我开心呀！”

“阿姨，您恢复得怎么样？”

“蛮好呀，就是什么都不给我自己动，快成废人了。”

“您是皇太后呀，怎么能自己动手呢？”韩天一把琴姐一阵夸，把这位干妈逗得心情大好。

琴姐开心得不得了，还不忘假客气一番：“你们这么忙，不要来看我这个老太婆了，有时间多去约会呀。”

韩天一说得忘乎所以，随口道：“李燃不在，我们肯定要多来看看你们呀。”

“燃燃不在？她去哪里啦？”

“北京呀——”

韩天一刚说出口，就被杨嘉儿用胳膊肘撞了一下。两人面对琴姐和李总的追问尴尬至极，不停地对暗语。

杨嘉儿瞪韩天一：你怎么回事？

韩天一一脸无辜：不能说吗？你没告诉我呀。

杨嘉儿一个眼神杀过去：白痴。

“你们两个不要用眼睛说话了！”琴姐追问，“快告诉我，到底是怎么回事啦？”

无奈，看不得老两口着急，韩天一吞吞吐吐说了情况。

“什么？！”琴姐跳起来，“一个去北京，一个回来带娃，什么情况啊？”

杨嘉儿赶紧扶住琴姐：“阿姨，您别激动，李燃快的话，几个月就回来了。”

“要几个月？还快的？”琴姐感觉自己快要晕过去了。

李总也憋不住了：“这孩子，怎么什么都不和我们说。”

琴姐只觉得气不打一处来：“什么都瞒着我们，陈可现在在哪里？”

韩天一唯唯诺诺道：“家里……带娃吧……”

陈可正在家里给想想讲小鳄鱼吃蔬菜的绘本。想想好像对绿色的东西本能地排斥，每次辅食有绿色蔬菜，他就“噗噗噗”地往外吐。于是陈可特意买了关于吃蔬菜的绘本，但读了几天发现收效甚微。

“不行，还得加码……”陈可自言自语道。

不一会儿，一个巨型“莴笋”从卧室出来，追着想想满客厅跑，想想一边爬，一边又叫又笑，兴奋不已。

只不过几分钟的工夫，这个“莴笋”就想放弃了。

“不行了，让爸爸喘口气。”陈可从莴笋的叶子间伸出脑袋，原来他穿着一件蔬菜造型的玩偶衣服，把自己变成了一个大莴笋。他喘着气，甩甩头，再累发型也不能乱。前面的想想倒回来爬了几下，示意爸爸继续追他。

“儿子，你体力怎么这么好？行！大莴笋来啦——”

陈可把脑袋再度埋进叶子中间，继续和想想玩追逐的游戏。满屋子都是爷俩疯玩的笑声，谁都没有留意到桌子上的手机响。是韩天一偷偷给陈可报的信：“你丈母娘拄着拐杖杀过来啦！”

父子俩追得正热闹，突然传来急急的门铃声。陈可以为是有快递，随手一开门，结果惊呆了门口的四人。琴姐、李总、韩天一和杨嘉儿错愕地看着这个大莴笋，一言不发。

“什么……情况？”琴姐问。

“哦，想想不肯吃蔬菜，我在引导他……您老两口怎么来啦？快进来。”

陈可把一群人迎进屋，韩天一和陈可咬耳朵：“你没看微信啊？”

什么微信？陈可一脸莫名的表情。

陈可换好居家服出来，给众人泡茶，对着韩天一一个眼神杀：让你多嘴。

韩天一乘机开溜：“嘉儿，我们带想想去阳台玩。”

琴姐脸色不太好，挪开杯子，说：“你别忙了，都什么时候了，还喝茶。”

“妈，您先别生气，我和您二老解释。”陈可倒完茶，缓缓道，“这次对燃燃来说，是她事业上一次很好的机会。我带想想，也请二老放心。”

“你带小孩比他妈带强……但是你怎么办啦？一个大明星，好好的戏不拍，跑回来带小孩儿，我和你爸爸怎么过意得去啊。”原来琴姐是心疼这个女婿，“哪有这样当妈的，孩子也不要了，一走就是几个月，还……还是快的。真的要气死我了，我怎么生了这么个女儿。”

“妈，燃燃因为生孩子已经错失了很多机会，这次去北京可以弥补遗憾，我支持她，也希望你们二老可以理解。”

李总：“陈可，谢谢你啊。”

“谢什么啊！你脑子也坏掉了。”琴姐发飙了，“我现在就叫你女儿回来。”说着，她就掏出手机要给李燃打电话，任谁都阻止不了。

可是，连打了两个电话都没人接，把琴姐气坏了，她对着李燃的微信一通乱骂，听得旁边的陈可都替老婆担心。

此刻，北京。

偌大的会议室内，李燃正带着团队准备提案。会议室的门被推开，陆续进来这次的合作对象——中锋集团的一众高层。李燃等人起身致意。

高层中一位西装笔挺的男人尤为显眼，他四十岁左右，相貌堂堂，是这家公司的CEO，也是行业内有名的钻石王老五。此人姓王名凡，他上前主动和李燃握手。李燃见到他，先是一愣，随即收起脸上细微的表情变化。

众人坐定，按照惯例，李燃会先介绍M集团的基本情况，但不料刚开口，就被王凡打断。

“李总，M集团我们很熟悉，请直接说项目。”他言语果断，似乎不容有任何反驳。

对方的态度在李燃的预料之外，但她马上调整状态，打开投影仪展示PPT，开始做项目介绍。而此刻被她调成静音模式放在桌上的手机，屏幕上正不断跳出信息提示。

琴姐在陈可家一通发泄之后，突然抽泣起来，吓得李总和陈可无所适从。

“怎么啦，老太婆，你不要哭呀。”

“不要你管呀。”琴姐推开李总，看着女婿：“陈可，燃燃太不懂事了。我的脚现在这个样子，一点都帮不到你，家里都得靠你，我想想就……”说着，老太太又忍不住抽泣起来。

看着丈母娘一把鼻涕一把眼泪的样子，陈可赶紧安慰道：“妈，您别这么说，我和燃燃都商量好了，不是您想的那样，您现在就放宽心，先把脚养好。”

听了这话，琴姐很心疼女婿，命令老伴来给陈可打下手。陈可吓得立马婉言拒绝。但琴姐决心已下，说着还盘算起要给老伴整理哪些东西搬过来。陈可苦恼不已，后方的韩天一赶紧小跨步走过来。

兄弟，我来将功补过。

“干妈——”韩天一搂上琴姐的肩，“您就在家好好休息，我最近没啥事，会常和嘉儿来这里帮忙的。”

杨嘉儿也在后面附和：“叔叔、阿姨，你们放心吧，上次我们来带过想想，有经验的。”

韩天一想起上次带娃的经历，整个人都不好了，但怎么都得帮兄弟一把，于是他在琴姐面前说得天花乱坠。几个人一番劝慰，好不容易说服了琴姐，她这才作罢。

北京，中锋集团会议室内。

“李总介绍得很详细，喝口水。”王凡对着李燃微笑。

李燃突然觉得有些没底气，她一口气讲了近一个小时，其间没人打断她，甚至讲完后也没人提问，这局面反而叫人心慌。最后还是王凡的副手发声，称很感谢M集团这次的提案，待内部对几家公司的方案进行评估后再举行第二轮会议。

散会后，王凡叫住李燃。李燃看了一眼王凡，让自己团队其他几人先下楼。

"好久不见。"

面对王凡这句温柔的"好久不见"，李燃毫不意外，他当年就是招女孩儿喜欢的类型，如今有了岁月的加持，尤显魅力。

"我看资料的时候，里面没有你的信息，故意的？"李燃问。

王凡微笑，侧颜出现一个酒窝："还是这么自信。"

"我自信今天的提案，王总觉得如何？"

"有进步，不过……离中标还有距离。"

这句话戳到李燃，她的心沉了一下："请王总指教。"

"一起用晚餐？"

李燃笑笑："王总，我已经结婚了。"

王凡定眼看着李燃——这个让他耿耿于怀的女人："那更无所谓了，聊工作而已。"

"还是再组织一次会议吧。"

"晚上7点，路娜西餐厅。"王凡留下这句话，便走了。

这家伙一点没变，还是那副自恋又自负的样子。真不想去……可忙活了这么久，甲方的邀约就算是龙潭虎穴也得赴吧。李燃深吸一口气。

西餐厅。

李燃换了简单的T恤和牛仔裤走进来，不施粉黛的脸尤显清秀。

王凡看到李燃走进餐厅，仿佛又见到了当年那个莽莽撞撞、古灵精怪的女孩儿。他起身示意，看着眼前的李燃欣慰地一笑。

"长大了。"

"这语气……"李燃不屑。

王凡绅士地替李燃拉开椅子。两人面对面坐下，王凡要给她倒酒，却被拒绝。

"工作餐，不喝酒。"

王凡笑笑，给自己倒了半杯葡萄酒："已经帮你点了菲力，还记得当年你喜欢五分熟……”

“听说人老了就喜欢回忆过去。”

王凡绅士一笑：“你觉得我老了？”

“您很有魅力，比当年更甚。”

“那为何——”

“如果当年让您有什么误会，我很抱歉，如果您想弥补自己的遗憾，对象不该是我，如果您想为当年的自己证明，我不想成为您证明的对象。”

王凡低头一笑：“还是这么伶牙俐齿，你先生是当年那个小子吧？”

当年，李燃刚刚上大二。

一意孤行回国的陈可坚持复读，被母亲断了经济来源。他未告知李燃，自己一直在做兼职赚生活费。那时两人刚恋爱不久，李燃对此并不知情，约陈可老被拒绝，十分失落，还以为陈可身边诱惑太多，无法对自己专心。那一阵，李燃患得患失，没办法，谁让自己男朋友这么帅！

一天，李燃又约陈可无果，正巧同寝室的姐妹想拉着李燃去参加聚会，说她有个巨有钱的朋友过生日，叫大伙一起去热闹热闹。李燃本已拒绝，但约不上陈可心情不佳，被几个姐妹起哄，想着换换心情也不错，便一同前往。结果她就在那个聚会上认识了王凡。当年的王凡三十出头、身形挺拔、谈吐从容，他刚创立自己的公司，正处于事业的上升期，也是一众姑娘眼中的目标人选。

那次聚会，王凡被李燃吸引，第二天便借着自己正巧在师大的由头，单独约李燃见面。那段时间，李燃总觉得陈可不够在意她，两人常常产生争执，为此还冷战了好一阵。其间李燃还赌气提过分手，把陈可气得半死。而就在那阵子，王凡经常借各种理由约李燃出去，不是看展览就是参加论坛，都是投其所好。李燃这个神经大条的人一开始根本没发现王凡的用意，直到杨嘉儿提醒后，她才后知后觉。从此，王凡的邀约就被李燃一概拒绝，毕竟她的真爱早已出现。但这个不乏女人追求的男人对李燃似乎志在必得。

那一日，王凡的车停在师大校门口，久久不离去，惹得议论纷纷。那些话飘到李燃耳朵里，她立马从寝室赶到校门口，本意是想让王凡走，没想到还在和她冷战的陈可突然骑着自行车出现了。李燃脑子一热，为了气陈可，故意假装没看到他，自顾自上了王凡的车。

看着轿车驶远，留在原地的陈可像丢了魂一般，别过头，气得脸色发青。

晚饭后，王凡送李燃回学校。李燃没想到陈可一直等在校门口，下车后看到他，自己先红了眼眶。这个委屈的表情让陈可怔住了，他上手就给了王凡一拳。李燃倒吸一口冷气，心想，误会，误会了……

陈可一副要灭了对方的样子。王凡听到李燃向他介绍这是自己的男朋友，思量许久，最后笑笑，离开了。遇事沉稳、处事果断，当年的王凡确实比陈可有城府。

后来，王凡又约过李燃几次，但都被拒绝了。再后来，李燃就听说他去北京发展了，北京还有一个他交往多年的女朋友……如今一晃近十年，没想到两人会以这样的方式再度见面。

这是当年陈可和李燃冷战期的一个小插曲，李燃没想到这么多年过去了，她还会遇到王凡。她喝了一口水，眼睛定定地看着王凡："王总，请您公正地对待M集团的提案，这个项目我志在必得。另外，谢谢您的晚餐，下周会议见。"

李燃走出餐厅。王凡隔着玻璃看着她离去的身影，独自抿了一口酒。

回到住所，李燃一身疲惫，听着琴姐劈头盖脸的骂人语音，反倒觉得舒坦不少。她抹了一把脸，给老公打电话。

"想想睡啦？"

"睡了。"

“今天妈给我发消息了，把我痛骂一顿……”

“知道，我就在旁边呢。”陈可笑，“老太太一把鼻涕一把眼泪，把我吓坏了。”

“是乐坏了吧？现在你可是我们家的功臣。”

“为了老婆，赴汤蹈火在所不辞。”

“什么时候会讲这种话了？”

“想你的时候。”

天哪，陈可居然学会了“土味情话”！

“这个周末能回来吗？”

“可能还是不行……”李燃有些为难，“今天提案不太顺利，还要改方案。”

电话那头沉默了两秒，然后说：“没关系，你要注意休息，别太拼了。”

“嗯，今天……”李燃欲言又止。

“什么？”

“没什么，今天有点累了。”

“那就早点休息吧。”

陈可温柔的语气给了李燃很大安慰。这真是漫长的一天。

这夫妻二人，一个在北京搞事业，一个在上海当奶爸，兢兢业业，各自为战。

小鸟在枝头叽叽喳喳地叫着。

唤醒周末的，是早上6点不到就开始在床上乱爬的人类幼崽。陈可和儿子已经度过了初阶磨合期，但全职带娃的体力消耗比预想来得猛。以前李燃在，虽然也不干啥，但能多双眼睛看着孩子，如今全靠陈可一人，还真是得把自己变成时间管理大师才行。

陈可像老婆离开后的每一天一样，睡眼蒙眬地起床，给娃换尿布、冲奶、做辅食、讲绘本，这一切从手忙脚乱到基本摆平，他用了一个月的时间。一切忙定，陈可无意间瞟到镜子里的自己，这才多久，已经一脸慈父相了。

既然取得了阶段性胜利，那就是时候挑战新高度了。

“想想，从今天开始，你要学习自己吃饭了。”

陈可拿出了宝宝吃饭防脏神器——一个硕大的围兜餐盘套装！他给想想穿上围兜服，与这小衣服配套的托盘比蓬蓬裙还大。陈可把一碗辅食放到想想面前，又往他手里塞了一个勺子，营造出一副要大吃一顿的架势。

陈可看想想歪着小脑袋，便一个字一个字地和他说明白：“自、己、吃、饭。”

想想看看手里的勺子，有点不明所以……陈可不管他，自顾自吃起饭来。一旁的想想看看勺子，又看看爸爸，看看辅食碗，又看看爸爸……接着一个邪笑，肉嘟嘟的小手一松，勺子掉下，他徒手就开始抓碗里的辅食，一半进了嘴里，一半粘在脸上。陈可抬头，看到了灾难性的一幕：辅食在想想脸上、头发上，粘得到处都是，还殃及了地板和家具。说好的防脏神器呢？骗子！

“你吃饱了吗？”陈可不问也知道饭都去了哪里，除了想想的胃，“算了，一会儿多喝点奶吧。”

陈可快速扒拉了两口饭，喝下最后一口汤，把想想抱出餐椅，带去浴室，像极了久经考验的老父亲。

想想光着身子，被陈可放进了浴盆。一岁半的幼崽仗着听不太懂人话，在浴盆里玩。不安分的小胳膊和小腿乱甩，水花乱飞，溅到爸爸的头发、衣服上，最后小家伙还来了一脚，洗澡水直喷向亲爹的嘴。陈可抹一把脸：“儿子，出来混，迟早要还的。”

一阵折腾后，想想终于把澡洗完了，陈可脱下湿了的T恤，把想想从浴盆里捞出来，给他裹上大浴巾，抱到床上，准备做抚触。只见一只小手上来就拍他的肚子，陈可一低头才发现，许久不健身，他的腹肌都不见了。

“会回来的。”他一边说，一边给儿子按摩。从小脸开始，到小胳膊和小腿，再把双手搓热，顺着小肚子转圈圈。如今，陈可的抚触手法堪比专业月嫂，想想也是一脸享受的表情。

“好啦，儿子，SPA（水疗）做完了，我们现在要睡觉觉咯。”

陈可把想想放回小床，哼着小曲，拍拍他。卧室的窗帘半拉着，暗淡的光线让小家伙很快就有了睡意，没过三分钟，他的小眼睛就缓缓地闭上了。今天哄睡真是轻松。陈可看着想想微微抖动的长睫毛、小鼻子、小嘴巴，心中感叹：“长得真好看，随我！”

搞定娃，就要开始整理“战场”了。陈可蹑手蹑脚地走出卧室，随意套了一件T恤，穿着大裤衩就从客厅到厨房、从餐桌到地板地忙活了。

他正拖着地，好像听见有轻轻的敲门声。原来是韩天一和杨嘉儿来了，两人拎着大包小包。

韩天一边走边问：“发你消息，怎么不回？”

带娃的人，哪顾得上看手机？何况现在又没工作傍身。

韩天一站定，才发现陈可胡子拉碴，手上还拿着一个大拖把，他悠悠道：“兄弟，你辛苦了。”

陈可见两人不停地往家里搬东西，问：“你们搬家呢？”

“答应我干妈要照顾你的。”韩天一笑，“我干儿子呢？”

“刚睡。”

“都怪这家伙，”杨嘉儿说，“一直赖着不起床，我一早就——”

韩天一打断：“快，快，帮陈可把这些都放冰箱。”

杨嘉儿去厨房收拾，韩天一对着陈可嫌弃道：“能不能把你手上那家伙放下。”陈可这才意识到自己全程都拿着一个大拖把。

韩天一坐到沙发上，看着陈可拍打着双手走来，不禁感叹：“我说兄弟啊，我怎么都没想到，你会有今天。”陈可不明所以地看着他，韩天一继续道，“想当年，你迷倒多少姑娘，到现在都是个传说。如今呢，不就一个绯闻嘛，在你们娱乐圈那还叫事儿啊？有绯闻说明你红啊，兄弟。”

陈可看了这个兄弟一眼：“你不去娱乐圈可惜了。”

“嘿嘿，不去是浪费我这长相了。不过说真的，你真不打算回去拍戏啦？就在家里当奶爸了？”

“你不懂。”

“我才不要懂呢！”

说着，杨嘉儿走来：“陈可，菜都放冰箱了，还有些烧卖和包子，你得赶紧吃，不够的话，我再给你带。”

“谢谢。”陈可看着杨嘉儿坐到韩天一身边，问，“你们两个什么打算？”

“什么‘什么打算’？”韩天一满脸疑惑。

“你们俩老大不小了，得考虑将来了，准备要孩子的话，得考虑女方——”

韩天一赶紧打岔：“完了，这人说话都像老父亲了……你就别操心我们俩，我和嘉儿都说好了，我俩丁克。”

陈可：“丁克？”

杨嘉儿：“是啊，我们都不想要孩子，现在我们状态挺好的，不生孩子，结不结婚都一样嘛。”

“就是。”韩天一附和道。

陈可叹气，二人世界确实挺好的。不一会儿，卧室传来想想的叫声。

“怎么了，怎么了？”韩天一着急。

“告诉我们，他醒了。”陈可从容不迫地回答道，准备起身去卧室。

“我来！我来！”杨嘉儿积极主动。她快步走进卧室，把想想抱了出来：“我们就是来帮你带娃的。”

“行，你们帮他换尿布吧。”

“换尿布？”杨嘉儿看看韩天一：“你来吧。”

“我？”韩天一张大了嘴巴。

陈可抱回想想，对韩天一说：“学着点。”

杨嘉儿和韩天一看着陈可熟练地给想想换尿布的样子，都看傻了。

陈可把换下的尿布拿给韩天一：“扔了。”

韩天一皱着眉，一脸嫌弃，两根手指捏着尿布的一个小角，拎得离自己好远：“兄弟，你这活儿不容易啊。”

陈可把想想安顿好，对着韩天一说：“走吧。”

“别啊，还下逐客令啊？”

“下楼遛娃。”

“吓我呢！走，走。”

与此同时，同小区的仔仔妈妈正带着两个孩子准备下楼。

第二十五章

是惊喜还是惊吓?

过了白露，仍不觉一丝凉意。

杨嘉儿推着推车在小区里漫步，陈可和韩天一随行，好奇怪的遛娃组合。

“陈可，你们小区绿化不错欸。”杨嘉儿刚开口，就听到后面一个女子的声音。

“陈老师——”

陈可一行人停步。来的正是仔仔妈妈。杨嘉儿看着对面的仔仔妈妈，好一个裸妆，还“一拖二”，不是一般人！

仔仔妈妈笑道：“陈老师有朋友在，我就不打扰了。”说着，她拿出两盒饼干给陈可，“这盒没糖的给想想，这盒我加了蜂蜜……给你。”

陈可似乎有些茫然，接过道：“你太客气了。”

杨嘉儿听仔仔妈妈的语气，再看看她对陈可的态度，觉得怪怪的，她整个人似乎散发着恋爱中女生的娇羞感。再看看陈可，这家伙拿着饼干，一副与人很熟络的样子。仔仔妈妈走时，还对着陈可腼腆一笑。杨嘉儿一愣，这点小九九怎会逃过她的火眼金睛。

“您是仔仔妈妈吧？”杨嘉儿柔声道，“我们陈可……”

我们陈可？韩天一和陈可一愣。

“我们都是陈可太太的好朋友，谢谢你关照我们家陈可哦，你手艺真好……”杨嘉儿一边套近乎，一边假意道，“还好我们下来“遛娃”，不然想想都吃不到你的饼干了。”

“不会的。”仔仔妈妈笑，“我们每天这个时候都一起遛娃的。陈老师，仔仔和元宝约好一起玩，我先过去了。”

每天这个时候？！杨嘉儿的神经紧张起来。

仔仔妈妈和陈可道别后，便向花坛方向走去。杨嘉儿刚要问什么，韩天一的手搭了上来，推着推车说：“走，干爸干妈带你兜风去——”

杨嘉儿挣脱不得，陈可在后面一脸莫名其妙。

遛完娃，韩天一两人和陈可告别，踱步出小区。

“你不觉得那个二胎妈妈和陈可很熟吗？”

“一个小区的，常碰见吧？”

杨嘉儿止步，狐疑地望着韩天一：“就凭你对女人的了解，你看不出有什么怪怪的地方？”

“想什么呢？”韩天一一把勾住杨嘉儿，快步离开。

兄弟，无论有事没事，我就帮你到这儿了。

北京。

再过几天就是重新提案的日子，李燃带着团队不断修改方案，这次或许是她最后的机会。

北京分公司的员工对这位李总的工作强度颇有微词，自从她来接管这个项目，不知让他们加了多少次班。

茶水间里，Carol和Ada又在讨论李燃的私生活。

Ada：“真的假的？”

Carol：“你去翻娱乐新闻，有同框，不过视频里的李总可小鸟依人多了，就像男明星背后的女人。”

Ada：“那还这么拼命干什么呢？”

Carol：“你不知道啊？后来那个男明星在剧组闹绯闻，戏都没拍完就走了，估计是混不下去了。”

Ada：“这么狗血，怪不得李总来北京，说不定闹离婚才出来的呢。”

Carol：“啊哟，你干吗——”

Ada重重推了Carol一把，Carol一回头就傻眼了——李燃正站在门口看着她们。

两人唯唯诺诺地叫着“李总”。

李燃拿着咖啡杯，一脸认真倾听的表情，看着她俩，随即进去泡了一杯美式咖啡，走时对两人说：“今天项目方案全部完成再下班，辛苦了。”

李燃走后，两人张大了嘴，一脸崩溃。

Ada：“不是还有两天吗？”

Carol：“我晚上还约了男朋友看电影呢。”

Ada：“这女人太狠了。”

Carol：“一定是天蝎座……”

李燃回到办公室，心里堵得慌。原来谣言就是这么传出来的，气死她了。

电话铃响，是杨嘉儿的来电。李燃接通电话，和闺密聊了两句，见其话没重点，正准备挂断。

“我这一堆事儿呢，回头再和你聊。”

“等——等等——”

“到底什么事儿？说。”

“那个……我和天一前两天去你家了。”

“有事？想想怎么了？”

“没事，没事，你别急……就是后来和陈可一起下楼，碰到你们小区那个二胎妈妈，好像和陈可挺熟的……”

“你是说仔仔妈妈吧？”

“对对，就是她，还画裸妆。”

李燃笑：“她很厉害的，‘一拖二’，老公还经常出差，家里都靠她。”

“老公经常出差？”杨嘉儿急了，“你什么时候回来，去了这么久，老公儿子都不要啦？”

“你说什么呢？你有事说事，没事我挂了。”

“李燃，我是觉得那个仔仔妈妈怪怪的，好像……对陈可很有好感欸。”

杨嘉儿好不容易开口说出自己的顾虑，不料电话那头传来李燃的大笑声。

“你想什么呢！我和仔仔妈妈也很熟的，她是陈可的粉丝。”

“完了！”杨嘉儿语气坚定，“这还叫没事呢，你不知道这个女粉丝给你老公做爱心饼干，还一脸发春的样子。”

“你才一脸发春呢，没事挂了。”

杨嘉儿话没说完，就被挂了电话，直抱怨好心没好报。

而李燃虽然嘴上说着误会，心里却咯噔一下，女粉丝反扑偶像的新闻还少吗？

艳阳高照，是个适合决战的日子。

李燃身着白色的真丝套装，干练又时髦，她在穿衣镜前抹口红，给镜中的自己打气。

加油！

中锋集团会议室内，李燃正带着团队进行第二轮项目投标介绍。在这次的提案中，李燃加入了物联网的概念。在下属介绍完方案后，她对这点又做了强调补充。

“M集团有自己的制造链，在材料、人工、售后上有绝对的保障。在此基础之上，我们还将针对中锋集团的楼盘，首次推出将家居、家装、家生活合一的智能家庭定制服务，让家装的整个环节一步到位。我们采用3D打印技术、BIM技术、大数据技术，打造出一个设计与制造一体化的平台，不仅将物联网技术覆盖整个社区，并且能解决每家每户都是统一样板间的问题，从而满足住户在家装上的不同需求。”

李燃认真地解说，整个人散发着自信。王凡看她的眼神里满是欣赏。这么多年过去，李燃的直率、热忱，还有眼底的纯净，依旧深深印在他的脑海里。

大家对李燃的项目阐述表示认同，但王凡的副手陈副总提出了不同意见。

“李总讲得很好，但是物联网的概念已经不算新了。”

“确实。”李燃回应道，“‘物联网’这个词已经不再新鲜，但在实际运用上还没有普及。这次中锋集团推的楼盘是针对高端用户的，让小区整体物联网化，提高生活便利程度并最大限度杜绝安全隐患是吸引高端用户至关重要的两点。M集团对BIM的理解不是停留在解决建筑装饰施工中的技术节点问题上，而是要利用BIM做装饰工业化。而且我们首次提出的定制服务在保障安全的层面又叠加了家装一站式服务，相信一定会给住户提供不一样的入住体验。”

李燃一席话，让在座几位频频点头。

王凡嘴角上扬：“陈副总，后续就由你和M集团的李总走合同流程。”

李燃松了一口气，多日的辛苦终于有了回报，此刻项目提案成功是对她最大的认可。

李燃带着团队走出中锋集团的大楼，对同人再次表示感谢。

“最近大家辛苦了，明天是周末，大家好好休息，等合同签署后，我们再好好庆功！”

众人欢呼，对这位李总一阵吹捧后便相继告辞。此刻的李燃抑制不住内心的喜悦，她笑着抬头看向天空，长舒一口气。

此时手机振动——是王凡。

“李总，合作愉快。”

“多谢王总认可，M集团一定会给您一份满意的答卷。”

“一起庆祝下吧。”

“不了，我还有更重要的事。”

电话那头的王凡沉默了两秒，气氛似乎有些暧昧。

“李燃，你还和当年一样，一点没有变。”

李燃回想当年的短暂交集……王凡去北京后，她才得知，原来他有一个交往多年的异地女友。他在李燃的感情世界里只是一位无足轻重的过客，如今时过境迁，所谓的“放不下”往往只是执念作祟。

“不变的是你记忆中的李燃。其实您有没有想过，我和她对您来说，可能只是红玫瑰与白玫瑰的区别。”

是自己不够清醒吗？放下电话，王凡望着玻璃窗外，思索良久。

上海。

“儿子，今天吃得有进步，再接再厉。”

陈可一边打扫着一片狼藉的桌子和地面，一边鼓励着想想。小家伙还在手舞足蹈地甩着他做了一上午的辅食。陈可安慰自己，现在只是黎明前的黑暗，一切都是为了儿子以后能自主吃饭。饿了要吃，是动物的基本生存能力，何况是送到眼前的食物？坚持就是胜利，男明星坚决不喂饭！

陈可整理完餐桌，给想想擦了一把脸，然后把他抱在怀里讲绘本。在家带娃的生活慢慢变得有规律，他不仅能安排好想想和自己的一日三餐，还给两人都制订了健身计划。

“好了，讲完了，宝宝要睡觉了。”陈可把绘本合上，看到想想毫无睡意，他急了，“你早上已经运动过了，赶紧睡觉，爸爸要健身了，等妈妈回来，我要给她一个惊喜。”

人类幼崽哪管这么多，他的世界里只有自己。

看儿子完全不配合，陈可灵机一动。他换了一身健身服出来，把手机一架，一把抱起想想，把他横在两只手臂中间，原来是要把想想当健身哑铃！

上下，上下……陈可一次次抬手臂，他手上的想想咯咯咯地笑个不停。

“‘哑铃’不要动！还有93个……”

李燃正要出门，就收到了老公的微信。她看着陈可传来的健身小视频，扑哧一笑，这就是爸爸带娃！

“这个上热搜才对嘛！”李燃戴上墨镜，出门。

午后。

“儿子，今天睡得不错。”

陈可抱起刚睡醒的想想，给他喂水，门铃响了。

快递小哥送来了两个包裹，陈可面带微笑地和想想在地板上拆快递。

“别说当爹的没想着你，我可是挑了好久才选中的……”说着，陈可拿出快递盒里的衣服，原来是两件亲子装。接着，他又掏出另外一个快递盒里的一瓶小玩意儿——儿童发胶。

“哪天你妈回来，我们就穿这两件去接她。”陈可看看儿子，又看看这些东西，“算了，咱们今天先预演一下吧……”

男明星还是有一颗不安分的心。

卫生间内，父子俩一阵倒腾。确切地说，是陈可在给想想打扮，第一次穿亲子装，可不得好好搭配一番！

陈可抱着儿子推开卫生间的门，两人穿着养眼的亲子T恤，齐刷刷梳着高高的背头，戴着墨镜，父子俩同时歪了下脑袋，酷劲十足，两人帅帅地下楼了！

今天父子俩的打扮可是惊艳了遛娃联盟，就连这帮老年人都快成陈可的粉丝了，更别说仔仔妈妈了。难得看到偶像打扮，真是迷死人了。仔仔妈妈庆幸别的粉丝都看不到这一幕，显得自己在粉丝群中是多么与众不同。

“想想爸爸，今天过生日啊？这么隆重。”元宝爷爷总是语出惊人。陈可还未开口，就有人来“护驾”。

“您不懂，这叫亲子装，回头您和元宝也穿一套。”仔仔妈妈笑道。

“那我们不好叫亲子装咧。”

“祖孙装！您也戴一副墨镜，一定是我们小区最帅的爷爷。”仔仔妈妈此言一出，惹得大伙儿笑成一团。

小雨点外婆笑着喘气，准备放下怀里的小雨点：“不行了，外婆抱不动了。”谁料，老太太刚要放手，小雨点就哭了起来，两手抓着外婆的衣服，怎么都不肯下来。

大家都在劝说小雨点下来和其他小朋友一起玩，不料她越哭越凶，什么话都听不进，干脆躺倒撒泼，就是要外婆抱。老太太见状，觉得难堪，开始凶外孙女：“你看看你，其他小朋友都会自己走，你怎么就不会呢？我也不抱你了。”

“孩子在地上不行的。”玲玲奶奶试图把小雨点拉起来，可是小雨点在地上乱扭，差点把玲玲奶奶拖倒。

陈可和仔仔妈妈赶紧上前，仔仔妈妈安抚着玲玲奶奶，陈可安抚着小雨点外婆：“阿婆，小孩子都这样的，一会儿就好了。”

小雨点外婆：“你看看，你们家想想就乖得不得了。”

陈可瞥了儿子一眼，透过墨镜看到他脸上那副冷漠的表情——行吧，今天你最酷。陈可继续安慰小雨点外婆：“没事的，让小雨点慢慢多走、多运动，和小朋友们一起玩，这样体力消耗快，吃得好，睡得也香。”

小雨点外婆："我们和你们家不一样，没办法的！你看，她就是不肯呀。"

陈可无奈，记得第一次见小雨点时，她就一直吊在外婆身上，而她外婆矮矮的小身板就一直这样承载着对外孙女的爱。其实类似的长辈不在少数，往往是老人不愿放手，降低了孩子自我成长的能力。就像很多家长不允许孩子在大学谈恋爱，却希望孩子一毕业就找到完美对象、立马结婚一样。他们满足于自我的保护欲，却因为固执己见，不会发现真正的问题所在。

好吧，带娃方式不可胜数，即使是同一个联盟，给建议也只能止于礼。

刚才还烈日当空，不一会儿，天空似有飘雨。

遛娃联盟的成员陆续离开，小雨点也被外婆抱回了家。陈可也准备撤离，但想想和仔仔两个小家伙正在一起玩健身器材，不愿离开。

"陈老师，真的不准备拍戏啦……太浪费了呀……"

浪费？说的是美貌和身材吧。陈可腼腆一笑，虽然准备退出娱乐圈，但面对粉丝突如其来的赞美，他只能照单全收了。

"仔仔，不好浪费的哦……"

陈可低头一看，原来仔仔妈妈在帮仔仔拿稳手中的小饼干，生怕再掉到地上。原来她说的"浪费"是这个……陈可的笑容僵在脸上，他还是太自信了。

仔仔妈妈也递给想想一块，还摸摸他的小脑袋："想想今天的发型太帅了，长大一定比爸爸还帅。"

想想像听懂了一样，拿着饼干一直笑，口里还"哇哇"叫着。

陈可回头，总觉得有人在偷看他，但环顾几次都没发现，一转头，仔仔妈妈的手突然伸过来。

"不要动。"仔仔妈妈轻轻取下陈可头发上的叶子。

陈可对上仔仔妈妈的眼神，似觉不妥……此时雨滴渐渐密集，他匆匆与其道别，护着想想的小脑袋快步撤离，哪怕风吹雨淋，发型也不可乱！

陈可开门进屋，赶紧拿毛巾给想想擦头，一顿揉搓后，两人都成了鸟窝头。

突然，陈可下意识地看着周围，感觉和出门的时候好像有点不同：拆开的快递盒被整齐地放在门口，地上的绘本回到了书架，沙发上乱堆的抱枕也恢复了原样——是韩天一小两口又来了吗？卧室内似有动静，陈可抱着想想蹑手蹑脚地走过去……

“哇哇，哇哇——”想想又叫了起来。

陈可定睛一看，居然是李燃！老婆回来了！

这可把陈可激动坏了，虽然父子俩都顶着鸟窝头，和预想见老婆时的形象大相径庭，但管他呢，冲上前先紧紧抱住再说。

谁知李燃全然不顾老公的热情，一下子避开，接着抱起想想搂在怀里。想想看着李燃，用小手摸摸她的脸，先是笑着，不料几秒之后，他的表情就开始变化，小嘴一撇，露出委屈的表情，瞬间眼泪大颗大颗地往下掉。

陈可已经习惯了儿子这个小戏精，淡定无比，可李燃哪受得住，何况去北京这么久，她本就觉得亏欠儿子。李燃把想想紧紧地抱在胸口，对着他的小脸蛋亲了又亲。

“老婆，你怎么回来了？！”陈可也冲上前，想抱住老婆和儿子，不料又被李燃一个转身避开，紧接着，她抱着想想去了客厅。

陈可不明所以，但难掩老婆回来的激动之情，他屁颠屁颠地跟在李燃后头，连连称赞：“家里就是不能没有妈妈，对不对？想想，你看，妈妈一回来就把我们家整理得多干净。妈妈太好了，是不是？”可是任由陈可再多吹捧，李燃依旧不理他。

“想想，妈妈给你买蛋糕了。”李燃拿出纸袋里的草莓蛋糕，这下可把想想乐坏了，他手舞足蹈地就要扑向蛋糕。李燃把儿子放到宝宝椅上，这小子立马有了蛋糕就忘了亲娘。

陈可在一旁委屈："爸爸也要吃……"

李燃漫不经心道："买的哪有人家给你做的好吃呀，还特地加了蜂蜜的。"

此言一出，陈可立马清醒，原来老婆是吃醋了，于是他再度上前抱住她，任老婆怎么挣扎都不放手。他还在她耳旁低语："吃醋了？"

"对！"李燃甩开陈可，大声嚷，突然意识到想想还在旁边。谁知这小家伙正全神贯注地吃着蛋糕，对爹妈毫不上心。

陈可温柔道："都是我不好，我没有向老婆及时汇报情况，以后一定事先向老婆报备。几点吃饭、几点刷牙、几点洗澡、几点想你了……"说着，他慢慢靠近李燃，再度搂紧老婆的腰。

陈可的唇慢慢靠近，李燃不再反抗，但千钧一发之际，想想居然再度发声："在妈妈……"

李燃甩开陈可："宝宝，你叫什么？你叫妈妈吗？"

想想："在妈妈……在妈妈……"

陈可笑道："他在叫'仔仔妈妈'。"

李燃闻言，刚平复的心情又燃起了怒火："你怎么回事？让儿子叫别人妈妈？"

"没有啊，"陈可急忙解释，"他在叫'仔仔妈妈'，就是你认识的'仔仔妈妈'。"

"对！我认识！化裸妆、'一拖二'、比我强一百倍的妈妈！"李燃说完，抑制不住自己的情绪，忍着眼泪冲进了卫生间。

过了好一会儿，卫生间的门慢慢打开，李燃看到陈可抱着想想在门口等她，既难过又心酸，心中五味杂陈，只觉得头晕眼花，走几步躺倒在沙发上，口中还说着头痛。

陈可把想想往李燃身上一放，小家伙扒上妈妈的肩，亲了下妈妈的额头，对着她说："好好的。"

天呢，儿子居然会安慰人了！陈可和李燃对自己儿子的高情商表现激动不已，初为父母的人，就是这么容易激动。

夜深。

今日想想比往常晚睡了两个小时，陈可知道儿子是因为见到妈妈了，不舍得睡。他好不容易把想想哄睡，老婆却还是不理自己。

李燃一直看着想想的小脸，满眼愧疚，陈可拉住她的手，说："好了，老婆，不生气了，好不容易回来一次，我来给你按摩按摩。"

李燃甩开陈可的手："你手洗干净没有啊，头发洗干净没有啊？"

"头发？"

"有树叶！多贴心啊，还'陈老师'……"

陈可笑："我就说嘛，总觉得有人在看我……"

"谁看你！你老婆不在还打扮，给谁看？还搭上我儿子，讨厌你。"

"我讨厌，我讨厌。"

"你就是想儿子和你亲，才一直叫我去北京，才不是支持我事业，就是为了霸占儿子。"

"天地良心啊……"

"你就是个大尾巴狼，我信了你的话才会走。"

"不是，老婆——"

李燃完全不给陈可说话的空隙："嘉儿说得对，你们男人都一样，还不如找个帅的。"

陈可生气了："你能找出比我帅的，算我输。"

李燃也生气："就是太帅了！"她对着陈可一阵拳打脚踢，陈可照单全收。老婆发脾气又不是第一次，忍忍就会好的。但几个回合下来，李燃依旧不依不饶，陈可干脆把她扑倒，想和老婆亲热。

“你干吗？”李燃气呼呼地推开他，“别打扰我陪儿子睡觉。”说着把被子一盖，屁股对着老公。

陈可泄气，也气鼓鼓地把毯子一拉，睡觉。

翌日，清晨。

想想迟迟未醒，李燃在北京熬了几个通宵，回到自己家，睡得更沉。

“老婆，电话。”

陈可唤醒熟睡中的李燃，把手机交给她。

大周末的，谁这么不懂事……不料李燃接通电话后没说几句，立马恢复了神志。对方是负责合同的冯总监，老冯是北京分公司年龄最大的总监，做事也格外谨慎。因为周一就要对接合同，他出于保险起见，周末再次核对了一遍标书内容，却意外发现一个数值错误，虽然差额细微，但整个方案的成本都需要重新估算。李燃请老冯立刻帮她订回北京的机票，并且通知所有同事下午进公司重做方案。

“怎么了？”陈可见老婆神情凝重，关切道。

“标书出了一些问题。”

“严重吗？”

“比较棘手，我得回北京。”

“什么时候走？”

“在订机票，我现在就去机场。”

李燃匆匆洗漱完毕，进屋看着还在熟睡的想想，陈可问：“要不要把他叫起来？”

“让他睡吧，还是不说再见了。”

“这小子，平时这个点早就起了。”

“估计是昨天睡晚了。”

“没办法送你了……”

“没事，我叫好车了。”

李燃说着便准备换鞋出门，突然看到桌上放着做好的早餐：拿铁、炒蛋、松饼……都是她喜欢吃的，她惊讶地看向陈可。

“以为你不会这么快走……没事，我都会吃完的。”陈可笑。

李燃突然回忆起之前一家人在一起的时光。那时候，三个人每天在一起吃早餐，当时只觉得再平凡不过，如今看着餐桌，深感怀念。李燃心里很不是滋味，她挤出一个笑容，最终还是开门离开。

都不抱一下吗？陈可失落。

出租车上，李燃眉头紧锁，仔细查看合同的相关资料。

手机响，是陈可发来的视频。想想醒了，视频里的想想还在床上打着哈欠，对着陈可咯咯咯地笑。睡一觉就忘记妈妈回来过了吗？李燃有些难过。陈可又发来一个视频。李燃打开，居然是想想平日里的点点滴滴：在地上乱爬的样子、辅食吃得乱七八糟的样子、和陈可一起运动的样子、假哭的样子、抱着奶瓶不肯放的样子、在陈可怀里睡着的样子……

接着是一条陈可的微信：“本想和你一起看的，下次回来我去接你，祝顺利。”

李燃看着手机，潸然泪下，她问自己到底在干吗……

第二十六章

家才是最好的归宿

北京。

又是一个艳阳天，李燃下了飞机，直接走进办公室。

会议室内，北京分公司的同事已经到齐，李燃直奔主题。

“不好意思，各位，临时把大家叫回来。我们标书里的参数有误，虽然是数据部的工作，但我作为项目牵头人，负主要责任。感谢冯总监及时发现问题，好在标书还没有正式递交，但我们周一就要和中锋集团对接合同，所以需要在这个周末把所有方案重新修改。数据部全部更新后给到策划，之后标书重新排版整合，再全部核对……”

李燃进行详细的分工，确保每一个环节和每一个数据都有对应负责人。然后，工作紧锣密鼓地展开。李燃的状态明显比之前更积极了，或许是她想尽快落实项目，返回上海。这次回去让她的心情久久不能平复，孩子总会长大，错过的时间永远无法弥补，与其说她是在和陈可置气，不如说是在生自己的气。

上海。

对于老婆的来去匆匆，陈可像做了一场梦，梦醒了，看着身边的想想，有种爷俩相依为命的感觉。

陈可一直在记录想想的日常生活。其实他已经攒了很多视频，之前发给李燃的只是其中一个。每天晚上，他把想想哄睡后，就会给自己倒杯啤酒，然后坐在电脑前编辑视频，他没想到以前学的后期剪辑有一天还会用在儿子身上。

好几个晚上，陈可对着电脑傻笑。视频里的想想傻得可爱。而陈可几次和想想的自拍都是大头照，好丑，但他毫不介意，甚至有些庆幸，现在没有经纪人在旁边唠叨，不需要把他的皮肤美化得连毛孔都看不见。或许这就是生活原本该有的样子吧。

自从想想和妈妈说“好好的”，这小家伙就有成为话痨的倾向，常常把重复的话和陈可说十几遍。有时候陈可被他说烦了，就丢给他一根奶酪棒，小家伙有了吃的，就会立马安静下来。果然，在幼崽的世界里，吃比天大。

与此同时，陈可严格执行自己的健身计划，等老婆回来的时候，必须练出八块腹肌。被她拒绝一次可以，被拒绝两次可就有失男明星的尊严！

日子就这样有规律地过着。李燃虽然提交了合同，但后续工作远比想象中烦琐，这次的项目新加入的家装一体化概念需要增加特定的供应商，接着还要谈价格、算成本，工作依旧填满了她在北京的生活。

两个人在不同的城市各自忙碌。

陈可在家带娃，忙于和想想斗智斗勇；李燃在北京，穿梭在各个会议与各方商谈之间。他们依旧每天都会微信问候，但有一层隔阂始终没有消除，果然分居两地不利于感情修复，得有人出大招才行。

“是时候了。”陈可摸摸自己的腹肌，对着想想展示多日来的健身成果，暗自窃喜，男明星的体魄又回来了。

陈可给想想穿上新买的小衬衫、小短裤，只要不出声音，想想立马就从憨小子变成小帅哥了。陈可端详着儿子，感觉还差点意思……于是他拿出儿童发胶，把想想的小背头梳得老高。想想被爸爸从头到尾打扮一番，活脱脱一个小男模。搞定儿子，陈可开始捯饬自己。他仔细地刮了胡子，吹好发型。就这样，两个帅哥出门吃早午餐。

好久没出来放风，亏得想想每天都早早起床，不然只要睡个懒觉，来这样的网红餐厅吃饭就得排队。

餐厅里的外国人特别多，还有很多来此打卡拍照的网红。陈可好久没感受过这样的潮流之地了，但此刻他只专心于菜单上的美食，毕竟天天在家吃水煮鸡胸肉都快吃吐了，而且感觉离上一次出来放风已经过了八百年。一想到不用做辅食、不用打扫厨房、不用收拾饭后的一片狼藉，陈可突然觉得自己幸福得有点想哭。

“儿子，我们怎么没早想到出来吃饭呢？”陈可给想想点了一份土豆泥和餐前面包，“一会儿爸爸的汉堡再分你一点，幸福吗？”

微风徐徐，阳光正好。

陈可坐在户外的位置，想想挨着他坐在宝宝椅上，旁边时不时走过遛狗的人。想想啃着面包、看着狗狗，不亦乐乎。但没过多久，他就扭着身子想要下去。

陈可知道，这小子一下去就不可能再上去了，好不容易出来一趟，怎么都得让自己多放会儿风吧。于是他帮想想点了一根雪糕，然后把自己咖啡杯的盖子拿下来，把雪糕棒插进盖子的开口，这样雪糕就相当于自带一个小托盘，不用担心化掉后流下来了。陈可暗自窃喜自己的带娃智慧，还不忘嘱咐想想：“别告诉你妈。”

可不，十月的天还给娃吃雪糕，只有男人带娃才会发生这种事吧。

阳光下的陈可显得特别迷人，旁边走过两个穿着时髦的女生，对着陈可看了好几眼。不会遇上粉丝了吧？陈可下意识地戴上墨镜，嘴角上扬，心想，看来圈内还流传着他的传说。

陈可继续喝咖啡，他抬头对着阳光随意拨了下头发，举手投足间依旧掩盖不住帅气。这样的男人还单独带个娃，简直可以册封“极品奶爸”，不知要迷倒多少对带娃的日常有误解的女粉丝哟！

“一会儿吃完，爸爸送你去外婆家。”陈可帮想想擦着小嘴，“你乖乖的，不要给外婆外公添乱，知道吗？”

想想歪着脑袋看着爸爸。陈可对他神秘一笑：“你爹要去干件大事。”

陈可对儿子温柔的模样真叫人着迷，只是他没留意到，不远处有个相机正默默对着他不断按快门……

北京。

与中锋集团的合同终于落定，虽然走完所有流程耗了半个多月，但辛苦总算没有白费。

李燃向总公司报告完情况，接到刘柯的电话。对方对其称赞有加，她挂了电话，终于可以彻底松一口气。

冯总监敲门进来了。

“李总，中锋集团的陈副总建议趁合同落定的契机让两个公司的项目团队一起聚会认识下，说后面的工作还需要两个团队密切合作，先熟络下，有利于后期工作的开展。”

李燃思索片刻，说：“也好，本来我们就要庆功的，和陈副总说我们来请，让他们定时间，您安排场地。”

“行，我先去敲时间。”

冯总监正准备出门，又被李燃叫住。

“中锋集团有高层来吗？”

“这个……陈副总没具体说，要不我一会儿问下？”

“不用了。场地规格高一点，毕竟我们做东。”

“现在财务有严格标准，怕超标……”

“没关系，超额的我来承担。”

北京分公司的小伙伴听说要和中锋集团聚会，立马气氛热烈，还纷纷给冯总监推荐场地，好几个女生开始讨论当天穿什么。

Carol：“不知道那个王凡去不去。”

Ada：“啊？他不去多没意思。”

Carol：“你想什么呢？你不是有男朋友吗？”

Ada：“前两天吹了。”

阿花：“那天提案你们留意了没？除了王凡，其他几个也不错……”

Carol：“你也太‘花痴’了！”

阿花：“择优录取。”

拜托！是聚会，又不是相亲。

几个姑娘正热火朝天地讨论着，看到冯总监经过，赶紧把他拦下。

阿花：“冯总监，中锋集团来哪些人？他们王总来不来？”

Carol：“还有上次那个穿灰西装的？”

冯总监被几个姑娘围着问得不耐烦：“想什么呢？是让你们去对接工作的。”

Ada：“就是为了工作呀，我们得多了解一些。”

“姑奶奶们，我还有工作要汇报。”冯总监使出撒手锏，“你们都很闲吗，要不要把下个月的考核标准提上来？”

此言一出，姑娘们立马鸦雀无声，都乖乖回到自己的工位上工作。

“李总——”冯总监敲开李燃办公室的门。

“冯总监，坐。”李燃起身迎了一下，“最近您辛苦了。和中锋集团的聚会安排得怎么样？”

“我正要和您说这事，他们王总说去他的私人会所聚餐。”

“这么多人，去私人会所？”

“我也是这样问的，但听陈副总的意思，好像是他们王总主动提的，说不要占用公司资源。我也就不好多说了。我想着这样也好，之前我还在为财务报销头疼呢。”

“那就按照中锋集团的意思吧，提醒大家都穿得得体些。”

“不能再强调了，”冯总监压低分贝，“一个个都蓄势待发呢。”

李燃笑：“老冯，您是咱们北京分公司的元老了，也帮姑娘们参谋参谋。”

黄昏时分，私人会所内，今日的来宾陆续到场。

李燃穿着一条黑色长裙，外面套了一件格纹西装，优雅又不显隆重，对这样的场合来说刚刚好。

王凡特意到门口迎接李燃，和她一同进会所。

陈副总示意李燃讲开场白。李燃笑道：“感觉今天这个场合不太适合谈工作。不过还是要感谢中锋集团对我们的信任，M集团也一定会交满意的答卷。要特别感谢王总为两个团队提供了这么优雅的聚会场所，所以这个开场白还是要留给我们中锋集团的王总。”

众人鼓掌。王凡今日看上去心情不错，他笑道：“就像李总说的，今天的场合不适合谈工作，大家就当是来认识新朋友。我相信这次和M集团的合作一定会很愉快，后续要辛苦各位同仁了。”王凡举起酒杯，“敬大家！”

众人举杯，为今日的聚会拉开帷幕。

M集团北京分公司和中锋集团的员工男女比例还真是互补，会所里三三两两的人做着自我介绍。冯总监说是业务对接，此刻看来还真有几分联谊的意味。

中锋集团的几位副总纷纷来给李燃敬酒。李燃在觥筹交错间得到了极大的满足，但她清楚这一切只是浮华的表象，合同签订那一刻，她已经完成了来北京的任务。

几轮酒下肚，李燃微醺，她独自走到阳台上，黑色长裙把她的皮肤衬得尤为白净。李燃把酒杯放在阳台窗沿上，独自感受着惬意的微风，来北京这么久，她还没有好好放松过。

“还好吗？”王凡拿着酒杯走来。

李燃侧身，王凡已经到她眼前，李燃说：“谢谢你。”

“谢我什么？”

李燃笑笑，拿起酒杯抿了一口，有些事只能看破不说破。王凡也笑着，独自抿了一口酒。

两人相处的气氛有些怪异，李燃想借口离开：“起风了，我先进去——”

王凡拉住李燃的手腕：“李燃……”

李燃停下脚步，看着被拉的手，王凡立刻识趣地松开。

“有事？”李燃问。

“其实当年我认识你的时候，已经和原来的女朋友说分手了，只不过——”

“当年的事情，我早就忘了。”

“早就忘了？”王凡的语气有些不甘。

“王总，当年如果有让您误会的地方，我真的非常抱歉，但是我和我先生的感情从来都没有因为谁而改变过。”

王凡毫不留情地问：“那你为什么来北京？”

“什么意思？”

“娱乐圈可不是个单纯的地方，你和你先生的感情还和以前一样吗？”

李燃不屑地一笑：“看来王总也喜欢八卦。”

“不管怎么样，让老婆出来抛头露面，自己缩在后面，算什么男人？如果当初你选择和我在一起，我一定会让你过上最幸福的生活。”

“什么是最幸福的生活？吃最顶级的料理，住最奢华的别墅？”

“不对吗？你别说这些物质不重要。”

“当然重要，但女人嫁一个男人只是为了这些吗？”

王凡的表情十分诧异，李燃看着他：“如果当年没有我先生，我也不会和你在一起。”

“为什么？”

“因为你对待任何人的方式都取决于你自己的价值观。而不管是十年前的我还是现在的我，都是一个独立的个体，这是我先生给我的底气。”

李燃走了，身后的王凡独自饮尽杯中酒。原来女人在他心中也只是依附体，只是到今天才有人明明白白地说出来。王凡有些错愕，对她的欣赏似乎又多了几分，但这一切都将成过往。

今晚，北京的夜空中，星星特别多。

李燃穿上外套，提前离场。她特意没有打车，一路走回公寓。好久没有这样步行过了，她伸出手，有些怀念曾经在左手边的人。项目成功了，升职就在眼前，但这一刻她好像不明白来北京的意义了。

李燃回到公寓，打开灯，脱下外套，疲惫地坐在沙发上。她正准备去洗澡，突然门铃响了。是快递吗？李燃无精打采地走到门口，她看向门洞，一时间不敢相信自己的眼睛。

李燃打开门，陈可就站在她面前。李燃傻傻地看着老公，抬起一只手狠狠地往他脸上捏去。陈可被突如其来的“袭击”吓到，而且真的很痛！

“你干吗？！”

“真的是你啊！老公，真的是你！”李燃开心得跳起来。

陈可对着老婆傻笑：“要不要先进去……”

“对对对。”

李燃把陈可拉进屋，果然，面对面交流是消除隔阂的关键。

“你怎么来了？”

“我来接老婆回家。”

天哪！李燃听到这句话，什么气都消了。

“怎么不提前告诉我？”

“早知道要在门外等三个小时，是得提前告诉你。”

李燃露出抱歉的表情：“今天和中锋集团的团队聚会，所以晚了。”

“看来项目很顺利。”

“他们法务可磨叽了，拖了好久，总算把合同签完了，我也放心了。一直没告诉你，他们老总你也认识——”

“王凡。”

李燃惊讶：“你怎么知道？”

“以前听圈里朋友说起过，上次你说和中锋合作，我就知道了。”

“那你不紧张？”

“紧张什么，我老婆是来工作的。”

陈可心想：“要是不紧张，我抛下儿子跑来北京？那个王凡就是个大尾巴狼，放心自己老婆，也不可能放心他！”

即使内心澎湃，陈可的表情依旧镇定自若。

“哦……”

“你怎么好像有点失望？”陈可故意问。

“还想让你吃吃醋呢，没意思。”

“干吗吃醋，我老婆是那种喜欢只会赚钱的人的人吗？”

“什么嘛，这么拗口。”

“我的意思是说，我老婆喜欢有内涵的人。”说着，陈可撩开上衣，露出苦练多日的腹肌，“好巧，你老公就是这样的人。”

李燃“花痴”地笑了起来，不断戳着老公的腹肌，对着他露出一个好色的表情。

陈可淡淡道：“今天不能失手了。”说着一把横抱起李燃。

“放我下来，还没洗澡呢。”

“一起洗。”

霸道的邀约一向叫人无法拒绝。

翌日。

李燃回到公司，给大家布置了当月的任务，并讲述了自己即将回上海的情况。虽然北京分公司的同事对李燃这个仿佛打了鸡血的代理副总经理吐槽连连，但在那些一起奋斗的日子里，他们还是结下了无法替代的革命友谊。

冯总监最为不舍："李总，这么突然就要走吗？"

李燃："其实在计划当中，总公司交给我的任务是过来拿下合同，现在已经顺利签约，也是时候回去报到了。"

冯总监："但是项目才刚开头。"

李燃："项目继续推进，你们可别偷懒哦。而且我收到消息，你们王总很快就会回来。"

Ada忍不住道："可你对项目是最了解的。"

李燃笑："别倒戈哦。王总才是你们的老大。"

众人神情黯然，都对李燃这个团队领导的离去深表不舍，好像一下子失去了主心骨，有些难以接受。

"没想到，我还是挺有人气的嘛。"李燃试图缓和气氛，"我走后，请各个部门的总监担负起各部门的业务职责。当然，之前加了这么多班，适当轮休也是可以的。最后，很高兴这段时间能和大家相处，不妥之处也请各位多多包涵。"

李燃向各位同人深深鞠躬。至此，她在北京的工作也终于告一段落。走出公司大楼的那一刻，她感受到来北京后从未有过的轻松。李燃加快了脚步，因为她的挚爱就在眼前。

陈可看着李燃向他走来，眼里满是星星。

李燃站到陈可面前："都交接完了，我们回上海吧。"

陈可挑眉："你确定现在就回去吗？"

李燃惊讶："什么意思？"

陈可魅惑一笑："没有电灯泡，只有你和我。"

"不好吧……"

"过了这村可就没这店了。"

李燃想儿子都想疯了，但是想到回去后就再也没有这种享受二人世界的机会，便开始动摇，越想越纠结。可不，难得出来一次，难得没有电灯泡，不得顺便增强一下夫妻感情呀。最后她一咬牙、一跺脚："晚两天应该没事吧……"

陈可搂着老婆笑："我都安排好了。"

这次陈可的北京追妻之旅可谓相当美满，不仅哄回老婆欢心，还顺便度假了。两人都来过北京多次了，但像这样优哉游哉地漫步北京街头还是第一回。两人手牵着手逛胡同。李燃拿着糖葫芦肆意地笑着，仿佛又回到和陈可恋爱的时光。就这样，两个人累了就到咖啡馆坐坐，饿了就来一顿烤鸭，馋了就去吃涮羊肉……这样的日子真是不可多得，特别是生娃后，简直是异想天开。

这样的时光对他们来说是奢侈的，也是挂心的。两日后，陈可和李燃坐上了飞回上海的飞机，不知道小家伙看到爸爸妈妈一起回来会是什么反应。

上海。

陈可和李燃打开自家大门，只听见砰的一声，两人都被彩带烟花吓到了。

"欢迎回家！"

李总放着烟花，琴姐抱着想想，正等待着他们的女儿和女婿。

"想想，妈妈回来了！"李燃正要冲过去抱儿子，突然被李总叫停："等等，等等。还有一个没放呢！"

李燃哭笑不得，还是忍不住冲了过去。

李总在一旁和陈可唠叨：“你帮我看看，这个怎么不响呢？”

李燃抱起儿子，看着琴姐：“妈，对不起……”

“回来就好，回来就好。”琴姐刚柔声安慰几句，看到老公还在门口和女婿研究烟花，立马恢复了音调：“老头子，你干吗啦，过来团聚了呀。”

“对对对。”李总拉着陈可一起。

无论你走得多远、爬得多高，家始终是最好的归宿。

第二十七章

人生呢，有得必有失

清晨，被阳光叫醒。

李燃在家里美美地睡了一觉，然后心满意足地吃着陈可做的早餐。真是一个美好的早晨。

“外面的早餐，就是没有我老公做的好。”

陈可得意，还是老婆在身边安心，他问：“今天要去公司报到吗？”

“嗯，昨天和刘柯打过电话了。”

“他怎么说？”

“对我的态度好得一塌糊涂。帮他拿下这么大一个合同，可不得好好感谢我？”李燃笑着吃下一口炒蛋。

可是早餐还没吃完，人事部门的陈总监就来电话了。李燃接完不禁皱眉。

“怎么了？”

“说让我休息两天再去公司，说我太累了，给我放两天带薪假。可是昨天刘柯什么都没提，你说怪不怪……不会David回来了吧？……”李燃说着就给小张发消息打探情况，可结果什么事都没有。

陈可喝了一口咖啡：“别想了，好好休息两天，你在北京太累了。”

“好吧，带薪休假，谁不喜欢？我就在家陪我们想想。是不是呀，宝宝？”李燃逗着一旁的想想，两人笑得好甜。

一家三口久违的相处时光又回来了。

早餐后，陈可收拾桌子的时候，李燃给想想读绘本。午餐后，把儿子成功哄睡，陈可和李燃便沏一壶茶，去阳台上看书。晚餐后，又是一个人收拾、一个人陪娃。

夜深，时针过了9点。

陈可终于把想想哄睡，他拉着老婆来到电脑旁，给她的左耳戴上耳机。

“干吗？”李燃笑问。

“弥补遗憾。”陈可把另一个耳机戴在自己的右耳上。

“神秘兮兮……”

陈可打开电脑里的视频。这是他花了无数个夜晚，在想想睡后剪辑的亲子视频。陈可和李燃两人紧挨着，全神贯注地看着显示屏，脸上的表情不断变化。特别是李燃，她从惊喜到惊讶，还不时捂着嘴，怕笑声吵醒儿子，两人完全沉浸其中。

一个视频接一个视频，李燃看得不亦乐乎。直到全部放完，李燃拔下耳机，对着陈可一脸崇拜。

“老公，上次百日宴你做的视频已经惊艳到我了，没想到和这些比，才用了三分功力。你做的视频太好了，又好笑又感动，而且还没有废镜头，这水平都可以接活儿了。”

“你现在怎么什么都能和业务挂钩？”

“我说真的，每条视频都有爆点，而且你带娃真的很有办法欸！看着不着调，但最后都能把娃搞定。”

“你是在夸我吗？”

“绝对是夸奖！老公，说真的，现在短视频是主流，你不是有社交平台账号嘛，可以把这些视频发上去看看。”

“那个账号以前都是发宣传物料的，早就不用了。”

“密码、账号，知道吗？”

“你老公还没红到社交平台有专人托管。”

李燃笑：“那正好，你发上去看看嘛。”

陈可踌躇。李燃突然想到，陈可在有娃前是一个不吹头发不出门的家伙，而这些视频里的他和以前的公众形象判若两人，于是她歪头试探道：“是不是有明星包袱？”

“想什么呢！我是为你做的，干吗给不认识的人看？”

“我很感动啊！可是你这么会带娃，用你剩余不多的明星效应给广大男同胞做个示范也不错嘛。”

会不会说话，还“剩余不多”……陈可快被这个老婆气死。

“我去洗澡。”陈可摘下耳机，拿了衣服去浴室，留下李燃还在电脑前重复翻看视频。

深夜。

陈可和想想都在睡梦中，李燃偷偷起床，拿出陈可的手机，密码是自己的生日。

李燃把自己最喜欢的那条视频上传到手机上，想偷偷发到陈可的账号上，但她始终按不下“发布”这个按钮。老公看到后会不会翻脸？李燃展开激烈的思想斗争，越想越怕，但是她真的不希望外界一直误会自己的老公，他明明是一个这么优秀的爸爸，为什么不能让别人知道呢？不管了！明天早上比他早起就行了，要是没流量就删除，也不会被发现，就这样，没错。

李燃打上标题：“消失的日子。”一闭眼，按下“发布”键！

睡觉。

翌日，清晨。

李燃还在睡梦中，自己家的床就是好睡，没有合同，没有会议，什么都无法让她起床，除了……

“燃燃，燃燃……”

李燃听到陈可的呼唤，迷迷糊糊说道：“让人家再睡一会儿嘛……”

“你动过我手机？”

此言一出，李燃立马清醒，猛地一睁眼：“手机？你怎么起床了？！怎……怎么了吗？”

陈可把手机屏幕对准李燃。李燃对焦了好一会儿，突然倒吸一口冷气，慢慢念道：“99+……”

原来一觉醒来，陈可的社交平台账号昨晚发布的那条视频的点赞、评论都爆了，而且新增粉丝的数量也十分惊人。

“老公，你要火了……”

陈可面无表情：“你发的？”

李燃嘟囔着：“夜里两点发的，网友晚上都不睡觉的吗……”

陈可不理她，把想想抱起来去换衣服。

什么态度嘛！李燃把被子往脸上一盖，不到三秒又猛地拉开，起床！

洗漱完，李燃看到陈可已经安顿好儿子，在餐桌旁给他喂奶。她走过去，慢慢坐下，喝了一口咖啡，夸张地叫道：“我老公磨的咖啡是天下最好喝的咖啡，不接受反驳！”她看了陈可一眼。好家伙，竟然完全不理她。

李燃准备开动，却发现今天的早餐只有一片面包，平时的炒蛋、水果、燕麦粥统统都没有。李燃拿起面包嚼了起来，露出一个委屈的表情：“老公，没吃饱……”

“你不是减肥嘛，不要浪费粮食。”

“干吗啦！不就发了一条视频嘛，你就这么对我。”

陈可补充道：“是在我不知情的情况下。”

“是是是，没经过你同意是我不好，但我也没想到一条就火了呀。

我们公司小姑娘发了两年，才几百个粉丝，你多幸运……而且你看，这么多人说你好……”李燃念起评论区的留言，“‘没想到陈可这么会带娃！’‘这就是传说中别人家的老公！’‘是之前违约离组的那个陈可吗？怎么不太像了？’老公，这人夸你变帅了！”

陈可从厨房出来，拿着一盘丰富的早餐放到老婆面前。李燃立马收起手机：“好老公，我就知道你最爱我了。”

李燃一边开心地吃早餐，一边说：“你看我们妈妈群里有很多老公当甩手掌柜的，好像娃生出来和他们没关系似的，现在丧偶式育儿的家庭这么多，你给他们做榜样，也算对社会有贡献了。”

“我不想再成为焦点。”陈可淡淡地说了一句，便抱起想想，“我带他下去逛一圈，你慢慢吃。”

陈可带着想想出门了。李燃嚼着口中的面包，独自在餐桌旁茫然。原来老公对离组的事一直没有释怀，李燃突然很自责，自己好似一个不合格的妻子，只顾着自己任性地追求事业，所剩不多的时间也都花在关心儿子身上，好像真的忽略了老公的感受，难道他不是最值得自己爱护的那个人吗？

陈可带着想想回来，看到餐桌已经收拾干净，心头一暖，果然常年不动手的人只要主动劳作一下就会让人感动。

“老公，你们回来啦！”李燃笑着从卧室出来。

陈可探头望去，被子和床单也都整理好了。

“想想来，现在是你的自由活动时间。”李燃把想想抱到围栏里，丢给他两本布书，他立马像小狗一样啃起来。

“老公，你手机呢？”

“又要干吗？”

“把昨天发的视频删掉呀。你说得对，这些内容我们自己看就够了，干吗给不认识的人看？”

“不用了。”

“什么？”

“我决定好好运营账号，把带娃的经验和新手爸爸妈妈们分享，说不定还可以帮到别人。”

“老公……”

“你说得对，用剩余不多的明星效应来做个示范，虽然做得不够好，但至少可以让大家知道，带娃不是妈妈一个人的事。”

“老公……你太伟大了……”

“我去切些水果。”陈可走进厨房，结果看到水池里堆满了早餐的空盘子。他双手叉腰，心想，还好刚刚没夸出口。

陈可还在厨房忙碌，门口传来了敲门声。怎么不按门铃？李燃去开门。

“您是……”

“想想爸爸在吗？”

陈可端着水果出来：“小星星爷爷，找我有事吗？”

“侬帮我看看，这个微信怎么不响了？”

李燃接过陈可手中的水果盘，礼貌问道：“小星星爷爷，要不要进来坐？”

“不要了，让你老公帮我看看就行了。”

老爷子一副常来串门的样子。陈可帮他检查了手机设置，果然又是一个简单的问题。他调整好模式，把手机还给老爷子：“模式问题，现在好了。”

“谢谢侬，你们小年轻就是结棍（厉害），那我走了。”

送走小星星爷爷，陈可坐到围栏里陪儿子。李燃问：“他们小星星是不是和我们想想一样大呀？”

“差一个礼拜。孙子不在，其他小辈也不在，手机问题他常常搞不清楚。”

“他孙子之前不是一直由他们老两口带的吗？”

“前阵子被接到外婆外公那儿去了，他老伴儿白天去那边帮忙，老爷子就常常一个人。”

“那是挺无聊的，我们老了可不能只围着子孙转，我们得有自己的生活。”

“你这样想就对了，老了我可不帮想想带娃。”

又是一个阳光明媚的早晨。

李燃精心打扮着自己。今天早上有个全公司大会，小道消息称，今天的会议将宣布副总经理的人选。李燃信心十足，准备以最佳状态出席会议。不料她正准备出门，身后的想想突然叫：“屉屉，屉屉……”

李燃猛地回头：“啊？想想要拉屉屉吗？”

“屉屉，屉屉。”

“快，小马桶！”

陈可听到老婆叫，激动地拿来准备已久的小马桶，把想想抱上去。想想坐在小马桶上，嘴巴里还在不停地念叨：“哇哇，屉屉……”

李燃和陈可蹲在两侧给想想加油。

“宝宝拉出来了吗？想想加油！用力，嗯——”李燃握着拳头紧张地看着想想，一会儿又转头看着墙上的时钟。

“没事，老婆，你赶紧去开会，回头给你汇报情况。”

李燃犹豫再三：“想想，妈妈先去上班班哦，你加油，一定要拉出来哦，加油！”

“哇哇，屉屉，屉——”

看着妈妈出门，想想最后一个“屉”字被关在了门内。李燃一边惦记，一边小跑着拿出车钥匙……

M集团。

李燃匆匆赶到公司。同事们已经陆续进入大会议室，她快步去办公室放好包，加快脚步向会议室走去。她在走廊里碰到采购部的王总监，他还笑称让李燃不要急，李副总晚点进场才对。李燃虽然嘴上谦虚，心里却乐开了花。

全员大会的议程很满，各部门的总监相继汇报当月情况，李燃也讲述了北京项目成功签约的情况，底下众人鼓掌。

李燃看着手表，心想，一个半小时过去了，怎么还不说重点。好不容易各个部门情况汇报完毕，刘柯开始总结陈词，表扬成果、提出不足，又啰啰唆唆讲了二十分钟。眼看就要散会，李燃有些心乱。

突然，刘柯提到了副总的职位问题："各位，我们公司的副总经理职位已经空缺了很久。总公司决定了一位人选，这位即将上任的副总在各个方面都很优秀，而且对公司有非常大的贡献，就是……"

李燃默默整理了衣衫，准备起身谢恩，却听见刘柯报出了一个完全陌生的名字。

"……Jack是总公司的业务骨干，这次派到我们上海分公司是总公司对我们的支持，等他下周上任，我们再说具体情况。另外……我还要代表公司特别感谢李燃总监，她这次去北京拿下了非常重要的项目，非常不容易，临危受命，所以李总监破格提拔为全公司项目组组长……"

参会的同事们静默，刘柯带头鼓掌，大家便一起应和。李燃挤出一个很官方的笑容，对着众人点头，但只有她自己知道，此时此刻她整个人都是蒙的，还觉得会议室的人都在偷偷看她……

刘柯说完"散会"便走回自己的办公室。李燃定了定神，起身跟着刘柯进去，不看也知道，外面的同事都在指指点点。

"关门。"刘柯对李燃说。

"为什么关门，有什么不能对外说的？"

“如果你想好好谈的话……”

李燃让自己沉住气，关了门，转身就想责问，不料刘柯先开口：“李燃啊，项目组组长要分担的工作很重，同样权力也很大，你一定不要辜负我对你的信任啊！”

好家伙，公司几乎所有的项目都在市场部，而李燃本来已经是市场部总监，再挂个虚无的名号给谁看？

“可是刘总，您当初答应我的是副总……”

“李总监，话可不能乱说。”刘柯义正词严地说道，“我从来没有承诺过你什么，副总经理的职位是要总公司批复的，不是我个人可以决定的。你这次是立了功，所以在我的能力范围内已经给你加了名号。李燃啊，做人不能太贪心。”

太贪心？李燃差点一口血吐出来，居然真的有人能一本正经地胡说八道。

“既然这样，中锋的项目我不会再跟，您另请高明。”

“北京的王总马上到岗了，你是可以放心了。”

“过河拆桥挺快嘛，那其他项目也都您来安排吧。”

“怎么说话的，你真当公司没了你不行吗？”

李燃的倔强脾气对上刘柯的大放厥词，最终两人不欢而散。

李燃回到办公室，小张跟了进来。

“李总，我真的不知道有新的副总经理的人选，不然上次你发消息给我，我一定会告诉您的。”

“我居然为了这个破会错过了想想第一次坐小马桶……”

“李总，您说什么？”

李燃依旧喃喃道：“不知道拉出来没有……”

“李总，您没事吧……”

“没事。”李燃缓过神来，“和你没关系，谢谢你，小张。我还有个文件要看，你先出去吧。”

小张走出办公室。李燃心神不宁地翻着资料，桌子上的手机突然响了。

是陈可发来的微信——想想早上成功在小马桶上拉出屉屉的视频。还有一条配文：“老婆，想想在小马桶上成功拉出屉屉了，你还顺利吗？”

李燃一声叹息，心想：“居然不是我帮他擦的屁股……”

迎着苦涩的晚霞，李燃无精打采地回到家。

“老婆，正好开饭，今天还顺利吗？”

“老公，我被骗了……”李燃说着红了眼眶。

陈可赶紧放下手中的汤锅：“怎么了？被谁骗了？”

“刘柯。走了一个David又来了一个Jack……”李燃抽泣着，断断续续把事情始末讲了一遍，“……王总监还提前恭喜我，丢死人了。”

“不去了！辞职！”

李燃被陈可激烈的反应吓到，一下没了眼泪，她的老公一向沉稳，这次怎么反应如此强烈，她弱弱问道：“老公，真的要辞职吗？”

“不干了！太欺负人了！”

“真的吗……其实不做副总也没什么……”

陈可笑：“那不就行了？”

李燃气坏了，原来是激将法。她对着陈可一阵捶拳。此时，旁边一个小身子爬过来，对着李燃叫：“妈妈抱……”

李燃一把抱起想想，忽地看向陈可，又看向儿子：“宝宝，你刚刚说什么？”

“妈妈抱。”想想笑着对李燃说。

天哪，儿子终于会叫“妈妈”了！

李燃看着儿子的小脸，这就是传说中的天使笑容吧。她紧紧搂住想想。陈可上前，抱住李燃，此时窗外的晚霞似乎散发着甜甜的桂花香。

人生呢，有失也有得。

第二十八章
说走就走的旅行

沪杭高速公路上，一辆吉普车一直保持着安全车速。

驾驶座上的人露出熟悉的侧颜，他握着方向盘，问副驾驶座上的人：“请一周假，真的没问题吗？”

“我还想请一个月呢。多久没休息过了，这次要好好玩儿一圈。”说着，她还不忘回头问了一句：“是不是呀，宝宝？”

二十四小时前。

李燃在家整理行李，她和陈可决定带想想来一次说走就走的旅行。

“衣服五套、袜子、睡袋……这些是洗漱用品，还有这些是想想吃饭的东西……对了，还要把这个带上。”李燃把便携式烧水壶往地上一放，只见她面前铺着满满当当的宝宝用品，分门别类，十分有序。

“老婆，带这么多东西？”陈可的眼睛像个雷达，扫描着地上的物品：衣物类有短袖、长袖、裤子、袜子、睡袋、游泳衣；洗漱类有牙膏、牙刷、沐浴露、润肤露、小毛巾、浴巾；日常类有免洗洗手液、防晒霜、驱蚊贴，还有餐碗、叉子、勺子、围兜、水壶、奶瓶、洗洁精、奶瓶刷、小零食……

“差点忘了。”李燃又去找创可贴和碘伏，“这些都得带。”

“我们去几天而已……”

“你别觉得夸张，我可是做过功课的，这些东西一样都不能少。”李燃把东西都分类放进收纳袋，“人家妈妈说了，带娃出门两天和出去两周的东西是一样的。所以，老公，这次我们要多玩儿几天再回来。”

想想在一旁看着妈妈整理东西，觉得可有意思了，见妈妈把整理好的收纳袋一个个放进行李箱，他也爬进去，像个小狗一样猫在里面不肯出来。

李燃笑：“想想也很期待吧？”

一切就绪，准备出发。

李燃看向后排，安全座椅上的想想已经歪着脑袋睡着了，一家人的第一次自驾游正式启程。

和爱的人在一起，沿途的风景也变得异常美丽。李燃在副驾驶座吃着零食，看着窗外的秋日美景，心情大好，管他David还是Jack，都不能破坏她此刻的好心情。

吉普车下了高速路。

“老公，你多久没来过杭州了？”

“最后一次是和你。”

“我也是耶，快三年了吧，那时候我都没怀孕呢……”

“现在可多了一个电灯泡。”

李燃回头看看儿子，他还睡得像小猪似的……

吉普车在酒店门口停下，李燃抱起睡眼蒙眬的想想下车。好小子，一觉睡到酒店，也太省心了。

大堂沙发上，李燃努力控制着到处乱爬的想想：“爸爸马上就来了，你可别让我丢脸哦。”

可小孩子哪管这么多，想想只觉得妈妈是在和他躲猫猫，况且他刚睡醒，力气正没处使。李燃为了控制住他，已经使出了浑身解数。她开始有点后悔带娃出来旅游，可这才哪儿到哪儿啊。

此时，坐在他们母子俩对面的一位老奶奶笑着问李燃："宝宝多大啦？"

"二十一个月了。"李燃还在努力控制怀中的想想。

"现在的姑娘可调皮了。"

"我们的是小伙子。"李燃笑。

老奶奶笑得爽朗："这么清秀的小子，随妈。"

"我老公也很帅的。"李燃说着，自己也笑了起来，真是一点不含蓄。

两人聊得正投机，一位穿着体面的老爷爷走来，他头上戴了一顶帽子，脖子上还挂着一台照相机。老奶奶看到他，立刻起身相迎。老两口都是穿着干净、谈吐得体的人，站在一块儿给人一种很舒服的感觉。

李燃与两位老人道别，望着他们的背影，露出笑意。

"老婆，办好了。"陈可推着行李过来，"看什么呢？"

"老公，你看前面那对老夫妻，他们老两口经常一起出来旅游，你看他们的样子是不是很恩爱？等我们老了也要这样。"

"等我们老了，你想去哪里，我都陪着你。"

"还有想想。"

"想想？到那时候，他早就有自己的生活了，怎么会和我们在一起呢？"

李燃皱眉，问怀里的想想："是吗？"

"是的。"陈可果断替儿子回答。

"爸爸说，你会和老婆跑了……"

"走吧。"陈可笑着拿起李燃的包，推着行李箱朝电梯口走去。

李燃走在陈可身边，突然心里有些不是滋味，再看看怀里的想想，心想，就这么个小不点，以后还能甩了她不成？

酒店房间的视野不错，李燃抱着想想在窗口看对面的西湖。

"宝宝，想不想去坐船？以前爸爸妈妈坐过哦，那时候还没你呢。"

李燃把想想放到床上，“你乖乖的，别让自己掉下来，妈妈去收拾行李。很快哦。”

陈可和李燃把必用品拿出来整理，想想在大床上爬来爬去，李燃每次放个东西都要回头看看，生怕他从床上摔下来。

“你别紧张，摔下来一次他就知道了，而且又是地毯，没事的。”

“我就是不放心呀，怪不得人家说当妈容易焦虑。”

陈可笑：“等你回去上班就不焦虑了。”

整理完毕，两人稍作休息，准备出发去虎跑泉。

“老公，你还记得吗？我有一张小时候的照片就是在虎跑泉拍的。”

“记得，今天我们去同一个地方，给想想也拍一张。”

“出发——”

工作日出来就是爽，旅客稀少，完全没有节假日的喧嚣。他们一跨进虎跑泉的大门就感受到清新的空气和开阔的视野，精神百倍，心情豁然开朗。

陈可把想想挂在胸前，拉着老婆的手走在长长的小道上。小道的一边是山崖峭壁，另一边是小溪流水，身处这般自然风景中叫人舒心不少。

小道绵长，看不见尽头，虽然两人一边漫步一边赏景十分惬意，但对李燃这个常年不运动的人来说，这也算体力上的考验。

李燃喘着气：“怎么还没到……”

陈可背着娃：“还没开始爬山呢。”

“啊？”李燃惊讶，“还有山？”

“你不是来过嘛。”

“我只记得那个老虎……”

虎跑泉的山不算高，对登山爱好者来说，可能称不上真正的山。但还没到半坡，李燃就已经上气不接下气："老公，我觉得在想想能自己爬山以前，我们还是找那些有海滩能躺的地方旅游吧。现在这状态，只要给他一块草地、一个滑梯，去哪里都是一样的……"

陈可听着纳闷，他看看胸前的想想，再看看身后那个装得满满的双肩包，不禁感叹道："好像……一直是我在背他……"

"那……我……也是……心疼你……"李燃停下，"不行了，不行了。"

陈可拉起老婆："再走两步，前面就到了，再坚持一下。"

就这样，陈可背着一个、拖着一个，连拉带扯，一家三口终于看到了虎跑泉的池子。

李燃登上最后一级石阶，终于松了一口气。

此处游客稀少，池中鱼儿悠闲地晃着尾巴，树枝上结着小野果，清澈的池水倒映着一家三口的笑脸。水池的正前方是一个正在打瞌睡的石雕卧佛，卧佛的旁边有两只石雕大老虎，这里就是虎跑泉最具标志性的地方了。

陈可放下儿子。想想获得自由后激动不已，跌跌撞撞到处走着，陈可一路"护驾"，生怕儿子掉进池子里。

水池后方有一个供游客休息的茶室，李燃迫不及待地想要过去。

"老公，我们先去坐一会儿吧。"

陈可应声，想抱儿子过去，谁知想想拼命挣扎。小家伙对眼前的一切好奇极了，尤其是池中的鱼儿，看得不亦乐乎。

"你先过去吧，我带他玩一会儿。"

"好吧。"李燃拿下陈可的双肩包，独自走进茶室。她选了室外走廊的位置，正好可以看到老公和儿子，她对着外面叫："我坐在这里等你们哦。"

陈可拉起想想的手，向李燃挥了几下，继续陪着儿子看小鱼。过了一会儿，想想对小鱼失去了兴趣，他又跌跌撞撞地走到台阶前，上下走了几步，结果就出现了奇怪的行为——顺着石阶上上下下重复地走着，陈可就这样护着他，一直重复着上下上下……

不得不说，出门旅游太费爹。

李燃看着两人走石阶，觉得莫名好笑，她点了一壶西湖龙井，喝着茶，嗑着瓜子，看着老公带娃。美哉！乐哉！

“你别动，我来捡……”

李燃听到旁边有两位长者的声音。一个老爷爷弯下身子，捡散落在地的橘子。其中有一个滚到李燃脚边，她俯身捡起，抬头看到的正是早上遇到的那对老夫妻。

李燃起身递给老爷爷橘子：“您坐着，还有两个我去捡。”

“那怎么好意思……”

“没事的！”

李燃捡完橘子，来到老两口身边，把橘子递给老太太：“奶奶，您还记得我吗？早上在酒店大堂的……”

“记得，记得。”老太太连连道谢，“你们也来这里玩啊。”

“是呀，带小朋友来看看。”李燃看到旁边的登山杖，“您二老自己爬上来的？”

“是啊，老头子喜欢运动，还好这山不高。”

“厉害啊，奶奶，我爬上来都没力气了，只能我们爸爸去带娃了。”说着，李燃还向远处的老公招手。

“看得出你先生很顾家，姑娘好福气。”

李燃笑：“还行吧！”

“带孩子出来旅游很累吧？”

“是啊，出来要带好多东西。而且让小家伙走的时候他不走，您看这会儿，爬楼梯拦都拦不住，还老缠着他爸爸。”

老太太呵呵地笑：“孩子一晃眼就长大咯，到时候你们要他缠着都难哦。”

“是吧……”

“一眨眼的工夫，你要和他多说句话他都嫌你烦咯……”

是这样吗？听人说“儿来一程，母念一生”，李燃想到有一天想想会离开自己，突然有点难过。

“看您二老的样子，孩子肯定也很优秀……”

老太太笑盈盈地说：“我们女儿在大学当老师，儿子是工程师。”

“很厉害啊！您二老享福了。”

“都很忙的，结了婚一年都见不到几次。小时候天天‘妈妈’‘妈妈’地叫，到了高中住校了，一周回来一次。上大学第一年还常回来，后面变成一个月一次，再后来两个月……老了，很多事情不记得咯……”

老太太说着不记得，但儿女们小时候的琐事在她口中都仿佛历历在目。这平淡的口吻反而让李燃揪心，孩子真的一晃眼就长大了吗？人的一生中，亲人的陪伴和错失总是互相交替，怎样的人生才会让自己满意呢？李燃看着远处的父子俩，若有所思。

老爷爷帮李燃一家在大老虎前拍了合影，李燃抱着想想，站在她小时候拍照的同一个位置，心想：“以后想想也会带自己的孩子来这里照相吗？”

老夫妻两人继续往上爬，陈可和李燃带着想想下山，三代人在水池边告别。李燃回头，看着老夫妻二人渐行渐远的身影，仿佛看到了几十年后的自己和陈可，说不定想想以后也会带着老婆和儿子来这里，李燃这样想着。生命就是在不停地循环吧，如此神奇，如此美妙。

到了山脚，又是来时的那条舒适小道，陈可放下儿子，想让他自己走一走，没想到他没走几步，就直接躺倒在地，不起来，非要人抱。看没人理他，他居然还上演苦情戏，两个小眼睛泪汪汪地对着爸妈看。

陈可看着地上的想想，温柔而坚定地说道："自己走，你要赖也没有用哦。"

一旁的李燃于心不忍："算了吧，还这么小……"她试探性地看看老公，随即抱起想想："宝宝不哭了，妈妈抱……"

李燃把想想抱在怀里，这一刻很踏实、很安心。她知道不能宠溺孩子，可小家伙还不到两岁，这段可以每日陪伴的时光转眼即逝，她想在有限的时间里多留一些亲密的回忆。

回酒店的路上，李燃问陈可："老公，等老了就真的只有我们两个人了吗？"

"你怎么了？"

"没什么，就是突然有点不想儿子长大。"

陈可笑："你多带带他，就希望他快点长大了。"

李燃露出重回现实的表情："难得出来，晚上喝一杯？"

陈可露出微笑，温柔地拉了一下老婆的手，一切尽在不言中。

酒店的大浴缸里，陈可带着想想泡澡，父子两个玩水玩得不亦乐乎。想想的两个小腿狂踹，给陈可喂了不少洗澡水。李燃拿着一块大浴巾过来，把想想整个裹住，抱到大床上涂润肤露。

小家伙洗澡的时候玩累了，穿上睡袋，喝完奶，不一会儿就睡着了。

李燃窝在沙发上刷手机，陈可拿着两杯白葡萄酒走来。

"老公，我看到你又出了一篇爆款笔记欸，还有很多妈妈在问你带娃的方法呢。"

"我也没想到，育儿话题有这么多人关注。"

"可不是嘛，以前我们出去，看着人家带娃的拿着大包小包还觉得奇怪，现在才知道多个娃真是事情一大堆。"

“现在二胎也越来越多。”

李燃笑：“说不定很快开放三胎了呢。”

“我准备再整理一些带娃的干货发上去，你觉得怎么样？”

“可以啊，老公！你绝对是爸爸界的模范。”李燃喝了一口酒，笑道，“没想到，我老公要做育儿博主了。”

男明星转行做育儿博主？陈可自己也没想到吧。

“老公，我在北京的时候，你都怎么带想想的，和我说说呗。”

“想想第一次说三个字是‘爸爸抱’……有一次吃饭吃到一半拉屉屉了，还侧漏，搞得一塌糊涂……他不肯吃蔬菜，我就给他讲小鳄鱼的故事，农夫在小池塘捡到一个小鳄鱼……还有每天晚上给他刷牙，就像世界大战，有几天哭得特别夸张，我都怕邻居报警了，他还老喜欢吃牙膏……”

陈可的声音很温柔，他每说一句，脑海中就出现当时和想想在一起的场景，虽然他不自觉地一边皱眉一边吐槽，但依然藏不住满脸洋溢的幸福。

李燃听着，好像看到了很多自己不知道的画面，她笑着听陈可说儿子的糗事，听着听着，眼泪却不自觉地落下。李燃双手抱着膝盖低下头，陈可知道，这时候她需要消化情绪。片刻过后，他上前抱住她，亲吻她的发丝。李燃抬头紧紧抱住老公，这些日子她到底错过了什么……

之后几日，陈可一家去西湖划了船，去松鹤楼吃了松鼠鳜鱼，去柳浪闻莺让想想撒欢……从白天到黑夜，一刻不得闲。有时候玩疯了，想想整个下午都不肯睡，李燃被闹得头痛，陈可就独自把他带到健身房，放在瑜伽垫上，把喝掉半瓶的矿泉水瓶子给他，让他学自己的样子一起举“哑铃”。

经历了生物钟被全部打乱的三天，陈可和李燃不断问自己为何要带娃出来，在家躺着不好吗？这场旅行，惊吓太多！于是，被娃耗尽体力的两人最后决定去莫干山的民宿平躺两天。

平躺？娃答应了吗？！

莫干山两日，想想变本加厉，即使在民宿不出去，也能折腾一顿。陈可夫妇瘫倒在床，此时的心情已与刚出门时天壤之别。

“老婆，那家网红酒店怎么办？”

“退了！”李燃立马起身整理行李，一边往行李箱里塞衣服一边吐槽，“那个写攻略的人怎么没提示要带两罐红牛？我一定要去留言。”

日出、日落，痛并快乐的自驾游终于提前结束。

踏入家门的那一刻，陈可和李燃像卸了甲的士兵，真想倒地不起。其实两人从出去的第一天起就开始盼望回家，特别是在被想想折腾到崩溃的时候，很后悔没有把围栏搬出去。

在外几日，小家伙的作息都乱了，回到家就立马打哈欠，此刻已经在床上安然入睡。

李燃在客厅收拾行李。手机铃响，电话那头传来人事无比客套的声音。

“李总监，您休假结束了吧？刘总催您尽快回来呢。”

“知道了……好，再见。”

李燃挂了电话，看向窗外。今夜的月色特别朦胧，她开始思考，怎样的人生才是值得的呢？

第二十九章
姐只是一个传说

窗口透进暖冬的第一缕阳光。

在家休整了两天，陈可和李燃感觉又活了过来，夫妻二人感叹近期不会再带娃旅游了。

“还是家里最舒服。”李燃吃着早餐，一脸幸福的表情，对面的陈可一直低着头看手机。

“老公，和你说话呢！”

“知道，家里舒服。”

“你在干吗呢？”

“回私信。”

李燃笑：“我早上看你的账号，发现你粉丝又多了不少呢！”

“回来后又发了几篇，很多妈妈在问，怎么解决宝宝便秘。”

陈可自从连续发布育儿视频，社交平台账号的粉丝数呈几何倍增长，评论和私信也越来越多，他自己已经回复不过来了，不禁开始感叹账号托管的重要性。

“你可以建个粉丝群呀。”

“哪有时间，我私信都回不过来……”陈可抬头看到还在悠悠喝咖啡的老婆，“今天不是要去公司报到吗？”

“不着急。”李燃给想想擦小嘴，“我们宝宝现在吃饭这么乖呢，都不用妈妈操心。”

看来陈可培养想想自主进食颇有成效。听老婆这么一说，又激发了他新的选题灵感："对，这个也可以做。之前这小子吃饭一塌糊涂，我就想培养他自己吃饭的意识，得先让他产生兴趣，可以给他喜欢吃的'手指食物'……"

陈可说起育儿经验，滔滔不绝。李燃把想想从餐桌上抱下来，笑道："宝宝，爸爸好厉害哦，很多人崇拜爸爸呢，妈妈也来看看……"说着，她把想想放到地上，刷起评论来。可是读着读着，她突然皱眉。

"'这家的妈妈肯定不干活儿，哈哈哈。'这人还'哈哈哈'。"

陈可在旁边偷笑，李燃看到老公的表情就好像在说"人家的话又没错"，她撇撇嘴放下手机，突然叫起来："宝宝！"

地板上的想想正拿着他的口水巾像模像样地擦地，他蹲在地上像个小青蛙似的，拉都拉不起来，擦得特别卖力。

"我儿子居然会做家务了。"李燃看着想想先是激动，后又担忧不已，"老公，我儿子这么会干活儿，以后找个老婆，什么都不干怎么办？"

"那有什么，只要他愿意。"

"我不愿意！凭什么我儿子给别人干活儿呀？至少也得一人一半吧。"

"那我们先分分工吧。"

李燃的笑容僵在脸上："我要迟到了，爱你哟！"她重重亲了陈可一下，又搂搂儿子，拿包出门，迅速离开。

安静的办公室内只能听到打字的声音。李燃按下回车键，旁边的打印机出来一张纸……

小张敲门进来："李总，刘总之前来过，说等您到了让您去一趟他的办公室。"

"特地过来找我？"

"是的，"小张靠近李燃，小声说道，"好像是中锋集团的王总指定要您接管项目。"

“我知道了。”李燃看着小张出门又叫住了她，“小张……好好干。”

小张有些茫然，点头离开。

刘柯办公室。

“李燃，坐。”刘柯见到李燃，特别客气，他的态度较上一次两人不欢而散时是天壤之别，“气色不错，休个假还是有必要的，不过工作可不能耽误哦。”

李燃没有接话，站在他的办公桌前，轻轻地把一个信封放到桌上，信封上是“辞职信”三个字。刘柯一愣，他应该没有想到，在M集团工作这么多年的“拼命三娘”会主动提出辞职。

“怎么了？为那点小事就要辞职啊，我不同意哦。”

“哦。”

哦？刘柯一愣。

“李燃，你还这么年轻，好好干，以后大把机会！等中锋集团的项目完工，我一定向总部打报告。”

“哦。”

“哦？”

“您打报告了通知我，我一定回来。”

刘柯犹如吃瘪，收起笑脸：“真的要走？找好下家了？”

“没有。”

“没有……李燃啊，工作不能半途而废，中锋的项目刚开头——”

“刘总，您把我看得太重要了，谢谢您这么多年的照顾，稍后我会和人事做交接工作。”

“这么决绝？没有余地？”看李燃微笑着摇头，刘柯追问，“那你辞职后有什么打算？”

“回家带娃。”

李燃说出这四个字的时候，仿佛感受到了几个月前陈可和Sam说同样的话时的心情。原来是这样的感觉，李燃会心一笑。

刘柯也微笑，但笑中多了一丝轻蔑："女人到最后还是回家带孩子最重要。"

"虽然结果一样，但'我愿意回家带孩子'和'女人总归是回家带孩子'是两码事，您保重。"

李燃走出刘柯办公室的那一刻如释重负。

工作这么多年，到头来能带走的居然寥寥无几。李燃在办公室整理物品，感慨自己近十年的奋斗不过如此。

她的手机振动，是王凡来电。

"怎么离开北京也没打下招呼？"

"我去北京是代职，走前让冯总监和陈副总说明过情况。"

电话那头沉默，确实，她没有向他告知的义务。

"我听说你们那边有人事变动。"

"王总消息挺快啊。"

"你放心，中锋的项目只认你。"

"谢谢王总的好意，但您不必这样，况且我刚刚交了辞职信。"

"辞职？"

"是的，很抱歉中锋的项目不能继续跟进，但我相信M集团一定会做好这个项目。"

"你辞职去哪儿？"

"王总，这是我的私事，就不方便告知了。"

"李燃……"

"谢谢您的关心，我真的很好。"李燃真诚地说道，"王凡，我没想到这次会在北京遇到你，但无论是十年前还是现在，我们都没有遗憾，因为你比我更清楚，我们是两个世界的人。我衷心地祝福你能找到属于你的幸福。"

话已至此，王凡也不再强求，所谓的执念不过是在为难自己。十年后，相逢已是故人，既是故人，那便随缘吧。

李燃挂了电话，感叹曾经的插曲终究成为过去，她继续整理手边的物品。

小张敲门进来，看李燃在整理东西，一脸不舍。

“李总，您真的要走吗？”

“消息传得还真快。”李燃放下手上的文件，“小张，我已经和王总监打过招呼了，如果你愿意，可以到他的部门。”

“李总……”小张开始抹泪，“您工作能力这么强，公司为什么要这么对您……”

“是我自己要走的，和公司没有关系。”

“那您为什么要走呀？”

“因为……我是我先生的太太、我儿子的妈妈，这才是我此刻人生的第一角色。”

李燃说出了这句话。这是她思考很久才选择的人生道路。承认自己是一个平凡人并不难，但发自内心地接受这件事并乐于做一个平凡人就很厉害。李燃知道自己没有停止进步，她只是放慢了脚步，选择这个阶段属于她的生活。

至此，李燃离开了M集团。

午后。

陈可正在用平稳的语气给想想讲故事，小家伙渐渐闭上了眼睛。这个方法很奏效，千万不可声情并茂地讲，那样只会让想想越听越精神，这是陈可在无数次失败后总结的平音哄睡经验。

陈可看到手机屏幕上出现了一个久违的名字——Sam。

“兄弟，你可以啊，带娃带出名啦！”

“最近好吗？”陈可问。

电话那头沉默了一秒，随即又响起标志性的笑声：“好啊，怎么不好，兄弟天天吃香的喝辣的，那几个小演员把我当菩萨供着。”

“那就好。”

“你呢？我看到你发的视频了。兄弟，你当演员真是屈才了……但是，差不多该回来了吧。”

陈可沉默，Sam继续道：“你还不知道吧？那个小善，就是污蔑你的那个小演员，不知道哪根筋搭错了，开始爆料娱乐圈内幕，还说你那件事是受人指使，我看这事儿算翻篇了……喂？老陈，你还在吗？”

“Sam，我目前不想改变现状。”

陈可听到电话那头有人叫了一声“Sam哥”，语气十分轻佻，之后Sam与陈可寒暄了几句便匆匆挂了电话。

Sam面前站着一个不羁少年，他叫陈阳，是公司让他带的新人。陈阳有后台，一直怪公司不给他资源，三天两头在公司闹事，当然也看不上Sam这个经纪人。

陈阳：“哥，上次的广告，你谈得怎么样了？”

Sam：“还在努力，现在冒出来的几个新人都很有竞争力，咱们得再加把劲儿。”

陈阳：“是您得加把劲儿，这个客户，我之前都已经谈好了，这次可不能再丢了。”

两人的谈话不太愉快，Sam这个资深经纪人在这位年轻的小演员面前甚至有些卑微。自从陈可离组事件发生，Sam在业内的信誉度大打折扣，地位一路下滑。虽然刚刚和陈可通话时还强撑着面子，但实际上这几个月他的日子着实不好过。

太阳还未落山，李燃抱着大纸箱回到家。

“老婆，这么早回来？”在厨房备菜的陈可探出脑袋。

“以后都不用去了。”

“什么？”陈可拿着铲子从厨房出来，“你刚刚说什么？”

“儿子呢？”

“还在睡。”陈可看到李燃的大箱子，“你被开除了？”

“是我把刘柯开除了。”李燃放下箱子，对着老公眨眼睛，“我辞职了。”

“什么时候决定的？你等等……”陈可去厨房关火，出来脱下围裙，“怎么没听你说过。”

“老公，口渴。”

陈可给李燃倒了一杯水，继续追问：“什么情况？”

“我决定在想想读幼儿园前回家做全职妈妈。”

陈可不敢相信自己的耳朵：“全职妈妈？”

“对啊，老公，这段时间你辛苦了。我很认真地想过了，我想多陪陪想想，也想多照顾照顾你。”

“你照顾我？”陈可有些恍惚，自己的老婆自己最清楚，之前她在家可没少帮倒忙，“不是，老婆，我不用你照顾，你能力这么强，不去工作太可惜了。”

“那也没办法，话也说绝了，辞职信也交了，东西都搬回来了。”

“那……创业吧，我支持你创业！”

陈可重复表达着自己的想法，但始终无法撼动李燃回归家庭的决心。她坚持要换下陈可这个带娃主力军，并称自己一定能干好，说着就抢过老公手上的围裙。

“我先去厨房忙，想想醒了你叫我哦！”

李燃进了厨房，准备洗碗的时候，才发现杠子上挂着好几条抹布，自己却不知道哪块是洗锅的、哪块是洗宝宝碗的。

厨房外的陈可呆呆站在原地，努力适应着老婆突如其来的角色转换。

清晨的第一缕阳光洒进房间内。

陈可睁开眼，不可置信地感叹："一觉醒来，家里变成两个全职带娃的了。"

刚刚转换身份的李燃特别积极，一大早就在家搞卫生，还主动承担了全家人的早餐，一个人在厨房忙前忙后。李燃一边给想想冲奶粉，一边煎着荷包蛋。冲奶粉的水一会儿烫了，一会儿又凉了，反复几次，锅里的荷包蛋都焦了。还有那不听使唤的咖啡机，开关了两次就是不出咖啡粉。算了，今天就用两包速溶咖啡代替吧，加点牛奶就是拿铁。还好面包机没有和她唱反调，跳出来的两块面包都很正常，但她拿的时候手一滑，面包差点掉到地上。

如果有人轻描淡写地看待全职家庭主妇的人生，那一定叫人叹惜，其实全职主妇的每一个动作、每一个安排、每一次收纳、每一个决定背后都蕴含着无穷的智慧。

被迫"失业"的陈可抱着想想在厨房门口看着老婆不停地转身。见她手忙脚乱的样子，他真想上前帮忙，却被硬生生阻止。

"不用你，不用你。"李燃连连摆手，"你带想想去洗手，马上就能吃了。"

"老婆，十五分钟前你就说过了，想想的手已经洗了两遍。"

"马上，马上……"

终于吃上老婆做的早餐，陈可感叹这辈子也算值了。

"老公，以后咖啡还是交给你，那机器我实在搞不定。"

"其实你可以都交给我，辞职的事，你要不要再考虑一下？"

"昨天不是都说过了嘛，我已经交了辞职报告，没有后路了。快点吃，吃完我们早点走。"

"走？这么早去哪里？"

“花市。”

陈可胸前抱着想想，李燃手上抱着蕾丝花和马蹄莲，一家三口在花市慢悠悠地逛着。

李燃很喜欢花，谈恋爱的时候陈可送过她超大一束，羡杀旁人，但一算价格，李燃心疼到不行。后来，陈可就经常陪李燃去逛花市，大把大把的鲜花任他们挑选，价格实惠花又新鲜，直到李燃怀孕，有几年没来过了。

花市的摊位还是老样子，李燃再次光顾之前一直买郁金香的花摊。老板没有认出她，但依旧热情。李燃选了一把明黄色的花问陈可：“好看吗？”

“好看。”陈可看着老婆的样子，想到以前谈恋爱的时候，再低头看看胸前的儿子，不禁感叹时间真是一个魔法师。

回到家，李燃把想想的口罩和小帽子取下来，用脸贴贴他的小脸。

“有没有冻到呀？”李燃帮想想把外套脱下来，带着他去洗手，边洗边唠叨，“我们从外面回来，第一件事就是要洗手。把小手洗干净，搓搓搓、冲冲冲、甩甩甩，再擦干净……”

陈可倚在门框边上，看着老婆投入的样子，或许这就是小日子的魔力，平凡却叫人无比珍惜。

李燃抱着想想出来，看见花已经铺到大桌子上，她拿出好久不用的花瓶，还嘱咐想想不可以乱碰。转念一想，她还是把崽子放到围栏里更安全。

李燃和老公并肩站着，她拿起一枝蕾丝花，切了尾端，问：“好久没一起去花市了，感觉怎么样？”

陈可在切郁金香，笑起来很迷人：“和你在一起，去哪里都很好。”

天哪，又是一句“土味情话”。李燃笑得很甜，她把切好的鲜花插了三个花瓶，看到想想在围栏里，撕书撕得正起劲。

“宝贝，你无聊了，是不是？”李燃把儿子抱出来，“来帮妈妈忙，好不好呀？”

李燃拿出新桌布铺在餐桌上，还让想想帮忙拉边角。整理一番后，她把花瓶放上，又把客厅布置一新。想想像个小跟屁虫一样，跟着妈妈到处忙活，还笑得特别开心。这小子不会这么快就忘了亲爹吧？陈可看李燃的架势是铁定要在家带娃，不禁问道：“老婆，你来真的？”

李燃深情地望向陈可：“老公，不用上班的日子太爽了。”

陈可投降，那就顺其自然吧。

“你去做视频，想想交给我。”

“确定？”

“确定！”

第三十章

育儿博主还是未来影帝?

陈可虽对老婆带娃不太放心，但总得有放手的一天。

他回到书房，打开电脑，查看后台数据。平台粉丝活跃度很高，评论数又是99+。陈可思考着，老婆说得没错，他这次在运营账号上的成功真的很幸运，因为在研究平台上的一些用户后，陈可发现比他做得好的博主大有人在，但他们的粉丝数都平平。看来明星效应真的很强大，他作为一个小小的过气演员都可以带动流量，何况是一线明星呢？陈可觉得自己不能辜负上天给他的运气，或许“用剩余不多的明星效应带动新手爸爸带娃的积极性”是老天爷给他的使命，如果可以用自己的力量带动大家一起做积极的、正面的事情，那便是叫人开心的。

陈可翻看评论，发现网友们最关心的就是宝宝不爱吃饭、便秘、发脾气等几个问题，于是他准备做一个问题反馈的合集。他一边看素材，一边回想着自己单独带娃的那段时间，虽然不过短短数月，但是他人生中一段无与伦比的经历。

如果老婆真的回来全职带娃，他是否要调整自己的生活重心？这个问题在陈可的脑海中闪过，但很快就被外面的声音打断……

厨房里，李燃正带着想想做溶豆，她看着视频，一边学一边做。

“蛋白和蛋黄要分开。”李燃第一次给儿子做小点心，激动不已，“妈妈是不是很厉害？你说，妈妈厉害还是爸爸厉害？妈妈厉害，对不对？”

李燃正得意，不料刚启动打蛋机，想想就吓得爬出去老远，表情万分紧张。

陈可走来，一把抱起想想，安抚着小家伙："不怕，这个是打蛋的机器。"显然，想想被这个轰隆隆响的家伙吓坏了，他紧紧抱住爸爸的脖子，不肯下来。

李燃赶紧解释："我没吓他哦！"

"没事，我带他晃一圈。你打好，我们再过来。"

"行吧。"

陈可带想想去阳台看外面的小鸟，不一会儿，打蛋机的声音停下了，陈可抱着想想重新走回厨房。

"哇，你看妈妈会变魔法呢！要不要去帮忙？"陈可抱着想想，在旁边看李燃裱溶豆。小家伙来了兴趣，伸手就要抓……

终于搞定，李燃把溶豆放入烤箱，一旁的想想小手和小脸上都是糊糊，她抱起儿子："走，我们去洗手手。"

一来二去，准备午饭的任务又落到了陈可头上。李燃为了表示自己包揽家事的决心，饭后主动提出要哄睡儿子。可是想想不知是换人哄睡不习惯还是太兴奋，和李燃频频互动，就是没有睡意。

李燃不想打扰在书房的老公，对着想想好言相劝："快闭上小眼睛，你可不能让你妈丢脸哦。"

可没想到越是和他说话，这小子越是来劲，李燃真是拿他没办法。

"那就别怪我了……"

陈可还在书房剪视频，就听到李燃在外面说要带想想下楼。什么情况？陈可出去一看，李燃和想想穿着无比可爱的母子装站在他面前。

"你什么时候买的？"

"就许你穿亲子装啊！你看我们像不像姐弟？哈哈哈……"李燃先

把自己说乐了。

陈可直夸老婆貌美，好一会儿才反应过来："他怎么不睡觉了？"

"对啊，你怎么不睡觉了？"李燃问想想，然后笑道："没事，我看过育儿书，不睡就不睡，爸爸不要焦虑哦。你安心搞事业，我带他下去遛一圈。"

李燃带着想想下楼，走到小花园。四周空空如也，一个人都没有。可不是嘛，现在是午睡时间，大家都没出来，亏得李燃还特意打扮一番。

想想可一点不受影响，他蹲在地上，饶有兴致地看着小蚂蚁。

"宝宝，我们给小蚂蚁一点吃的，好不好？"说着，李燃从包里拿出溶豆，塞给想想一颗，又掰碎一颗撒到地上。

不一会儿，小蚂蚁们排着队来搬食物，两条长龙有规律地、来来回回地努力搬运着。想想一边吃溶豆，一边看小蚂蚁，好久好久都不想走。李燃就陪着他一起观察。

"这两个小蚂蚁在打招呼呢，你看它们的小触角在动……这个小蚂蚁太贪心了，搬这么大一块……"

"给妈妈……"

"什么？"

"给妈妈……"

"想想是说，小蚂蚁把溶豆搬回家给妈妈吃吗？"

"对的。"

看着想想点头，李燃突然很感动，原来带娃这么有趣，怪不得陈可乐此不疲。

看完小蚂蚁，李燃带着想想在小花园里躲猫猫。玩了几圈，小家伙有点愣愣的，李燃想带他回家睡觉，他明显是撑不住了，但身体还在抵抗。

就在此时，仔仔妈妈出来遛娃了。她看到李燃，有些诧异，随即很大方地笑道："想想妈妈，今天你带想想出来啊！"

"是啊，仔仔妈妈，好久不见。"

李燃故意往仔仔妈妈面前凑了凑，心想："看到没？姐姐今天也画了裸妆。"仔仔妈妈对她这点小心思一目了然，低眉浅笑，心想："手法还不错。"

不久，遛娃联盟的几个成员也来了，大家都在李燃面前夸赞陈可，元宝爷爷还说陈可是"极品"，让李燃哭笑不得。

"一直听我们家爸爸说起大伙儿呢。"李燃拿出精心包装好的几包溶豆，分给大家，"这是我亲手做的，特地带来给宝宝们尝尝。"

大家收到溶豆，对李燃赞不绝口。她拿出最大的一包给仔仔妈妈："你的饼干很好吃，陈老师让我谢谢你。"

女人在感情上的细腻只有同类秒懂。仔仔妈妈明白她的心思，笑着收下溶豆，还让仔仔道谢。她对陈可除了粉丝对偶像的崇拜，还有别的情感吗？可能连她自己都没有细想过，毕竟两个孩子几乎占满了她所有的时间，只是每次遛娃能见上偶像一面是让她开心的事，真的不过如此吗？

李燃半开玩笑地和大伙儿说："以后大家会常常看到我，不要想念我们家爸爸哦。"

大伙儿聊着天，李燃看了仔仔妈妈一眼，两个女人眯着眼对笑，各自领会。

陈可在家里做视频，突然接到一个陌生来电。

"喂，您好，是陈可先生吗？"

"哪位？"

"我们是社交平台合作的MCN（多频道网络）机构，关注到您的账号，想邀请您成为我们的育儿博主，不知道陈先生有没有兴趣？"

"MCN？"

“对，我们是平台S级的合作伙伴，想和您签约。”

“做育儿博主？”

“是的，关于待遇，您可以来我们公司详谈……”

陈可挂了电话，还是不敢相信，竟然有人要签约自己做育儿博主?明明他也发了健身视频，身材还这么好，怎么就没人叫他做健身博主?

此时，门外有动静，是李燃推着推车回来了。想想已经睡得很沉。陈可把儿子抱上床，这会儿动作再大他也不会醒的，估计得直接睡到吃晚饭。

李燃坐到沙发上刷手机，陈可给她倒了一杯果汁。

“老婆，刚刚有人打电话来，说要签约我做育儿博主。”

“育儿博主？！”李燃放下手机，惊喜又惊讶。

陈可自我调侃:“这名头有点酷哦。”

“没想到，有一天我老公会做育儿博主。”

“我还没答应呢。”

“那你怎么想的？”李燃看老公不语，继续道，“我在北京也接触了一些MCN。就这一年，人们的娱乐方式变化很大，现在短视频的热度很高，带娃又是主流，我觉得育儿内容是个值得关注的市场。但是，如果做专业博主……你真的不准备去拍戏了吗？”

这句话问到了陈可心里，他做视频的初衷是记录想想的成长，并和新手爸妈们分享一些育儿经验，可他从来没想过把这件事当成事业。

“不着急决定，你好好想想，我来看看……好像现在明星做博主的也蛮多的……”李燃翻着手机，突然大叫，“老公，这是你吗？！”

陈可被她吓了一跳，李燃也紧张起来，赶紧探头看儿子。还好儿子没醒，她立马把手机凑到陈可眼前。

“你凑这么近，我看不到。”

陈可往后仰头，这才看到娱乐新闻里自己的照片，他只觉得熟悉，却一时想不起来，再往下翻，居然看到了想想！小家伙正在吃雪糕……

陈可想起来了，是去北京前带想想去吃早午餐，居然被狗仔偷拍了。

“老公，你好帅哦！这角度，这光线，不知道的还以为是摆拍呢！”李燃沉浸在自己老公的美色中。

陈可还来不及看评论，Sam的电话就来了。电话那头万分激动：“老陈，你看到了吗？娱乐头条登了你的照片！”

“你找的人？”

“怎么会是我呢？要是我，早就登了，还用等到现在？你看看评论，你小子又要红啦！”

Sam的声音实在太大，一旁的李燃也听得清清楚楚，她赶紧打开微博，看到文娱榜上“昔日男星出街带娃”的热搜正在攀升。评论区全都是赞美，看来女粉丝很吃男人带娃这套，特别是又高又帅的男明星带娃。

陈可问：“怎么回事？”

Sam：“我打听了，当天娱记得到小道消息，C和J去那里约会。结果他们没等到。后来人家看到你，就顺便拍了几张。那时候你不是没声音嘛，人家就没当回事儿。这几天你社交账号有动静了，人家就趁着热度发了个独家新闻。你说是不是运气好，就刚刚那一下，又有人来问你档期了……”

陈可有点来不及消化，一时语塞。

“兄弟，你还在吗？兄弟？”

“哦。”

“哦什么呀，赶紧抓准时机复出啊！”

复出？刚刚还在考虑要不要做育儿博主呢。人生可真是瞬息万变。

互联网上，舆论的发酵又快又狠，陈可曾吃过这波红利，也被反噬过，如今又来一次热度，他不得不有所顾虑。但这丝毫不影响市场发酵，接下来的几天，陈可收到不同人的微信，有制片人的，也有经纪人的，他们都要给他推项目。新上的韭菜，谁不想割？陈可在娱乐圈摸爬滚打近十年，一路上起起伏伏，他自然明白当红艺人的风光以及流量下的泡沫。

李燃表示，老公无论做博主还是拍戏，自己都会无条件地支持。而对陈可来说，他现在就像站在分岔路口，不同的选择将决定他往后事业截然不同的发展轨迹。

Sam在办公室内畅想着陈可再度翻红后两人的美好未来，陈阳走了进来。Sam起身坐正，觉得有些倒胃口。

果然，这家伙一上来就用领导的语气讲话。

“哥，上次的合约怎么样了？”

此时的Sam已不像之前那般畏首畏尾，他慢悠悠道：“广告商还在看合同，最近我很忙的，这些小事，你让执行经纪人去跟吧。”

“您忙？”陈阳的语气有些调侃，“哦，对。陈老师最近气势挺足的。但您还不知道吧，好多人在找陈老师呢。他没和您说？可能人家自己在谈了吧……”

Sam还真不知道有这档子事，但他嘴上依旧维护着和陈可的兄弟情。陈阳走后，Sam心中打鼓：“那小子说考虑考虑，这也快一个礼拜了吧，怎么都没消息，他不会真的要单飞吧……”

陈可在书房看资料，Sam来电。

“老陈，忙什么呢？”

“看剧本。”

“看剧本……”Sam心一沉。

“有事？”

“没事，没事……”Sam纠结再三，终究开口，“就是……我听说现在找你的人蛮多的，你要是找新东家的话，告诉我一下，咱俩这么多年的交情。没事，理解……”

依旧是那个低沉的声音："我就你一个经纪人，不想干了？"

电话那头沉默片刻，随即传来夸张的笑声。Sam早已眼泛泪花。

"我就说嘛，我兄弟怎么会是那种人呢！"

"我收到几个剧本大纲，正在看，有两个还不错。"

"交给我，交给我。你看中的，我去帮你谈。你就在家继续带娃，都交给兄弟，我一定帮你谈个好价格！"

"价格是其次，团队必须得靠谱，我可没钱再毁约了。"

"你放心，你放心。这回是赌上咱俩的未来，有一点点问题我都不答应。"

陈可挂了电话，嘴角上扬。

李燃探头进来："老公，吃饭啦——"

"老婆，我决定去拍戏了。"

李燃再次探头进来："未来影帝，吃饭！"

第三十一章

想想奶爸

清晨6点。

想想慢慢睁开了他的小眼睛，清醒后就开始找人，看到李燃就睡在自己旁边，于是爬起来叫了两声“妈妈”。

李燃睡得正沉，没有一点反应。想想爬到李燃跟前，小脸贴得很近，看妈妈没反应，就用手指戳她的鼻孔。李燃被弄醒，但又不想起床，于是翻个身继续睡。想想不依不饶，从李燃身上爬过去，继续扒她的眼皮，揪她的耳朵……

“我醒了，我醒了……”李燃嘴上说着“醒了”，但依旧闭着双眼。她把想想抱到身上，不让他动弹。想想不愿被控制，挣扎无果，就开始叫，李燃睡眼蒙眬地睁开眼，推搡着老公。

陈可昨天看剧本到凌晨3点，有气无力地说：“老婆加油……”

李燃认命，谁让自己口号喊这么响。起床带娃！

想想抱着奶瓶喝奶，总算能安静五分钟。李燃在旁边刷手机，想看看老公账号的情况，结果刚打开软件就跳出来一条推送，她读着标题：“宝宝的缺点，大部分来源于爸爸。”

“怪不得我们宝宝没有缺点。”陈可从卧室走出来。

“老公，你起来啦，怎么不多睡会儿？”

“醒了，我去做早餐。”

“我去，我去。”

“没事，你陪儿子。”

不一会儿，厨房传出咖啡机的声音。李燃撇撇嘴：厨房和卫生间可是现在难得能放空的地方。

一家三口吃着早餐，李燃说：“老公，我刚刚看到一个帖子‘盘点娱乐圈带娃的男明星们’，你现在可是能撬动内娱的男人了。”

“你带娃的时候刷手机呢？”

“这个选题可以有！‘如何有效带娃’怎么样？你可以把我当反面教材，我不介意哦。”

“快吃吧。”

“真的！这个内容肯定很多人看——”李燃的话刚说到一半，陈可的手机就响了——是Sam，这家伙不是经常睡到中午的嘛，怎么今天一大早就来电话？

陈可：“喂？”

Sam：“老陈，有个好剧本，我刚连夜看完，你一定有兴趣！”

能让这位经纪人连夜看完的剧本可不多见。Sam激动地让陈可立刻去办公室与他会合。李燃在一旁听着，示意老公快去。

陈可挂了电话：“你一个人，可以吗？”

“没问题的，我和想想现在可默契了，有好项目千万别错过，支持你哦！”

陈可出门后，李燃把想想抱到围栏里。

“妈妈去整理包包，你乖乖玩一会儿，马上带你去超市哦。妈妈第一次带你出门，激动吧？”

想想笑得开心。李燃想到要第一次单独带儿子出门，感觉浑身充满了力量。

尿布、口罩、湿巾、免洗洗手液、水壶……李燃把“妈咪包”整理完毕，检查了好几遍，确认无误后，就去帮想想换衣服。现在的想想可不老实了，把他从围栏放出来后就到处爬。12月的天，给他换个上衣就让李燃累出一头汗，李燃瘫在地上：“你别跑，还有裤子呢……”

终于帮儿子穿好了衣服，李燃单肩背包、单手抱娃，拿上门口挂着的车钥匙，下楼。不料她刚出电梯，想放下怀里的想想时，他却两脚一直往上缩，吊在妈妈身上不肯下来。李燃正想用武力解决问题，结果发现想想晃着两个光溜溜的小脚丫——居然没给娃穿鞋子——好吧，折返。

李燃开门进屋，放下背包和车钥匙，在门口帮想想穿鞋。搞定，再次出发！到了地下车库，看到车，李燃松了一口气：“先把你放上去再说。”可就在这时候，她才发现，刚刚帮想想穿鞋子的时候，她把车钥匙落在脚凳上了……无奈，只得抱着娃再次折返。

终于，想想坐上了他的安全座椅，李燃坐到驾驶座上，深吸一口气，不禁感叹：“一个人带娃，真是双手双脚都不够用！”

经过这些日子，她才发现，原来带娃有这么多烦琐的小事，而陈可从来没有向她抱怨过。看来女人能做的，男人一样行。

“宝宝坐稳咯，我们出发——”

久违的工业风办公室。

陈可坐在沙发上，这是他以前经常和Sam对话的位置。Sam看到这个老朋友，激动之情溢于言表，赶紧倒上一杯茶：“兄弟，小半年不见，你瘦了。带娃很辛苦吧？”

“有机会你也试试。”

“别了，你又不是不知道我，哪能遭那个罪。不……我是说，哪有那个福气。”

“别贫了。你说的剧本呢？”

提到剧本，Sam立马两眼发光，他拿出一摞电影剧本。陈可立马被片名吸引——《想想奶爸》。

“这是……”

“这简直是为你量身定制啊！我看了剧本的结构，非常不错，而且是电影。老陈，这将是你的第一部电影作品，你小子要上大银幕啦！”

Sam介绍着故事大纲，陈可认真聆听。这个故事的角度很新颖，现在市场上的影视剧大多是讲述妈妈带娃的经历，讲爸爸带娃的并不多见，而且这个男主角的设定十分接地气。陈可一直想拓宽戏路，撕掉“专演偶像剧”的标签。这个电影项目对他来说，确实极具吸引力。但老话说得好，“一朝被蛇咬，十年怕井绳”。陈可谨慎地追问：“投资方是谁？出品方有几家？导演和编剧定了吗？”

“兄弟，你放心，这个项目是新河主投的，这剧本就是他们制片人直接给我的。新河在业内的口碑，你是知道的，他们的制作团队绝对不会差。因为他们公司之前的几部剧都是家庭剧，这次想在严肃的题材里加入幽默元素。制片人说‘奶爸’这个题材，他们之前已经筹备了两年，前阵子看到你的账号，觉得你是最适合的人选，片名还加入了你儿子的小名。这我可和对方说了，如果我们陈可不演，你们不许用这名字，算侵权的。你猜对方怎么说？制片人特别有诚意，说取这名字就是为了邀请你！”

Sam把这个项目描述得几近完美，陈可听得有些恍惚，他拿着剧本，目光深邃地看向他的经纪人。

“你别这么看着我，瘆得慌……”

“Sam，这回我不能输。”

“兄弟！兄弟！”Sam露出少有的严肃表情，“这回我也输不起了。”

这对搭档几经风雨，此时对他们来说，每走一步都必须万分小心。娱乐圈从不伸手给掉队的人，只有靠自己站起来，才能重回赛道。

陈可的表情放松下来：“剧本我先拿回去看，出品方那边你多留心。”

“放心吧，条条框框我都会一个字一个字地看清楚。”Sam突然欲言又止，“正事儿聊完了，和你说个小插曲。老陈，你猜我前两天收到了什么消息？”

陈可抬头看他，眼神里透露着疑惑。

Sam继续道：“一个‘黑’你的通稿，说你之前那组带娃的照片是自导自演，为复出做准备的。”

“知道是谁做的吗？”

“和你同类型的几个人都有可能。最近好几个代言都找回来了，不就有人嫌你挡道了嘛。”

树欲静而风不止，陈可意味深长地一笑。

“但你猜怎么着？这个‘黑稿’被人压下去了。”

“谁？”

“你兄弟在圈里好歹混了这么多年，找几个探子还是有路的，这个人……你一定猜不到。”

“别卖关子。”

“顾珊珊。”

听到这个久违的名字，陈可心头一颤，她终究还人情了。

“本来事情过去了，不想和你提的，但我听说这姐们儿压稿子动用了人脉，还花了不少钱。老陈，我发现人家对你是真爱啊！”

陈可回忆起他大三那年……

那一年顾珊珊刚上大一，肤白貌美，在学校很是引人注目。陈可听室友提起过这个新生师妹，但两人从未有过交集，直到有一天，陈可去面试一个广告。

在一座办公大楼里，陈可面试完出来，正在等电梯。突然听到对面的广告公司内有东西摔碎的声音，他本能地走过去……那家公司的门上几乎贴满磨砂纸，陈可隐约看到里面有争执的人影。他警觉地透过门缝向内张望，结果看到屋内好像有两个男人对着一个女生拉拉扯扯。陈可大力推开门，只见屋内的女生衣衫不整、神情慌张，再定睛一看，这个女生居然是同校的顾珊珊。

顾珊珊看到陈可，立马向他跑来。对面两个男人开始装无辜，自称是广告副导演，在试镜广告女主角。顾珊珊没有多言，但事情很明显，是“副导演”想揩油。

陈可问：“你有没有事？”

顾珊珊有哭腔，只顾着摇头。那两个男人在后面大放厥词，还让顾珊珊别乱说话。

陈可拉着顾珊珊离开。

到了楼下，顾珊珊告诉他，是一个朋友说有个广告要找女主角，介绍她来试镜。没想到刚拍了几张平面照，那个副导演就以冷饮广告要凉爽为由，要她脱去外套，没说两句居然开始动手。

“还好你出现，不然我都不知道怎么办……”

“我只是刚好在那儿。”

“多谢你……师哥。”

“你刚入校，有时间应该多排戏。”

当年的陈可，说话就像个老干部，但对顾珊珊来说，陈可就像拯救了她的英雄，时间越久，这个英雄的形象在她心里就越发伟岸。

当年顾珊珊心中难免产生爱慕之情，可那时的陈可早已有了李燃，而且他对女朋友之外的异性都愣得像木头。久而久之，顾珊珊也放弃了。

后来，两人在校园内成了点头之交……

再后来，陈可毕业两年，依旧在演配角，却听说顾珊珊刚毕业就演了网剧的女主角，还被经纪公司打造成玉女的人设。之后很多年，两人都没有业务上的联系，直到共同拍摄陈可违约离组的那部剧……

超市里。

想想坐在超市专用的宝宝推车上，小脑袋不停地左右转动，小眼睛到处张望。他看着货架上花花绿绿的商品，好奇极了。

李燃拿着一个番茄和一根黄瓜，对想想说："宝宝，这个叫番茄，是红色的、圆圆的、滑滑的。这个是黄瓜，是绿色的、刺刺的……你摸摸看。"

李燃突然发现，她用两种蔬菜就把颜色、形状、触觉都提到了，逛超市还能免费早教，她真是天才！

逛了一会儿，李燃把想想抱下车："宝宝，咱们走一走，你看看有什么想吃的。你有选择权，但是决定权在妈妈，哈哈哈……"

当妈的感觉真好！

李燃逛着零食区，她拿起一包西梅："哇，这么贵！宝宝，这个好贵哦，可是妈妈想吃，买吗？"

想想摆出一副似懂非懂的样子，看着李燃，后来竟然对她点头，还把西梅放进了篮子。李燃差点当场流泪，感叹自己的儿子绝对是来报恩的。

路过点心区的时候，李燃望了一眼冰柜里的蛋糕。随即母子俩又走到玩具区，路过模型车的时候，想想一直不肯走，他伸着小手，指着一辆拖拉机模型。

"宝宝喜欢这个吗？"李燃上前看看车子，又看了下标签，"这个质量一般，而且好贵哦，不买了吧……"

想想听到这番话，呆呆地站在原地，下一秒，他小屁股一扭，转身就把那袋西梅放了回去。

李燃惊呆——这是生了个"人精"啊！

母子俩在外面简单吃了午餐，就准备回家。想想一上车就撑不住了，一路睡到家。

李燃第一次抱娃下车，解安全带就解了好久。睡着的想想特别沉，她的手里还钩着大包小包。李燃从车库一路把娃抱到楼下，其间换了各种姿势，好不容易把他顺利抱进楼。电梯门打开，传来了视频广告的声音。为了不让电梯里的广告声吵醒想想，李燃一鼓作气抱着娃爬楼。看着怀里熟睡的儿子，她给自己打气："拼了！"

他们回到家，陈可还没回来。

李燃蹑手蹑脚地帮儿子脱鞋子、外套、裤子……做每一个动作都屏住呼吸，生怕一不留神就会把他弄醒……再把他慢慢放上床、脱手，最后盖上被子，终于大功告成。李燃还在窃喜，庆幸今天省去了哄睡的环节。没想到她刚转身，后面就传来了"魔性"的叫声——"妈——妈——"

李燃回头，想想半睁着眼睛，正面无表情地看着她。

李燃看着想想的眼睛已经眯成一条缝，应该没醒吧……会不会是在说梦话？她抱着侥幸的心理，假装没听见，再次转身。

"妈——妈——"

坚定的声音再次从身后传来，李燃认命。既来之，则安之，把衣服再重新穿回去吧。

李燃干脆开始给儿子讲绘本，她一边讲故事，一边吃着从超市买回来的零食。旁边的想想根本没心思听故事，眼睛来回盯着李燃的手：从零食袋到嘴边，再从嘴边到零食袋……李燃看着想想渴望的表情，纠结不已："妈妈一直和你爸爸说，不能给你吃零食的，妈妈怎么能食言呢？"可最后，她实在抵不住儿子可爱的表情，"算了，给你咬一口吧，就一小口哦……"

于是母子俩你一口我一口，开心地吃起了威化饼干。

"想想，你知道什么是幸福吗？现在就是幸福。"李燃又拿出一个小小的威化饼干，给想想咬完一口，放入自己嘴里，"宝宝，妈妈也是第一次做妈妈，我们一起加油，好吗？"

想想咯咯咯地笑，嘴上还说着："好。"

李燃亲亲儿子的小额头，深感这是签了十亿大单都不及的快乐。

外面传来开门的声音。

"爸爸回来了。"李燃激动地起身，想想跟在她后面，也追了出来。

果然是陈可，他手里还拎着一个蛋糕。

李燃惊讶不已："我以为你忘了呢！"

原来今天是李燃的生日。想想看到蛋糕，激动得手舞足蹈。陈可准备把蛋糕放进冰箱，没想到想想看到爸爸要把蛋糕拿走，急得开始哭。

"就现在吃吧，他午饭也吃得少。"李燃抱起想想："我们就当下午茶了，好不好呀？"

陈可给李燃点了一根蜡烛，李燃闭上眼睛许愿。陈可还带着想想给李燃唱生日歌。李燃笑着睁开眼，一口气吹灭蜡烛："吃蛋糕咯——"

李燃切了一小块蛋糕给想想，他在宝宝椅上立马安静下来，沉浸在甜甜的幸福中。

"这块大的给爸爸——"李燃给陈可蛋糕。

"今天再加20组哑铃。"

"太猛了吧？看来我们爸爸碰到好项目了。"

"有个电影叫《想想奶爸》……"

"想想奶爸？这个名字不是为你量身定做的嘛。"

"你也这么觉得？"

"对啊，不仅有我们想想，而且好像在让爸爸们都好好想一想，这名字不错！老公，除了你，就没人能演了！我有预感，这个戏一定红！"

陈可笑得腼腆，他吃了一口蛋糕："今天和想想怎么样？"

李燃一脸"别提了"的表情："带娃比带团队累多了……"

陈可回了一个"你才知道"的表情。

李燃凑上来："老公，你要不要实现我一个生日愿望？"

"说。"

"你认识卓天吗？"

"那个组合出道的卓天？"

"是啊！他演的上仙太'上头'了！"

陈可看着老婆的"花痴"脸："晚上就在看那剧？"

李燃兴奋道："你没看到他看女主角的眼神，三分调情、七分深情，看得我都想谈恋爱了。"

陈可面无表情："不认识。"

"什么嘛！"李燃塞了一大口蛋糕进嘴。

陈可心里的醋坛子早已打翻一地，还"三分调情、七分深情"，有这么形容其他男人的吗？陈可心想："认识也不告诉你，哪有给自己老婆介绍其他男明星的道理。"于是他故意转移话题："对了，最近都没有韩天一的消息，他和杨嘉儿怎么样了？"

"两人住一块儿了，小日子挺滋润，但就是不谈结婚，不知道他俩怎么想的。"

"杨嘉儿是不是也快过生日了，我记得你说过，你们俩是一个星座。"

"是啊，但她去年就说了，三十岁以后，谁给她过生日她就和谁急。"

"为什么啊？"

"说了你们男人也不懂。我身边很多女孩儿都是这样的，年龄上去了，就不想特地庆祝，觉得做作。"她转头看向想想："可是妈妈喜欢过生日，因为我们想想喜欢吃蛋糕呀！"

想想："耶，吃蛋糕咯！"

这小子说话越来越溜了。

第三十二章

粉色暴击

冬日的天，暗得特别早。

杨嘉儿起身望向窗外，看着这座城市星星点点亮起的灯。楼下，高架桥上的车辆川流不息，好像每一天都在重复着这种热闹。她坐下，慢悠悠地整理着东西。同事从她身边经过。

“嘉儿，阿星组织K歌，一起啊！”

“不了，你们玩得开心点。”

“有约啊？”

杨嘉儿笑笑，她并没有约会，只是想回家待着，以前喜欢夜店、K歌的她现在好像对这些都没了兴趣。但说到回“家”，那里是她的家吗？杨嘉儿想过这个问题，但始终没有答案。韩天一出差在外，那里空荡荡的，更谈不上是她的家了。

大街上，车辆、行人川流不息，杨嘉儿呆呆地看着从高楼大厦间透出的最后一丝晚霞，很美，却很短暂。她漫无目的地晃荡着，在一家面馆前驻足，随即走了进去。

杨嘉儿回到韩天一的公寓，开门，正准备开灯换鞋，突然听到一句：“Surprise——”房间的灯也瞬间亮起。

韩天一出现在杨嘉儿眼前，手里还捧着一大束粉色玫瑰。她环顾四周，屋内布置一新，墙上贴着“Happy Birthday”的字母气球，还有满屋粉色的鲜花、装饰，简直像一个粉色的童话王国。

杨嘉儿的表情僵在脸上，等回过神来，她才继续脱下她的另一只鞋。她走上前，接过玫瑰，挤出一个笑容：“谢谢……你怎么提早回来了？”

“生日快乐！Happy Birthday！”韩天一激动道。

“不是之前说了不过生日的嘛。”

“想给你个惊喜！”韩天一见杨嘉儿毫无激动之情，“你……不开心吗？还是被我吓到了？”

“是有点吓到……”

韩天一笑：“我还做了大餐，快洗手，吃饭！”

“我吃过了……”

“没事，再吃点。”韩天一沉浸在自己制造的浪漫中，“我特地煎了牛排，还配了你最喜欢的蘑菇，不过没你做得好——”

杨嘉儿打断他：“天一，我真的不饿。”

“你怎么了？”

“没事，我有点累了，先去换衣服。”

韩天一拉住杨嘉儿：“公司有人欺负你了？”

“你别瞎猜，我就是有点累了。”杨嘉儿挣开韩天一的手，独自向卧室走去。

韩天一望着自己布置了一下午的客厅，只觉可笑。他把餐桌上的牛排倒入垃圾桶，看到手指上的刀口——是刚刚切蘑菇时不小心弄的，再看看满屋的鲜花和气球。他熬了两个通宵，提前把出差的事情办完，赶早班机回来，不说订花、订气球了，只他一个人给气球打气，都快把手指打出泡了，想到这儿，他一下子委屈上了。

杨嘉儿出来，看到韩天一正在给气球放气，心里不是滋味。她心中有歉意，也有不悦，因为她早就和韩天一说过自己不想过生日，但她没有告诉他，她的生日也是母亲的难产日。她是大家族的第一个孙辈，却是个女孩儿，在那个被传统思想禁锢的家庭，她从出生那一刻起就注定了人生的不如意。每年的生日，杨嘉儿都没有重视过，更不想被刻意提起。她走向韩天一，拿起一个气球，想帮忙放气，却遭到拒绝。

“不用你。”

“这么多气球，你一个人得弄到什么时候？”

韩天一一副自嘲的口吻：“是啊，这么多气球……”

“天一……”杨嘉儿想解释什么。

“你到底怎么了？”韩天一忍不住爆发，“我只是想给你个惊喜，想让你开心！”

“那你有没有想过，什么才是我要的开心？”

韩天一有些赌气：“是，我不知道，我不了解你，都是我自己一厢情愿。我一个大老爷们儿，把家里搞得跟公主房一样，你当我乐意啊！”说着一放手，他手里一个大大的气球一下子飞了出去，把杨嘉儿吓了一跳。

杨嘉儿心里本就憋得慌，听他这么一说，再被他这么一吓，也气上了：“我从来都不喜欢粉色，更不喜欢粉色玫瑰！你倒是说说看，这是谁的喜好？”

这不是在变相翻旧账吗？自从和杨嘉儿在一起，韩天一是真的“从良”了，但还被女朋友误会，他急得直跳脚：“你不领情就算了，但你不可以污蔑我的人格。”

“别给自己上升高度！是，你布置了一下午，很辛苦，很用心，但这些都只是你的自我感动。”

“我的自我感动？”

“对！我早说过不想过生日，你干吗还搞这一出？”

“女人不都口是心非吗？我给你惊喜也有错吗？”

“你才口是心非，你这个自大狂！”

居然被说“自大狂”，韩天一涨红了脸，憋出一句：“无理取闹！”

无理取闹？杨嘉儿也不让步。两人越吵越凶，结果就是杨嘉儿甩门出走。

“外——”韩天一抓起杨嘉儿的外套，刚喊出一个字，就听见门砰的一声被关上。韩天一想追她，却又硬生生地止住——这回坚决不投降！

夜幕降临。

全职带娃可比想象中要耗体力。

李燃从厨房出来，瘫坐在沙发上：“老公，我特别想拥抱美好生活，可是感觉心有余而力不足。”

陈可笑：“你还没使劲儿呢。”

李燃深深地吸了一口气，给自己加油：“使劲儿！想想，我们洗澡了——”

想想看到妈妈来抓他，以为是在和他玩游戏，满地爬。好不容易逮到这小子，李燃连拖带抱把他弄进了浴室。刚把他的拉拉裤脱掉，才发现自己没拿大浴巾，赶紧开门叫陈可帮忙，不料这小子趁机光着个小屁股逃了出去。

“老公，抓住他——”

陈可放下剧本，闻风赶来。想想逃到自己的小红沙发上，被陈可一把擒住：“抓住你咯！”

陈可抱着想想，却发现他一动不动。过了一会儿，他觉得哪里热热的——这小子居然在沙发上尿尿！

“你妈得收拾你了！”陈可一把抱起想想，塞回浴室。

李燃把想想放到小浴缸里，一边给他拍水一边感叹：“再大点，妈妈都不能帮你洗澡了。”

想想在浴缸里玩小鸭子，还叫着“Jojo！”。

洗完澡，李燃把想想抱出来，看到沙发上的尿渍说："小沙发牺牲了。"

没想到想想听到这话，不开心了，还生气。李燃往洗衣机里放脏衣服，平时想想都会帮她把洗衣机的门关上，今天他小屁股一扭，不但不关门，还把放进去的衣服都揪出来，扔到地上，然后跑过去和陈可说："小沙发牺牲了，想想也牺牲。"把陈可和李燃说得哭笑不得。

"好了，我们就剩刷牙了。"李燃打扫完浴室，拿着小牙刷去小房间。

陈可正在给想想讲故事，谁知想想看到牙刷后立刻想逃。李燃拿着水杯和牙刷，跑不快，旁边的陈可不仅不帮忙，看着她来回追儿子，还笑得开心。累了一天的李燃一下子生气了："笑什么笑？还不抓住他，猪队友！"

"我什么时候成猪队友了？"陈可不服，"一天不刷牙也没关系呀！"

听他说这话，李燃更生气，忍不住对着想想提高了音量："你到底刷不刷？"

"你别凶他嘛，和儿子好好说……"

"行，交给你了。"李燃把牙膏和水杯一放，走人。

陈可和想想看着李燃离开，同步露出了呆滞的表情。

"你惹妈妈生气了。"陈可看向儿子，没想到想想对着他还咯咯地笑。陈可拿上牙刷："快，刷完去哄哄妈妈。"

李燃回到卧室躺平，自己在床上生闷气。

陈可给想想刷完牙，把他抱回房间，放到床上。

"妈妈！"想想对着李燃叫。

李燃故意不理他，想想在她边上滚来滚去，显然这个妈还在生气，还故意转身背对儿子。

过了一会儿，李燃发现背后没动静了……"怎么不叫我了？"她一直在等想想爬过来，他刚刚还在翻身，怎么现在没声音了……李燃小心翼翼地转头——想想居然睡着了！旁边的陈可还在偷笑。

李燃起身要去揍老公，陈可的手机振动了。还真是时候。他故意对着李燃做出噤声的表情，这时候，儿子是最好的挡箭牌。

陈可走到客厅一看，是韩天一的来电。

“兄弟，这么晚想到我。”

“兄弟，我在你楼下……”

陈可在楼下的花坛边看到了韩天一。他正坐在花坛上喝啤酒。陈可走过去，坐到他旁边。韩天一从便利袋中拿出一罐啤酒递给他。

陈可开罐喝了一口，看看韩天一，转头又喝了一口。

韩天一哭丧着脸：“你就知道喝酒，也不关心关心我。”

陈可笑：“吵架了？”

这一问，可把韩天一这一天的委屈给划破口了，他一口气说了十分钟，最后把自己给说口渴了，灌了一大口啤酒。

陈可看着他：“粉色气球？还口是心非？”

“啊？”韩天一露出迷茫的表情。

陈可摇头：“你活该。”

“不是，兄弟，我这次真的是认真的，但我现在真的不知道她是怎么想的……”

“你了解过她家里的情况吗？”

“没有啊……”看陈可有些吞吐，韩天一着急地问，“你知道什么？快说啊！”

陈可放下啤酒：“我只听李燃提起过，说杨嘉儿的家里挺重男轻女的，她妈妈生她的时候大出血，差点没命，她独立的性格其实受原生家庭影响挺大的。”

“怪不得她不喜欢过生日……还有什么？快告诉我。”

“我就知道这些，其他的，你自己去问。”

韩天一心里不是滋味。他想起杨嘉儿曾经说过，她和任总交往是因为感受到对方特别照顾她。其实她一直渴望被爱、被呵护，而自己真的没有给她足够的安全感吗？想到这里，韩天一忍不住又猛灌了几口啤酒。

陈可拍拍他的肩膀：“兄弟，你在日本的时候，杨嘉儿打电话给我们，都急哭了。人家一山东姑娘，多强势，李燃都说这么多年没见她哭过。”

韩天一开始懊恼：“都怪那该死的气球。”

陈可语重心长道：“如果两个人真的想一直走下去，总要有人先跨出那一步的。”

“什么意思？”

看破不说破，悟不悟得出，就看你小子慧根了。

“回家跪搓衣板。”陈可喝了一口啤酒，“咱俩找的都是大女主，男人的骄傲在家里都得往后放。”

韩天一看着这个过来人，突然多了几分同情，但也忍不住点头。

上海的各大商场都搭建了各种造型的圣诞树，橱窗内飘出圣诞歌欢快的旋律，又到了一年一度期待圣诞的日子。

李燃给想想准备了圣诞袜和红毛衣，把小家伙打扮一新，再戴上有白色大球球的绒线帽，一家三口高高兴兴地出门吃火锅。

热气腾腾的火锅店里，每桌都冒着浓浓的白烟。因为出门打扮超时，预订的包厢被其他客人用了，李燃丢给陈可一顶鸭舌帽：“戴着吧。”

男明星出街必备品。

“好久没出来吃火锅了。”李燃脱下外套，兴奋地开始点单。

陈可见她连续打钩，忍不住道：“太多了吧？”

“不多不多，我都会吃完的。”

陈可无奈：“你每次都这么说。”

想想在宝宝椅上，拿着碗筷不停敲打。陈可为了让他安静下来，给他盛了一碗白米饭。想想见到米饭，眉开眼笑。这小子，无论给他吃什么，都抵不过一碗白米饭来得香。

服务员小姐姐送来一盘水果，想想对着她一个劲儿地笑。陈可已经习惯了儿子时不时会犯“花痴”。服务员直夸宝宝可爱，还特地给他上了一碗粥。

“这个是送给宝宝的。小朋友真可爱呀！”

陈可下意识地感谢了几句，不料服务员开始了唠嗑模式，见这位爸爸好说话，便提出要他在点评网站上写好评的要求。李燃最烦这些，陈可不好意思拒绝，一直在拿手压帽檐，快速写了几句话，只希望别被人认出来。不料这位服务员还在继续加要求，不仅要上传照片，还向陈可展示了她的工牌，希望能提到她的名字。李燃不悦，一家人出来吃顿饭，不断被陌生人打扰，还提一堆要求，真的很烦。她拿过陈可的手机，随便写了一句好评、点击确认，和服务员说：“可以了吧，就这样了。”

服务员还想争取什么，听李燃这语气便缩了回去，说着“谢谢”，然后识趣地离开。

陈可笑着给老婆涮了一片羊肉：“算了，人家也不容易。”

“不是给她好评了嘛。”李燃给想想一个南瓜馒头。

除了这个小插曲，李燃对这顿火锅还是很满意的，夫妻俩卡准想想睡觉的时间，准备埋单。

李燃走去收银台的时候，听见两个服务员在一旁窃窃私语。

“你今天要到几个好评？”

“五个了。”

“我才两个，这个月又要扣绩效了。”

“一定要提到你的名字哦，上次有个好评没提到我，领班就说不算。”

“啊？那我只剩一个算数的了……”

什么鬼绩效，还考核好评量。李燃心里对这样的制度大肆吐槽。她想到之前那个服务员，怪不得她那么卖力游说，还几近讨好地赞美宝宝，看来又是一个在泥泞中求生存的人。

李燃回到餐桌旁，陈可已经把“妈咪包”收拾好，在给想想穿外套：“都好了，走吧。”

“老公，手机拿来。”

“干吗？”

“拿来。”

陈可递上手机。李燃在他手机上对刚刚的好评做了补充，默默把那位服务员的名字加了上去。

生活不易，但愿缝隙里透出的那道光能给生命添一丝温暖。

回到家，李燃一进门就打了个喷嚏。

“肯定是从店里出来没穿外套，着凉了。”陈可给老婆倒了一大杯热水，“都喝完，喝完就去洗澡。”

李燃刚想反驳就被一个喷嚏打断，看看老公，只得乖乖听话。

等她洗完澡出来，就听到想想在叫：“妈妈，讲故事。”

最近陈可大量时间都在看剧本，李燃陪儿子的时间就大大增加。想想已经习惯了每天晚上妈妈给他讲绘本，可是今天李燃感冒了，她十分无奈：“宝宝，妈妈今天不能讲故事了，妈妈感冒了，会传染的。”

“爸爸给你讲。”陈可想抱儿子，这小子却一直挣扎。

李燃再三哄着儿子，想想却不听解释，一直盯着妈妈，重复“讲故事”三个字。李燃无奈，最后想了一个招儿，去拿了一个口罩戴上：“这样就可以了！”

虽然戴了口罩，但李燃还是和想想保持一些距离，可是离他越远，他就越是要往李燃身上靠，小脸还凑过来，想要和妈妈亲亲。

李燃急忙把脸转开：“不行，不行。妈妈感冒呢。”

想想听了妈妈的话，停顿了一会儿，接着跑到小柜子旁，示意李燃也帮他拿个口罩。李燃拗不过他，帮他拿了一个儿童口罩戴上。想想心满意足地凑到李燃跟前，戴着口罩亲了妈妈一口。

李燃的心都要融化了。

陈可看到，也要和想想亲亲，不料这小子居然立马转头，嘴里还说着：“亲妈妈。”

“你是说，只能亲妈妈吗？”陈可好气又好笑，“我可是你亲爹。”

李燃露出一个得意的表情，看着老公：“到底是从我肚子出来的，你们男人羡慕不来的。”

果然，在孩子身上花的时间和得到的回报永远成正比。但这几天，想想的腻歪过于猛烈，以至于晚上睡觉都只要妈妈陪，还叫爸爸出去。

李燃在受宠若惊之余也开始感叹：“老公，我有点怀念想想叫我出去的日子了……”

陈可失落道：“儿子不爱我，我出去哭一会儿……”

门缝间，李燃看到陈可窃喜的表情……

韩天一和杨嘉儿冷战后，在公司睡了几天。刚开始他还顾及男人的面子，但过了几天没人管的日子就开始浑身难受，还是忍不住，回家了。

他蹑手蹑脚地推开门，进自己家像做贼似的，胳膊下还夹着一块搓衣板。

“嘉儿……嘉儿？”

韩天一小声地叫着杨嘉儿的名字，却发现屋内一片寂静。他放下搓衣板，走到卧室，打开衣柜才发现杨嘉儿的衣服都不见了。

好家伙。韩天一长长地叹了一口气，马上拨打杨嘉儿的电话，居然被挂了！不会来真的吧……

翌日，清晨。

韩天一早早来到杨嘉儿的公司门口，在形形色色进楼的人中捕捉着女友的身影。

终于，他看到了她。

韩天一上前拉住杨嘉儿的手："嘉儿……"

"你干吗？"杨嘉儿惊了一下，随即挣脱。

韩天一再次拉起她的手："你怎么不接我电话？"

"这里是公司，别拉拉扯扯的。"

"走。"韩天一拉起杨嘉儿的手就走。

两人来到侧门旁的花坛边。

杨嘉儿挣脱他的手："什么事？"

韩天一准备了很多话，此刻却不知从何开口，最后挤出一句："怎么走了也不说一声？"

这真是最差的开场白。杨嘉儿反驳道："这么多天，也没见你找我。"

"不是，我昨天回去才知道你走了。"

"昨天回去？这么多天，在外面很开心吧？"

"要是我知道你没回去，我早就回去了……"

"你是猪脑子吗？你看着我出门，你觉得我会自己回去吗？"

"是，是，我脑子不好使。你不知道，我睡在办公室，腰都不好了。"

"你不会睡酒店吗？"

"电视剧不都是这样演的嘛，苦情戏来一段，男女主就和好了。"

"幼稚！"

"我幼稚！我幼稚！都这么多天了，气也该消了，我们回家吧。"

"那是你的家，不是我的。"

"我的不就是你的吗？"

"不。"杨嘉儿认真地看着韩天一，"从小我就习惯了，什么都要靠自己。我已经不是小女孩儿了，早就过了对一束花、一颗糖感动的年龄。从小到大，我都是靠自己，我也绝不会做谁的附属品。”

“什么附属品？谁让你做附属品，乱说什么呢？我喜欢你，我想把好的都给你，这和你说的是两码事。”

杨嘉儿沉默了。

韩天一再度拉起杨嘉儿的手：“我知道以前你都是靠自己，但是现在你遇见了我，请你给我一次机会，也给自己一次机会。”

杨嘉儿似有踌躇，但最终还是抽回了手：“或许不是你的问题……我从小到大没有收到过洋娃娃，也不喜欢粉色，我从来都不是一个可爱的人。这两天我一直在想，可能我只适合一个人生活——”

“嘉儿……”

“我去上班了。”

杨嘉儿走了。韩天一看着她远去的背影，黯然神伤。他问自己究竟能给她多少，又了解她多少。

第三十三章

求婚

守时的圣诞老公公乘着驯鹿拉的雪橇飞行，划过天际，留下一颗颗亮亮的星星。

圣诞夜来了。

李燃拍着刚睡着的想想，不自觉地微笑："小鼻子、小眼睛，睡着的样子真可爱，随我。"

她走出卧室，在厨房门口探头："老公，煮什么呢？"

陈可拿着两杯热红酒出来。李燃笑了。和去年的一样。去年这时候，想想第一次感冒，陈可正在谈违约离组的那个项目，而李燃还在和David斗智斗勇……四季周而复始，这一年发生了很多事，一切却又好像只是转瞬间。

"老公，辛苦了！"

"老婆，辛苦了！"

两人同时说出感谢，随即笑着碰了一下杯。

"希望每年都能喝到你做的热红酒。"

"只要你喜欢，每年都会喝到我做的热红酒。"

这种对话真叫人汗毛竖起，可是丝毫不影响这两个人继续腻歪。

"老公，我觉得很幸福。"

陈可摸摸李燃的头："别说太早，后面都要靠你了。"

李燃："就不能浪漫一下吗……"

原来，《想想奶爸》的合约已经签订，近期陈可和项目团队一直在开会，还贡献了不少自己亲身带娃的经历，和编剧一起改剧本。陈可在《想想奶爸》中投入了比以往任何项目都要多的心血。

“进剧组的时间定了吗？”

“下个月。”

“Sam都把好关了吗？”

“这个项目，那小子比我还仔细，合同给律师过了三遍才罢休。”

“那就好。老公，你安心去拍戏，家里就交给我，绝对放心！”

陈可笑着抿了一口酒：“放心。”

“真的！我现在可会带娃了，想想要是发脾气，我就假哭，他立马就变脸了，还会过来摸摸我。”

“你很会。”陈可心想：“你怎么不把这套用在我身上？”

“对吧！我觉得女人有时候也得服服软，嘉儿就是太硬了，找机会我和她聊聊。”

“说得对！”陈可一语双关，但自己的傻老婆好像完全没领会。

李燃喝了一口热红酒，突然发现前方圣诞树下放着两个包好的礼物盒，一个长长方方的，另一个又大又扁。她惊喜道：“老公，这是你准备的吗？你什么时候弄的，我都不知道？”

“圣诞老公公给你和想想的，今年可不能用一壶奶就把他打发了。”

“还有我的？我的礼物是什么？”

“明天早上，你和想想一起拆。”

李燃兴奋的表情变得有些懊恼：“可是我都没有给你准备礼物。”

“不用。”陈可放下酒杯，又拿去老婆手上的酒杯，“把去年的还了就行。”

“干吗——”

李燃的嘴被堵上。好不容易逮到的机会，怎能错过？

翌日清晨。

身旁的老公还在睡觉，翻个身看到儿子也没醒，李燃看着身边的两个男人，抿嘴笑，后半辈子必定与他们纠缠不清。

外面滴滴答答下起了雨。在这样的天气里，窝在暖暖的被窝里，真是舒服。李燃想到不用穿着高跟鞋走在湿答答的路上，也不用去公司打卡、不用开早会、不用看合同，顿时觉得神清气爽。想着想着，已经过了7点，就等想想起来，一起拆圣诞礼物了。不知道“圣诞老公公”给自己准备了什么惊喜，真是很期待呢！

又过了十五分钟，想想还是没有醒。他平时天不亮就来折腾人，今天却睡得跟小猪似的，两只小手还向上举着，一副大无畏的模样。

李燃双手托腮，近距离观察着儿子的小脸蛋，突然叫起来：“呀！怎么长了一颗痣？”她撞撞旁边的陈可：“老公，你快看，想想左边脸上长了一颗小痣。”

陈可迷迷糊糊地回答：“一岁的时候就有了……”

“真的吗？我怎么没发现？”

可两人这么说话，想想还是没有醒，李燃纠结，要不要把他叫醒呢？……又过了十分钟，想想的睫毛抖动了一下，李燃激动，终于等到小家伙慢慢睁开眼。

“宝宝，你醒啦，睡得好吗？”

想想面无表情地看着妈妈，像是还没睡醒，小眼睛正要再闭上……

“不行，宝宝，不能再睡了！”李燃着急，“圣诞老公公来给你送礼物了！”

想想听到这句话，立马睁开小眼睛，虽然对于圣诞老公公是什么，他还是似懂非懂，但小家伙已经在绘本上知道了“礼物”这个东西。一听有礼物，他立马来了精神，翻了个身爬了起来，穿着睡袋就要下床。

李燃跟着他到客厅。看到圣诞树下的礼物，想想激动不已。陈可也走了出来，一对“戏精”父母就此上线。

陈可：“哇——想想，圣诞老公公给你送礼物了！”

李燃：“是啊，圣诞老公公昨天晚上从窗户爬进来，给我们宝宝送礼物了。”

想想开心地大叫：“哇！礼物！”

陈可：“哇，有两个礼物呢，一个是想想的，还有一个是谁的呢？”

想想笑着指向妈妈，李燃也笑：“哇，妈妈也有礼物呢！”

想想：“爸爸呢？”

陈可马上接话：“说不定，圣诞老公公把想想和爸爸的礼物放在一起了。”

李燃眼睛一亮：“是吗？！那我们赶紧来拆吧！”

想想举起小手：“拆礼物咯！”

陈可和儿子一起拆礼物。先抽掉丝带，再撕掉包装纸，眼前是一个礼盒，想想连连发出“哇”的激动声，最后他从盒子里拿出两条内裤，还是小酒瓶的图案，一条大的，一条小的。

陈可：“儿子，Jojo学会穿小内裤了，圣诞老公公也给你送了一条，从现在开始，你也要学习穿小内裤咯，下次和爸爸一起穿，好吗？”

想想笑：“Jojo穿，想想穿。”

《Jojo》是想想最喜欢看的动画片，陈可每天都会陪着他看十分钟。李燃在一旁看着，感受到老公的良苦用心，不禁自叹不如。

陈可：“好了，我们来看看妈妈收到的是什么礼物。”

“妈妈迫不及待地要拆礼物啦！”李燃笑着拿起那个大大扁扁的礼物，“是什么呢？形状这么奇怪。”

陈可不语。李燃拆开包装纸——原来是一本《Plethora》，荷兰的小众杂志。

“老公……”李燃激动到语塞，“这期我找了好久……你是怎么买到的？”

这本杂志每年最多出两期，每期全球限量不超1000本，开本巨大，国内无售。陈可之前听李燃说起过对这本杂志的喜爱，两人还特意去二手艺术书店淘过。后来李燃怀孕了，做了妈妈，好像以前的喜好都慢慢变得遥远。

李燃看着陈可：原来你都记得。

陈可看向老婆：你忘记的，我都替你记着。

飘雨的圣诞节，为原本湿冷的上海添了几分寒意。

杨嘉儿拒绝了朋友的圣诞局，想起去年的今天，她与韩天一近在咫尺，却又遗憾错过，是否老天早就预示了两人的结局？

“嘉儿，还不下班？”

“哦，”杨嘉儿回过神来，“手上还有点事，马上走了。”

打扮靓丽的同事们从她身边陆续走过，都是忙着去过圣诞节的吧。窗外的天色渐渐暗了下来，冬日的夜，来得特别早。

杨嘉儿走出公司大楼时，路灯已经开启，她恍惚地看着灯光下密密麻麻的雨线。走出两步，细雨就打在她的脸上，她刚转身，却发现头顶多了一把伞，她回头——是韩天一。

杨嘉儿看着这个男人，思绪万千。韩天一的脸色有些憔悴，下颌上满是胡楂。他看着杨嘉儿，无比认真地说道：“去年我没有找到你，今年我不想再错过了。”

杨嘉儿泪目，但她依旧无言。这几日，她一直在问自己究竟想要什么。

人，生来就是孤独的。“人”字却一撇一捺相互依偎，两个人在一起是否会多一份生活的力量？她渴望这个答案，却始终不敢揭晓。

上次和陈可喝酒后，韩天一仔细回想了和杨嘉儿在一起的日子，他身边的这个女孩儿用盔甲保护着自己，内心的柔弱不愿轻易被人触碰。她渴望家人的爱，却在一次次受伤后封闭自己的心。韩天一理解这种感受，因为他在家里也像一只受伤的刺猬。

终于，他鼓起了勇气。

“嘉儿，你和我曾经都是在感情上没有规划的人，但既然老天让我们认识，或许就是让我们一起来创造可能。如果你想做丁克，我就陪你做丁克；如果你想要小孩儿，虽然我不擅长，但我也会努力学习做一个好爸爸。嘉儿……如果你愿意的话……”

是的，总要有人先跨出那一步。

韩天一突然从口袋里拿出一枚戒指，单膝下跪：“我们一起来赌一把。”

杨嘉儿恍惚，这是她从未有过的规划，更是她从未想过的未来。不该是这样的，她的人设可是“万花丛中过，片叶不沾身”的单身主义者。杨嘉儿在心中说了一万遍“不”，可当她望向韩天一的眼睛，却不由自主问出三个字。

“赌注呢？”

“我的下半生。”

“干吗开黄腔？”

韩天一原本双眼满是泪光，听到这句话，瞬间笑场。他笑着摇头，慢慢起身，紧紧抱住了杨嘉儿。她能感觉到自己的心跳，难道这是另一场旅程？

或许，先扬帆再说！

从此，你便与我同行。

从此，我便予你守护。

伊始，总是美好的。

“什么！真的？！”

陈可在书房听见老婆的大嗓门。他走出来，看到李燃正拿着手机向他使眼色，还继续和电话那头热络地说道：“我陪你去试婚纱……不早不早，好的款式都要提前预订的。好好好，我们想想可以做小傧相，会不会有点小啊……”李燃的激动之情溢于言表，终于挂了电话，她一把抱住陈可："老公，韩天一向嘉儿求婚了！"

刚刚在书房，陈可已经收到了兄弟的微信，他宠溺地摸着老婆的头："你这么激动干吗？"

"能不激动嘛，这两人终于修成正果，我也好久没参加婚礼了，是不是要去买新衣服啦？对了，还要给他们包个大红包！"

杨嘉儿挂了电话，摸着手上的戒指，不敢相信，原来这就是做梦的感觉。韩天一来电，杨嘉儿笑着接通电话："怎么啦？"

"想你了。"

"不是刚分开？"

这对小情侣此刻竟有几分新婚燕尔的娇羞，韩天一忍不住问："为什么不和我一起回？"

"你别多想，人家还有婚前不能见面的说法呢，再过两天单身生活不好吗？"

"说不过你。"

"早点睡吧，晚安。"

"晚安。"

杨嘉儿挂了电话，望着窗外，自己真的要有一个家了吗？她笑，或许老天也觉得她太孤单了……电话又响，杨嘉儿刚想吐槽，怎么没结婚就这么腻歪，拿起手机却愣了一下。

"妈妈……"

电话那头传来抽泣的声音，杨嘉儿紧张："妈，你怎么啦？"

"嘉儿……"

"爸爸又打你了？"

电话那头又是抽泣声："妈妈对不起你，为什么妈妈没能生一个男娃……"

又回到了这个话题。杨嘉儿对此甚至有些厌恶，难道为家庭生个男孩儿就这么重要？为什么连她妈妈自己都觉得这是自己的罪过？杨嘉儿已经不想重复解释、重复安慰，她问了一句以往一直没有问出口的话：“妈，你有没有后悔生我？”

“没有……但是如果可以重来，我希望这辈子都是一个人过……”

几十年了，妈妈终于说出了藏在心底的话，这需要多大的勇气，又隐含了多大的怨气？杨嘉儿挂了电话，她的母亲这辈子败给了婚姻。而她，真的准备好与另一个人共度余生了吗？会不会是第一次被人求婚，荷尔蒙作祟？毕竟韩天一突然下跪，完全没有给她思考的时间……

杨嘉儿越想越头痛，她多希望自己拥有糊涂的智慧，只可惜生活没有给她糊涂的底气。

翌日。

想想睡醒午觉，李燃正要给他换衣服，他却穿着睡袋就爬下了床。李燃拿着衣服在后面追，从卧室到客厅，又从客厅到次卧……想想连走带爬，越发带劲，李燃大叫：“陈可——”

陈可从书房出来，一把抓住想想：“你又淘气啦？”

此时手机铃响，李燃把衣服往陈可身上一丢：“交给你了。”

想想歪着脑袋看着爸爸，陈可严肃地和儿子说：“我们家最不能得罪的就是你妈，知道吗？”

“老公，天一来电话说嘉儿失踪了！”李燃急急忙忙地走过来。

“失踪？”陈可给想想穿上最后一只袜子，“怎么回事？”

李燃紧张万分：“他说，本来他们约了一起吃午餐，但是嘉儿一直没去。天一给她打电话，关机，去她家里也没找到人。”

“关机？”

“是啊，我刚刚打也是关机。”

“韩天一说，该找的地方他都找过了，都没有。你没听到他的声音，都急疯了。”

“会不会在外面，手机没电了？”

“对，肯定是手机没电了。我都被韩天一吓傻了。”李燃转念一想，“不对啊，手机没电也可以去餐厅呀，会不会路上出意外了？”

“你先别急，我们一起去找，她去了你们平时喜欢的咖啡厅这些地方也不是没有可能。”

“好。我给我妈打电话，让她来照顾想想。”

陈可夫妻二人和韩天一碰头时，杨嘉儿的手机依旧是关机状态。韩天一开始胡思乱想，陈可建议三人分头寻找。于是他们兵分三路，约定最后在韩天一家里碰头。

时间一分一秒过去，三人把杨嘉儿平时喜欢去的地方、可能去的地方都找了个遍，全都没有她的踪影。

天黑，三人坐在韩天一家里的沙发上，一片沉默。

韩天一终于忍不住爆发：“一定出事了，我要报警！”

陈可抢下他的手机：“你先冷静，现在她失踪还没到二十四小时，即使你报警，警方也不会受理。”

“好，我冷静分析。昨天晚上我们还通过话，不可能有事。如果是手机没电了，找地方充电不是难事，怎么可能到现在一个电话、一个消息都没有？”

“或许是忙忘了。”李燃想安慰，“我也有过这样的情况，忙起来都不知道手机没电了……”

韩天一根本听不进这些话，他在客厅来回走……突然，他的手机信息提示音响起，他急忙打开。果然是杨嘉儿发来的信息。

信息只有短短几个字，却叫人绝望。韩天一立马回拨电话，但又是关机的状态，韩天一将手机重重摔在地上。

李燃被他的举动吓到，这个从小到大的伙伴一直是他们三人里面最嬉皮笑脸的一个，她从未见过他如此愤怒、如此绝望。但是李燃无法开口，因为她也看到了那条微信："或许我还是适合一个人，不要来找我，再见。"

人在悲伤的时候会选择沉默，韩天一让陈可和李燃回家，他需要好好静一静。

副驾驶座位上的李燃怅然若失。

"我不明白，嘉儿到底怎么了。昨天还在说婚纱，怎么说变就变？"

陈可开着车："天一这小子这回是受伤了。"

"是啊，这么多年没见过他这个样子。你说，他会不会一蹶不振，然后变成浪子……从此'腹黑'……"

"你电视剧看多了吧？哪有这么多狗血剧情？他就是一时没缓过来，等想明白了就好了。"

"想明白？想明白什么，和杨嘉儿分手？"

"是分是合，不是一个人说了算的，就看他们有没有缘分了。"

李燃沉默，缘分是最无奈的说辞。

陈可和李燃回到家，琴姐和李总还在客厅里和想想玩。

李燃诧异："这么晚还没睡？"

琴姐看到女儿进门，下意识地赶紧把想想手上的糖果藏起来。李燃脱了外套走过去："妈，你又给他吃糖？"

"没有，没有……"

李燃看到儿子的嘴"吧唧吧唧"地动，蹲下问："宝宝在吃什么呀？"

想想笑着从塞得鼓鼓囊囊的口袋里掏出好几颗糖。好家伙，不光嘴里有一个，口袋里还有不少呢！

"就一点点……"旁边的琴姐嘴上解释，心想，完了，被发现了。

李总连忙撇清关系："我和你妈说过，不要给他吃的——"话还没说完，他就被琴姐狠狠撞了一下。

“妈，我和您说了多少次了，不要给他吃糖。”

“就一点点呀，我微信上都看到的，吃糖和蛀牙没关系的。”

“可是想想的牙齿本来就有缺钙的表现，而且他还不到两岁，我不想让他这么早吃甜食。”

“那你还不是给他吃巧克力圈？”

李燃愣了一下，突然变得没立场了，但她依旧强调：“那个是威化圈！一个才这么点大，而且我都会控制好量，不像你们这样乱来。”

李总赶紧解释：“不是你们哦，我是站在你这边的。”

“你闭嘴！”琴姐白了老头子一眼，又对着女儿说，“你这是典型的双重标准。我难得给宝宝吃点糖，怎么了啦？小孩子没糖吃，多可怜啊！”

“那是你以为他可怜。”

“燃燃，”陈可出来打圆场，“妈看了想想一天，也很累的。”

“还是女婿知道心疼我。”琴姐说着就拉起李总，“回去了，省得在这里遭人嫌。”

“妈……”

琴姐走了，李燃给想想刷牙的时候，他的小脑袋已经左右摇晃了，还没躺到床上，他的眼睛就闭上了。

“今天都不用哄睡。”

“老婆，你以后和妈说话别这么急，她来帮我们，别让她不开心。”

“怪不得我妈说你才是亲女婿！”

“你的小脾气呀，有时候要控制下，想想都看着呢。”

李燃被陈可的话点醒，是啊，小家伙都看着呢。成年人啊，控制情绪也是一个重要的课题。

“知道了。对了，你说要给想想报托班吗？”

“现在去托班，会不会有点小？”

“我也是在想，但是去托班可以有社交。你看，想想在外面都不太和其他小朋友玩，去了可能胆子会大一点。”

“也可以，我明天问问门口的幼儿园今年有没有开托班。”

“我正想和你商量呢，去私立还是公立？”

这又是一个重要课题。陈可主张去公立园，李燃主张去私立园，两个人出现了育儿中的第一个分歧。

一个新生命诞生后，爸妈从担心孩子呛奶开始，经历拍嗝、吐奶、便秘、湿疹……种种考验。小孩子从只会简单的吃喝拉撒，到会爬、会走、会跑、会跳，再到天天盯着爸妈讲故事，一路“爸爸妈妈”地叫着。有一天你会突然发现，站在你面前的已经是一个有独立思想的小家伙了。这一路升级打怪，练就了多少父母的一身武艺，又让多少对夫妻的矛盾日渐加剧。

到了人生的另一阶段，爱情渐渐变成日常的点缀，柴米油盐替代花前月下，让生活露出了本来的样子。在孕育一个新生命的过程中，家庭里没有一个人是旁观者，一路前行，更多问题也将接踵而来。

而你，准备好了吗？

第三十四章

婚姻这座围城

清晨，候鸟飞过。

杨嘉儿拍拍浮肿的双眼，穿上睡袍，起身拉开窗帘。

窗外天高地阔，绿意盎然，郁郁葱葱的大树枝繁叶茂，顶着广阔无边的蓝天，自由摇曳。这里是距离上海市区约100公里的“东海瀛洲”——崇明。

这般开阔的景色本应叫人舒心惬意，但杨嘉儿无心赏景，她简单洗漱后准备下楼吃早餐。

市区。

李燃起床刚洗完脸，想想突然说要拉屉屉，她赶紧把想想放到小马桶上。

“宝宝，你乖乖拉屉屉，妈妈马上就来哦。”

李燃刚洗完脸，她想趁这几分钟把护肤做完。可是刚抹完爽肤水，她就听到想想在叫她。她看了一眼在厨房忙碌的陈可，放下面霜，走过去。

“宝宝好棒，这么快就拉好了。”李燃一边帮想想擦屁股，一边观察屉屉的颜色和形状，“想想，你屉屉有点干，还是蔬菜吃得太少了。”

陈可走来，把盘子放上桌子：“早餐好了。”

“哦，我涂个脸就来。”

“你去，我来倒。”陈可拿起想想的小马桶，开始清洗，“儿子，量不少啊！”

李燃回到梳妆台前继续护肤，她顺手擦着眼霜……突然，她的表情惊恐又尴尬，她闻了一下手指……刚刚给想想擦好屁屁后没有洗手！李燃顿觉五雷轰顶，胸口仿佛出现一道闪电。但瞬间，她又坦然接受，就像没事发生过一样，继续护肤。

这就是当妈后的绝佳心态！

杨嘉儿在餐厅的靠窗桌前独自用餐。她喝了一口咖啡，看着手机里韩天一和李燃发来的无数条微信和打来的未接来电，还是决定给闺密发一个消息报平安。

在家吃早餐的李燃收到消息，激动不已，立马回拨电话，没想到还接通了。

“喂，嘉儿，你总算开机了，你在哪里啊？”

“我休了年假，出去几天。”

“你和韩天一怎么啦？你不是答应他的求婚了吗？他都急疯了。”

“李燃，我……我想一个人冷静一下。”

“发生了什么事？你告诉我，我们一起解决。”

“这件事，你帮不了我，谁也帮不了我……”

“那至少告诉我，你人在哪儿，好让我安心。”

“我在崇明，但你不要告诉天一，等我想清楚，会去找他的。”

“我知道了，那你打算什么时候回来？”

回去？杨嘉儿突然不明白上海对她的意义了，或许是时候换个城市生活了……

“再说吧……你别担心，我会照顾好自己的，挂了。”

“嘉儿……喂？”

李燃看着手机，和对面的陈可说：“挂了。”

“人没事就好，她去哪儿了？”

“崇明……”李燃刚说出口就后悔了，“你可别告诉韩天一，我答应嘉儿的。”

“至少告诉他，杨嘉儿很平安。”

“还是别了，嘉儿说她自己会联系他的。”

“哦。”陈可心想：“你们女人的嘴才是骗人的鬼，哪次你说‘别理我’是真的。”于是趁老婆不注意，他转头就给兄弟发消息。这就是有来有往的兄弟情，男人之间的友谊也是坚不可摧的！

杨嘉儿走出自助餐厅，迎面走来一个熟悉的身影。居然是“海王”，那个有妇之夫、杨嘉儿的人渣前男友——任总！毫无意外，他的身边又换了一个女人。杨嘉儿本想绕道，但“海王”好像也要进餐厅，就这么径直向她走来。果然，他每次和女人在一起时都是这么专注。

“海王”看到杨嘉儿，皱了下眉。杨嘉儿倒是坦荡，看了一眼他身边的女人，轻蔑地一笑，本想直接走开，不料“海王”反倒开口：“和‘富二代’玩得挺好啊！”

杨嘉儿皱眉，心想：“老娘没出声，你倒先来惹我了。”便大声道：“你老婆在家，等你回去吃饭。”

“海王”觉得被冒犯了，下意识地扫视周围的情况。旁边的女人翻了个白眼，却又显得毫不在意。她倒是想得明白。

任总气急：“装什么清高，你自己脚踏两条船还诬赖我？”

“你乱说什么？”

“那个‘富二代’，你早就认识了吧，还想让他来对付我？”

“我听不懂你在说什么。”

“那个姓韩的小子，太把自己当回事儿。他不和我合作，有钱不赚，结果被人坑。”“海王”一脸幸灾乐祸的表情，“还是太年轻了，损失不少啊！”

“什么时候的事？”

“就是你打——”任总下意识地摸了摸自己的鼻梁，“咱俩谁都不是省油的灯，就别装无辜了。”

杨嘉儿记得，分手时她是给了这个人渣两拳。原来，韩天一曾经默默为她付出，却在她面前只字未提。她看着眼前这个表面斯文、实则一肚子坏水的男人，真觉得自己当初瞎了眼，她重重踩了渣男一脚，径直离开。

陈可和李燃带着想想下楼。最近陈可正忙着准备进剧组，好久没有两个人一起遛娃了。

一路上，李燃一直担心闺密，让陈可为这两人想办法，直到碰见遛娃联盟，瞬间被转移话题。陈可陪着想想在花园里看小蚂蚁，李燃就和爷爷奶奶们唠起嗑来。

李燃：“玲玲上幼儿园了吧？在幼儿园里还习惯吗？”

玲玲奶奶：“她一直生病的，你看，今天又没去。”

李燃：“哦，好像听说小朋友在幼儿园容易交叉感染。玲玲上的就是我们门口那家吧？”

玲玲奶奶：“是呀！对口的，方便。”

元宝爷爷来了：“对口的好呀！他妈妈非要闹着去私立，一个月1万多哦！有什么意思啦？小孩子嘛，在哪里都一样的。”

李燃起劲：“哪家私立？是双语的吗？”

元宝爷爷：“前面商场旁边的，走路不到的，要开车，有什么意思啦？幼儿园嘛，离家近最重要嘞！”

李燃追问：“是不是有外教的？”

元宝爷爷：“外国人教书啊？有什么用啦，中文还没说好嘞！”

李燃笑笑，这时候想想走过来，嘴里还说着“仔仔”。

“是哦。”李燃看看周围，“好久没看到仔仔妈妈了。”

元宝爷爷神秘兮兮地说道："你们还不知道啊，她在闹离婚。"

陈可和李燃面面相觑，一时都没反应过来。

小雨点外婆抱着外孙女走来："那个男人不灵的，在外面有小三，仔仔妈妈辛苦的哦，一个人带两个。"果然，爷爷奶奶们的八卦消息最多了。

小三、离婚……一对夫妻走到离婚这一步，并非因为一朝一夕的矛盾。李燃回想，自己每次看到仔仔妈妈，她都是笑嘻嘻的，所以一直觉得她很乐观，没想到除了独自照顾两个小孩儿，她还要面对老公出轨。

陈可和李燃没有对这件事过多讨论，因为他们知道，成年人的世界太多纷扰，如果不能解决对方的问题，就不要轻易评价别人的人生。

又过了几日。

陈可给韩天一通风报信后一直没听到动静，于是借着去公司的间隙，先去兄弟家一探究竟。

陈可在门口按了半天门铃，都没有人响应，打电话也没人接，但是他能隐约听到从屋内传出的手机铃声。

陈可继续敲门："韩天一——"

门终于开了一条缝，陈可走进去。屋内乌漆墨黑的，茶几上堆满了外卖袋和空酒瓶。陈可叹一口气："你小子，玩颓废呢？"

韩天一不理他，陈可唰的一下拉开窗帘，韩天一本能地闭眼，窗外大好的阳光，对他来说却无比刺眼。

"收到我消息了吗？杨嘉儿在崇明。"

韩天一不说话，一脸胡子拉碴，拿着易拉罐喝了一口啤酒，继续躺倒在沙发上。

"别喝了。"陈可拿下韩天一手上的啤酒。

"别管我。"

"杨嘉儿在崇明，你再不去，可能过几天她就走了。"

“走就走！她这么绝情，我也无所谓了。”

“你无所谓，把自己折腾成这样子？”见韩天一不语，陈可继续道，“她一定碰到了什么事，你们应该说清楚。”

“不管碰到什么事，她都可以和我商量，但是她没有，她什么事都选择一个人面对，那我算什么？我也累了。”

“兄弟，你们现在只是决定是否跨出第一步，结婚后遇到的事，会比你现在遇到的多得多。如果这个坎儿你都过不去，我真的建议你重新考虑婚姻的意义。”

韩天一有点诧异地看向陈可：“我以为婚姻在你眼里很完美……”

“无论付出任何代价，都不可能得到完美的东西，婚姻也是如此。”

韩天一有些疑惑：“你和李燃没事吧？”

“我们很好。只是如果你真的考虑组建家庭，就需要做好准备，当一个人变成两个人，再从两个人变成三个人，遇到的选择和问题自然而然是你单身时候的好几倍。婚姻里的状况，不妨碍你怀念恋爱时的甜蜜；婚姻带给你的美好，也会让你失去一定的个人自由。不要因为希望得到婚姻里的快乐而去结婚，等做好准备，可以接受生活的琐碎和束缚，再开口。”

“兄弟，你在背台词？”

“我要去公司了。终身大事，你自己决定。”

“别老是一副老干部的样子。”

陈可走了，韩天一独自望着窗外刺眼的阳光，婚姻或许比他想象中更糟心，但他连入场券都没有……

陈可戴着墨镜走在公司的走廊上。同事经过，都会客气地与他打招呼。回想离组事件发生时的落寞，如今他人待他的态度有了极大的反差。他回到办公室，摘下墨镜。Sam正在等他。

“老陈，快开机了，准备得怎么样？”

“差不多了，剧本里还有几个细节，等和导演围读的时候再讨论一下。”

“导演下周就进剧组了，他比合同上提前了不少呢！”

“新河这次想捧这位年轻导演，本来我还担心，但接触了几次，人还是挺靠谱的。”

“你说靠谱，我就放心了。正好，保单、附加合同都好了，你看看。”

陈可拿过合同翻看着：“没什么问题。对了，陈阳是你带的吗？”

“那小子，还不是靠他爹那些关系？你知道现在上面走流程越来越麻烦……咱们老板都哄着他……”

陈可看出Sam的表情有一丝不自然，只听他继续说道：“这次老板一定把他塞进你的戏里，你不喜欢的话，我再想想办法……”

正巧，此时传来敲门声。陈可回头，是陈阳。

陈阳进来，对着陈可不断拍马屁，连声叫“大哥”，还说自己是他的粉丝。一旁的Sam心里的白眼都翻到天上去了。

“多谢大哥给我机会，我进剧组一定好好表现。”

“我看过你的戏，演法很稚嫩，形象也不太适合这次的角色。”陈阳有些尴尬，陈可继续道，“但是Sam强力推荐你，说你是个好苗子。”

Sam看着陈可，一脸迷茫，瞬间又领会了兄弟的良苦用心。

“Sam哥……”陈阳看向Sam，即便他知道陈可是在给Sam做顺水人情，但也由此了解了他俩的关系，这时候又怎能驳陈可的面子，“多谢Sam哥提携，小弟有不周到的地方，还请多多担待。”

而Sam瞬间搭起了大经纪人的架子：“你还年轻，后面还有很多机会，要好好努力啊！”

陈阳应声，和两人闲聊了几句，便打招呼离开。Sam瞬间向陈可投来感激的目光。

“别这么看我。”陈可拍拍Sam肩头，男人的感情尽在不言中。

崇明。

这几日，杨嘉儿不是待在房内，就是在酒店的花园散步，整个人散发着看破红尘的气质。

工作日的酒店，住客很少。杨嘉儿在花园散步时，突然，一阵笑声打破了周遭的宁静。一个小女孩儿朝她迎面跑来，扎着两个小辫儿，天真烂漫。杨嘉儿看着小女孩儿从自己身边跑过，后面跟着她的爸爸妈妈，那个爸爸跑在前面，还叫着女孩儿的小名“嘉嘉”。

杨嘉儿记得小时候爸爸也是这么叫她的，只是这个声音停留在记忆里太深太深。这些年，爸爸看到她只有淡淡地嗯一下。她回过神来，看到眼前的年轻爸爸抱起小女孩儿转圈，小女孩儿无忧无虑的笑声回荡在空中。

一家三口走了，留下杨嘉儿独自对着天空发呆。不知不觉，她的脸颊湿润了，她摸着脸上的泪痕，突然笑了起来，她早就忘了这种对家的心动，原来她比自己以为的更渴望得到这份温暖。

在崇明的这几日，杨嘉儿想了很多。韩天一和她说赌一把，为什么她没有这个勇气？为什么她的决定会动摇？她是害怕婚姻，还是始终被三十年的惯性否定支配？终究她自己才是那个解铃人。

又到跨年夜。

2020年的最后一天，窗外飘起了小雪，这时候要是吃一顿热腾腾的火锅就更棒了。

陈可夫妻二人在厨房忙活，海鲜、牛羊肉、蔬菜、豆制品……李燃还在不断从冰箱里拿食物。

陈可一边洗菜，一边看着满满当当的备菜桌，问：“老婆，能吃完吗？”

“放心，有我呢！这些都是火锅标配，不能少！”

“你最近有点放纵了……”

“没事，你老婆底子好。”

陈可无意间说起韩天一颓废的样子，李燃于心不忍，给他打电话，想叫他来家里一起吃火锅。谁知电话一直忙音。

李燃挂了电话："怎么回事？这小子也玩失踪啊？"

穿越海底隧道，一辆白色轿跑车正迎着落日一路飞驰。

这辆轿跑车停在东滩湿地公园的门口。车门打开，下车的果然是韩天一，他小跑到售票口。

"一张门票，谢谢。"

"小伙子，马上关园了，不卖啦。"

"麻烦你，我一定要进去……"

韩天一说了几句，几个来回后，售票员居然卖给他一张票。随后，他一路跑进湿地公园，无比宽广的视野即刻冲入他的眼帘。

天地如此广阔，他要寻的人又在何处？

湿地公园深处，杨嘉儿手上拿着两根狗尾巴草，走在芦苇塘长长的木桥上。天上飘雪，芦苇塘一望无际，风吹散了她的秀发，她抚了抚长发，裹着外套继续前行。

韩天一几乎寻遍了整个湿地公园，但一无所获。最后，他来到芦苇塘的木桥上，可惜，此时此地孤寂无声，唯有两旁的芦苇在默默摇摆。

韩天一有些绝望，他双手撑着膝盖，喘着粗气。

天渐渐暗了，他坐在木桥上，把头埋在膝盖间……一个熟悉的身影向他走来，渐渐靠近……

他抬头，面无表情，以为是饿到出现幻觉了……

她蹲下身，两人四目相对，这一刻时间好像停滞了。韩天一再次将头垂下，他的身子微微颤抖。杨嘉儿的眼泪流下，她抱住他，没有多余的语言，两个孤独的灵魂终究相遇。

人生有时比我们想象中要糟糕，即便如此，也请不要放弃。如果一个人丧失了生活的勇气，那再加入一个人，也不一定能翻盘。但如果一个人渴望生活的美好，那再加上一个人，或许就能让两个人都尝到生活的甜。

人生苦短，每一天都在经历波折，跨出这一步，至少可以抓住现有的幸福。

韩天一这两天想了很多，他对婚姻不够了解，但谁又了解呢？没有十足的把握，难道就停滞不前了吗？他清楚地知道自己此刻要的是什么，但若时机还未成熟，退一步又如何？

他起身："其实我也恐婚……其实我们一直谈恋爱也挺好的……其实——"

"天一，"杨嘉儿打断他，"遇见你之前，我从来没有想过结婚，直到那天你单膝下跪……我蒙了，我真的蒙了。可是我害怕，害怕我会破坏那一刻的幸福，我总是这么小心翼翼，有时候我也讨厌这样的自己——"

"嘉儿——"

"你先听我说完。你知道的，我不是一个可爱的人，也不是一个温柔的人，出门常常丢三落四，做饭也不好吃，但是……"杨嘉儿单膝跪地，"你是否愿意再给这样一个不完美的人一次机会？"

"你——"

她掏出一对狗尾巴草做的戒指："我在向你求婚。"

韩天一喜极而泣："要不要这么老土啊？"

她笑着问："那你要不要？"

他笑着伸出手，把"戒指"套在自己无名指上，接着给杨嘉儿戴上另一枚……韩天一抱起杨嘉儿，在空旷的芦苇塘疯狂转圈。

或许此刻的浪漫会成为日后的笑话，但又如何？即使我们无法预知将来，也不要失去把握现在的勇气。

他搂着她向湿地公园门口走去，一扫来时的阴霾。

“对了，你怎么知道我在这儿？”

“你出来前，不是去前台打听了来湿地公园的路线嘛。”

“你去酒店了？他们怎么能透露我的信息？”

“前台不肯告诉我啊，我就赖在那里不走，他们就没办法了。”

“瞎扯。”

事实是，李燃打电话给韩天一未接通后，韩天一看到未接来电，立马给李燃回了电话，告知她自己正在来崇明的路上，还让她帮忙问到杨嘉儿的位置。李燃盼望两人和好，于是打电话给闺密，探到方位后，偷偷告诉了韩天一。

两人走出湿地公园，售票口的人出来，对韩天一说：“谢谢你哦。”

杨嘉儿一脸疑惑：“他谢你干吗？”

“秘密。”韩天一笑。

一个小时前。

售票员：“公园要关门了，真的不卖票了。”

韩天一：“我一定要进去，我老婆在里面。我老实和你说吧，她生我气了，一个人跑来湿地，我不进去，她不会出来的，说不定还会想不开，做傻事，到时候你们更麻烦。”

“这么严重？那趁天还没黑，你赶快进去把她找出来。”

韩天一拿到票就往公园里跑，售票员还在后面喊：“兄弟，要不要叫保安帮你一起找？”

“等我好消息——”

杨嘉儿假意撞了一下韩天一：“不会又和人死缠烂打了吧？”

他笑：“一个招数怎么能用两次？”

杨嘉儿听到韩天一的肚子咕噜噜叫，笑道："找个农家菜馆？"

韩天一眨眼："有更好的。"

轿跑车发动，一路向北。

市区。

窗户上覆着一层薄薄的霜，透过薄霜映出室内一家三口的身影，其乐融融又朦朦胧胧。

陈可和李燃在家里涮着火锅，餐桌上的大锅冒着浓浓白烟，火锅和啤酒堪称冬日绝配。想想坐在宝宝椅上，看着锅里的食物，眼馋不已。

"宝宝，很多东西你现在还不能吃哦。"李燃又给了想想一个包子，"这个适合你。"

陈可看着满满一桌的盘子："老婆，我马上进剧组了，这些可都得靠你了。"

"不行不行，你得帮我一起吃，最多让导演先拍你长胖那段……"李燃先前还信誓旦旦，此刻却开始打退堂鼓。

门铃响。

陈可开门，看见韩天一和杨嘉儿手拉着手出现在他眼前。陈可看着这个兄弟满面春风，和之前的颓废模样判若两人，他敲了韩天一胳膊一下，回头对李燃说："蹭饭的来了。"

"谁？"李燃探头，看到两人"啊"的一声叫了出来。只见韩天一和杨嘉儿走到她面前，笑得傻乎乎的。

李燃问："你俩还折腾吗？"

杨嘉儿和韩天一秀出手上的戒指，脸上的表情比蜜还甜。一会儿天上，一会儿地下，也就是没娃的人才能这么折腾。

"别笑得这么傻。"李燃对着韩天一邀功，"要不是我——"话还没说一半，就自己硬生生咽了回去。

杨嘉儿看看李燃，再看看韩天一，心领神会。

多谢成全。

而她，又何尝不是故意告知？

陈可给两人加了碗筷："你们来得可真是时候。"

韩天一笑："是，是。不好意思。"

"你傻了吧，还不好意思？"李燃叫陈可："老公，开瓶香槟，替这两人庆祝庆祝。"

"我去，我去。"韩天一抢着去帮忙。

餐桌旁留下李燃和杨嘉儿闺密二人，李燃问："想好了？"

"如果人生绕不开苦，那也尝尝不同的苦味吧。"

"有苦才有甜！"

厨房内，陈可在开香槟，他问韩天一："想好了？"

"想好了，先冲了再说。"

陈可轻轻给了他一拳，这一击包含太多嘱咐：男人要有担当，成家后更是如此，围城内的苦与甜，等你自己慢慢体会。

李燃在客厅叫："你们好了没有啊？"

"来了。"

陈可和韩天一拿着香槟和酒杯过去，四个人围坐在一起，为生活举杯。

李燃回忆着三个人小时候的事，还把韩天一的糗事告诉了杨嘉儿。杨嘉儿让韩天一向陈可学习，反被韩天一吐槽，陈可现在的账号太火，火到成了一众男人的公敌。

他们有的已为人父母，有的正兴高采烈地准备进入婚姻的围城，这个跨年夜聚会深深留在彼此的记忆中。

回忆里的苦与甜总在不经意间被放大，而人们在被生活一次次挤压后，总会再次踏上寻找幸福的道路。虽然，有时一腔热血抵不过现实的残酷，但是，在人世间走一遭，谁不是千疮百孔？带娃很累，所以需要两个人互相打气，生活很苦，所以爱别人之前要记得先爱自己。

在人生没有答案的时候，试着微笑吧。让我们珍惜年少时的心动、穿婚纱时的兴奋、“两条杠”时的无措、“哇”一声后的没日没夜……

当感觉身体飘浮在无边无际的宇宙，好在，身边还有你。

第三十五章

我的最佳男主角

半年后，花开盛夏。

生活有序进行，每个人都在努力。

韩天一和杨嘉儿因为婚礼筹备的问题拌了好几次嘴，从婚礼配色到宴请名单，再从婚纱选片到伴娘礼服……一遇到细节问题，两人就出现分歧。韩天一开始时还很头疼，后来就掌握了秘诀——让自己闭嘴。此人已自动开启“老婆说什么就是什么”的乖老公模式。

陈可的电影《想想奶爸》早已杀青，Sam又帮他接了一个广告代言和两档综艺节目的飞行嘉宾，工作安排得不满，但都是为他精心挑选的。陈可在空闲之余，除了带娃、更新视频就是看剧本。在看过大量俗套的剧情后，他自己开始尝试剧本创作。

而李燃越来越热衷于育儿，对公立幼儿园和私立幼儿园的优缺点做了许多功课，还买了成套的外语早教音频课给想想“磨耳朵”，难道这就要开启“鸡娃”之路？

阳光明媚的六月，微风吹过，惬意中夹杂着一丝燥热。

李燃从幼儿园交完材料出来，一展眉头。陈可和想想在园外等她，她笑着和老公招手：“搞定了！这么好的天，中午别做饭了，我们出去吃。”

陈可一脸期待：“有美女吗？”

网红餐厅内，打扮靓丽的女生都在组群拍照。

陈可塞给想想一片面包，小家伙拿到吃的就不看亲爹了。果然，只要身处有美女的地方，再吃着最爱的面包，这小子就可以安静半小时。

想想咬着面包，看着小姐姐们，满脸笑意。

“老婆，想想快上托班了，你有什么打算？”

“打算？做你背后的女人，算不算？”

陈可笑：“我可不敢，职场这么精彩，少了你，太可惜了。”

“这话怎么听起来怪怪的？你当我以前天天上班‘宫斗’呢？”

“说真的，你考虑考虑，看看有什么想干的，我支持你。”

李燃笑：“这话怎么这么耳熟，我考虑看看吧。”

“再来块比萨。”

“好嘞，要块大的！”

李燃接过比萨，大快朵颐。她咬了一大口，正在让老公看她拉出的长长的芝士丝，旁边走来一个抱着宝宝的妈妈。

这位宝妈开始还有些害羞：“不好意思，这个小朋友是叫想想吧？”

李燃的芝士丝还尴尬地荡在空中，她赶紧全部塞进嘴里，陈可友好地与宝妈打招呼。

“你是想想爸爸吧？我是你育儿账号的粉丝……”

遇到粉丝不奇怪，但遇到宝妈粉丝还是第一回。只听那宝妈一直称赞陈可做了男人们的表率。大庭广众之下，陈可被夸得不敢抬头，他瞥见后面那桌的男人，像是这位宝妈的老公，他对着陈可，笑得很勉强。

“想想爸爸，你最近更新太慢了，要多发点带娃的干货，我要用来激励我老公的呀！”

陈可连声应着，还帮这位宝妈签了名，此景简直是大型尴尬现场。

宝妈走后，李燃开始嘲笑陈可：“你现在的名字可是‘想想爸爸’哦。”

陈可喝了一口咖啡，帅气地往椅子上一靠：“请叫我‘想想奶爸’。”

终于迎来韩天一和杨嘉儿大喜的日子。

两人选在夏天举办草坪婚礼。婚礼现场是纯白雅绿的色调，布置了鲜花、拱门、藤条，氛围感十足。

宾客们在草地上三五成群地聊天、喝香槟。琴姐身着大花长裙，披着一条真丝披肩，又是全场最出风头的一个。

李燃拿了一个小蛋糕给她："妈，这个好吃。"

"不吃，不吃。我吸着肚子呢。"

李燃看着自己妈妈端庄的模样，忍不住笑道："人家亲妈都没你这么卖力。"

"我干儿子结婚呀！我也是很重要的，好吧？"

"这话您留着和新郎官说吧。"李燃塞了一个小蛋糕进嘴。

音乐响起，司仪开场，宾客们有秩序地入座。

新郎在司仪的介绍下首先入场，韩天一身着白色西装亮相，李燃和老公低语："我发现，这小子打扮起来不输你。"

"只在今天同意。"这位男明星的自恋可一点没少。

《婚礼进行曲》的前奏响起，杨嘉儿穿着一袭白色婚纱，缓缓走来，典雅而浪漫。走在她前面的是一对可人的小傧相，想想穿着一套小西装，梳着三七分的发型，露出高高的小额头，萌萌的小脸上带着些许不知所措的表情，他和旁边的小姐姐也获得了不少掌声。李燃不断指引着儿子向前走，小家伙愣头愣脑的，但总算完成了任务。

杨嘉儿手捧鲜花，缓缓走到韩天一身边，两人看着对方，满眼深情。这对本不信任婚姻的男女最终选择携手，一起探索双方都没有把握的领域。

今日在此由诸位见证，往后一路同行。

新人庄严地宣读着誓词，杨嘉儿笑着流下眼泪。主持人让新郎说两句话，韩天一的开场白就是："家里的钱，以后都归我老婆管。"

此言一出，引得台下一片哗然，好家伙，大庭广众之下表的忠心可不好收拾。

席间，李燃轻声对陈可说："我们家的钱，也都是我的。"

陈可抬眉："你是我的就行了。"

李燃憋笑，又是哪个剧本的台词？微风吹过，她留意到前排坐着一位优雅的女人，她的发量让李燃羡慕不已。只见这个女人一边微笑地拍手，一边轻声细语地问身边的朋友："你说，从如胶似漆到相看两生厌要多久？"

李燃皱眉，忍不住向老公吐槽："什么朋友啊？"

陈可笑："说真话的朋友。"

李燃心里咯噔一下，她继续看向前方的新人。是啊，谁都无法保证将来，但至少宣读誓言的这一刻，他们见证了彼此的真心。

陈可默默拉住李燃的手。

世间多少纷扰事，浮华落尽总随风，我只愿执子之手、与子偕老。

杨嘉儿拎着婚纱的裙摆轻舞了一段，在最后一个转圈时搭上韩天一的手，两人向来宾鞠躬致谢。草坪婚礼仪式在一阵欢呼和掌声中结束，一众亲朋好友围上前，向新人送上祝福。李燃留意到那个优雅的女人准备离席，听到有人叫她"王婉星"。

李燃望着那个离开的背影，觉得这般陌生又熟悉。

时光如梭。

在家近一年的时间里，李燃与想想培养出非常亲密的母子关系，她很享受这种感觉，但如同陈可所说，"孩子总会长大，你要学会更爱自己"。看来是时候完成人生进阶了。

六月的天，艳阳高照。

李燃穿着白色真丝西装和西裤，配一双白色高跟皮鞋，梳着一个高高的马尾，走进一家世界500强企业……

前台把她引到一个小会议室内。

“李小姐，请稍等。”

“好的，谢谢。”

李燃坐在会议室内，居然有一丝紧张，她摸了一下西装的翻领，观察着周围。突然，隔着会议室的百叶窗，她依稀看到一个熟悉的身影……

此时，门被打开：“李小姐，到你了。”

李燃随前台去另一个会议室。在走廊上她找寻着刚刚那个身影，却一无所获。

大会议室内，坐着几位面试官。

“李燃？”

“是。”

“你应聘的职位是新媒体事业部总监……”

李燃微笑。她再一次回到职场，面对一系列专业的提问，沉稳应对，讲述新媒体趋势时更是滔滔不绝，里面可少不了她看着老公一路把账号做红的经验。

李燃走出公司大厦，背后传来一个声音：“好久不见啦。”

好熟悉的台湾口音……李燃回头，果然是David！

“刚刚是你吧，在那家公司……”

“请你喝一杯啦。”

李燃笑，似有一种老友重逢之感。

咖啡店内。

李燃问起David为何辞职，没想到他也有一肚子苦水。原来，当初

David在台湾得了流感，一时回不来，结果公司借机给他出难题，最后逼他主动离职。

李燃不解："你手上还有项目，公司怎么会……"

"啊呀，李总监，你太天真啦。所有的项目都是公司的，怎么会是你的、我的呢？"

David夸张的动作逗笑了李燃："你还叫我'李总监'？"

李燃喝了一口咖啡，想想也是，自己不也吃过这个亏？David在公司没有根基，一个人从台湾过来，虽然行事作风令人不敢苟同，但他得到的一切也都靠他自己打拼，平时得罪人可不在少数，那时候被人在领导那里煽风点火也是有可能的。

David也喝了一口咖啡："对哦，我后来听说你也辞职了，不是真的回家带小孩儿吧？不像你的风格啊！"

李燃笑："真的，小朋友要上幼儿园了，我才出来的。"

"你不会也应聘新媒体总监吧？"

"你也是？"

"啊……"David张着嘴，一脸没戏的表情。

"我们林总监什么时候这么没自信了，难道还比不过一个家庭主妇？"

"你这样说，我可不敢接哦。"他摇着头，"现在工作不好找啊，我这种高不成、低不就的，麻烦哦。"

"是挺麻烦的，中年危机嘛。"

David腔调十足地摸了一下自己依旧打了许多发蜡的发型："还好没有地中海哦！"

两人都笑了，拿起咖啡示意。李燃没有想到，当初在公司争得死去活来的两人，如今能这般心平气和地聊天。果然，成年人的世界没有永远的敌人，退一步海阔天空，只有经历过，才会拥有此刻的心境。

"啊——"

屋内传出一道洪亮的叫声，窗外树枝上的一排小鸟惊觉，展翅而飞。

陈可对着老婆摆出噤声的口型：“小心吵醒想想。”

李燃按捺着激动之情，兴奋道：“怎么这么晚才通知？！我就知道你一定行的！老公，你说我穿什么衣服走红毯？你有赞助吗？什么颜色西装？我来配你。”

原来，陈可主演的电影《想想奶爸》入围了上海F节的亚洲最佳新人导演提名。

“你别激动。”陈可按住老婆的肩膀，“原本只安排了主创走红毯，但是导演在美国，所以主办方提议我们一家人参加。你想去吗？”

“去啊！必须去啊！我得赶紧也给想想准备一套小礼服呢！”

陈可似有犹豫：“这样的话，你们会被大众关注到，不介意吗？”

李燃笑道：“主办方让我们一起参加，不就是想提高话题度嘛！而且你的账号提升了越来越多新手爸爸带娃的积极性，这么正能量的事，为什么不让大家知道呢？不仅要去，还要大大方方、漂漂亮亮地去。”

“我怎么觉得你比我适合娱乐圈？”

“要不怎么能陪你对台词呢！”

“妈妈……”想想穿着睡袋、抱着小熊走出来。

“宝宝，你醒啦。”李燃抱起想想，“我们要去走红毯啦！快，妈妈帮你换衣服，我们要出去买小西装啦！”

陈可在一旁傻笑，他原本的担忧被李燃三言两语化解，他提醒自己，最难的是忠于初心，唯有抛开杂念才能抵御外界的纷扰。

陈可开车，载着老婆和儿子去买礼服。副驾驶座上的李燃依旧兴奋，回头和安全椅上的想想预演起红毯当日的情景。

“宝宝，当天会有很多人给我们拍照片哦，你可不能哭哭哦。”她又转头看向老公：“要不给他戴副墨镜吧？我怕闪光灯伤眼睛。对了，红毯有主持人吗？会问问题吗？要不要提前准备？”

陈可笑："我也没走过。"

李燃感叹："没想到我也有走红毯的一天！"

车子久久未出小区，陈可把头探出车窗，原来他们是被一辆搬运家具的大卡车堵住了路。一个戴着棒球帽的女人一路小跑过来，和被堵的车主一一打招呼。她慢慢靠近，走到陈可车窗前，愣了一下。

李燃脱口而出："仔仔妈妈？"

仔仔妈妈微笑着和后座的想想打招呼，抱歉地对夫妻俩说："不好意思，我的搬家车在掉头，马上就好了。"

"你搬家了？"

"是啊，我离婚了。本来是我前夫搬走，但我想换个环境，所以把这套房子卖了。"

仔仔妈妈说得很轻松，就像在讲别人的故事。她还像李燃第一次看到她的时候一样，扎着高高的马尾，戴着棒球帽，画着精致的裸妆，只是脸上多了一丝疲惫。

"仔仔……"陈可想问仔仔的情况，却有些不忍继续。

"仔仔在我妈妈家里，两个孩子都跟我……"仔仔妈妈的眼神很温柔。

没说两句，前方的车子启动了，她与陈可夫妇道别，匆匆几句却好像概括了她的整个婚姻。

车辆慢慢向前行驶，陈可握着老婆的手，后视镜内，仔仔妈妈的身影越来越远……

离开一段错误的婚姻对女人来说是艰难的，但这又何尝不是一种解脱？

一周后，上海F节开幕式当日。

酒店套房内，化妆师正在给李燃补妆，还称她的皮肤弹性很好，就像二十出头的样子。李燃被夸得心花怒放，嘴上说着"哪有"，却按捺不住嘚瑟的表情，连连点头，今天这状态很像琴姐。

“谢谢你。”李燃看着镜中的自己，十分满意，“我先生好了吗？”

“好了，陈老师的妆最好化了。”

“辛苦你了，我和我先生说几句话。”

“祝你们顺利。”化妆师笑着离开。

李燃起身，一条长裙把她的身材衬托得尤为高挑，她看向陈可：“你老婆怎么样？”

“不输女明星。”

“会不会太隆重了？”

“那就换一件。”

“不！这可能是我这辈子唯一走红毯的机会，照片以后要给我儿媳妇看的。”李燃脸上仿佛写着“不能输”三个字，但一瞬间就破功，“老公，我有点紧张……”

“想想，让妈妈深呼吸。”陈可抱着儿子，父子俩都穿着黑色西服，特意打理过发型，帅气逼人。

“不紧张，不紧张，姐姐可是拿下过千万订单的人。”李燃不断安慰自己。

“对了，你上次面试怎么样？”陈可本想转移话题给李燃减压，不料她却吞吞吐吐。

就在此时，Sam冲了进来：“快快，车子在下面等了，很多剧组都在候场了，咱们可不能迟到哦。”

Sam看到李燃，忍不住惊呼：“这是哪家的女明星呀？”说着，他走上前和李燃拥抱。

李燃笑：“好久不见，Sam。”

Sam皱眉：“你这样会把我们陈可的风头抢掉的。”

“是我们家陈可，好吧？”

“早知道当年我就应该把你一起签了！快，快，下楼了。”

璀璨的上海之夜。

红毯上，各个参赛影片的主创一一亮相。红毯前簇拥着好几排记者，闪光灯此起彼伏，全场最多的声音就是“看这里——看这里——”。

陈可夫妇带着想想候场，小家伙面对这种场面一脸迷茫，李燃真担心他会哭，还好他只是表情有点尴尬，以及挂在爸爸身上不肯下来。

Sam在一旁不停地探头看前方情况，还叮嘱陈可哪几个机位是重要媒体，一定要记得给镜头。

只听见红毯上的主持人在介绍《想想奶爸》剧组。

“到了！到了！”Sam激动地帮陈可摆弄领结，再看看李燃，“完美，太完美了！”

就这样，陈可抱着想想，李燃单手提着裙摆，一家人走上了F节的红毯……

陈可从业这么多年，还是第一次踏上红毯。他面对镜头，眼里有光，这一次他和他的家人一起享受聚光灯的簇拥。人生起起伏伏，沧海桑田，兜兜转转，他还是那个热衷于表演事业的小演员。

李燃跟随着丈夫，不断向镜头的方位展现笑容，她为身边的这个男人骄傲，为此生有他而庆幸。想想呢，全程趴在爸爸肩膀上，用屁股对着镜头——陈想想第一次上红毯居然没留下一张正脸照！

红毯上匆匆几十秒，像一个故事的结尾，更像另一个故事的开头。陈可拉上李燃的手，一起走下红毯。

内场。

主持人正在宣布重量级奖项“最佳男主角”的获奖者名单。场内无数束灯光同一时间投向嘉宾席和观众席，灯光快速地来回投射，全场气氛升至最高点。

主持人：“今年‘最佳男主角’的获奖者就是——”

陈可深吸一口气："谢谢主办方、投资方以及《想想奶爸》台前和幕后的工作人员——"

李燃抱着想想，深情地看向老公。

陈可继续他的发言："我从业十年，跑过三年龙套，演过无数角色，我坚信每一次对角色的付出都是为了下一次对角色的塑造。之前有媒体报道，称我是'千年男配'，我很感谢合作过的导演、制片方愿意给我出演一个又一个配角的机会，才能让我等到今天。我很幸运遇到了《想想奶爸》，这部电影让我再一次回顾我儿子出生后的点滴，照料一个新生命比我们预料的要复杂，也比我们预期的要幸福。我不知道该如何表达对我太太的感激之情，她经历十月怀胎、生产、哺乳……却让我如此轻松就拥有了一个新身份——父亲。我做了所有妈妈都会做的事，却做不了妈妈全部的事。我出演了'奶爸'这个角色，一个我为之骄傲的角色。谢谢，我是演员陈可。"

李燃早已热泪盈眶，她感觉自己此刻第一次真正理解老公为什么这么多年坚持要做演员。她的老公是一个勇敢的人，就像他自己说的，他是演员，不是明星，他值得被认可，值得被尊重。李燃看着陈可，眼泪止不住地流，嘴唇在微微颤抖，但此刻所有的语言都是苍白的。

陈可走过去抱起想想，深情地吻住李燃。

原来，他们是在一间后台休息室内，四周空空的，只有他们一家三口。

李燃对陈可说："你就是我心目中的最佳男主角。"

"你也是我心中的最佳男主角……"一个哭腔突然从角落传出，把陈可和李燃吓了一大跳。

只见Sam一边抹着眼泪一边向陈可走来，然后用力抱住他，趴在他的肩膀上痛哭流涕。

陈可伸直两只手臂，愣愣地问："你什么时候来的？"

“你说‘从业十年’……”Sam还带着哭腔，李燃从后面戳戳他的肩膀，对着他微笑点头。Sam终于识趣地松开抱着陈可的手臂，他不断擦拭眼泪：“老陈，明年你一定能进内场！等咱们电影上映，提名的肯定是‘最佳男主角’！”

“借你吉言。”依旧是那个低沉的声音。

夜幕降临，室外的空气新鲜如初。

Sam把陈可一家送上车：“小家伙都睡着了，你们赶紧回家休息，今天的报道，我会盯着的。”

陈可最后上车，他看着Sam沉声说道：“兄弟，辛苦了。”

Sam一愣，这位老兄可从来没这么和他说过话，Sam挠挠头：“还真是不习惯。”

“谢了。”陈可拍了一下Sam的肩膀。

“哪里的话！为了你，兄弟所有资源都必须上啊！”Sam大笑，这是他一贯的夸张风格。

陈可上车，司机关上车门，发动引擎，车辆渐渐消失在夜色中。

Sam望着远去的车影，眼眶湿润：“兄弟……谢了……”

摸爬滚打这么多年，风风雨雨，起起伏伏，他这个娱乐圈的“小虾米”依旧在努力扑腾。

陈可让司机在小区门口停下，他抱着熟睡的想想和老婆一起下车，慢慢散步回家。

“好安静啊，好久没有这样散步了。”李燃抬头看向夜空，今晚的星星特别亮，一闪一闪地给他们指引回家的路。

陈可：“这小子越来越沉了。”

李燃看着老公抱着儿子，撒娇道：“都不能拉手了。”

谁说不行？陈可单手抱着想想让他趴到自己肩上，空出一只手去牵老婆，他这身肌肉可不是白练的。

李燃笑：“看你能坚持多久。”

陈可笑：“你不知道吗？”

“干吗开黄腔！”

“是你自己想歪了。”

想想趴在陈可肩膀上睡得直流哈喇子。陈可掂一掂儿子，问：“老婆，我一直想问你，最后怎么给想想报了公立幼儿园？”

李燃调皮地反问：“静待花开，不好吗？”

“好——”陈可如释重负，“还有两个月，这小子就要上托班了……”他的言语中满是对这即将到来的阶段性解放的无比期待，说着说着竟忍不住笑出声。

“老公，你下午问我面试的事……其实，那个职位我让给David了……”

陈可一脸诧异：“为什么？”

李燃摸摸肚子：“因为……念念来了。”

陈可停下脚步，掂量着胳膊上的儿子，再看看老婆的肚子，说好的阶段性解放呢？……

Oh My God！

尾声

三个月后。

想想撅着小屁股，一踮一踮地走到厨房门口。

正在煲汤的李燃问："宝宝怎么啦？"只见想想一直揪着裤子，嘴里还说着"尿尿"。李燃关火，出来看到想想的裤裆又湿了。她叹一口气，从大夏天就开始教他戒纸尿裤，眼看都快入秋了，他还是隔三岔五地尿在裤子里。

"宝宝，尿尿前一定要去小马桶，或者叫妈妈，记住了吗？"李燃一边帮想想换裤子，一边自言自语道："从现在开始，每天讲100遍，老娘不信你学不会。"

想想歪着小脑袋："老娘就是妈妈吗？"

李燃傻眼，娃是又要进阶了吗？她摸着微微隆起的肚子，想象着不久的将来两只"麻雀"在耳边不停叽叽喳喳的画面，不禁浑身一哆嗦。

陈可从书房出来，正巧门铃响了："我去开。"

韩天一提着一个大大的水果篮进来。

陈可问："你干吗？"

李燃牵着想想走来："交学费呗。"

韩天一嬉皮笑脸地对陈可说："你还有什么想吃的，都告诉兄弟，别客气。"

陈可一脸疑惑，李燃忍不住了："他快当爹啦，来向你'取经'呢！"

旁边的韩天一傻笑，看到想想，更觉得他可爱。

“这么快？！”陈可也替他高兴。

韩天一抓抓脑袋：“还行，还行。”

陈可嘴角上扬：“我现在可是一众男人的公敌。”

“兄弟，这你还记仇呢？都怪我嘴欠，你打我，你打我……”说着，韩天一还去抓陈可的手。

“打就不必了，我现在可是收费的……不过，对干女儿就免了。”陈可也有调皮的时候。

韩天一：“嘉儿也喜欢女儿，她连名字都想好了。”

李燃：“这么快？”

韩天一：“她最近在看一本小说叫《王家小姐》，里面的女主叫王千楚，她说生个女儿就叫韩千楚。”

李燃念着：“韩千楚……我儿媳妇的名字不错哦！”

“那就这么定了。”韩天一又忍不住傻笑。

陈可：“说不定人家看上的是弟弟呢？”

韩天一：“三角恋啊？”

李燃：“不可能！我这胎反应和怀想想的时候完全不一样，这回肯定是女儿。”

“要是女儿，我们就再生个儿子！”韩天一抱起想想：“干儿子，好久没看到你了，上幼儿园还习惯吗？”

此言一出，真是直接戳到陈可夫妇的痛点。李燃深吸一口气，回想着想想第一天上托班的情景。那小子简直是出乎意料的冷静，可就当夫妻二人内心澎湃、表面镇定，还在安慰别人家长时，想想第二天直接在幼儿园门口哭得撕心裂肺，抓着妈妈的腿，就是不肯撒手。之后，他每次进园都要上演生离死别的戏码。

陈可和李燃突然意识到，他们经历的无数个“没日没夜”竟是娃最好带的那段时光。

育儿这件事才刚开头，夫妻间的考验也刚开始。在一家人的这段长途跋涉中，“宽心”和“糊涂”是生活智慧，“命令”和“要求”往往累人累己。人生这场戏，从来不轻易给出最佳主角奖，在生活面前，每个人都是两面派。

陈可和李燃的生活还在继续，他们即将成为二胎父母，携手迎接人生的下一段旅程。欢笑掺和着争吵，欢喜夹杂着悲伤，但好在一路同行，身边始终有你。

当一对恋人成为家人，当男欢女爱退居二线，当一个家庭日复一日被柴米油盐打磨后，依旧享受着生活的烟火气，如此，已属不易。

生而为人父，生而为人母，养之，育之，教之。回望来时路，我在，便足矣。

若人生过半，依旧过着踏踏实实的小日子，便已拥有非人人所有的福气。人生不过一日三餐，且欢喜，且珍惜。

生活平淡如初，便已万幸。

（完）